木内昇

Kiuchi Nobori

剛心《ごうしん》

集英社

目次

剛心《ごうしん》

第一章

一

鼻の下に申し訳程度に蓄えた髭《ひげ》を、舶来品の鋏《はさみ》で整えるのが、このところすっかり癖になっている。ことに、考えごとが頭に渦巻いてくると、おのずと鋏に手が伸びる。

――さて、東京をどうするか。

麹町区《こうじまち》霞ヶ関《かすみがせき》に建つ外務省庁舎の大臣室に籠《こ》もり、井上馨《いのうえかおる》は、机上に散らばっていく髭の切れ端の不規則な動きを目で追っている。鋏は、この庁舎を設計したフランス人建築家ボアンヴィルから、かつて贈られたものだった。

「外務省は、日本の顔となる。それに見合う、壮麗な建物にせねばならん」

政府の出したこの注文に応え、明治十四年、二階建て洋風建築の庁舎が完成した。当時、外務卿としてこの建設に立ち会った井上は早速内見し、堅牢でありながら窓や柱にまで繊細な装飾が施《ほどこ》された造形に舌を巻いたのだった。それまでの、福岡藩黒田家上屋敷をそのまま使った寺院然とした古くさい庁舎とは、雲泥《うんでい》の差である。これが西欧と肩を並べていくということか、と廊下に響く小気味いい靴音を聞きながら、密かに胸を躍らせたものだった。

あれからすでに四年が経つ。

——しかし一部の建物だけが立派でも、西欧には追いつけん。東京府全体を、早く一大都市に整えることじゃ。

改めて己を鼓舞《こぶ》した刹那《せつな》、御一新《ごいっしん》ののち江戸に足を踏み入れた折の光景が甦《よみがえ》った。こねぇな町じゃったろうか、と井上はそのとき呆然と立ちすくんだのだ。

長州の産ながら、若い頃から藩務で再々出府していた井上にとって、江戸は勝手知ったる町のはずだった。日本橋辺の商家の賑《にぎ》わいも、芝居に見世物と遊興場があまた建ち並ぶ大川沿いも、故郷《くに》とは比べものにならないほど華やかで煌《きら》びやかな光に満ちていた。

ところが、東京と名を変えた当初のこの町は、ひどく暗く、くすんでいたのだ。主人を失った武家屋敷は、屋内を何者かに荒らされ、庭の草木の手入れも欠いて、あたかも「浅茅が宿《あさじやど》」の様相であった。彰義隊《しょうぎたい》の戦《いくさ》を機に、江戸を捨てる者が多く出たせいだろう、どこを歩いてもひと気は乏しく、空店《あきだな》では親に捨てられた赤子や幼子が餓死していた。あれほど賑わっていた日本橋でさえ、ぬかるみだらけの地面に野犬がうろつく、荒寥《こうりょう》とした景色へと様変わりしていたのである。

井上は、手にしていた鋏を抽斗《ひきだし》にしまい、代わりに机脇の棚から筒状に丸められた洋紙を取り出した。机上に散らばった髭をひと吹きで飛ばしてから、紙を広げて立ったまま見据える。顎《あご》をさすり、腕組みをし、落ち着かなく身体を揺すりながらも、紙面を睨《にら》み続けた。

首を左右に振って大きく溜息をついたときだ。外務大臣室の戸を叩く音がして、

「今、ええか」

こちらが返事をする前に、男がひとり、遠慮も見せずに入室してきた。その姿を目にして反射的にせり上がってきた笑いを、井上は唇を噛んで押し戻す。いつになっても洋装が板に付かない。童《わらべ》が大人の背広を羽織ってでもいるようだ。これで一国の長に収まっているのだから、愉快である。

「聞多《もんた》のう、先だって、おのしの言うちょった例の計画じゃが、その後、見通しはどうじゃ」

伊藤博文《いとうひろぶみ》は、部屋の中央に置かれた応接椅子に身を投げんばかりにして腰掛けるや、そう切り出した。

伊藤もまた長州の産である。とはいえ、井上は上士、伊藤は中間《ちゆうげん》という下士の出であったから、竹馬の友というわけでもない。二十歳を過ぎて攘夷《じようい》運動に奔走《ほんそう》する中で懇意になり、長州藩が英国に五人の藩士を密遊学させた折も、共に海を渡った。「聞多」というのは、井上の御一新前の通称である。井上もまた伊藤を、ふたりだけのときには未《いま》だ「俊輔《しゆんすけ》」と、その頃の名で呼んでいる。五十を過ぎたというのに、昔の癖がなかなか抜けぬ。

「進めておる」

井上は小さく答えた。「例の計画」とは官庁集中計画のことである。この霞ヶ関から日比谷一帯に政府の役所を集めるべく、御雇い異人建築家に一から街造りをさせる、という井上が暗々裏《あんあんり》に温めてきた都市改正案だ。

「設計図も、先般ようやっとあがってきたところじゃ」

井上は、机上の洋紙を人差し指で二度ばかり小突いた。伊藤が立ち上がって覗《のぞ》き込む。それ

から上目遣いに井上を見遣《みや》り、

「不満そうじゃのう」

と、図星を指した。長い付き合いだけのことはある。

「コンドルにやらせたんじゃが……どうも気に食わん」

「なにがいかんのじゃ。コンドルとおのしゃあ、気脈を通じちょろう」

英国人建築家、ジョサイア・コンドルは、政府の御雇い建築家として日本における洋風建築の今や第一人者であり、工部省が創設した工部大学校で教鞭《きようべん》も執ってきた。井上発案で計画を進め、二年前に竣工《しゆんこう》した鹿鳴館《ろくめいかん》もコンドルの設計だった。洋風建築の贅《ぜい》を尽くしたこの館は、異国の来賓《らいひん》をもてなす上で、今や欠かせぬ要所となっている。ために、このたびの官庁集中計画も彼に任せてみたのだが――。

「なにが、っちゅうこともないんじゃが……ひと言で言やぁ、薄味っちゅうんかのう。重みゆうもんが見えんのじゃ」

コンドルはふたつの案を出していた。

ひとつは、官庁街の中心に小さな公園を設《しつら》え、そこから碁盤の目に敷いた道に沿って庁舎を等間隔で置いていくというもの。もう一方は、日比谷の海側に広大な公園を据え、庁舎を高台に集める案だ。いずれの建物も、規模、外観共に規則正しく律され、統一感もある。だが井上は一見して、将棋の駒が漫然と並んでいるのを見るような面白みのなさを覚えたのだ。

「この図を見ただけじゃあ、わしにゃあ重いか軽いか、まるでわからんが」

伊藤は机から離れ、再び応接椅子に腰を下ろした。井上も、その向かいに座る。

「わしも、設計図だけじゃあ判じかねるところもある。実際建ってみたらええかもしれん。けぇどこれでは単に、異国の街並みを小さくしただけのものにならんかのう」

「それじゃあいかんのか」

「それじゃと日本はいつまで経っても異国に敵《かな》わん。わしゃのう、もっと威厳のある街並みにしてぇのよ。美しさより、威厳じゃ。いかつい建物に、悠然と開けた道。日本っちゅう国は、西欧に引けを取らん大国じゃっちゅうことを、威風堂々とした官庁街を造り上げることで示したいのよ」

唾を飛ばして長広舌《ちょうこうぜつ》を振るったのに、伊藤は鼻から笑いを抜いた。

「そりゃあ無理じゃ。日本はまだまだ西欧には及ばん。技術でも国力でもな」

つい先日、初代内閣総理大臣に任命されたばかりの人物とは思えぬ、気負いのなさである。

「阿呆。おのしがそねぇなことを言ってどうする」

かつて吉田松陰が、長州は松本村で開いていた松下村塾《しょうかそんじゅく》の、伊藤は塾生だったのだが、ぼうっとして気も利かぬから、高杉晋作や久坂玄瑞といった英才の中に埋もれるばかりで、師の松陰から目を掛けられることもなかった。「どうもぬらくらして、気持ちの悪い奴じゃ」というのが他の塾生たちからの評価で、暖簾《のれん》に腕押しのその気質は未だ健在である。

「威厳を見せられなけりゃあ、官庁集中計画もへったくれもねぇんじゃ。わしがなんのために、この面倒な改革を背負い込んじょると思う。すべては、条約改正のためではねぇか」

国訛《なま》りが激しくなり、おのずと言葉付きも乱暴になる。

「幕府の負の遺産をよ、あの不平等条約を改正せんことには、西欧と並ぶどころか、西欧のいいように操られるばかりじゃ」

日本側に不利な洋銀引換率、自在に定められぬ関税率――それが、かつて幕府が米国はじめ諸外国の強弁に屈して結んでしまった通商条約だった。これを明治政府が引き継ぐ羽目になり、早い時期から再三再四条約改正交渉を諸外国に持ちかけているのだが、先方からすれば、これほど旨みのある条件を変えようという気はさらさらないのだろう。

日本は、条約についての話し合いよりも、国内を整えるのが先ではありませんか。幕府から新政府に代わったのに、道も建物も港も整えられてはいないでしょう――異国公使らはそう難癖をつけて、交渉へと続く道を巧みに断ち切るのである。

「立派な街を造りゃあ国が強うなる、っちゅうことでもないような気もするがのう」

あくび交じりに言う伊藤に、井上は激しくかぶりを振った。

「阿呆け。目から入ってくるもんっちゅうのはでかいんじゃ。御一新前に英国に渡ったときのことを、おのしゃあ覚えちょらんのけ。石造りの立派な建物が並んじょる様に、わしら肝を潰したろう。こりゃあ勝てん、と泡を食ったろう。それまでの攘夷思想なんぞ、一遍で吹っ飛んだわ」

幕藩時代、長州藩は攘夷運動のいわば急先鋒であった。だが英国に渡ったとき、それまで単に敵としてしか見てこなかった西欧諸国の政治や技術に接して、井上はあっさり兜《かぶと》を脱いだのだ。攘夷なぞ無理だ。それよりも今は異国に学ぶべきではないか――。

「まぁ、それもそうじゃのう」

伊藤は、わかっているのか、いないのか、あくまでも呑気《のんき》な相槌《あいづち》を打つ。

「いずれにしても、閣議を通すなら早いほうがええ。内務省でも、市区改正案を進めちょるけぇ」

言われて、井上の片眉が跳ねた。

「芳川《よしかわ》の案か」

伊藤は黙って顎を引く。前東京府知事・芳川顕正《あきまさ》が提案した市区改正案は、昨年内務省管轄に移り、着々と具体化しているのだ。

「早《はえ》ぇとこ建築家を立てることじゃな。コンドルが気に食わんのなら、他国の公使館に掛け合って、建築家を推挽《すいばん》してもろうてはどうじゃ」

伊藤は言ってから、

「内務省と揉めんよう、うまく治めるつもりじゃけぇ、おのしも相応の準備をよろしゅう頼む」

立ち上がりしな井上の肩を軽く叩いて囁《ささや》くと、小僧のような身軽さで気忙《きぜわ》しく部屋を出て行った。

＊

「米国は推薦に値する建築家はなし、との回答にございます」

「英国は、すでにコンドルを斡旋しておりますから、むしろ彼のなにが不満か、と難色を示しており……」

外務官僚から上がってくる各国公使の反応は、総じて芳《かんば》しくない。

——なにゆえわしが、街造りを先導せにゃいかんのじゃ。いや、そもそも、なにゆえ幕府の失敗の尻拭いを、わしがせにゃならんのだ。

そこに立ち戻っても詮無いと知りながら、遅々として進まぬ計画に井上は苛立《いらだ》ちを募らせずにはおられなかった。

駐独公使として長らくドイツに赴任していた青木周蔵《あおきしゆうぞう》が帰朝したのは、そんな折だ。外務《がいむ》大輔《たいふ》として条約改正交渉を担ってもらうべく、井上が呼び戻したのである。

彼も長州の出で、村医の長男として生を受けたが御典医の家に養子に入って士分となり、長じて養父の兄・青木周弼《しゆうすけ》の娘テルと所帯を持った。ところが、ドイツに駐箚《ちゆうさつ》している間にかの地の娘と恋に落ち、一緒になりたいと願う余り、テルに新たな夫を紹介、結納金まで支度して離縁した。非情なのだか面倒見がいいのかわからぬ男なのだが、ドイツのみならず、オーストリア＝ハンガリー帝国、オランダの公使まで歴任し、広く異国を見てきた青木に、井上は絶対の信頼を置いている。

この青木が、官庁集中計画の難航を聞くや、

「そりゃあドイツに頼んだほうがええです」

と、即座に言い切ったのだ。

「コンドルも優れた建築家ですが、若手建築家に贈られるソーン賞を受けたとはいえ、いかんせん西欧での実績が乏しい。ボアンヴィルも同様。この外務省庁舎はよくできておりますが、自国で活躍しておったかというと、どうもそうでもない。西欧でさほど知られておらぬ建築家

が、日本という新天地で重宝されておるのが実際のところでしょう」

身も蓋《ふた》もない言いようである。自国では仕事がないから、洋風建築に不案内な日本に流れ着いた、とでも言わんばかりだ。しかし考えてみれば、西欧で引く手あまたな建築家が、日本に長逗留《ながとうりゆう》できるはずもないのである。

「私からドイツ公使館に掛け合ってみましょう。心当たりがないわけでもない」

今度は思わせぶりな笑みを浮かべた。

「ドイツでもしかと認められている建築家を呼んで、監修してもらわん限り、異国に認められる街にはなりませんからな。銀座の二の舞になっても仕方ない。あの煉瓦《れんが》石街を設計したウォートルスという英国人も、自国での実績はパッとせんようですぞ」

言われて井上は、口をひん曲げた。銀座を煉化石街にせんと旗を振ったのは、井上なのだ。

発端は、明治五年二月の大火である。夕刻、当時の第一大区、和田倉門内兵部省近くの邸から出た火はまたたく間に燃え広がり、銀座一帯を焼き払うや東京湾まで大蛇のごとく這い進んだ。火が収まってから視察に訪れた新政府の役人たちは、灰燼《かいじん》に帰した景色に息を吞んだが、これを嘆きはしなかった。場末の露店が立ち並ぶ貧しい景色がひとつ消えただけだ、と復興を目指す声さえあがらなかったのである。

井上はしかし、この大火を好機と見た。薄汚れた江戸を掃き清め、西欧に引けを取らぬ市区をこの町から造ろうと考えたのだ。当時、大蔵大輔の座にあった彼は、更地となった銀座を不燃化街区とする案を掲げ、素早く東京府令として発布したのち、大蔵省営繕寮《えいぜんりようやとい》雇の建築家ウォートルスに設計を依頼、中心街に煉化石の連続家屋を造り上げた。

「あれはあれでええんじゃ。おかげで銀座の街も立派に復興したろう。今やアーク灯の街灯もついて、東京市中でも一等の、美しい街並みとなっとる」

何度となく己に言い聞かせてきた言葉を口にする。

だが実際には、煉化石街が完成しても、銀座の町にはしばらく人は戻らなかったのである。千四百戸は店舗や住居として払い下げられたが、「到底住める代物《しろもの》ではない」と悪評が立ったためだった。窓が小さく、石で壁が造られているために、湿気の多い日本では室内がたちまち黴《かび》の温床になる。煉化石建築に慣れない日本の職人が行った施工もつたなく、床はそこここに凸凹が見受けられ、壁には半年を待たずにひび割れが生じた。よって一年経っても部屋は埋まらず、買い手が見つかっても数か月で退去することが続いたのだ。

「まだ煉化石建築が珍しかった頃じゃけぇ、市民に馴染みがなかっただけよ」

「いや。あれはウォートルスの設計が甘かったともっぱらの噂ですよ。なんでも、雨樋《あまどい》を外に出さずに内壁に通したそうじゃないですか。それじゃあ余計に湿気も溜まるでしょう」

青木には、こういう執拗なところがある。適当に受け流しておけばいい話を変に突き詰めるのだ。この性分のおかげで、異人の間にあっても屈することなく話し合いを進めることができるのかもしれないが――。

井上の不服面に気付いたのだろう、青木はひとつ咳払いをして座り直した。

「そうしましたら、すぐにドイツ公使館に手を回しましょう。これぞという建築家を挙げてもらいます。しばしお待ちいただければ」

言って、当たり障《さわ》りのない笑みを作った。異人との付き合いが長い者は、こうして自然と作り笑いが巧くなる。

青木の返事を待つ間に、「官庁集中計画を閣内に通した」と伊藤が言って寄越した。のらりくらりとして、なにを考えているかわからぬゆえ、政府内でもその資質を危ぶむ声が多い伊藤だが、実務は無駄なくそつなくこなし、大事を押し通す胆力も備えている。

事実彼は、ここ数年、憲法起草に向けての準備を着々と進めていた。維新後も、どこか江戸幕府を引きずっているようなこの国の政治を一気に刷新し、一から新たな国造りをせんと努めているのだ。官庁集中計画は、その先鞭《せんべん》を付ける上でも重要な役目を担っている。

「内務省案を退けて、こっちを通したんじゃ。失敗はできんぞ。また長州閥を贔屓《ひいき》しよったと非難を受けるのは御免じゃけぇのう」

伊藤は冗談めかしながらも、そう言って発破《はっぱ》を掛けた。

これを受け、明けて明治十九年二月十七日、内閣直属の「臨時建築局」が発足する。総裁には井上自らが座り、副総裁を警視総監の三島通庸《みしまみちつね》に委ねた。かつて東京府参事として、銀座煉化石街建設を主導した経験を買ったのだ。次いで技師長には、青木の周旋で松崎万長《まつがさきつむなが》が就くことが決まる。本場ドイツで建築学を修得した人物で、まだ二十八歳。御一新以前は孝明天皇の稚児として仕えたという少々風変わりな経歴の持ち主である。井上はしかし、その人物を知らぬ。ために、技師長としての器量を検《あらた》める目当てもあって、二月半ば、彼を新橋の料亭に呼び出したのだ。

外務大臣と差しで会うとあってか、こわばった面持《おもも》ちで座敷に上がった松崎は、座に着くなり絢爛《けんらん》な襖絵《ふすまえ》を眺め、床の間の調度に目を移し、それから螺鈿《らでん》細工の小机に置かれた一輪挿しを見遣った。興味の赴《おもむ》くままに部屋のあちらこちらを見ているというよりは、真向かいに座している井上と目が合うのを避けているようだった。

妓《おんな》が横について酌《しゃく》をしようとしたが、井上はその白い手を包むように握り、「あとで頼む」と耳元で囁いて人払いをしたのちに、改めて松崎に向き直った。

「技師長というのは、当然ながら臨時建築局の要《かなめ》となる。わしも三島も、技術の子細まではわからんから、実質君が現場を仕切ることになる」

部屋は静まっており、襖越しに流れ込んでくる三絃の音や唄声が鮮やかだった。

「はい。心して努めます」

殊勝《しゅしょう》に応えるも、熱意は見えない。表情が乏しいせいかもしれない。白磁のような肌に、刃物で切り込みでも入れたような切長の目、ぽってりした口元まで含めて、いかにも公家といった顔立ちである。

「臨時、とついておるが、仮置きの部局という意味ではない。国家の大事に真っ先に動く建築局っちゅう意味でつけられておる。まずは官庁街を、霞ヶ関から日比谷一帯に造る。これを機に、日本の技師を育てたいとも思うとる。そこで君に、臨時建築局に所属する技師の人選も任せたいのじゃが」

「はぁ。青木さんからおおよそのところは伺っておりましたから、だいたいの目星はつけております」

井上がいかに重々しく命じても、松崎はあくまで恬淡《てんたん》と受け答えをするのだ。

「ただし今、この日本で、西欧建築を会得しておる者はわずかしかおりません。いや、会得というのは言い過ぎだ。触れた、と申し上げたほうが正しいでしょう。西欧の建築家からすれば、残念ながら赤子も同然の技師しかおらんのが現実です」

柔らかな京訛りで、容赦ないことを言う。本場で建築を学んだ矜持《きょうじ》が、そう言わせているのだろう。

「君はドイツに遊学をしていたんだったな」

「ええ。ベルリンに。あちらの工科大学で建築学を学んでおりました」

松崎がはじめて西欧に渡ったのは、岩倉使節団に供として加わった折で、まだ十三歳という若年であった。使節団は西欧の視察を終えて二年弱の滞在を経て帰朝したのだが、彼は異国で学問を続けることを望み、一団からはずれてドイツに残ったのである。

「専門に建築を選んだのは、なにか理由があったのか」

「理由というほどのことでは……。ただ、ドイツに入った折、街並みのあまりの美しさに圧倒されまして、どうやったらこのような建物ができるのだろうと興味が湧いたものですから。いずれの建物も荘厳で、眺めているだけで敬虔《けいけん》な心持ちになったものです。ああ、海を渡った先には、これほど素晴らしい街があったのか――そう感銘を受けるとともに、我が国の光景を思って、どこか侘《わび》しさに囚われたものです」

「御所で暮らした君にも、そう見えたか」

井上が生まれ育った家はけっして粗末なものではなかったが、戸を閉《た》てていても隙間風が通り抜け、歩けば床の軋《きし》む音が賑やかだった。しかし松崎は、贅を尽くした御所に慣れた身なのである。

「また趣《おもむき》が異なりますな。むろん日本の建築も素晴らしいのですが」

彼はそこで一息つき、目を細めた。

「なにより規模が違います。ドイツでは街全体が、建築物によって呼吸を揃えておるように私には見えました」

うっとり語る松崎の昂揚《こうよう》に誘われ、井上の声もおのずと華やいだものになる。

「そういう街を、君たちに造ってもらいたいのじゃ」

軒昂《けんこう》に告げた途端、不意に松崎は冷静な面持ちに立ち戻り、

「このたび声を掛ける技師は、ことに優れた建築知識を持つ者たちです。ただそれでも、今の彼らの力だけでは西欧に並ぶ街並みを造るのは難しいでしょう。本場で学ぶ機会を作らねば」

と、案外なことを口にしたのだった。

——建築局技師に推す心積もりの者たちを、西欧に遊学させろというのか。

とっとと官庁街を仕上げたい井上は、眉根に畝《うね》を作る。

「東京を一から造り上げるという時だからこそ、技術の基礎をしかと固めねばならないように思うのです。適当な知識と机上の論理だけで進めれば、それらしい街並みは仕上がっても、結果、西欧の亜流に終わってしまいます」

「街造りは日本人だけでするわけではない。西欧から建築家を呼ぶ。その者に付けば、実地で学ぶことも可能であろう」

「ちなみに、どなたがこの官庁街を設計なさるのですか？」

井上は口ごもる。青木が駐独公使の品川弥二郎《しながわやじろう》と連絡を取り合いつつ、日本駐箚のドイツ公使にも問い合わせているが、いずれの返事もまだないのだ。

「ドイツの建築家に絞っておられると、青木さんから伺っていますが」

井上が頷《うなず》くと、松崎は考えるふうをした。しばらく顎をさすっていたが、なにか思いついた様子で小さく「あ」と声を漏らした。てっきり心当たりの建築家の名を挙げるのかと思いきや、

「近く、会っていただいたほうがよろしいでしょうか？」

と、不可解な問いかけをした。

「誰にじゃ。ドイツ人建築家か？」

「いえ、私が臨時建築局に推薦を考えておる技師たちにです」

井上は、毒気を抜かれて押し黙る。話の飛躍が激しい男だ。文脈がまるで繋がっておらぬ。

そのとき、隣の部屋で嬌声《きょうせい》が弾けた。

「妓でも呼ぶか」

場に漂う居心地の悪さを払おうと、廊下に向かって手を叩く。すぐに女将が細く襖を開け、指を突いた。

「舞でも見よう」

告げたとき、

「いつにいたしましょう」

あらぬ方向から声がして、井上も女将も、そのままの形で動きを止めた。

「私が選出した技師と、いつお会いになりますか？」

松崎がこちらに身を乗り出している。なんという野暮な男だ。

「今、する話か」

「いやぁ、むしろ今はその話をしておったはずです。大臣が急に舞なぞとおっしゃるので、私のほうこそ驚きました」

井上は呆れて声を失い、女将が口元を袂《たもと》で覆った。

「女将、構わん、呼んでくれ」

気を取り直して頼む。御所暮らしからそのままドイツで十年以上も過ごした男だ。少しくつろいで話をしようと妓を呼んだこちらの意図など、まったく解せぬのだろう。井上はいささか憂鬱《ゆううつ》になった。話の間合いすら合わないこの男と、街造りなどできるのだろうか——。

女将が退いてからほどなくして、芸妓が現れた。すぐに絃《いと》の音が響き、松崎は諦めたふうに話を仕舞って、芸妓の操る扇を目で追いはじめた。

井上もまた、黙って盃《はい》を重ねる。

——ともかく芳川案より先に、こっちを形にせにゃならんのだ。

溜息とともに焦りが湧いてくる。

四年前に東京府知事に収まった芳川顕正は、着任早々、東京改造案を企図し、一昨年これをまとめた「市区改正意見書」を内務省に上げていた。丸ノ内に中央ステーションを配し、周辺の道路を放射状に整えて拡幅、道沿いに会社や銀行、商業施設を配置するという計画である。

東京府知事が市区改正案を出したのは、これがはじめてではない。前任の松田《まつだ》道之《みちゆき》は芳川以上に熱心で、東京湾を貿易港として開き、湾岸一帯を商業地区として整えんと強く訴えていた。

「東京築港案」と名付けられたこの計画には、東京商法会議所の会頭・渋沢栄一《しぶさわえいいち》も携わっている。陸揚げした荷を、そのまま東京で売る、または中央ステーションから地方へ流し、東京を一大商業都市にする、というのが渋沢の案である。

それまで海運業を一手に担っていたのは岩崎弥太郎《いわさきやたろう》率いる三菱会社で、「郵便汽船」なる会社を興し、交易の場をほぼ独占していた。ここに、「共同運輸」と称する船舶会社を創立した渋沢が割って入り、郵便汽船との合併を画策したのである。

渋沢はこれを叶えるため、政府要人に働きかけた。長州閥の品川弥二郎、山尾庸三《やまおようぞう》、むろん井上とも話をする場を作った。交易は一社独占にしては発展しない、さまざまな方向から知恵を出さねば、不平等条約同様、異国にしてやられますぞ、と彼はもっともらしい正論をかざしていたが、三菱のひとり勝ちを阻止せんとする肚《はら》が透けて見えた。ただし政府としても、一企業があまりに強大な力を持つのは望ましくない。よって井上は、渋沢の意見を汲《く》んだのだ。

昨年十月に資本金一千百万円規模の日本郵船会社が開業した、これが経緯である。

ただし東京築港案はこの以前に、幕藩時代の開港場である横浜に店を構える商人らの猛反発に遭い、頓挫している。開港以来の交易発展に尽力してきたのは横浜だ、と言うのである。松田の急逝により東京府の市区改正を引き継いだ芳川も、築港よりも道路整備と鉄道敷設を主眼に据えていた。

国政、府政、商業、交易——それらに携わるさまざまな者たちの思惑が、市区改正のもとで渦巻いているのだ。

「よし。なるべく早くに会おう」

井上はおもむろに盃を置くと、ぼんやりと芸妓の舞を眺めている松崎に言った。彼は、なんの話だ、とでもいうふうに首を傾《かし》げたのち、

「ああ、建築局の技師たちにお会いになる話ですな」

と、こちらに向き直った。

「承知致しました。日取りをおっしゃっていただければ、すぐにでも」

井上は顎を引き、

「頼むぞ。我が国の発展が君たちの腕に掛かっとるんだ」

と、声にいっそうの威厳を込めた。松崎はしかし気圧《けお》されるふうもなく、むしろ、

「あとは、誰が主となって設計図を引くか、ですな」

と、設計監理を担う異人建築家の早期決定を促すような言い方をして、涼しい顔でまた芸妓の舞へと目を戻した。

＊

「ヘルマン・エンデ……」

外務大臣室の窓から、梅の花がゆるやかに散りゆく様を眺めつつ、ドイツ公使館からようようあがってきた建築家の名を井上は反復する。名を聞いたところで、実績のほどは、ようとして知れない。

「ドイツ国内でも多くの建造物に携わっておる人物です。バウ・アカデミーというベルリンの

建築学校で教鞭を執っていて、ドイツ政府の仕事もしております」

青木が手元の資料を読み上げた。部屋には他に、臨時建築局副総裁の三島通庸と技師長の松崎が控えている。

「政府の仕事っちゅうのはなんじゃ」

訊《き》いた井上に、

「建築議官を務めております」

青木が答え、続けて松崎が、

「国の主立った機関を設計する、いわば責任者のようなものです。国内のみならず、欧米諸国に出向いて庁舎を設計することもあるとか。つまり、官庁集中計画を進めるにふさわしい人材か、と」

と、補足した。

「西欧でそれだけ実績があるならば、間違いないでしょう」

建築にもドイツにもさして通じていない三島が、とってつけたような言で話をまとめようとしたが、エンデの経歴書を眺めていた井上は、

「五十七……五十七歳と書いてある。ずいぶんな年寄りではないか」

懸念を口にした。

「むしろその分、経験が豊富ということですから、若手よりずっと安心でしょう」

またもや素早く合いの手を入れた三島を、井上は冷ややかに見遣る。おおかた、これ以上建築家で揉めるのが面倒なのだ。ドイツ公使館が推挽するのだからこいつでよいではないか、と

言わんばかりである。三島は福島県をはじめ各所の県令を経たのち、警察を統括する役目に就いた。民を権力で圧することには長《た》けているが、一から新たな創造を行うことには不向きなのかもしれぬ。

「私もその点は心配ないと感じております」

青木が、これは相応に確信を帯びた声で応じた。

「公使館に推挽を頼むと、ときにさほど実績のない者を紹介されることも確かにございます。有能な者を手放したくない、または、自国の技術を他国に盗まれるのをよしとしない、という理由からでしょう。ただし今回は、さまざまなつてを辿ってエンデに行き着きましたから、まず間違いはないかと。ビスマルクの配下にある技術顧問官にまで問い合わせて、挙がってきた名ですからな」

強権的で気難しいと評判のドイツ宰相の名を出して、青木は己の手柄をさりげなく顕示する。

「ともかく」

と、井上は話を戻した。

「設計図を造らせねば、なんとも判断できん。叩き台で構わんから、作成するよう頼んでくれ。霞ヶ関の地図と主要官庁の規模を記したものは、向こうに渡してあるな」

「ええ。こちらの計画の概要とともに送ってあります」

青木の返答に、井上は頷く。

「早急に、頼むぞ」

話し合いを終えて退室する彼らのうち、井上は松崎だけを呼び止めた。

「例の、資料をくれんか」

松崎はまた、なんの話だ、というように目をしばたたかせていたが、やがて、

「技師の経歴をまとめたものですな。すぐお持ちします」

と、床を滑るようにして出て行き、再び現れると、手にしていた文箱を恭《うやうや》しく井上の執務机に載せた。見れば、桜の花に金箔があしらわれた、いかにも値が張りそうな漆塗りである。たかが局員の経歴書を入れるのに、御所育ちというのはなにかと大仰だ——呆れつつも資料を取り出し、一枚一枚集中して読み込んでいると、

「あのう、もしあれでしたら」

と、松崎が口を入れた。井上は思わず眉をひそめる。この男は相手の状況を推し量るということが、まるでできないのか。上目遣いに睨んだが、彼はこちらが気分を害していることなど察する気配もなく、

「なんなら、連れて参りましょうか、ここへ」

と、案外な提案をしたのだった。

「まだ面会の日取りは決めておりませんでしたが、ちょうど今、主立った者が階下に控えております。いずれにしてもご挨拶を、と思うておりましたから、経歴書をご覧になるよりも直接会っていただいたほうがよろしいか、と」

建築局に属することになったばかりの下僚らに、本来は大臣直々に会うまでもないのだが、人品骨柄を見定めるにはそのほうが早かろう、と井上は判じた。

「よし。連れてこい」

さほどかからず、松崎は四人の男を従えて戻ってきた。彼らは井上の机の前に横一列に並び、一斉に腰を折って辞儀をしたのち、揃って直立不動の姿勢をとった。似たような黒い背広を着ているせいか、顔立ちまで似通って見える。

「では、ひとりずつ、名前を」

傍《かたわ》らに立った松崎が小声で促した。平素、高官を前にしても動じないこの男にも、四人の緊張が伝播したらしい。心なし声が上ずっている。

「河合浩蔵《かわいこうぞう》と申します。工部大学校造家学科《ぞうか》を出ております」

一番右に立った顔の長い男は、それだけ言う間にも幾度も唾を飲み込んだ。

「渡辺 譲《わたなべゆずる》と申します。同じく工部大学校卒にございます」

「滝大吉《たきだいきち》にございます。工部大学校で修学いたしました」

井上はその時点で、この下僚たちと面会の時間をとったことを悔やみはじめていた。出身大学も、三十前後という若さも、外務大臣を前に硬くなっている様まで一緒である。その上、工部大学校を出たことが唯一特筆すべき経歴で、関わった建築物のひとつもないようなのだ。つまりは、机上で洋風建築を学んだだけの青二才ではないか。

――しかも、まるで個性が見えん。これぁに吹けば飛ぶような若造が、異人建築家と並んで務めを果たせるんかのう。

最後にひとり残った男が、背筋を伸ばして口を開いた。

「妻木頼黄《つまきよりなか》と申します。工部大学校は中途で辞しまして、その後、米国コーネル大学で学びましてございます」

他の三人とは経歴こそ若干異なっているが、実績が乏しい点では同じだ。井上はこれもおざなりに聞き流した。

――やはり日本人では無理か。エンデのあげてきた設計図が優れておるようなら、実地で働く技師もドイツから招喚するのがよいかもしれん。

そう結論付けたときだった。ふたつの鋭い目に突き当たったのだ。

語るほどのこともない自己紹介を済ませ、大役を終えたとばかりに安堵《あんど》を漲《みなぎ》らせて目を伏せている者たちの中で、ひとりだけ、こちらを見据えている男がいた。

最後に名乗った男だ。

確か、妻木頼黄。

まっすぐにこちらを射る目は、反骨の光を宿しているわけではない。とはいえ、好奇のままに、はじめて相まみえる外務大臣を眺めているわけでもなさそうだった。

――この目には、見覚えがある。

井上はそっと身震いする。御一新ののち、江戸に入ったばかりの頃に幾度となくぶつかった目だ。旧幕府の家人たちはもちろん、町を歩けば町人たちも、同様の目を向けてきたのだ。江戸を踏みにじる他国者をなじるような、嘲笑《あざわら》うような、恨むような目だった。

わしらは世直しをしたんじゃ、腐りきった幕府を潰した功労者なのじゃ――長州藩士は一様に嘯《うそぶ》いていたが、井上は、長らく江戸を、泰平を、守ってきた者たちの威厳に満ちた目に突き当たるたび、背中をひんやりとした風にさすられたような気になったものだった。

妻木はいっこう目を逸らそうとしない。こちらの輪郭をなぞり、写そうとでもするように、ただ凝視してくる。しばしの間、無言で睨み合う格好になった。

「主立った仕事はこの四人に任せるつもりにございます」

松崎の声に救われ、井上は局員らを見渡して声を張る。

「しっかり働いてくれたまえよ。これからの建築は、国家の象徴となり、異国に向けて日本という国の強さを示す物差しとなる。建築を、ただの造作と思うてもらっては困るのじゃ。建築とはすなわち政治である。国力であるっ」

は、と気合いのこもったいくつもの返事が聞こえた。妻木も同様に応じたのか否か、井上は知らない。その視線から早々に逃げて、机に置かれた書面へと目を逃したからだ。


四人が退室してのち、井上は居残った松崎にそれとなく訊いた。

「あの、左端の男、なんと言ったかな。最後に挨拶をした」

「ああ、妻木ですな。あれは少し変わった経歴の男です。工部大学校に入ったにもかかわらず、あと少しで卒業というところで突然辞めて、米国に渡ってしまいましたから。なんでもその以前にも、単身米国のニューヨークに渡っていたと聞いています」

「建築を学びにか？」

「いえ。特になんの当てもなかったようで……窓拭きをして生計を立てていたとか」

井上は、その小さな目をしばたたかせた。

「なんの当てもなく異国に渡る者などおらんだろう。箱根に湯治に行くのとは違うのじゃ。物見遊山《ゆさん》でちらと行けるような場所でもあるまい」

「はぁ、私もそう思うてよくよく訊いたのですが、どうやら向こうでは商店を手伝ったり、領事館に入り浸ったりなぞして、これといった目的もなく過ごしておったようで。なにしろ無口な男でして、ことに自分についてはほとんど語りませんから、その辺りのことは私も詳しくは知らんのですが」

「奇特な男だ。米国まで行って……」

井上が言いかけたのを、

「そういえば、日本を離れた理由は語っておりましたな」

と、松崎はまたもや平然と遮《さえぎ》った。

「なんでも、つまらなくなった、と言うておったとか。江戸が東京になって、町が死んでしまった、そんなことも申していたそうです」

「町が、死んだ？」

井上はハッと息を詰め、机上の書類を乱暴にめくりはじめた。中から妻木の経歴書を取り出し、前のめりになって指を滑らせ、一行一行辿っていく。

〈安政六年一月二十一日　江戸赤坂に生まれる。父、妻木源三郎頼功《げんざぶろうよりかつ》。江戸幕府に仕え、禄高千石〉

「……旗本の子息か」

うめいた井上に、松崎が補足する。

「ええ。お父上は長崎奉行代理まで務められた幕臣のようですが、妻木が幼少の頃に亡くなっております。なんでも長崎でコロリに罹《かか》ったとか。そこから彼が家長として一家を背負ってきたようですが」

「やはり幕臣としての、なにか執着があるのかもしれんな」

先刻の、睨み上げるような妻木の目が甦った。

「まさか。そこまでのことはございませんでしょう。妻木本人が幕府に仕えたわけでもございません。それに彼は今年、二十八になったばかり。十歳で御一新を迎えた計算になりますから、江戸の頃に固執するはずもございませんせん」

松崎は明るい声を出した。

「それも……そうじゃのう」

井上は表向き同調して話を仕舞ったのだが、喉に小骨が引っかかっているように、いつまでも落ち着かなかった。

妻木の異質さは、幕臣の子というだけではない気がしたのだ。西欧化に向け、政府要人をはじめとするすべてが我を忘れて担いでいる神輿《みこし》に、安易に近寄ろうとはしない頑《かたく》なさを、なぜかこのとき井上は感じたのだった。みながみな、これまでの日本を脱ぎ去り、西欧に追いつかんとして、ふわふわと空中を歩いているのに、彼だけは地面にしかと根を張っている――そんな印象が深く重く刺さったのである。

それでも、松崎が退出したのち、井上は大きくかぶりを振った。

「一下僚のことなんぞを、考えちょるときではねぇぞ」

誰もいなくなった外務大臣室で、ひとりごちる。国訛りが、辺りを護るように漂った。

「今は、国を強くするときじゃ」

今度ははっきり声に出した。

窓の外に目を転じる。梅の花はまだ音もなく、切々と花弁を散らしている。

二

ベルリン大聖堂を見上げた職人たちは、一斉に歓声をあげた。

「こいつぁ、とてもじゃねぇが、敵わねぇなぁ」

周りの目がおのずと集まる。珍獣でも眺めるようなその視線が痛くなり、河合浩蔵はさりげなく後じさって、同行の大工や瓦職人たちから距離を置いた。

広場をそぞろ歩くうち、木陰にひとり座って大聖堂を写生している同輩を見付ける。乱れなく撫で付けられた黒髪と、真っ白なシャツが、どこか潔癖のふうをかもしている。日焼けした浅黒い肌に筋肉質な体軀《たいく》はいかにも壮健なのだが、白目の澄んだ大きな目が常に爛然《らんぜん》と辺りを窺《うかが》っているようであるのが、河合の内にかすかな警戒を呼び起こす。

「帰国したばかりで、またドイツに渡ることになろうとは思わんかったろう」

手持ち無沙汰で声を掛けると、妻木頼黄は鉛筆を握った手を止め、目をかすかに細めるだけのいつもの笑みを作った。

「ええ。もうしばらくは日本でゆっくりしたかったのですが」

妻木は、米国コーネル大学留学を経て、一年ほど前に帰朝したばかりだった。帰路、イギリスやドイツにも立ち寄って、名だたる建築物を視察したと聞く。帰国後は、東京府御用掛《ごようがかり》に迎え入れられ、土木課家屋橋梁掛に配属されたそうだが、今回の臨時建築局設立にともない引き抜かれたのである。

「しかし、ドイツの建築家と仕事をすることになるとは思わんかった。てっきりコンドル先生と街造りができると踏んでいたんだが」

「……そうですな」

妻木は曖昧に応え、また鉛筆を動かしはじめる。

井上馨は官庁集中計画の主任建築家としてヘルマン・エンデに白羽の矢を立てると、まずは東京を下検分してほしいと請うた。これに先駆けて明治十九年四月、エンデと共同で事務所を主宰しているウィルヘルム・ベックマンが来日した。彼は霞ヶ関界隈のみならず、銀座や丸ノ内、隅田川沿いの下町までくまなく歩き回ったのち、明治政府との間に正式契約を結んだのである。

その際、ベックマンはひとつの条件を出している。

〈庁舎の施工はドイツ人技師が主導し、日本人職工はその指示に従うこと〉

ドイツから技師を呼ぶにも公費が使われるため、政府内では反対意見もあがったが、これは松崎が説き伏せた。

「貴殿の条件は呑みましょう。ただ、代わりと言ってはなんですが」

松崎も、相手の言いなりにばかりなる男ではない。その場でベックマンに交換条件を出したのだ。

「庁舎の設計をドイツで行うということならば、わが建築局の技師もその仕事に従事させたい。それと、各分野の職人も現地で学ばせたいのだが」

おそらく松崎には、いつまでも異国の建築家や技師に頼るようではよろしくない、自国ですべて担えるよう今から技術を構築しておくべきだとの考えがあったのだろう。ベックマンはこれを受け入れ、河合、妻木、渡辺譲という建築家三名に加え、大工、煉化石職、瓦職、屋根職、左官ら職人十七名を加えた総勢二十名が、同年十一月、海を渡ったのである。

このドイツ派遣団の団長格に、と松崎が据えたのが、妻木だった。工部大学校では、河合が彼の二期上、渡辺が四期上であり、年齢も妻木がもっとも若い。毎年二、三十名ほどしか生徒をとらない学校だったし、全寮制でもあったから、みな顔なじみにはなる。そのせいか学生時代の序列が未だどこかに残っていて、後輩であるはずの妻木が上に立っている現状に、渡辺は苦り切り、河合もまた若干の戸惑いを感じている。妻木はそれを機敏に察したのだろう。一貫して低姿勢を保っていた。

「このあとはブランデンブルク門と聖ニコライ教会を見学して、ベックマンの屋敷に伺うんだったな」

訊いた河合に、妻木はひとつ頷いた。ドイツに入って三日目のこの日、グロードというベックマンの雇い人が、一団を市内見学に連れ出してくれたのだ。

「こうして主要な建物を案内してくれるのはありがたいが、しかし、職人たちまで連れてくることはなかった。変に目立つばかりだ。それに洋風建築を見せたところで、奴らには構造なぞわからんだろう」

嘆息に混ぜて河合が吐き出すと、妻木は静かに写生帳を閉じた。まるで刃物でも扱うような慎重さで鉛筆を鞄《かばん》にしまってから、自らの影に目を落として言った。

「職人たちは、私なぞよりずっと建物の構造を把握《はあく》するのに長けています。どこにどのように柱を通せばいいか、石はどう積めば強度が出るか、きっと見ているだけで見当がついているはずですよ」

どこか険しさを帯びた口振りだった。河合は少しばかり居心地が悪くなり、大聖堂へと目を逃がす。緑青《ろくしょう》に覆われた円蓋《えんがい》屋根の向こうに、冴え冴えとした冬の青空が広がっている。


この晩、河合ら三人の局員は、ベックマン邸での晩餐《ばんさん》に呼ばれた。エンデ＝ベックマン建築事務所から歩いて二十分ほどの場所にある連続家屋の一室に通された際、河合は、感心も露《あら》わに言ったのだ。

「松崎さんが以前、ドイツの街は建物の呼吸が揃っている、とおっしゃっていたが、なるほどそうかもしれん。こういう普通の家も仕様に統一感がありますな」

すると、隣にいた渡辺が、

「まぁ、そいつは大いに評価すべき点ではあるな。しかし大聖堂も聖ニコライ教会も、英国の建築物に比べるとだいぶ野暮ったいように僕には見えたがね」

と、鼻で嗤《わら》った。

渡辺はジョサイア・コンドルの、謂《い》わば信奉者である。工部大学校の講義も、コンドルが教鞭を執るようになってから実のあるものになった、と言ってはばからなかったし、「建築家とは第一に理学者であり、第二に美術家である」というその理念にも大いに賛同している。それだけに、官庁街の設計においてコンドル案が流れてエンデが選ばれたことには、未だ納得いかぬふうだった。

「井上大臣の命令で今回コンドル先生はドイツまで同行してくださったが、それだって屈辱だったろうさ。建築家としてではなく、単なる引率役なんだから。ここに留まらず里帰りと称してすぐ英国に渡られたのも、不本意だった証さ。これで政府の仕事に見切りをつけるんじゃないか。辰野《たつの》さんも先だってご自身の事務所を開いたと聞くぜ。これからは岩崎や渋沢といった商人と組んだほうが、いい仕事ができるかもしれんからな」

工部大学校一期生であり、コンドルの一番弟子と称されている辰野金吾《きんご》の動向にまで触れて、臨時建築局の方向性を憂えるのだ。

三人は暖炉のある大部屋に案内され、しばらく待つように促された。すぐにベックマンが参りますから、とグロードが一礼して退出すると、渡辺は、部屋の中央に据えられた、十人はゆうに座れるだろう大テーブルに肘をつき、正面に座った妻木へと身を乗り出した。

「そういや君は、コーネル大学を出たあと、ニューヨーク市の建築家について、しばらく仕事をしていたんだったな」

学生時代の序列のままに、どこか権高《けんだか》な口振りである。

「ええ。数名の建築家が実地調査を行う際、助手を頼まれまして。もっとも鞄持ちのような役割でしたが」

「それだって米国で学んだ強みさ。工部大学校を中途で辞めて海を渡ったのは正解だったかもしれんぜ」

渡辺は言うと、肩だけ揺すって声を出さずに笑った。

「しかし君は、どうして学校を辞めたんだ？　卒業まであと一年程だったろう」

「はぁ。たまたま米国から帰朝した文部省の小島憲之《こじまのりゆき》氏と知り合いまして、あちらの大学教育について伺ったものですから。私は椅子にジッと腰掛けて人の話を聞いておるのが苦手で、実地で学ぶ機会の多い米国のほうが修学に身が入るように思いまして」

口調は柔らかいが、目はぐいと渡辺を睨み上げている。他意はなさそうだから、こういう目付きが癖になっているのだろう。渡辺が気圧されたふうに口をつぐんだとき、ちょうどドアが開いてベックマンが姿を現した。一同立ち上がって辞儀をする。

「そう硬くなるものじゃあない。我々はすでに、共に働く同志ではないか」

ベックマンがくつろいだ声を出し、これを河合が訳すと、渡辺と妻木も表情を和らげた。顔を覆うように蓄えた髭、深い緑の瞳は冷静さと知性を湛《たた》えている。肌の血色もよく、立ち居振る舞いもあたかも青年のように潑溂《はつらつ》としていた。エンデよりたった三歳下なだけだというが、遥かに若く見える。

「さて。君らが酔っ払う前に仕事の話をしてしまわないとな」

酒と料理が運ばれてくる中、彼は冗談めかして、英語で切り出した。河合は肩の力を抜く。英語であれば渡辺も妻木も長けているから、訳す手間がなくなるのだ。

「私が作成した官庁街の図面は、君たちも知っての通りのものだ。今は建物の設計に取りかかっている。君たちには、その製図を手伝ってもらいたい」

ベックマンが日本を訪れていた折、河合たちはすでに官庁街の設計図を見せてもらっていた。てっきり叩き台だろうと思いきや完成図といってもおかしくないほど精緻《せいち》な図面で、河合は彼の仕事の速さに嘆じつつも、戸惑うことになったのだ。官庁街が、かなりの広範囲に及んでいたからだった。

外務省の西側、赤坂の日枝《ひえ》神社とのちょうど中間辺りに、議院と議長官邸、首相官邸、司法省が並び、東には博覧会場と博覧館、そこから円状の広場を経て銀座に中央駅が置かれている。この広場を囲むように三角の形に道が敷かれ、南側の皇后大通りは海軍省へと続き、北側の天皇大通り沿いには警視庁、大審院、東京府庁が建ち並ぶ。

コンドルが以前提案した、すべての省庁を升目に置いたような官庁街とは規模からしてまるで異なっていたのだ。

「パリの凱旋門《がいせんもん》広場と似ているな」

と、そのとき渡辺がうなり、

「大臣はお気に召したようだが、ここまで広域に街を造り直すとなると、何年かかるかわかりませんな」

と、河合も眉根を寄せたのだった。

ベックマンはグラスの葡萄酒《ぶどうしゅ》を飲み干すと、表情《かお》を引き締め、

「エンデの渡航まであと三月《みつき》もない。天覧に供すため正式な設計図をあげるよう、日本政府からは命ぜられている」

と、三人を見渡して告げた。河合も渡辺も自然と手にしていたグラスを置いて姿勢を正した。

「庁舎の中で、議院、大審院、司法省をまずは完成させる。妻木はケーラーについて議院を、渡辺はハルトゥングとともに大審院を、早速明日から事務所に通って製図助手を担うように」

は、と渡辺は応えたが、妻木はスープを慎重にすくい上げながら、軽く頷いただけである。

「それから、仕事を終えた夜、ドイツ語学校に通えるよう手配した。十分に言葉を操れんと意思の疎通が難しいだろう。ただ河合はドイツ語に通じておるから、通うかどうかは君に任せる。一応人数には入れておいた」

ご配慮ありがとうございます、と笑顔で応えながらも河合は気が気ではない。ひとりだけ、事務所に通うようにと指示されなかったからだ。

「忙しくなるぞ。あとふた月で完璧な設計図を仕上げなければな」

肉が運ばれてきたのを潮《しお》に、ベックマンがそう念押しして仕事の話を仕舞おうとしたから、河合は慌てて口を挟んだ。

「あの、私は……私も事務所に通ったほうがよろしいでしょうか」

しどろもどろになりながらも訊くと、

「いや、君は」

ベックマンは小さくかぶりを振った。

「君には、日本人職工たちの面倒を見るという重要な役目を任せたい。彼らには煉化石工場や小屋組の現場で働きながら、技術を習得してもらおうと考えている。通訳がいないと困るからな」

河合は溜息を飲み込んで、代わりに「承知しました」と低く返した。

そのとき、妻木と目が合ったのだ。

彼はどこか思案深げな面持ちでしばしこちらを見ていたが、結局なにも言わず目を逸らすと、肉を一切れ口に放り込んだ。

「職人の育成は急務だ。私は東京で煉化石造りの建物をいくつか見たが、あれはまるでなっていない。なんでも、煉化石を積む職人というのは、もとは左官だった者が多いらしいね。繋ぎのモルタルを鏝《こて》で塗るからだと聞いたが、昨日今日煉化石に触れたばかりの者では、そううまくはいかんからな。煉化石を焼く窯《かま》もまだ少ないというだろう。これは近く、ドイツから技師を派遣するつもりだが、いずれにしても日本の職人は未熟だ。早く工法を学んでもらわんと到底手が足りない」

渡辺が、「まったくその通りですな」と同調したとき、カチャリと皿の鳴る音がした。それまでただただ食事に没頭していた妻木が、フォークを置いた音だった。彼はおもむろにベックマンを見澄まし、なにか言いたげに口をうごめかした。

ふと、最前、市内を見学したときの、妻木との会話を河合は思い出す。職人を軽んじるようなことを口にしたとき、彼は冷ややかに反論してきたのだ。

——まさかここでも、日本の職人は優秀だと食ってかかるわけじゃなかろうな。

河合は身をこわばらせる。ベックマンは、これから共に働く相手であり、この異国の地での雇い主でもあるのだ。妻木はまだ、声を発しない。長い沈黙が横たわり、ベックマンがかすかに首を傾げた。

「旨いですな」

しかしだいぶ経ってから聞こえてきたのは、そんな間の抜けた感想だった。日本語だったから、河合は訳したほうがよかろうか、と、

「料理の話か？」

と、妻木に確かめる。彼は弱く笑って頷いたのち、改めてベックマンに向かってドイツ語で、

「Dieses Fleischgericht ist besonders lecker」

と、肉料理が格別に美味だと称《たた》えたのである。

＊

河合らに同行した十七名の職人たちは、それぞれ専門の工場に振り分けられ、労働に従事しつつドイツの建築技術を習得することになった。それは、「机上の理論で学ぶより身体に叩き込むほうが早い」という彼らの希望でもあったのだが、ひと月も待たずに脱落者が続いたのはまったくの誤算だった。慣れない地での一日十二時間にも及ぶ重労働が、彼らの身体を蝕《むしば》んでいったのだ。腰や膝を痛めるのは茶飯事、中には高熱を出して寝込む者、腹を下してげっそり痩せていく者と、重病人も出る。

「ドイツ人とはあまりに体力が違います」

それまで自らを頑健と誇ってやまなかった職人たちが、口々に訴えるのだ。

「なにせ奴らは身体が大きい。腕にしたってわしらの太腿くらいの太さがある。カツレツを二

枚もぺろりと平らげて、麦酒《ビール》を浴びるように飲んで平気でおります。到底敵う相手じゃあない」

加えて、言葉が不如意《ふにょい》なことも彼らの仕事を複雑にしていた。指図されても、なにを言われているのかわからない。逐一無駄な動きをして、余計に体力が奪われる。

河合は日替わりでそれぞれの現場に赴いて通訳に徹したが、煉化石窯、石切場、飾り職の工房となにしろ多岐にわたるため手が回らない。昼間はほうぼう駆け回り、夜になると宿舎に戻った職人たちから泣き言や愚痴や不平をぶつけられるのが日課となった。

この中で、唯一嬉々として作業に勤《いそ》しんでいるのが、鎗田作造《やりたさくぞう》だった。

江戸で修業を積んだのち千葉で大工をしていた男で、歳は三十代半ば。東京府に雇い入れられていたが、昨年の春、臨時建築局に移ってきた。小柄で痩せぎすだが、身のこなしが軽やかで、足場の上り下りも猿のように素早い。ドイツで接する技術のすべてが新鮮らしく、河合を呼びつけては盛んに通訳を頼んでドイツ人技師に質問していたし、それがまどろっこしくなると、日本語で堂々と現地の職人に話しかける。身振り手振りを加えて大声を出せば、どんな言葉も通じると思い込んでいる節がある。

「いやはや、えらいもんですよ」

一月半ばのこの日も、雪のちらつく外から戻って寄宿所の食堂に踏み入るなり、鎗田は昂揚も露わに話をはじめたのだ。

「煉化石は日本にゃあ向かんとわっちは思っていたんです。ドイツは地震が少ない。日本はよう揺れる。陽気にしたって、こっちみたいにカラッと乾いてもおらん。日本で建てるなら、丈夫な木で骨組みを組むのが確かです。木っつーのは、湿度温度でちゃーんと伸縮して、ちょうど収まり具合のいいところを自分で見付けますからな」

他の職人は暖炉の前に陣取り、手指や足先をあたためることに没頭して、誰も鎗田の声に耳を貸そうとしない。

「ですがね、煉化石もただ積んでモルタルでくっつけるだけのものだと思うてましたが、なんでも鋼《はがね》を埋め込んで補強しとるんですと」

そこまで言うと、くるくると辺りを見回し、

「あ、河合さん。あんた、明日ドイツの技師に訊いてもらえませんか。その補強のやり方を詳しく知りたいんですわ」

大声を投げてきたのである。食堂の片隅に座って白湯で身体を温めていた河合は、口元を歪《ゆが》めた。

「明日は石積みの現場に行かなきゃならん。君の面倒ばかり見るわけにはいかんよ」

つい甲走った声になった。あたかも配下の者に命じるような鎗田の言いぐさが、河合の疲労を苛立ちに変えたのだ。暖炉の周りに群れていた職人たちの目が集まる。

「いやぁ、わっちぁあんたに、ほとんど面倒なんぞ見てもらってませんよ」

「通訳をしてやっているだろう」

「そいつぁあんたの仕事でしょう。そういう約束で建築局からここへ送られたはずだ。面倒云々《うんぬん》という話じゃぁあない」

河合は束の間言葉に詰まった。みな、固唾《かたず》を呑んで成り行きを見守っている。

「そ……その、『あんた』といぅのをよさないかっ」

苦しまぎれに吠えると、職人たちの間からさざ波のような笑いが起こった。額がカッと熱くなり、勢いのままに立ち上がったとき、

「平鋼と丸鋼で補強するんだ」

と、すぐ背後で声が立った。

振り向くと、いつの間に入ってきたのか、妻木が立っている。彼はゆっくりと河合の横を通り、テーブル中央に置かれた椅子をひいて、浅く腰掛けた。つられて鎗田も、妻木の真向かいに腰を下ろす。

「碇聯鉄構法《ていれんてっこうほう》、という名称でね、床面下三寸の場所にある煉化石の中に鋼を通す。これだけでだいぶ耐震性が上がるらしい」

「ていれん……えー、すいませんね、ちょっと待ってくだせぇよ」

鎗田は作業着の懐《ふところ》をまさぐって帳面を取り出すと、ちびた鉛筆を舐めつつ、ひらがなで「ていれんてっこうほう」と書き付けた。

「旦那がおっしゃるその工法を、もう少し詳しく知りてぇんですが、床面の下三寸ってぇと一階の床面になりますか？」

「いや。各階の床下に鋼を通す。平鋼と丸鋼、両方を通して補強するんだ」

妻木は鞄から例の写生帳を取り出した。机上に広げると、そこには鋼の寸法と煉化石への加工の仕方が細かくしたためられてあった。

「鋼の長さは十六寸もしくは三十二寸か。だいぶ長《なげ》ぇのをこしらえるんですな」

鎗田は伸び上がって写生帳の両脇に両手の平を吸い付かせると、首を突き出して舐めるように図面を検めはじめた。暖をとっていた職人たちも、ひとりふたりと妻木の側《そば》へ寄ってくる。

「しかし、これだけ太い鋼を中に通して、煉化石は割れんのですか？」

「日本の土で造った煉化石は堪えうるだろうか、と僕も考えているんだ。まだ頑丈なものは造られとらんからな。例えば、細い鋼を編み目状に組んだものを仕込んだほうが、塩梅《あんばい》がいいかもしれんのだが」

平素寡黙《かもく》な妻木が淀みなく話す様も、江戸風の歯切れのいい口調も、これまで接したことのないもので、河合は狐につままれたような心地で彼らのやりとりを眺める。

「やはりドイツと日本じゃ、同じ煉化石はできませんか？」

鎗田が、妻木の図面を帳面に写しながら訊いた。

「どうかな。ホフマン式の窯で焼けば遜色《そんしょく》ないものができそうだが、土が違うからな。だが煉化石の強度も、むやみに上げればいいというものでもない。硬ければ強いというものでもないだろう」

「そうですな。硬いほうがかえってポキッといっちまう。石積みと同じですから、崩れるのも防がにゃならん」

「崩れんようにするには、繋ぎに鉛を混ぜ込むといいと聞いた」

鉛？　と周りを囲んだ煉化石職がどよめいた。煉化石を積む際、繋ぎのモルタルにはセメントを使う。が、日本においてはそのセメントが未だうまく精製できず、漆喰《しっくい》で代用することもままあった。しかしそれだとわずかな震動でヒビが入ってしまう。

「セメントでも漆喰よりは遥かにいいが、特に強度を出したい箇所は、鉛を混ぜることでいっそう強固になるそうだ。ドイツでは今、この工法がもっとも信頼されている」

「なるほど鉛か。しかしまぁ、混ぜる塩梅が勝負でしょうな」

「ああ。そこはこれから試行錯誤だな」

妻木と鎗田の話は弾み、なかなか終わりそうにない。晩飯の時刻まではまだ三十分ほどある。この隙に部屋で少し横になろうと、それこそ鉛のように重い身体を戸口に向けたとき、

「あ、河合さん。少しお願いがあるのですが」

と、妻木に呼び止められた。どうせなにか厄介ごとを押しつけられるのだろうと、うんざりして顔だけをそちらに向ける。

「実は、設計助手の手が足りんのです。私と渡辺さんだけでは期日内に仕上げることができそうもなくて。それで、河合さんにも設計を担ってもらえないかとエンデがおっしゃっていました。明日からでも、事務所に通っていただくわけにはいきませんか」

河合は呆然として、妻木の浅黒い顔を見詰める。むろん望むところである。ドイツまで来て、職人たちの世話役兼通訳ではやりきれない。しかし——。

「……いいのか？　僕が行って」

「こちらからお願いしておるのです。司法省の建物を設計しているギーゼンブルグを手伝ってほしい、とのことでした」

それから彼は周りに集まった職人たちを見渡し、

「みなさんには、日本語を解せるドイツ人をそれぞれの現場につけてもらうことにしました。

訊きたいことがあれば、その者に訊くように。それと、身体がきつければその都度申し出て、適宜休息をとるように。日本の現場とは勝手が違うから、慣れるまでは無理をせぬようにしてください。技術の習得に来て身体を壊したでは目も当てられませんから」

職人たちが安堵したふうに顔を見合わせ、鎗田が「そいつぁいいや。わっち専属の通訳になってもらおう」と、調子に乗った。

河合は、職人たちと談笑する妻木から容易に目を離すことができない。

――いつの間に、そこまで体制を整えたのか。

額の生え際に、粘ついた汗粒が滲《にじ》んでいる。

河合は早速翌日から事務所に通うようになったが、司法省の設計図はおおかた仕上がっており、設計助手というよりもギーゼンブルグの仕事の見学者として参加したような具合だった。それでも、ドイツ建築での材の扱いや装飾の用い方は新鮮で学ぶところも多く、また、製図台が十台以上も並んだせいせいと広い事務所や、設計士たちの熱気に満ちた様子も、同じく建築という仕事を選んだ河合の行く先を明るく照らすものだった。

エンデが日本に向けて出航する日取りが三月と正式に決まり、これに先駆け、ジェームス・ホープレヒトなる技師を派遣する、とベックマンから告げられたのは、二月頭のことである。東京の地盤や勾配《こうばい》を調査するためだという。念には念を入れる彼らの姿勢に河合は感心したのだが、意外にも妻木が、これに否やを唱えたのだ。

「その必要はございません。すでに日本人技師が地盤を調べ、土地の高低も図に起こしております」

滅多に意見を言わない男がいきなり噛みついたから、河合は思わず渡辺と目を見合わせた。反してベックマンは冷静だった。

「調査をしたのが日本人技師だから、やり直す必要があるのです。我々のほうが正確な数字を出せる。街を造る上で重要なのは、その土地をいかに正しく把握《はあく》するか、ということです」

「承知しております。しかし、ご心配には及びません。日本の技師の能力は高い。完璧な調査結果がすでに出ております」

妻木は、ひどく頑なだった。

「そこまで自信があるなら、裏付けをとるためにもドイツの技師を迎え入れてはいかがかな。まさか、日本側の調査を覆《くつがえ》されるのが怖いということはなかろうね」

傍らにいたエンデが軽口を叩いても、妻木は笑みを浮かべることとさえなく言い切った。

「いえ。ドイツ人技師を送る手間も時間も費用も無駄になるから申し上げているのです。予算に限りがあり、あなた自身がもうすぐ日本に渡ろうという今は、設計に集中すべきだ」

エンデは肩をすくめて首を横に振り、これに妻木がさらに畳み掛ける。

「日本の技師や職人の腕は世界に引けを取りません。無論、洋風建築には慣れておりませんが、一度基礎さえ学べば、彼らなりに応用し、発展させ、その技術をものにするでしょう。もっと日本の技師を信じていただきたい」

見かねた渡辺が割って入る。

「おい。大風呂敷を広げるな。我々はここに学びにきている身だぞ」

「いずれにしても」

妻木は渡辺を一顧《いっこ》だにせず、毅然《きぜん》としてエンデに告げた。

「いかに洋風建築を学んでも、煉化石にしても石積みにしても、いずれは日本人が日本の風土に合ったやり方でなさねばならないときが来ます。ドイツの技術をそのまま持っていっても、気候も湿度も暮らし向きも異なる日本では、万全とはいえんのです」

収拾が付かないと感じたのだろう、エンデは「わかった。少し検討しよう」と手際よく話を打ち切った。妻木もそれ以上執拗に追及はせず、口をつぐむ。ちょうど時計が正午を打った折で、事務所の設計士たちは白けた顔を見合わせつつ、昼食をとるために三々五々出ていった。

「僕らも行こう」

渡辺に誘われ、河合は妻木に目を遣ったが、彼はすでに机に向かってなにか書きものをはじめている。

「気にせんでいいさ。彼はいつもひとりで飯を食っているんだ」

とっとと歩き出した渡辺に従い、事務所の三軒先にある食堂に落ち着いた。

ドイツ人の食事のとり方は独特で、昼食にもっとも比重を置く。朝は果物などで簡単に済ませ、夜もハムやチーズを挟んだパンが出るきりである。代わりに、昼は腹に溜まるものをしっかり食す。温かいスープや肉が出るのも昼だけで、ドイツに渡ったばかりの頃は、これがとかくこたえた。一日の終わりに炊きたての飯と味噌汁が出ればどんな疲れも癒えるだろうに、と肩を落とすも、ドイツ人建築家たちは「あとは寝るだけなのに、重いものを食っては胃が休まらんだろう」と、笑うのである。鎗田なんぞは、「ドイツ人ってのは頓珍漢《とんちんかん》ですな。あったかいもんで腹一杯にして寝るのが幸せだってのに」と未だに不平を垂れている。

「しかし存外頑固な男なのだな、妻木というのは。エンデに食ってかかるとは」

女給が、牛カツレツに茹でたジャガイモを添えた皿を運んできた。牛はなんとか食えるが、豚肉やソーセージはまだ薄気味悪くて口にできない。

「あの、私が設計に加われることになった経緯《いきさつ》ですが……」

ふと、前から引っかかっていたことが口を衝《つ》いて出た。「なんだね、藪《やぶ》から棒に」と、渡辺が片眉を上げる。

「エンデやベックマンが望んでのことではないのではありませんか？」

「さぁ。どういう経緯か、詳しいところは僕も知らんのだ。もう決まったこととして妻木から聞かされただけでね」

「私が思うに、どうも妻木君がエンデに掛け合ったんじゃあないかという気がしましてね。本人はなにも言わんのですが」

最初にベックマンから、河合だけ事務所での仕事に加われぬと告げられた折、妻木が物言いたげにこちらを見ていた顔があれから幾度もよぎるのである。

「まさか……そこまでできる立場でもなかろう。しかし不思議な男だよ。普段はひどく無口なのに、たまにああして抗《あらが》うだろう。この間なんぞ、担当している議院の設計図を一存で変更して、ケーラーに提案していたんだぜ。むろん、却下されたがね」

「設計図を？　自分で引き直したということですか？」

渡辺はそれにには応えず、ジャガイモをフォークで突き刺して言った。

「妻木と我々とでは、根底のところでなにかが大きく違うような気がするんだ。育ってきた環境は似通っているはずなのにな」

妻木は、河合や渡辺と同様幕臣の子であり、江戸育ちである。慣れ親しんだ江戸の景色を塗り替えることに、彼はどんな思いを抱いているのか。渡辺はただただ前を見ているが、河合は滅びていった江戸人の亡霊を背負っているような呵責《かしやく》を覚えることが時にあった。

「彼は赤坂仲之町に生まれ育って、今も同じ赤坂の台町に住まいがあると聞いたぜ」

咀嚼《そしやく》の合間から渡辺が言う。

「細君はあるそうだが、肉親には縁が薄かったらしい。父親は幼い頃に亡くして、母親も、ひとりきりの姉も、彼が十五になるかならないかのうちに逝ってしまったとか。天涯孤独で、これまでどうやって暮らしてきたんだか」

渡辺は妻木の経歴に詳しかった。元来、なににつけても入念に調べる男だから、年下でありながら自分の上に立つことになった人物について、出国前に生い立ちを探りでもしたのだろう。

「工部大学校を辞めたのも、もしかすると金の工面《くめん》ができなかったからかもしれんな」

渡辺の時代は官費で通えたが、妻木が入学した頃から月に七円の学費がかかるようになったのだ。西南戦争の出征費がかさんで、国が予算を捻出できなくなったのが遠因だった。

「しかし今にして思えば、妻木君が大学を辞めて米国で学んだことは悪い選択ではなかったのかもしれませんな。その経歴を買われて東京府に迎え入れられた上、東京府庁舎の設計も任されていたというじゃないですか。もっとも、庁舎の起工前に彼は臨時建築局に引き抜かれたわけですが」

「単に異国の大学を出たことで箔が付いただけだろう。今の府知事は建築のことなぞ、ろくにわかっていないさ」

渡辺は、カツレツにナイフを入れた。皿がガチャガチャとはしたない音を立てる。

「建築局にしたって、松崎さん、青木さんともドイツ贔屓だろう。僕らのようにコンドル先生の教えを受けた者より、手垢のついとらん妻木のほうが使いやすかったのさ。それで今回、団長格に据えられた」

河合が返事を濁すと、渡辺がつと顔を寄せてきた。

「そもそも、今回官庁集中計画にドイツ人建築家が選ばれたのはなぜだと思う?」

「それは、大臣がおっしゃっていたように荘厳な官庁街を造り上げるためでは……」

「井上さんはその程度のお考えかもしれんが、実のところはそんな単純なものじゃあない。なんでも三島さんの差し金じゃあないかという噂だぜ」

三島通庸は、臨時建築局の副総裁に収まった警視総監である。各所の県令をしていた時分は、地元の意向なぞ無視して道路を敷き、街を造り直すという横暴な改革をしたため、「土木県令」と揶揄《やゆ》され、憎まれた。

「三島さんは確かに、道路をあちこちに敷いてはいますが、建築に詳しいという話は聞きませんが」

「だからさ、建築物そのものの善し悪しで決めたんじゃあないのさ。例の条約改正が絡んでいるんだ。米国と英国が頑なに改正を拒んでいるから、ドイツを籠絡《ろうらく》しようという考えさ」

「まさか」

河合は声を呑んだが、条約改正一意に励む中央政府の執政を思うにつけ、さもありなんという気がしてくる。

「ドイツ人建築家に官庁を造らせることで親交を深め、恩を売ろうという肚さ。日本は貴国を手本として新たな国家を造るつもりだとでも訴えて、条約改正に協力を請うつもりなんだろう。ドイツが間に入ってくれれば、米国、英国も態度を和らげるだろうからな」

開いた口が塞がらなかった。

――新たな東京の景色を、そんなことで決めてしまってよいのか。

政治も国体も大切だが、それによって景色が左右されるのだとしたら建築家の意味はなんなのか――憤懣《ふんまん》と不審がないまぜになった内心をもてあまし、河合は、皿の上で冷めていく料理へ目を落とす。

エンデは、妻木に劣らず頑固なのだろう。自身の出航に先駆けて、結局ホープレヒトを東京に送り込んだのである。事務所の面々には事後報告だったから、妻木は面白くなかったはずだが、彼の不思議なところで、そういう生々しい感情を一切態度に表さなかった。

「残念だったな。君の意を汲んでもらえなかったようだ」

と、慰めともからかいともとれる言葉を渡辺が投げかけても、目の端で笑んで、

「はぁ。そうですな」

と、穏やかに答えるきりなのだ。

もっともエンデが日本に発つ直前は設計図の仕上げに追われていたから、ホープレヒトの件

にこだわり続ける余裕もなかったのだろう。妻木も渡辺も河合も、事務所で仮眠をとりながら、庁舎の完成図を細部に至るまで確認する日が続いたのである。

三月下旬、仕上がった図面を手に、エンデが日本へ発ってしまうと、三人はシャルロッテンブルク工科大学に通いはじめた。事務所の仕事が空くこの時期に、より確かな建築知識を身につけるようにと、エンデが事前に手配したのである。この計らいに河合と渡辺は嬉々として朝から晩まで大学に居続けたが、妻木はいくつかの講義に気まぐれに顔を出すだけで、あとは鎗田ら、職人の働く現場に通い詰めているらしかった。

「変わり者だな。せっかく大学で学べる機会だってのに。帰国後にこの経歴がどれだけ役に立つか知れないぜ」

渡辺は呆れたふうに漏らしていたが、宿舎の食堂で鎗田と話に興じる妻木を見ていると、彼にはなにか確かな考えがあって現場仕事を優先しているのではないか、と河合には思えてくる。

「トラス組という工法は、日本で用いられてきた工法よりいいかもしれんな」

晩飯に出された、ハムを挟んだだけの硬いパンをかじりながら、妻木は机上に帳面を広げる。そこには綿密な図面が描かれていた。

「どうですか……。わっちらは小屋組を造るとき、桁《けた》っちゅう横木に梁《はり》を渡して、そこに垂直に束《つか》を立てて屋根を支えますが、トラスははじめに三角に木を組んで、そいつをそのまま屋根の木組にしちまうってぇやり方でしたな。だいぶ不精なように見えますが」

日本の伝統工法を信じている鎗田は、不本意そうである。

「しかし、三角の木組を屋根に沿って並べていけば強度も増す。その上、和組《わぐみ》より早く仕上がるだろう。不精じゃあなくて、無駄がないんだ」

「いやぁ旦那。無駄ってのは大事ですぜ。無駄なことをして、回り道を行くから、正しい道が見えてくるってぇもんです」

「鎗田さんお得意の説法だな」

妻木がさも可笑《おか》しそうに笑っている。河合や渡辺の前では見せることのない、屈託のない笑顔だった。

「説法なんかじゃありませんよ。家だってそうだ。なんに使うんだかよくわからねぇ無駄な場所があると、贅沢で豪勢に見えるもんです。建築ってのは無駄があってなんぼです。ですからわっちらは細けぇところ、見えねぇところも手を抜かねぇんで」

顔を赤くし、ムキになって抗弁する鎗田を、妻木はしかし、笑いはしなかった。神妙な面持ちで鎗田を見詰めてのち、小さく言ったのだ。

「そうだな。そいつはもっとも忘れちゃいけないところだな」

＊

エンデは、八月にドイツへ帰還した。日本滞在中に彼は東京中をくまなく歩き、最終的に仕上げた設計図を井上馨に示したのち、さらにそれを天覧に供した。

「その上で、計画を大幅に変更することになった」

エンデの言葉に、事務所内が大きくどよめく。なぜです、といくつもの声が飛んだが、彼は

それらをやり過ごし、

「官庁街の全体像、それ自体に変更が生じたのだ」

淡々と言うや、大判の図面を広げて見せたのである。

「えっ」

と、うっかり河合が声をあげてしまったのは、官庁街の範囲が極端に狭まっていたからだ。外務省を中心にして東西に広く点在していたはずの建物が、日比谷練兵場内にすべて収まっている。大蔵省も大審院も警視庁も、主立った庁舎が碁盤の目に並んでいる。

「あれじゃあ、コンドル先生の案と変わらんじゃあないか」

渡辺が眉をひそめて囁いた。ベックマンの作成した官庁街の図に見慣れていた河合にとってもそれは、ひどくこぢんまりと窮屈《きゅうくつ》に見えた。ドイツ人設計士たちも口々に異論を挟む。エンデは、その枯れ枝のような指を広げてみなを制すと、変更の理由について意外なことを口にした。

「街図の変更は、ホープレヒトの調査結果に基づいてのことだ。井上大臣からも、彼の進言に従ってほしいと申しつけられた」

ホープレヒトは水道の専門家でもあるから、地盤を調べるとともに、多摩川水系を調査し、水道と下水管を各所に張り巡らせるための計画を練り、どこにどのように道路、鉄道を敷けばよいかを提案した。さらには、日比谷練兵場を手つかずのままにしておくのは美観の上で問題があるから、ここに官庁街をまとめるのはどうか、そうすれば統一感も生まれるだろう、と訴えたらしかった。

井上、三島のみならず、松崎までもがホープレヒトの意見に頷いたのは、その案が秀でていたということよりも、彼が技師として世界的に名声を博している点が大きく影響したのだろう。エンデが今回の計画に彼を必要としたのも、自分の設計図を覆されたのにベックマンがひと言も異論を挟まずにいるのも、ホープレヒトの実績ゆえのことに違いなかった。他の設計士たちも、すっかり口をつぐんでいる。

静まりかえった事務所で、唯一声をあげたのは、またしても妻木だった。

「私は承服しかねます。練兵場の地盤調査はしかと行ったのでしょうか？　あの辺りは霞ヶ関辺に比べて地盤が緩い。官庁を集中させるのは得策とは思えません」

エンデの顔が不快も露わに歪んでいく。

「ホープレヒトの調査が正しくないと言うのかね」

「日本の技師の調査のほうが、より正しいと申し上げているのです。私たちは、長い歴史の中で地震と火事に再々街を奪われてきました。江戸城でさえ、幾度となく焼失している。民の住む家屋は、地震によっていとも容易《たやす》く倒壊してきた。これを阻むための煉化石造りであり、都市改正なのです。美観を損ねるからと、練兵場に重要機関である官庁を集めては、災害に見舞われた場合、一切の機能を失います」

「我々の建築技術をもってしても、かね」

「碇聯鉄構法や木《もくりよう》梁定着金具によって、耐震補強をすることは可能でしょう。ですが、地盤が緩ければ経年によって建物に歪みが生じます。その歪みが地震のときに倒壊を引き起こす」

エンデは小さくうなったきり押し黙る。代わりにベックマンが、

「井上大臣がこれを採用したのだ。起工に向けて進めるしかない」

と、諦念を帯びた声で告げ、

「街図だけでなく建物自体も変更になる。これはエンデの希望だが」

と、すみやかに話を進めた。

「日本の建築様式を取り入れて、図面を引き直す」

室内が、再び大きくどよめいた。日本の様式に？　と河合と渡辺は同時にうめく。

「私は実際に現地を見て、いかに官庁街といえど、日本の風土の中にドイツの街を切り取って移設したようなものを造ってはおかしなことになると感じたのだ。今回の視察で、古くから遺る日本建築を多く見学した。形状も意匠《いしょう》も、いずれも優れたものであった。これを活かさぬ手はない」

河合はおそるおそる挙手をする。

「……つまり、日本建築の庁舎を建てるということですか？」

声が裏返った。そんなことになっては、ドイツまで来て建築を学んだ甲斐《かい》がない。

「仮にそうであれば、建築主任の座は日本の建築家に明け渡さないとならないだろうね」

エンデは歳に似合わぬいたずらっぽい笑みを浮かべてから、首を横に振った。

「建物の基礎となるところ、また、使う材や工法もすべてドイツ流でいく。ただし、屋根や装飾は日本伝統の仕様を活かして、和風に仕上げるつもりだ」

東京にいる間に大まかな案を仕上げてきたから、これを叩き台に早速明日から作業に掛かってほしい、と彼は気忙しげに付け加えた。

「和洋折衷《せっちゅう》案ということか。なんだってそんな中途半端なことをするんだ」

隣で渡辺が唾棄せんばかりに言う。河合も大いに不満である。煉化石を外壁に用いたドイツ風建築に日本の瓦屋根を載せたところで、珍妙なだけだ。

河合はそれとなく部屋後方に目を移した。壁にもたれ、腕組みをしてエンデの話を聞いている妻木は、最前のように異を唱えることはなかった。といって、エンデの方針転換を歓迎しているふうにも見えない。新たな議院の姿でも頭に描いているのか、そっと目を閉じたと思ったら、街頭に佇《たたず》む老木に似た深遠な静けさで身を覆い、動かなくなった。


翌日から河合たち三人の仕事は、いっそう煩雑になった。

和洋折衷案への変更に伴い、「製図手伝い」とは名ばかりの見習い仕事しか任されなかったこれまでとは異なり、日本建築の指南役を担うことになったのである。とはいえ、ネオ・バロック調の支柱に煉化石造りの土台、観音開きの窓を配した洋風建築の上に天守閣のような小尖塔を載せるというエンデの案は、日本人からすれば奇観でしかなく、本当にこんなものを建てるのか、井上はともかく松崎は諒承《りょうしょう》したのだろうか、と宿舎に戻ると渡辺と懐疑を交わし合うのが常となった。

反して妻木は、不満も疑問もないのか、黙々と作業に専念している。宿舎での晩飯後、渡辺が、

「おい、妻木君。君はおかしいと思わんかね」

と、あえて自分たちの会話に引き込もうとしても、「まぁそうですな」と笑って見せるだけ

なのだ。

「エンデは、日本式と洋式を五分五分の割合で造るというだろう。東京という街が新たに生まれ変わろうというときに、なにも古いものを遺すことはないんだ。そんなことじゃあ、いつまでも西欧には追いつけんぜ」

放り出すように言って、渡辺が煙草《たばこ》に火をつけたときだった。妻木が低くつぶやいたのだ。

「それは、どうかな」

マッチの火を消すために、上下に泳いでいた渡辺の手が止まる。

「どういう意味だ？」

「いえ。特には」

妻木は話を仕舞おうとしたが、渡辺は執拗だった。

「はっきり言いたまえ。君だって建築家のはしくれだろう」

妻木はそれでも困《こう》じたふうに眉を下げて、曖昧な笑みを浮かべていたが、やがてゆるりと顔を上向けると、天井に語りかけるようにして言ったのだった。

「西欧に、追いつく必要があるのかな」

かろうじて聞き取れるほどの声であった。渡辺は呆れたふうに口を開いている。河合もまた、目をしばたたかせる。

「なにを言っておるんだ。僕たちがなんのために洋風建築を学んできたか……」

渡辺がようやく声にしかけたとき、すでに妻木は立ち上がって後ろを向けていた。茶の入った湯飲みを手に、

「お先に」

と、そっけない声を残して、食堂からあっさり姿を消した。

三

松崎万長は「えっ」と叫んだ拍子に、くわえていた煙草を落としかけた。

「今、なんとおっしゃいました?」

外務大臣室の絨毯《じゅうたん》に散った灰を慌てて払い、応接椅子から身を乗り出す。向かいに座す井上馨は、鼻の下に貼り付いた、ちぎった海苔のような髭を人差し指で盛んにしごきつつ、

「じゃから、臨時建築局は内務省管轄になる。二度も言わせるな」

と、苛立ちも露わに返した。

「そんな……内務省といえば、市区改正に関して、これまで井上大臣と対立してきた間柄やないですか」

東京府知事の提案をもとに内務省が地道に進めてきた市区改正計画を、長州閥の力業でねじ伏せて、むりやり通したのが官庁集中計画なのである。内務省からすれば、内閣直属の臨時建築局は、自分たちの仕事を潰した、いわば仇《かたき》のはずだった。

「わしが外務大臣を退くからには、建築局総裁に座り続けるわけにもいかんじゃろう。局が存

続できただけでも、御の字だと思え」

嘆息に混ぜてつぶやいた井上に、松崎はやむなく口をつぐむ。

異国との条約改正交渉が、失敗に終わったのだ。一年以上かけて各国と話し合いを重ねたにもかかわらず、幕藩時代の負の遺産を完全に是正することはかなわなかった。しかも諸国を懐柔する過程で「裁判所に異人判事を置くこととする」とした井上の譲歩策が、閣内はじめ識者から猛烈な批難を受ける。結果、彼は責任をとる形でこの九月に失脚。これに伴い、井上主導で進めてきた官庁集中計画も宙に浮くこととなったのだ。

「内務省は、建築局を引き取ることを諒承しとるのですか？」

訊くと井上は、ふて腐れた顔で顎を引いた。

「わしに代わる建築局総裁には、ドイツから先般戻った品川弥二郎を推すつもりじゃ」

「そうですか……」

松崎は気のない返事を放った。品川もまた、長州閥だ。政財界に顔が広く、井上の意志を継ぐには格好の人材かもしれない。

「君は、これまで通り技師長として建築局に残ってもらう。エンデの来日時に各所を案内したのも君だからな」

「はぁ。あの節は日光にまでお連れしましたなぁ」

来日したエンデが、庁舎の設計に日本の伝統建築を取り入れたい、と急に言い出した折のことを、松崎はぼんやり回想する。

「それと」

井上は、ひとつ咳払いをして続ける。

「ドイツに送っておる局員たちだが、そろそろ戻すか」

松崎は再び喉を引きつらせた。

「戻す？　日本にですか？　渡独してまだ一年も経っておりませんが」

「内務省に管轄が移るとなれば、予算や日程も変わってくる。いずれにしても仕切り直しなのじゃ。一旦戻したほうがよかろう」

「一旦て……一年弱ではろくに学べません。職人たちにしても、ようやく慣れてきたあたりかと」

すると井上は困じ果てたふうに肩をすくめた。

「技師たちの渡航費用も滞在費用も、政府の助成金でまかなっとる。あまり長引かせるな、ゆう上からのお達しじゃ」

上、というと伊藤博文だろうか。いや、おそらく内閣の総意だ。条約改正という日本の将来を左右する大仕事をしくじった井上に、閣内から吹く風はどこまでも冷たい。

「私は納得いきませんが……ただ仮に彼らを戻すにしても、設計の変更だけは阻止していただきたい。エンデは、実際その足で日本を見て回り、和洋融合案に行き着いたのです。どのような設計図があがってくるか、私は強い関心がございます」

井上は目をしょぼつかせ、「まぁ、それもわからんでもないが」と気の抜けた声を出した。

「しかし、いずれにせよ万事審議にかけ直さねばならん。管轄が変わるというのはそういうことじゃ」

言うや、急に頭を抱えてうめいた。

「官庁街の計画にしても、ボアソナードの屋敷を避けて道を敷くよう命じたっちゅうに。そこまで気を遣っても、条約改正の一助にもならんとはのう」

ボアソナードは、司法省の顧問を務めるフランス人法学者だ。条約改正に際して井上は、ドイツを取り込む目当てもあってエンデに街造りを委ねた。その上、フランスへの目配せとして、東京のボアソナード邸まで転居の必要がないよう配慮して計画を進めていたと知り、松崎はさすがに眉をひそめた。

――建築を、街造りを、なんやと思うとるんや。

「ともかく、計画の骨子は必ず引き継ぐことです」

嘆く井上に一切の同情を見せず、松崎は冷ややかに唱える。

「大臣がおっしゃった、威風堂々とした街並みを造るという意図ではじまったこの計画の、方向性を途中で違《たが》えては、景色が汚くなります」

「景色が……汚くなる？」

「ええ。統一性を欠いたものは汚い。ひとつひとつの建築物がいかに優れていても、景色として眺めたとき、ひどく野蛮で未発達に映るものです。日本の伝統建築の隣に英国風とドイツ様式の建造物が並び、その上、建築家が銘々己の技量を顕示したような代物が好き勝手に建ったらどうなります。まったく垢抜けん、稚拙で歪んだ、汚い景色ができあがります。私ども技師は本来、自我を排し、美しい街並みを造り上げるというひとつの目標に向かって意識を合わせていくべきなのです」

おのずと舌鋒《ぜっぽう》が鋭くなった。生まれ育った京の景色は、至極《しごく》控えめで落ち着いたものだったが美しく統一されていた。ドイツに渡って、その均整がさらに規模を大きくして隅々まで行き渡っている様に魅入られた。東京もそのように造り替えねば、街を刷新する意味がない。

「君の言うことはわからんでもない」

井上はしょぼついた目をこちらに向けた。

「しかしこれからの街造りには、すべて政治が絡んでくるだろう。建築も政治の一環となるんじゃ……」

井上はそこで、目線を床に落とした。松崎が払いきれなかった煙草の灰が、点々と絨毯を汚している。

「政治っちゅうんは、美しさとはもっとも隔たったところにあるもんじゃからのう」

小声で漏らし、彼は海苔様の髭を慰めるようにさすった。

＊

明治二十一年六月、ドイツから帰朝した建築局局員を、松崎は横浜港まで出張って迎えた。船から降りてきた渡辺と河合に「ご苦労だった」と声を掛け、辺りを見回したのち、

「妻木は？」

と訊いた。

「この船には乗っておりません。帰国間際に体調を崩したようで、快復してから帰国する、と

のことです」

河合がためらいを覗かせて答えたそばから、

「仮病を使って、ベルリン大学で学び直すつもりなのさ」

と、渡辺が聞こえよがしに嘯いた。

帰朝命令がエンデ＝ベックマン建築事務所に届いたのは、今年二月のことだという。庁舎の設計途中だったため技師三人には動揺もあったが、その以前に井上の失脚はドイツまで聞こえており、きっとまた計画に変更が生じたのだろう、と渡辺たちは早々に諦めて帰国準備を進めた。河合に至っては、ほとんど不眠不休で事務所に詰めて図面を引き続ける日々がよほど辛かったのだろう、内心快哉《かいさい》を叫んだらしい。

「情けない話ですが、監獄に入れられているような毎日でしたから。宿舎と事務所の往復だけで、温かな飯にもありつけず……」

声を震わせて語る河合を遮り、

「で、妻木は今、ベルリン大学で学んどるんか」

松崎は改めて訊いた。東京に戻る前に美味いものでも食おう、とふたりを誘って入った横浜の小料理屋である。

「また妻木、ですか」

渡辺が不服げに鼻から息を抜く。今の今まで「久しぶりの米だ」と喜色を漲らせていた河合も、額に物憂い影を浮かべている。

君は人の上に立つ器量じゃないな——一度、建築局副総裁だった三島通庸に言われたことがある。下僚への労《ねぎら》いの言葉は大仰なくらい垂れ流せ。それだけで相手は感激して、人一倍働くようになる。心なぞ籠もっておらんでいいのだ。ご苦労であった、君のおかげだ、と考えずとも出るようになってはじめて上に立てる。君のように、興味のあることにしか関心を示さぬでは、下はついてこんぞ――世の摂理を知り尽くしたような三島の得意顔が浮かんで、松崎は鼻を鳴らす。疎《うと》まれても構うものか。口先だけの労いで命脈を繋がねばならぬほど、自分は落ちぶれてはおらん。

「私どもが帰朝命令を受け取ったとき、みなで話し合いをいたしまして、共に渡航した職人たちは残ることになったのです」

河合が、経緯を語りはじめる。

「彼らはすでに、現場でも重要な働き手に成長しておりましたし、当人たちからもどうせここまで来たからにはしっかり学びたいとの声もあがりまして。帰国の折には、ベックマンが便の手配をしてくれるということも決まったのです」

妻木は、この話がまとまったところで唐突に、「では私も帰国を少し遅らそう」と、言い出したという。

「職人だけで残すわけにはいかないし、体調も優れないから、ともっともらしいことを言っていたが、シャルロッテンブルク工科大学よりも優れた教育機関で、西欧建築を学びたかったんだろう」

渡辺が、皮肉な笑みを頰に貼り付けて横槍を入れた。

――妻木のことや。なんぞ考えがあってのことやろ。

松崎は早々に結論づけ、それ以上この件に関して掘り下げることをやめた。貴重な時間を、渡辺の怨嗟《えんさ》を聞くことに当てたくなかったのだ。

「それで、だ。帰朝命令の手紙でも知らせた通り、臨時建築局は内務省管轄に移った。人数は職人も含めて増えるが、君ら技師は今まで通り勤めてもらう」

ふたりは幾分頬を弛《ゆる》めて、頷いた。

「それから、庁舎の設計案についてだ。和洋融合案を取り入れることになったと思うが」

「はぁ。その変更で、私どもは寝る時間もなく働く羽目になりました」

河合が冗談めかして笑った。松崎はここでも労いを口にすることなく、事実だけを告げる。

「あれは取り消された」

ふたり同時に目を瞠《みは》った。

「一月末の内閣会議で、庁舎の設計において日本式と西欧式の混用をすべからず、との決定が下ったんだ」

河合は頭を抱え、渡辺は拳で机を叩く。

「なんだって二転三転するんです。こんなやり方は設計の態《てい》をなしとりません。そもそも私は、ドイツ様式に日本風を融合させることにも反対だったんだ。それでも、やむなく一から設計図を作り直したってのに」

それはな、政府の連中が類《たぐ》い希《まれ》なる阿呆揃いやからや――そう返したいのをこらえて、松崎はこめかみを掻きつつ答える。

「和洋融合案に傾いたんは、エンデが寺社仏閣を見てえらく感心したこともあるが、それとは別に、井上大臣……もう大臣やないか、井上さんの思惑もあった。政府内で欧化批判が起こっていたからな。そいつをかわす目当てもあったんだろう」

「それがどうしてまた今度は、日本式を採用せず、と覆されたんですっ」

渡辺の怒声が響き渡る。個室に通されたからいいようなものの、三十路《みそじ》を過ぎた男が他愛なく感情を剝《む》き出す様を見て、こいつを造家学会の初期委員にせんでよかった、と松崎は胸を撫で下ろした。

造家学会は、妻木が音頭をとって発足した組織である。向後発展するだろう建築界のため、主に工部大学校出身の造家学士で構成されている。創立委員には、松崎の他、河合、辰野金吾、坂本復経《さかもとまたつね》が決まり、芝区愛宕《あたご》町にある松崎の自邸で創立委員会も催した。もっともそのすぐあとに、妻木と河合のドイツ遊学が決まったこともあり、会としてまだ十分な活動はできていない。

「松崎さん？」

すっぽり思考に潜っていた松崎を、河合がこわごわといった態で覗き込む。

「いや、すまん。渡辺君の声があまりに大きいから驚いてしまってね」

適当な言い訳を放り、座椅子の背もたれに身を預けた。

「日本式を採用しない理由については、閣僚からの反発があったということだ。和洋混用なぞという半端なことをするならエンデに依頼する意味がない、とね」

「……まぁ、それはもっともなご意見かもしれんですが」

幾分落ち着きを取り戻した渡辺を見て、松崎はさらに言いにくいことを、あえて砕けた口調で打ち明けた。

「なにせ、官庁集中計画自体が全面変更になっちまったからな。官庁街の設計も進んでいたとは思うが、今回建てるのは議院と大審院、司法省のみで、他は白紙に戻された」

ふたりは声を呑んだきり、身じろぎもできずにいる。

「建築局の総裁に、山尾さんが座ることになってね。知っておるだろう。山尾庸三氏だ。かつて工部省で工部卿を務めておられて市区設計には通じとる上、我が国の殖産興業推進に尽力もされとる。英国文明にも造詣《ぞうけい》が深い方だから、今後はドイツ様式ではなく、君らが学んできた英国風に舵《かじ》を切るのかもしれんな」

すでに顔を真っ赤にしている渡辺をなだめるため、適当な詭弁《きべん》を弄《ろう》すよりなかった。

品川弥二郎を総裁に、という井上の意向を、「いやぁ、わしは出自も低い田舎者ですけぇ、とてもとても洋風建築なぞ仕切る立場には立てません」と、品川はへらへら笑いながら巧みにかわしたという。損得だけで動いている男だから、井上の欧化政策に政府内外から集まった批判を肩代わりするのは御免だと判じたのだろう。

代わって総裁に推された山尾は、海外渡航が禁じられていた幕藩時代に、井上や伊藤とともに英国に密留学した開明的な人物だ。鉄道技術や欧州の産業に通じているそうだが、建築への造詣の程は知れない。

「英国式の庁舎が設計される可能性が？　コンドル先生はもう日本に戻っておられるはずですな」

案の定、渡辺は喜色を漲らせた。

「そういうことになるかもしれんな」

松崎は明言を避け、

「だが建築局としてまず行うべきは、エンデの設計した三つの建物を完成させることだ。渡辺君は大審院、河合君は司法省の設計に携わったんだったな。それぞれ担当した庁舎の現場監理をしてほしい。君らの名が轟《とどろ》く好機になるぞ」

朗らかに発破を掛けた。ふたりの双眸《そうぼう》に光が宿る。煉化石造りの欧風建築物を、日本人が設計から関わって施工監理まで担うのは、ほとんどはじめてのことなのだ。ご期待に添えるよう精一杯努めます、と彼らが殊勝に応えたところで、松崎は掌《たなごころ》でもてあそんでいた湯飲みを置き、咳払いをした。

「それとな、もうひとつ」

ふたり同時に、首を伸ばしてこちらを見る。

「僕は、臨時建築局を辞めた。三月《みつき》前のことだ。井上さんから山尾さんに代わって、いい機会だと思ってな。君らを迎えに来たのは、建築局技師長としての僕の最後の、いや、おまけの仕事や」

官庁集中計画に関する変更は、この後も間断なく繰り返されることになった。ホープレヒトの調査を受けて定められた「日比谷練兵場内に官庁をまとめる」という案が、九月、覆されたのである。

練兵場海側の用地はやはり地盤が緩い、との理由で当地は急遽《きゅうきょ》公園へと変更になり、庁舎は外桜田町へ移動となった。ホープレヒトの提言を、その権威にひざまずくかのようにして受け入れた日本政府の要請に従い、ベックマンが最初に引いた街区の図面を一から作り直したエンデは、今頃腸《はらわた》が煮えくりかえっていることだろう、と松崎は思い渡す。

「それが、用地変更はエンデからの申し出だとの噂があるんです」

十月より起工となる司法省建設用地を訪ねると、現場監理を行っていた河合が案外なことを告げたのだ。

「エンデが？　練兵場に庁舎を集めた図面を引いたんは彼やったな？」

「はぁ。ただ、先だって山尾総裁がそんなことをおっしゃっていたので。エンデはホープレヒト案に同意していましたから、私どもが帰国の途についたあと、気が変わるようなことはないと思うのですが」

河合は首を傾げつつ、

「ただまぁ妻木がだいぶ異を唱えておったので」

そう漏らした。

「妻木が？」

「ええ。練兵場は庁舎を建てるにふさわしくないと、えらい剣幕で」

ほう、と松崎は相槌だけ打ち、妻木がドイツに残った真の理由を想像してみる。それらしい答えに行き着いて顎をさすったとき、

「あ、そうだ。もうすぐ帰ると思いますよ」

煉化石を積んだ荷馬車が立てる埃に咳き込みつつ、河合が言った。

「帰る？　なにが？」

「妻木ですよ。ドイツを発したと建築局に手紙が届きました。来月には横浜に着くと思われます」

おそらく彼は、帰国したらいの一番に愛宕町にある松崎の屋敷へ報告にくるだろう。そこで妻木本人からドイツ残留の目当てをじっくり聞けばいい——松崎はそう判じ、「そうか」と軽やかな笑みだけを河合に返した。


ところが案に相違して、帰国したはずの妻木はいつになっても訪ねてこなかったのだ。葉書の一枚も寄越さない。それとなく河合に様子を訊くと、エンデ＝ベックマン建築事務所の技師ゼールを連れて帰朝したものの、建築局への挨拶もそこそこに、国内の煉化石工場を巡っているという。

かつてウォートルスが銀座の煉化石街を造り上げた折、国内にもホフマン窯を備えた工場がいくつかできたが、今後洋風建築が増えるに従い、煉化石が大量に必要になる、と政府のみならず実業家たちも目を付けたのだろう。渋沢栄一なぞは、ベックマンの助言のもと「日本煉瓦《れんが》製造」なる会社を起こし、彼の地元、埼玉は血洗島《ちあらいじま》に近い榛沢《はんざわ》郡上敷免《じょうしきめん》村に工場を造っているらしい。この頃から、建築関係者の間で主に使われていた「煉化石」は「煉瓦」の文字が当てられるようになり、今や多くに広まっていた。

臨時建築局を退いても、松崎のもとには個人邸宅の設計依頼が引きも切らずに舞い込んだため忙しくしていたが、十月も終わりに差し掛かった日、ついに痺《しび》れを切らして妻木を訪ねることにしたのだった。

彼の邸は、かつて旗本が多く暮らしていた赤坂台町にある。簡素にして隅々まで細かな意匠が凝らされた日本家屋で、南に張り出した濡れ縁脇の、古びたつくばいも風情がある。しばし懐かしさに囚われてから、玄関に吊された鈴を鳴らす。

事前に妻木の在宅を確かめることなく、おそらく夕刻であれば家に戻っているだろうとの見当だけで訪ねたため、

――無駄足を踏ませんでくれよ。

と、つい手前勝手な願を掛けた。

小走りの足音が屋内に立った。やがて、キュルキュルと腹の鳴るような音で玄関引き戸が開き、現れたのは、細君らしき女である。

「松崎と申します。妻木君はご在宅でしょうか」

名乗りながらも、女をよくよく観察する。浅黒い肌に切れ長の目、無駄な肉のない引き締まった輪郭、小柄ではあるが肩が張った丈夫そうな体つきをしている。いかにも江戸の女房といった佇まいで、色白下ぶくれの京女に慣れた目には、少しばかりきつい印象に映る。

「ええ。おります。松崎様ですね。少々お待ちを」

細君は奥に戻りかけたが、軒先に佇む松崎に気付いて、どうぞお入りになって、と三和土《たたき》へと誘《いざな》った。敷居をまたぎ、帽子を取って待つ。

程なくして、奥から濃紺の背広に身を包んだ妻木が現れた。渡独前とまるで風貌が変わっていない。そうして、久方ぶりの邂逅《かいこう》であるのに彼は、懐かしむ素振りも、突然の訪問に驚く様

子も見せなかった。

「君が訪ねてこないから、こっちが先に訪ねる羽目になった」

恨めしげに言ってようやく、「これは、不調法なことで」と応えたものの、さして恐縮しているふうでもない。客間らしき座敷に通され、藍染《あいぞ》めの座布団に腰を落ち着けるや彼は言った。

「今し方、栃木から戻ったばかりなんです。留守にしとらんときでよかったです」

「栃木？　そんなとこへ、なにをしに行ったんや」

歳が近いのと、早くから異国に出たという似通った境遇を持つ者同士ということもあって、妻木の前ではおのずと言葉の構えがとれる。

「下野《しもつけ》煉化製造会社に、ゼールを連れて視察に行ったんです」

「下野？　ああ、栃木の野木《のぎ》にある工場か。あっこは三井物産が金を出したんやったな。けど、ホフマン窯があるゆう話は聞かんが」

「今は登り窯だけですな。ただ、渡良瀬川《わたらせがわ》流域でいい粘土がとれます。土質を含めて見ておきたかったので」

「司法省も大審院も、日本煉瓦製造のものを使うようやが」

「ええ。今のところ質としてはもっとも優れています。おそらくは議院も同じ煉瓦を使うことになると思いますが、ただ、議会開催に間に合わせるために急ぎで仮議院を建てているとかで、本建築は先送りになるようでして」

明治十四年に国会開設の詔《みことのり》が出されてから六年目を迎えたおととし、伊藤博文を中心にようよう憲法起草がはじまり、今年の四月に成案、枢密院の憲法制定会議にかけられた。これに基づき、来年早々に憲法が発布されるのではないか、と噂されている。となれば、議員選出を経て、議会が開会されるのは、そう遠くない未来だろう。

「エンデ設計の本議院が竣工するまでには、少なくとも五年……いや十年近くかかるでしょう。ですから、議会もしばらくは仮議院で行われることになりましょう。本建築の起工まで少し時間の猶予《ゆうよ》がありそうですから、今のうちにできるだけいろんな工場を当たっておこうと思いまして」

はじめて日本の土を踏んだゼールを案内する目当てもあるのだろうが、原材料や資材の製造工程まで自らの目で確かめておくため、彼は動いたのだろう。

「わしが建築局を辞めたのは知っとるな」

「はい。伺いました」

「なんや、知ってて挨拶に来んのか。辞めた人間には用無しっちゅうことやな」

妻木は眉を下げて笑うばかりで、なぜ辞めたのか、訊きもしない。そのくせ、

「政治と関わる形で建物を造るのが嫌になりましたか？」

と、図星を指してきた。腹立たしいから「その通りだ」と素直に答えることはよした。代わりに、

「なんや、政治家っちゅうのは総じて、猿が背広着て歩いとるようなもんやのう」

と、せせら笑ってみせる。妻木がふっと口角を持ち上げたところで、廊下から「失礼いたします」と声がかかり、細君が茶と茶菓を運んできた。桐箱に干菓子が美しく並んでいる。

「きれいなもんやなぁ」

松崎が感嘆の声を漏らすと、それまできりりと張り詰めていた女の目元が弛んだ。いかにも嬉しげで、まるで少女のような面輪《おもわ》に変じる。褒められたのを誇るように彼女は夫を見遣り、すると妻木の口元がそれに応えてゆるやかにほどけた。松崎はまだ独り身である。夫婦というのはこんなふうに言葉を介さずとも心を通わせられるものなのだろうか、と思えば、これまで言葉の通じぬ連中と折衝《せっしょう》するばかりだった自分の役目が、いっそう虚《むな》しく感じられた。

「では、ごゆっくり」

笑みを残して部屋を出て行く細君を襖が閉まるまで目で追ってから、妻木はふと顔を曇らせた。

「私がドイツに渡っている間に、辰野さんが建築局技師を兼任されましたな」

辰野金吾は、松崎が建築局を退いたひと月ほどあとに、三等技師として入局した。妻木とは造家学会会員として顔を合わせているから、知らぬ仲ではない。

「なんぞ引っかかることがあるか？」

「入局自体は別段……ただ、私が東京府御用掛だった時分に仕上げた府庁舎の設計図を、辰野さんが検めていた、と」

臨時建築局が内務省に移管したのを機に、東京府発案である市区改正計画も担うようになった。妻木がドイツにいる間に、東京府庁舎の設計図を精査するよう、辰野金吾が山尾庸三から申しつけられたのである。

「設計自体に味噌がついたんか？　やり直しゅうような」

「いえ。そういうわけでは。今のところ辰野さんからも府知事からも、なんら注文は入っておりません」

「それやったら、念のために二重確認をしただけとちゃうか？　府庁の建築用地も変更になったさけ、君が前に引いた図面でいけるかどうか、検めたんやろ」

日本政府がエンデに命じたような大掛かりな直しが入ったのならともかく、辰野が変更を要請していないのなら気にすることもなかろう、と松崎は受け流したが、妻木はしばし逡巡するふうを見せたのち告げたのだ。

「府庁舎は、私の仕事です。他の建築家が検閲しなければならない要素はなかったと思っております。ですから、二年前に東京府御用掛から臨時建築局に引き抜かれた折にも、私が引き続き設計監理を担えるよう、府庁舎建築の依頼を東京府から臨時建築局に移すよう頼んだのです」

各所の事情に通じている松崎も、これは初耳だった。市区改正計画は内務省が負っていたため、当然府庁舎建築も、妻木の手を離れて内務省の選んだ建築家に移ったものだろうと思い込んでいたのである。

「えらい抜け目ないのう」

妻木の、なにか手に負えない業《ごう》のようなものに触れた気がして、松崎は小さく震えた。

「一度設計したものを、簡単に手放したくはなかったので」

「まぁしかし、最終的に設計は君の案で行くんやろ。ええやないか。議院に府庁舎。政治の要となる建造物に関われるんや。それに、君のおかげで、庁舎の用地も地盤の固いところに移せたしなぁ」

それとなく言うと、妻木はわずかに肩を引いた。

「エンデを説得したんは君やろう。練兵場に庁舎を集めるんは馬鹿げとるっちゅうて。エンデからも用地変更の申し出があったゆうで。これをエンデに承服させるため、渡辺や河合と行動を別にして、ドイツに残ったんとちゃうか？」

まさか、と妻木は笑って取り合わなかった。私にそんな力はありませんよ、と。松崎もそれ以上追及することなく「さよか」で話を仕舞った。

夕飯を支度しておりますから、と細君に引き留められたが、「先約があるから」と松崎は日が暮れたのを潮に、台町の家を辞した。

木枯らしに追われるようにして、足早に赤坂田町の花柳界を縫いながら、はじめて妻木と会った日のことを思い起こしていた。彼が二度目の米国留学を経て帰朝した、三年ほど前のことだ。

「君はずいぶん若いうちに異国へ渡ったんだな。最初に米国に渡ったのは、まだ十代の頃だろう」

松崎も十代半ばでドイツに住んだため、親近感もあってそう声を掛けたのだ。

「ええ。あの頃は、なにもかも面白くなかったので。十五になって、生きるためになにか術《すべ》を身につけたほうがよかろうと、工学寮で送電術を学んでおったのですが、まったく身が入りませんでした。このまま日本におっても、なんらいいことはないだろう、心躍るものにも出会わんだろう、とそんな気がしまして、単身渡米したのです」

異国に渡るというのは、なにか大きな目的や使命があってのことだと思っていただけに、

「なにもかも面白くないから異国に行った」という、なげやりともとれる言い様に松崎は驚いたのだった。

「単身ってのはすごいな。その若さで」

感心して見せても、妻木は取り立てて表情を変えることはなかった。ただ、

「当時の私は天涯孤独の身で、特に守る者もなければ、案じてくれる者もおりませんでした。ですから、存外気楽に、思ったことに挑むことができたのかもしれません。孤独というのは、そうした尊い部分がございます」

懐かしむような、しかしどこかもの悲しさを感じさせるような面持ちで、彼はそう語ったのだった。

＊

渡辺が大審院の工事監理を降りると言い出したのは、それから間もない日のことである。設計にも携わった建築物を仕上げずして現場を去るなど、建築家の仕業とは到底思えない。が、別段、建築局内で設計や予算の変更による衝突があったわけでもないという。

「実はこのたび、帝国ホテルの設計を任されることになりまして、そちらに集中するためです」

渡辺は、わざわざ造家学会の事務所に松崎を訪ね、そう報告したのだ。

「帝国ホテル……井上さんの案件か。あの計画はまだ生きとったんやな」

日本に招待した異人の宿泊施設を鹿鳴館近くに造る、というのも官庁集中計画を進める上で井上馨が言い出したことだ。これに応じて渋沢栄一が資金を集め、半官半民で始動した事業だった。井上の失脚で立ち消えになったと思っていたが、ここへ来てまた動き出したのだろう。

「ええ。しかも設計者は私だけですので、大審院の工事監理を務めながらでは、とても追っつきません」

鼻が高い、という言葉を体現したら、きっと目の前の渡辺の様に行き着くだろう。背を仰《の》け反《ぞ》らせて、顎まで上げているものだから、鼻の穴の中までよく見える。

「これは、君個人で受けた仕事か？」

「いいえ。臨時建築局が請け負った仕事で、その設計担当に私が選ばれた次第です」

となれば、大審院監理を降りるよう命じたのも内務省の判断であり、官庁よりも帝国ホテルを優先した結果だろう。そういえばコンドルも日本に戻ったのち、官庁街についての意見を請われていると聞く。

――山尾は、エンデを切る気とちゃうか。

ふと、そんな予感がした。建築局から井上色を払拭《ふっしょく》するためにも、東京市区改正計画を含め、官庁街の全面的な設計見直しをするつもりなのではないか。

「しかし、君が帝国ホテルに専念するとして、大審院はどうするんだ。途中で捨て置くわけにもいくまい」

「妻木君が代わりに現場監理を行うことになりました」

さらりと返され、松崎は目をしばたたかせる。

「妻木が？　彼は受けたのか」

「ええ。諒承したそうです」

――なんや、渡辺がじかに頼んだわけやないんやな。

松崎は鼻白む。嫉妬なのか対抗心なのか。ドイツで過ごした後半、渡辺は妻木と口もきかなかったのだと、河合がこぼしていたのだ。

「まぁ議院の本建築はだいぶ先になりそうだから、大審院を手掛けることは可能だろうが。君はそれでいいのか？　設計にも携わったのに」

「エンデは素晴らしい建築家だと思いますが」

渡辺はそこで、松崎もドイツ建築を学んだ身だと思い出したのか、気まずそうに目線をさまよわせた。

「私はあまり気が合わなかったと申しましょうか、エンデにもさして買われておりませんでした。エンデの懐にもっとも深く潜り込んでいたのは妻木ですから、彼が適任でしょう」

「……まるで妻木が袖の下でも使ったような言い方やな」

松崎はそう茶化すことしかしなかった。渡辺の粘ついた嫌悪に付き合うのは荷厄介に感じたからだ。

帝国ホテルの設計を単独でやるとは大抜擢《だいばってき》だな、と称えも祝いもしなかったせいで、渡辺が不服面で辞した夜半、書斎の火鉢に火を熾《おこ》し、女中の支度した夜食の茶漬けをかき込みながら、「あいつはまた、なんも言ってこんのやなぁ」

と、松崎は窓に向けてひとりごちた。冴え冴えとした月が、硝子《ガラス》の揺らぎをまとって浮かんでいる。

翌朝早く松崎は、この秋新調したばかりの外套《がいとう》を羽織って表へ出た。鈍色《にびいろ》の光が、景色を申し訳程度に照らしていた。辺りに満ちる冬の色をくぐるようにして、外桜田町へと足を向ける。

十月に起工した司法省は、基礎がだいぶ仕上がっていた。とはいえ、まだまだ外観の想像すらつかない状態で、前面に敷かれる三十メートル幅の桜田通りから眺めると、用地がだだっ広いだけに一際閑散とした印象である。その隣、大審院は渡辺や河合の帰国後程なく着工しただけあって、幾分進みが早い。敷地内に木材や煉瓦が積み上げられ、エンデが送り込んだドイツ人の職人も忙《せわ》しなげに行き交っている。

松崎は、搬入の荷馬車を避けつつ大審院の敷地に踏み入った。ちょうど外壁の工事が行われており、興味のままに近づいたところで、啞然として足を止めた。

「……なにしとるんや」

基礎部分に積まれた石を、職人たちがハンマーで砕いているのだ。確か、大審院、司法省とも使われるのは、真壁石《まかべいし》ではなかったか。茨城でとれる御影石《みかげいし》の一種で、色が白く、石目が細かく、磨いたときの艶《つや》にも品がある貴重な石材だ。

「やり直しさせられてんですよ。今月になって親方が代わりましたからね」

手つきからして相応に腕も経験もあるように見受けられる四十がらみの職人に理由を訊くと、彼はそう答えて仏頂面を作った。親方、とはつまり、渡辺に代わって現場監理を担っている妻木のことだろう。

「先月までの親方は、設計図通りに運んでりゃあ、あとは職人に任せてくれたんですよ。ところがだ、新しい親方は俺らの仕事にも逐一目ぇ光らせて、ああでもないこうでもないと口を出すんだからたまりませんよ。ちったぁ職人を信頼しろって、仲間内でも評判が悪いんですから」

「で、なんでここがやり直しになった」

松崎がくつろいだ口調で訊いてやると、彼は溜まった鬱憤《うつぷん》をここぞとばかりに吐き出した。

「石の寸法が合ってないっていってんですよ。そりゃあ切り出しますからね、ひとつひとつ比べてみりゃ若干の誤差は出ます。それだって一寸にも満たない、見た目にゃわからねぇ差ですよ。積み方でいくらだってごまかせるんだ。それをさ、揃ってねぇと汚《きたね》ぇからやり直せってんですよ。真壁石がどんだけ手に入りにくいか、知らねぇんだ。造家士だか建築家だか知らねぇが、ここ最近新しく出来たお役目だっていうでしょう？　前はね、現場をよーく知ってる棟梁《とうりよう》が率いてたから、あたしらのこともわかってくれてたんですよ、ところが建築家とやらは、紙の上でしか作業してねぇときてる。だから、こういうやり直しにどんだけ手間が掛かるか、わからねぇんでしょう」

いつしか、周りで作業していた年若い職人たちも手を止めて、やりとりに耳を傾けている。妻木のことだ、当然資材や原料まで入念に調べあげている。真壁石の採取が困難なことも、十二分に承知の上だろう。その上であえてやり直しを命じている――だが、険しい目の集まる中でそれを口にする勇気はなかった。仕方なく、

「そいつぁ大変だな」

心のこもらぬ同調を放った。

「こっから煉瓦を積むわけでしょう。馬鹿でけぇ建物だってのに、あの小せぇ煉瓦をひとつひとつ積んでいくわけですよ。あたしら石工はそこにゃ係りねぇですけどね、煉瓦を積む左官の連中がかわいそうだ。同じようにやり直しをさせられちゃあ、いつ出来上がるか、わかったもんじゃないですよ」

確かになぁ、とこれには松崎もいささか同情を催した。

大審院は、組積造《そせきぞう》となる。つまり、柱と梁で構成された日本古来の工法ではなく、煉瓦を積んでいくことで軀体《くたい》を立ち上げる、ネオ・バロック様式の建造物だ。しかも煉瓦一個はおよそ横七寸、縦四寸と小さい。これをなん万個と積んで、途轍《とてつ》もない巨大な建築物を仕上げるわけで、当然ながら、左官職から煉瓦職人に転向して間もない者たちにとって、ここまで大掛かりな組積造に挑むのははじめてのこととなる。

「おいっ、手ぇ休めるなっ」

そのとき背後に胴間声が響いて、ぼんやりしていた松崎は造作もなく飛び上がった。職人たちも雷にでも打たれたように身を波打たせてから、松崎に背を向けて一斉に仕事に戻る。

「なにをくっちゃべってんだ。あんたもダメだよ。部外者は立ち入り禁止だ」

乱暴に怒鳴られ、さすがにムッとして振り向くと、どこかで見たような顔がそこにあった。背が低く、痩せており、エラが張った顔は真っ黒に日焼けしている。その逆三角形の特徴的な目が、こちらをまじまじと見詰めて言った。

「あれ、あんた、どっかで会ったことがあるな。ああ、思い出した。松……なんとかだろう。

ドイツに渡る前、壮行会で会ったよ」

彼は、馴れ馴れしく松崎の肩を叩いた。銀座にできたばかりの紳士服店で特別に誂《あつら》えた羊の毛を使った外套に、白い手形が付く。松崎は無言でそれを払ってから返した。

「君は、ドイツ派遣に加わった……」

「鎗田だ。鎗田作造。名前くらいしっかり覚えておけよ」

自分はこちらの名を失念していたくせに、いっぱしに口を尖《とが》らせている。おそらく妻木の差配で、一緒に帰国したのだろう。

「で、今日はどうなすったんで？」

訊いた鎗田に答えようとしたところで、ドイツ人の職人が横から割って入って鎗田に話しかけた。新たに搬入した煉瓦の置き場所を訊いている。松崎は気を利かせて訳そうとする。と、鎗田が、たどたどしくはあったが、ドイツ語で指示を返したから目を瞠った。ドイツへ派遣した日本人の職人の中で、ドイツ語を話せる者はひとりとしていなかったはずだ。英語すら誰も解せぬとあって、確か当地では河合が、職人たちの通訳を務めていたのではなかったか。

「偉いもんだな、勉強したのか」

ドイツ人の職人が足早に去ってから、素直に感心すると、

「そりゃあ、向こうでいきなり現場に放り込まれましたからね。嫌でも覚えますよ。建築家の先生方はドイツ語の学校に通ってらっしゃいましたが、わっちらは、向こうの職人たちからじかに教わるしかなくてね。なにせ、言葉を覚えないと仕事もできないときてるんですから」

ひとしきり苦言を呈すと、

「もしや妻木さんに御用ですか？」

と、察しのいいことを言った。

「ああ。いるかな」

「いるはずですよ。ちょっと探してきまさ」

鎗田は踵《きびす》を返すと飛ぶように走って、瞬く間に煉瓦の山の向こうに消えた。

程なくして妻木が、その煉瓦の陰から姿を現した。笑みを覗かせ、ゆっくりと歩み寄ってくる。小脇に、設計図らしき紙の束を抱えていた。

「やぁ。よくいらっしゃいました。検閲ですか？」

開口一番皮肉を帯びた冗談を放った。辰野金吾に東京府庁舎の設計図を検閲されたことを、未だ根に持っているらしい。松崎はそれを受け流し、

「いつも僕のほうから君を訪ねとるなぁ」

負けじと皮肉で返す。建築局を外れたとはいえ、妻木を引き抜いたのは他でもない松崎なのだ。帰朝時にしても、今回のような大仕事にかかる前にしても、本来なら向こうからひと言あって然《しか》るべきだろう。

「埼玉のホフマン輪窯、ずいぶんいいものができています。ゼールも、ドイツの窯に引けをとらんと太鼓判を捺してくれとります」

妻木は頓着せず、さっさと実務的な話題を差し出す。

「さよか」

相槌を打つも、こちらを睨《ね》め付けている石工らの目が気になって落ち着かない。ここは邪魔

になりそうやし、場所を移そうか、とさりげなく妻木を誘い、敷地の外に出た。

「どや、進捗《しんちょく》は。渡辺から引き継ぐ形やさけ、厄介やったやろ」

「ええ。でも滞りなく進んでおります。大審院も司法省も私の担当ではありませんでしたが、設計についてはエンデの事務所で間近に見ておりましたから」

いかにも自信ありげな様子に、渡辺や河合のあずかり知らぬところで、妻木は両建築物についてもなんらかの意見を出していたのではないか、と松崎は臆測する。

「ただ、モルタルの扱いに不慣れな者がまだ多いので、引き継いだ当初は手間取りました。それで、煉瓦を積むのに、別の場所で練習をさせたりもしとるんです」

「仮積みをしとるんか」

「ええ。なんにせよ基本が大事ですから。基本さえできていれば、あとはいかようにも応用が利く。この建物は、窓の部分を交差ヴォールト様式で造ります。美しい曲線をかなえるためにも、十分な腕を培ってもらわんとなりません」

コウモリ天井、と日本では呼ばれているアーチ型に煉瓦を組むのが、交差ヴォールト様式である。四角い煉瓦で半円を造るため、かなり高度な技術が要求される。

「煉瓦の形がやや不揃いで、現場で大きさの調整もしていますから、少し時間はかかっておりますが」

「差ゆうてもわずかやろ」

さっきの職人の不平のままに返してみる。

「いやぁ、これだけの数、煉瓦を積むとなると、はじめは小さな誤差でも、積んでいくうちに大きな歪みになります。わずかな差も出ないよう、心してやるのが当然です」

「君の『当然』は、他の者にはえらい難儀なことかもしれんしなぁ」

石を砕く甲高い音が響いている。妻木はなにか感じ取ったのか、ふと口をつぐみ、しばし小春日和の空に目を遣った。やがて声の調子を明るくして、

「備前にある、閑谷黌《しずたにこう》をご存じですか？　藩主の池田光政が造った学校です」

と、唐突に話を変えた。松崎が首を傾げる間に、

「あすこに泮池《はんち》という、規模の小さい堀のようなものがあります。その周りをぐるりと石垣の塀が囲んでいる。城の石垣と似たものですが、塀の上部が曲線を描いた、いわばアーチ型に造られているんです」

普段は寡黙な男が、いかにも楽しげに、流れるように語るのだ。

「石を巧みに成形して組み合わせ、美しい曲線を生み出している。しかも、繋ぎにモルタルを使っているわけでもないのに、すべての石が隙間なく組み合わされている。石と石の間には、紙一枚差し込むこともできないそうです」

妻木は依然、空を見上げたままだ。けれんのない笑みが、その横顔に浮かんでいる。

「閑谷黌が造られたのは、今から二百年以上前のことだと言われています。それだけ素晴らしい仕事を、先人たちは成し得ていた。私たちはそうした技術を引き継ぎ、さらには異国から学ぶ機会にも恵まれている。それなのに既存の建造物より出来が劣っていたり、作業に手抜かりが生じることを、やり過ごすことはできんのです」

モルタルをちゃんと混ぜぇー、均等にせんとムラになるぞ、という鎗田のものらしき声が響

いてくる。煉瓦を地面に降ろすたびに土煙があがり、その向こうに、龍の形を模したような鱗雲《うろこぐも》が浮かんでいる。

四

大審院の建築現場で鎗田作造は、ドイツから指導を兼ねて来日した職人たちに努めて親切に接した。右も左もわからない異国の地で、日夜労働に明け暮れる心細さは鎗田自身経験していたからだ。宿舎での晩飯に付き合うこともあったし、休日には東京を案内もした。彼らの技術には学ぶところも多かったから、話も尽きなかったのだ。

これが思いがけず、日本人の職人たちの不興を買うことになった。鎗田はドイツ人に甘い、というのである。不慣れな洋風建築に戸惑い、手順をしくじっては妻木やゼールからやり直しを求められる日々にあって、溜まりに溜まった鬱憤のはけ口に据えられてしまったらしい。鎗田さんは親方の息がかかってっから特別扱いだ、俺たちとは違うわな、と聞こえよがしに言う者まである。

幸い、陰口なんぞを気に病むほどヤワではない。そもそも、妻木に媚《こ》びへつらっているわけでも、ドイツ人と日本人を分け隔てしているわけでもないのだ。やましいことはひとつもないのだから堂々としてりゃあいい、と己を鼓舞して肩で風切って歩いていると、「また威張り腐ってやがらぁ」と、潜め声が背中を追っかけてくる。

そんな日がひと月も続いて、さすがにくさくさしていたときだった。

「鎗田さん、悪いが今晩、付き合ってくれんかな」

妻木が耳打ちしてきたのだ。

「相談したいことがあってね。僕はこのあと、建築局に戻らんといかんから、仕事が終わったらうちに寄ってほしいんだが」

「ええ。結構ですよ。おおかた七時前には伺えるでしょう。昨今はめっきり日暮れが早くなりましたからね。作業がはかどらんで、まいります」

「師走《しわす》だからね。この寒さじゃあ、なかなかモルタルも乾かんだろう」

妻木は、ゼールとともにこの大審院の現場監理をする立場にあるのに、いち職人である鎗田に対して丁重な態度を崩さない。いや、鎗田のみならず、どの職人に対しても同様に接している。図面を仕上げて終わりではなく、現場に入ってから思いついたことがあれば臨機応変に取り入れていくのを常としているから、職人にも敬意と親しみを抱いているのだろう、と鎗田は解していたが、現場監理者から敬語で話しかけられた経験なぞ皆無に等しい職人たちは一様に気味悪がった。物腰は柔らかいのに一切の妥協を許さない彼の姿勢も、職人たちからすれば「なにを考えとるんかさっぱりわからん」ということになるのだろう。

「それじゃあ、あとで」

と、片手を挙げて妻木が去ってから仕事に戻ると、いくつかの意地の悪い目がこちらに向いていた。鎗田は、「面倒くせぇな」と、口の中で言ってから、

「そらっ、手ぇ休めんな。そんなこっちゃいつまで経っても、ろくに煉瓦も積めねぇぞっ」

と、目一杯胸を反らせて怒鳴りつけてやった。


日がすっかり落ちたところで現場仕事を終え、師走の寒風を避《よ》けながら足早に北へと向かう。

「しかし、こっからどうなるんだろうかねぇ」

ひとりごちて、鎗田はゴシゴシ顔をこする。

今月に入って、建築局から通達があったのだ。

エンデ＝ベックマン建築事務所とは今後仕事を継続しない。現在取りかかっている司法省、大審院のみは変更なく工事を進めるが、議院については彼らとの契約が切れたのちの起工とする——。

議院の設計から携わっていた妻木は、

「エンデの事務所と満期解約後に取りかかるといっても、議院は果たして本当に起工できるんだろうか。仮議院を建てていることを思うと、だいぶ先になるかもしれんな」

と、案じ顔を隠さなかった。

官庁街を含めた市区改正計画はこの後、コンドルが一部を引き継ぐらしい。ドイツ風建築と英国風建築がどう違うのか、鎗田にはいまひとつわからなかったが、現場を覗きにきた松崎が「様式を統一せんゆう話があるか。寄せ集めの街になる。それこそ『奇図』や」と息巻いたのに、妻木が頷いていたところを見ると、内務省はおかしな決定を下したのだろう。

妻木の邸に向かう前に、鎗田は麴町の自宅に寄って、慌ただしく作業着を脱いだ。女房のカ

ネが浴衣《ゆかた》を出してきたから、

「これからまた出るんだ」

そう断って、衣紋掛《えもんか》けからネルのシャツをとる。

「また妻木さんのお宅？」

「ああ。相談があるというから、遅くなるかもしれん」

カネは簞笥《たんす》からズボンと靴下を取り出して鎗田に手渡しながら、口をへの字に曲げた。

「学校から帰ってきた子供が、鞄だけ置いて遊びに行くのとおんなじ」

自分で言っておいて急に可笑しくなったのか、今度はくの字になって笑っている。カネとは同郷で、互いに二十歳の時からもう十六年も連れ添っている。子供も三人産んだのに、娘らしさが残っていて落ち着きがない。

「馬鹿言うない。こちとら仕事の話だぞ」

鼻息荒く鎗田が言い返しても、

「だって、いっつも楽しそうなんだもの」

と、彼女はしつこく肩を揺らすのだ。

ドイツから戻ったのち、住み慣れた千葉から東京の麴町に居を移すことになったとき、「絶対に嫌」と言い張ったのがカネだった。あんなせせこましいところに住むのは子供たちがかわいそう、というのである。反して子供たちは存外さっぱりしていて、「東京に住んだら友達に自慢できる」と、学校を変わることにも嫌がる様子を見せなかった。結局カネが根負けして、建築局にも通いやすいこの地に越してきたのだった。

今の借家を手配してくれたのは、妻木だ。彼の口利きで鎗田は帰朝後、内務省臨時建築局所属となり、給金をはじめ過分な待遇を受けている。それまで夫をたぶらかした張本人と決めつけて、妻木を目の敵《かたき》にしていたカネの態度も、給金が出てからはすっかりおとなしくなった。まったく現金なものである。

「妻木さんに、これ」

着替えを済ませて部屋を出ようとした鎗田に、カネが風呂敷包みを差し出した。持ってみるとずっしり重い。

「庭の蜜柑《みかん》。今年は豊作だからお裾分け」

「一日中、身体を酷使して働いてきた亭主に、こんな使いをさせんじゃねぇよ」

「酷使できるほど身体が丈夫なら、そんな蜜柑くらい屁《へ》でもないだろう」

「屁でもねぇって……。お前はもちっと色気のある口を利けねぇのかねぇ」

「悪かったね。あんたの女房だもの、このくらいがお似合いさ」

まったく減らず口だ。鎗田が渋面を作ると、カネがまた大笑いした。なにがそんなに可笑しいのだと呆れる夫に構わず、「ああ。笑いすぎてお腹が痛い」と目尻に涙を溜める妻を置いて、鎗田は木枯らしの中へ踏み出した。胸に抱えた風呂敷から、どこまでも澄んだ香が漂っている。

赤坂台町の邸で客間に通されると、火鉢の上で鍋が湯気を立てていた。その前に陣取った妻木は、建築局から戻って間もないのか、まだ背広姿である。

「今日は湯豆腐だそうだ。一緒に食おう」

彼は上着を脱いで、シャツの上から褞袍《どてら》を引っかけた。

「いつもすいません」

恐縮しつつ鎗田が卓の前に腰を落ち着けて間もなく、妻女のミナが燗《かん》をした徳利を運んできた。カネと違って口数の少ない奥ゆかしい女人だ。料理の腕も確かで、酒や肴《さかな》を出す間合いも見事、

「そんじょそこらの料亭じゃあ、奥さんには敵いませんな」

と、鎗田はこれまで幾度となく彼女のもてなしを称えた。が、江戸弁の上に声が甲高いせいか真面目な話も冗談に聞こえるらしく、ミナはまともに取り合わない。たいていは「また、そんな。からかってばかりですのね、鎗田さんは」と、袂で口元を押さえて終《しま》いなのだった。

鍋底に敷いた昆布を取り出し、ミナが豆腐を慎重に落としていく。昆布の出汁《だし》で薄く色づいた湯に、真っ白な豆腐が泳ぐ様は、ほうっと溜息が出るほど清らかだった。

「煉瓦の補強のことで、君に相談したいと思ってな」

妻木には「余談」という頭がないのか、こうしたくつろいだ場でも、建築局や現場にいると き同様まっすぐ本題に入る。味気ないといえばそうなのだが、仕事の話がなにより心躍る鎗田にとっては、四方山《よもやま》話《ばなし》でしかない前置きに時を割《さ》くよりずっとありがたいことだった。

「ドイツの建築物が百年以上も形を変えずに遺っているのは、造りが堅牢なこともあるが、なにより地震が少ないことが大きい。反して日本は地震が頻繁にあるだろう」

「ええ。わっちなんぞはもう慣れっこですが、ドイツの職人たちは、日本に来てからしょっちゅう地面が揺れている気がするってんですよ。中には、船酔いが続いてるみたいだ、なんてぇ

奴もおりましてね」

　妻木は小さく頷き、徳利を鎗田の猪口《ちょこ》に傾ける。湯豆腐の支度を終えたミナが、音も立てずに席を外した。

「大審院は、あれだけの規模だ。大きな地震が起こって倒壊でもすれば、多くの人命が奪われる。人が造ったものが、人を殺すことがあってはならん」

　おのずと背筋が伸びる。妻木は鎗田より六つほど年少なのだが、未熟なところがまるで見当たらない男だった。ことに仕事の話をするときは、どこか禅宗の僧侶にも似た威厳をたたえ、いっそう老練に見える。

「確かに建物ってなぁ、もともと雨風から人を守るものですからね。そいつが人をぺしゃんこに押し潰しちゃあ目も当てられませんや」

　盃をあおってから真剣に応えたつもりだったが、妻木は目尻を下げ、

「鎗田さんにかかると、人の生き死にも軽やかになっちまうな」

　と、時折出る江戸訛りで返した。

「碇聯鉄構法《ていれんてつこうほう》というのをドイツで話したろう？」

「はぁ。煉瓦の中に鉄棒を通す補強法ですな」

「そうだ。それに加えて、側面を輪環《りんかん》で固定したいと考えている」

「え？　りん……なんですか？」

　鎗田は座敷の隅に置いた肩掛け鞄の中から、帳面を取り出す。ドイツ滞在時から気になったことを逐一書き留める癖がついて、帳面もすでに五冊目だ。

「輪環だ。煉瓦に帯状の鋼を打っていって、ぐるりと外壁を締め上げたらどうかと思ってね。喩えるなら……」

妻木はそこで、鎗田の腹に目を留め、「それだよ」と指さした。

「……腹ですか？」

「いや、ベルトさ。そのズボンのベルトと同じ働きをさせる。水平に建物を締め上げて、揺れがあっても容易に崩れないようにするんだ」

見当もつかない工法だった。大審院は複雑な構造で成っている。ど真ん中に大法廷を抱いた中央棟があり、その左右には細かな執務室の並んだ事務棟が一棟ずつ建っている。これを中央棟とそれぞれ二本の翼部で繋ぎ、左右に中庭を造る。翼部は、各々の棟を往き来できる、謂わば渡り廊下のような役目をするのだが、ここにも大小八つの法廷が設えられる仕組みである。つまり大きな七棟の建物を組み合わせたような造りなのだ。

「ひとかたまりの建物ならできねぇこともないでしょうが、どうやってベルトを締めるんです？」

すると妻木は、傍らに置いていた写生帳を開いて見せた。綿密な図面が描かれている。

「中央棟にも左右の棟にもそれぞれに、三本のベルトを巻こうと考えている。ひとつは一階の根積みに、二階の胴蛇腹《どうじゃばら》と、その上部、三階の軒蛇腹《のきじゃばら》に一本ずつ。鉄帯は、幅四寸五分、厚さ三分程度が適当だろう」

「ずいぶん太く造るんですな」

「これだけの建物を支えるからな」

鎗田は卓に身を乗り出し、「ちょいと失礼」と断って、妻木の図面を写しにかかる。

「ゼールにも訊いてみたが、賛成してくれた」

「しかし、作業はとんでもないものになりますな。大量の鉄帯も造らなけりゃあならねぇ」

竣工までにぜんたい何年かかるのだろうと、さすがに気が遠くなった。江戸城の本丸だって、安政の火事で焼けたあと一年やそこらで再建したのではなかったか。

「日本には熟練の鍛冶《かじ》が多い。煉瓦と違って鉄帯造りは造作なくできるはずだ。もうだいたいの見当はつけている」

「いつの間に……。仕事が速《はえ》ぇことですな」

「いや、鍛冶の件は人に頼んだんだ。ドイツにいた時分から少し手伝ってもらっていた男がいてね。あさってから現場に入る予定だから鎗田さんにも紹介するよ」

「ドイツにいた時分？　向こうに一緒に渡った職人ですか？」

「いや、渡独はしておらんのだが、日本にいていろいろとね。小林金平《こばやしきんぺい》という男だ。きっと鎗田さんの頼もしい右腕になるよ」

聞いたことのない名だった。それよりも、朝から晩までエンデの事務所で図面を引きながら、妻木が日本と細かに連絡をとっていたらしいことに鎗田は密かに舌を巻いた。

「この鉄帯については、鎗田さんに差配を託したいと思ってる。ゼールにも意見を請うて、小林君と一緒に進めてほしい。年が明けたら、僕は他の仕事にも取りかからないとならないから、今ほど現場に行けるかどうかわからんのだ」

「他の仕事……まさか議院ですか？」

訊くと妻木は苦い顔になった。

「だったら嬉しかったが、まったく別の仕事だ。東京府庁舎の現場監理を打診された。もともと僕の設計だからね、当然やるんだが」

「そいつぁ大仕事だ。おめでとうございます。しかし、となると、大審院は他の方の監理になるんですか」

不安が、雪崩《なだれ》のように押し寄せる。妻木が棟梁だから、ここまで伸びやかに挑戦してこられたのだ。渡辺や河合のような、机上の論理ばかりふりかざす技師に代わられたら、現場の居心地はいっそう悪くなるだろう。

「まさか」

と、妻木が大きく笑った。

「やりかけた仕事を、途中で他人に譲るわけがないだろう。僕は技師だぜ。誰かに取って代わられるのは御免だ。代理が利くような仕事もせんつもりだ」

そのとき、ミナが新しい徳利を持って襖を開けた。卓の上に目を遣って、

「まぁ」

と、声を裏返すや、

「まだ召し上がってないんですか」

火鉢の上の鍋に寄った。鍋の中では豆腐がすっかりゆだって、あれほど澄んでいた出汁が白く濁っている。

「せっかく山久さんで買ってきた木綿ですのに」

心底がっかりしたように彼女がつぶやくと、妻木が慌てて柄杓《ひしゃく》をとり、小鉢に豆腐をよそった。それを鎗田へと差し出し、

「さ、食おう。ここの豆腐は絶品だぜ」

と、ミナを気遣うようにして言い、すでに型崩れしている豆腐に自らもそそくさと箸を入れた。


妻木の話からてっきり老練の職工だろうと思い込んでいただけに、小林金平とはじめて相対したとき、鎗田はしばし言葉が出なかった。

「いや、お前さんとは違う小林だと思うんだがなぁ」

つぶやいてこめかみを掻くと、彼はいかにも人の好《よ》さそうな笑みをたたえたまま、

「いいえ。僕で間違いないと思いますよ。妻木さんからも、鎗田さんを手伝うよう言われてますから」

そう返し、自らの言葉に相槌を打つようにして二度ほど頷いた。

見たところ、二十歳そこそこの若造なのだ。頬には面皰《にきび》が残っている。背は六尺近くあり、しっかりした体つきをしていたが、到底「頼もしい右腕になる」人材とは思えなかった。

――さては妻木さん、わっちに若《わけ》ぇのをあてがって育てさせようって肚だね。

妻木自身となにかしら縁のある職人を、ていよく押しつけられたのだ、と鎗田は少しく面白くない。

――それならそうと、はっきり言やぁいいのに。

「お前さんは、妻木さんとはどういう縁だね。まさか遠い親戚ってこたぁないだろうね」

率直に訊くと、小林は首を傾げた。

「おそらく、血は繋がってないと思います。しかし、ずーっと先祖を辿っていけば、どこかでなにかの繋がりがあるかもしれません。うちには家系図がないもので」

少し頭が足りんのじゃあないか——鎗田は、まじまじと小林を見詰める。短く刈り込んだ髪に手拭いをねじり鉢巻きにして法被《はっぴ》を着込んだ格好は、職人であれば珍しくはないのだが、この男がしていると、あたかも祭りに繰り出しそうなおめでたさをたたえる。それでも、鎗田の怪訝《けげん》な顔になにかしら感じたのだろう、彼は「またやってしまった」とでもいうようにうなじを叩いたあと、

「妻木さんとは、私が東京府土木課の仕事に見習いとして参加したときにご一緒しまして、そのあと、折に触れてご教授いただいておりました。洋風建築のこともだいぶ教えていただきました」

はて、妻木はこのぼんやりした若造のどこを買ったのだろう、と鎗田はますます訝《いぶか》しむ。

「臨時建築局に移られたあと、すぐにドイツに渡られたので、お目にかかったのは先日で二年ぶりとなりますが、やりとりだけはしておったので」

そうだ、ドイツに渡っていた間、小林に手伝ってもらっていた、と妻木は語っていたのだ。

「なにか、こっちで仕事を頼まれてたのかえ」

「はあ。ボーリングを頼まれておりました」

「ボーリング？　地質調査をしてたのか？」

小林は、無邪気に頷いた。ボーリングとは、地層を採取して、土質や地盤の硬さを確かめる調査である。

「知り合いの鉄工場に頼みましてね、細長い筒状の缶を造ってもらったんですよ。直径は五寸、長さは五尺のものと八尺のもの二種類。そいつを地面にこう打ち込みましてね」

仁王立ちになってから、ぐいと地面を圧《お》すような仕草をわざわざしてみせ、小林は続ける。

「そうすると地層がそのまんま缶の中に収まるという仕組みです。その土地がどういう土質で成っているか、地震に強いか弱いか、よくわかります」

「そんなことは、お前に説明されなくとも、てんから知ってらぁ。わっちが訊きてぇのは、なんだってお前さんがそんな調査をしたのかってことだよ」

早口にまくしたてると小林はしゅんと小さくなった。

「それをドイツに送るように頼まれておったので」

「だから、なんだってそれを……」

言いかけて、鎗田ははたと気付く。しばし沈思したのち、

「もしや、ボーリングした箇所ってなぁ、日比谷練兵場か？」

と、問うた。

「そうです。それと、この外桜田の辺りもやりましたよ。他には有楽町まで出張って、そこも」

なるほど、官庁を練兵場内にまとめるというホープレヒトの案を覆すための材料を、妻木はドイツにいながらしかと集めていたわけだ。有楽町の調査は、おそらく今度取りかかる東京府

庁舎のためだろう。

「えらい周到なこった。したら、ここに大審院が建ったのには、お前さんも一役買っているんだねぇ」

感心すると、小林はまた首を傾げた。

「そうなんでしょうか？　いずれにせよ、妻木さんには世話になっておりますから、恩返しになれば幸いです。こちらの現場でもお役に立てるよう努めますので、なんなりと遠慮なくおっしゃってください」

「わっちに付けと、妻木さんに言われたのかえ」

「はあ。側について御用を聞くように、と。それを煉瓦工や石工に伝えることで君もさまざまな技術を学ぶように、と申しつけられています」

鎗田は、空《くう》を睨んで頭をゴシゴシと擦《こす》った。

――つまりは、緩衝材《かんしょうざい》に小林を選んだか。

鎗田が、職人たちの間で孤立していることに、妻木は勘付いていたのだろう。ドイツで鎗田が学んできた知識を、職人たちが受け付けずにいることも憂慮していたのだ。それによって現場の仕事が滞るのを避けるため、小林を伝送役として送り込んだのだ。

妻木の配慮がありがたく、同時に、うまく人を使えない自分が情けなくなった。

「すまんな」

誰に言うともなく漏れたつぶやきに、小林が目をしばたたかせる。鎗田は湿った空気を払うように両肩を勢いよく回すと、

「鉄材はもう注文してあるんだったな。大審院の胴体に巻く鉄帯だ」

と、声を張った。

「はい。ただ、なにせ量があるので、複数の鍛冶に頼んでおります。基礎が仕上がるまでには、おおかた出来上がると思うのですが」

「埼玉の煉瓦工場にも行って、どういう形で鉄帯を取り付けりゃあいいか相談しないとな。お前さんも来るといい」

はいっ、と満面の笑みで小林が応える。

「なにがあっても崩れねぇ強《つえ》ぇもんを、意地でも造らなけりゃあな」

鎗田は言うと小林を伴って、煉瓦の成形をしている現場へと大股で向かって行った。

＊

明治二十二年の東京は、年明けから、どこもかしこも祝賀の色に染められていた。奉祝門があちこちに建てられ、沿道には煌びやかな照明が施されている。二月十一日の大日本帝国憲法発布に向けて、世の中全体が沸き立っているのだった。

「今度の日曜、町内会長さんが提灯《ちょうちん》行列の練習をするっていうんだけど、お父さん、出られる？」

夕飯時にカネが訊いてきた。

「それどころじゃあねぇよ。日曜も現場に出るさ。悪いがお前、代わりに出てくれ」

憲法発布の式典のため、府内の道は整えられ、宮中正殿が建てられた。この宮城は、明治六年に焼けた江戸城西の丸の跡地に、およそ四年の歳月と四百十五万円もの工費を費やして建てたというから恐れ入る。鹿鳴館だって十八万円で建ったことを思えば、よほど絢爛な拵《こしら》えなのだろう。

妻木から聞くところによれば、正殿は和洋折衷の設計だという。

「エンデが以前、大審院や司法省の設計で用いたようなもんでしょうか？　屋根だけ、こう日本の寺院の形を模しとるような」

訊いた鎗田に、妻木はゆっくりと首を振ったのだ。

「なんでも外観は木造の純和風らしい。ただ内装がすべて洋風なんだ。玉座はフランス王朝の伝統的な形に似ていて、装飾も西欧風だそうだ。外から内へ入ると、まるで異なる世界が広がっているというのも面白いかもしれんな」

目を細め、なにか思案するようにして妻木は言っていた。その傍らで鎗田は、木造でそれだけ立派な建物ができるのなら、なにもあの重い煉瓦を使わんでもよさそうだ、と連日の重労働で痛めた腰をさすりながら、そんなことを考えていた。

「まったくあんたは、憲法ができて、新しい世の中がはじまるってのに相変わらず仕事一辺倒なんだから。仕方ない、提灯行列はあたしが行くけどさ」

口をとがらしたカネに、

「憲法ができると、世の中が新しくなんのかい」

鎗田は箸を止めて訊いた。

「なるんでしょうよ。式典までするんだから」

「お前、憲法の中身を知ってるのか?」

するとカネは人差し指で顎を支えるような格好をとって、ゆっくりと頭を横に倒した。

「知らねぇのに、世の中が新しくなるとなぜわかる」

「だったらあんたは知ってんのかい?」

鎗田は黙って、味噌汁を啜《すす》った。

「そら、知らないんじゃないの。けどさ、うちの近所じゃ憲法の中身まで知ってる人なんざいないんじゃないかね。そんな話、出たことないもの。ただ、おめでたいってみんな言うんだから、おめでたいんだよ」

「馬鹿。おめでたいのはお前だよ。中身も知らねぇものを提灯行列までして祝おうってんだから」

まぁわっちもだがな、と付け足して、夫婦顔を見合わせて大口を開けて笑った。笑うそばから鎗田は、なにかぞっとするものを感じて、密かに身震いをする。

「西の丸が燃えたとき、ああ、本当に江戸は終わったんだ、と思ったそうですよ」

大審院の現場でも、このところ、話題は憲法発布の式典一色である。宮中正殿の話になったとき、小林がふとそんなことを言ったのだ。

「誰が?」

搬入されたばかりの鉄帯の見本を検める手を止めもせず、鎗田はおざなりに返す。

「妻木さんですよ。まだはじめの遊学に出る前だって言ってたっけな。江戸城の本丸は幕藩時代のおしまいの頃に焼けて、再建されなかったでしょう？　西の丸が唯一、再建されて明治の世まで遺ったのに、焼けてしまった。それまでは、元に戻るんじゃないか、と思っていたんですって」

鎗田は顔を上げて、傍らに屈《かが》んで作業を覗き込んでいた小林を見上げる。

「なにが？　なにが元に戻るんだ」

「江戸ですよ。きっとまた元の世に戻るだろう、明治になってからの浮薄《ふはく》な世の中は続かんだろうと、そう思ってらしたようです」

浮薄ねぇ、と鎗田は返す。小林は、おおらかというか呑気というか、さほど細かなことに気が行かぬ性質らしく、そのため再々的外れなことを言ったり、頓珍漢な行いをしたりすることもあるのだが、存外博識なことを共に働くようになってから鎗田は知った。どうやら暇を見つけては書物に親しんでいるようで、鎗田の知らない言葉を数多く知っている。

「西の丸が焼けた明治六年といやぁ、もう鉄道も敷かれてた時分だよ。薩長が天下をとって久しい頃だよ。妻木さんだって、本気で江戸に戻ると思ってたわけじゃあねぇだろう」

「さぁ、どうですか。でも、たまにはそういうことがあってもいいかもしれません。世の中が逆行するような。建築の世界にもいずれ、そんなことが起こるかもしれませんよ」

学者先生のような口調で、小林は知ったふうなことを抜かした。

「そんな夢みてぇな話はいいから、お前も鉄帯の厚みを測るんだ。均一になっているか、検めろ」

乱暴に定規を渡すと、彼は泡を食って鎗田の隣にしゃがみ込んだ。

小林が現場に入ってからというもの、日本人の職人たちと鎗田との間の溝は、少しずつだが埋まっていったのだ。施工上での妻木のこだわりの意味を、小林がその人懐こい笑顔で、一から丁寧に説いていったことが功を奏したのだろう。それとともに妻木の腰巾着と目されていた鎗田への厭悪《えんお》も、徐々に溶けていったようだった。「これまで酷い態度をとって悪かった」と詫びを入れにくるほど殊勝な職人はさすがにいなかったが、鎗田の指示を無視したり、聞こえよがしの雑言を吐いたりする者はなくなった。中には、「こう寒いとモルタルがうまく混ざらねぇんだが、どうすりゃいい？　水と混ぜる分量を変えるか」「だいぶ大きさの違う煉瓦が混じってんだが、除《よ》けたほうがいいか」なぞと指示を仰ぎにくる者も出るようになった。

小林とは幾度となく埼玉の日本煉瓦製造に出向いて、結束用の鉄帯を煉瓦にどう取り付けるのが効果的か、職人を交えての検討も行った。

ホフマン輪窯による煉瓦焼成は、木型に押し込んだ粘土を石炭の熱で成形する、という過程を辿る。長時間かけてじっくり焼き上げるため、硬度は保ちつつも、外壁に相応《ふさわ》しい柔らかな風合いの煉瓦ができる。工場ができたばかりの頃は、木型の狂いで煉瓦の形がまちまちだったり、割れやヒビが生じたりしたものも混じったが、妻木が足繁く通っては、現場の職人たちから「鬼神」と恐れられるほど細かく注文をつけてきたおかげで、今では納品される煉瓦に不備はほとんど見られなくなった。

「この粒立ったところが、なんともいいんですよねぇ」

小林は、愛おしそうに煉瓦をさすりつつ、うっとり言うのである。

「時間をかけて焼くと、こうして粘土の粒が煉瓦表面を彩るんです。もっと高温で生成するとつるつるになるようですが、この隆起が、石とも木とも異なる煉瓦の美しさなんですよ」

煉瓦に頬ずりでもしかねない小林をうっちゃって、鎗田は職人頭の田荘《たどころ》と話を詰めていく。

「おっしゃるように、外壁にこの鉄帯をぐるりと巻けばいっそう頑丈にはなるでしょうが、しかし建物には出入り口も窓もある。開口部のところで帯が途切れちまいますが」

まくり上げた筒袖から伸びた太い腕を組んで、田荘はうなった。

「一階は根積みに巻くから出入り口にはかからんが、上階については外壁と間仕切りの間に別の補強をしねぇと駄目だろうね」

鎗田も煉瓦をひとつ手にして顎をひねる。ただしそれでいかほどの補強になるかは、現段階では未知数だ。

「外壁と間仕切りの接続部分に、定着金具を差し込めば問題ないかと思います」

横から小林が口を挟んだ。田荘が目を怒らせる。齢《よわい》五十に近い職人からすれば、我が子ほどの若造に指図されるのは面白くないのだろう。

「府庁舎も同じ工法で補強するんです。あちらの鉄帯は幅二寸五分ですから、大審院の鉄帯より二寸細い計算になります。建物の規模からして、そのくらいが妥当なんでしょう。それと、アーチ状の窓は、タイ・バーで固定するようです」

「……なんだ、タイ・バーってなぁ」

田荘が唾を飲み込んでから訊いた。鎗田もまた、動揺している。なぜ小林が府庁舎の設計まで詳しく把握しているのか、と。

「アーチのこっちとこっちを」

小林は手で空に半円を描き、その端と端を結ぶようにして指で横線を付け足した。

「引っ張って留める鉄棒です。アーチが横に開いていくのを防ぐ役目があります。または円状の金具を中心に置いて、そこから放射状に一本一本のバーを伸ばして、補強する方法もあるようです。窓アーチの下は空洞ですからね、煉瓦が崩れてこないよう、上から吊したり、横に棒を入れて支える必要があるんです」

つらつらと語る小林を、鎗田も田荘も呆然と見詰める。沈黙が居心地悪くなったのか、

「全部、妻木さんの受け売りなんですがね」

と、小林はおどけて見せた。

「そりゃあそうだろうが。しかし建築局の所属でもねぇ、いち職人のお前さんに府庁舎のことまで話すってのも妙なことだね」

今は府庁舎設計の大詰めで、妻木は大審院の現場に足を運ぶ頻度を減らし、建築局に籠もって図面と睨めっこしているのだ。下っ端に細かな解説を施す時間の余裕はないはずだが。

「いやぁ、別に妙とも言えないいんじゃないかな。まぁ人によっては妙に感じるんですかねぇ。人の感じ方にはいろいろあるんでしょうね」

小林は例によって、見当外れの感慨を並べはじめる。

「妙には違《ちげ》ぇねぇさ。お前さんのような青二才の職人を妻木さんが相手にしてくれるだけでも滅多なことじゃあねぇんだ」

鎗田が言うと、田荘が呵々《かか》と笑った。小林は困じたような、照れたような様子でしばしこめ

かみを掻いていたが、やがて「そうでもないと思うがなぁ」とつぶやくと、言ったのだ。

「妻木さんのお声がけで、僕は府庁舎の設計助手をしてるんです。今は見習いというところですが、毎日夜遅くまで構造の計算だの材の手配だの、諸々お手伝いをしておりますから」


憲法発布式典の日は、東京中が華やかに賑わい、翌日も翌々日も祭りの気分が抜けず、現場でも式典の行列で使われた提灯を手にして騒ぐ者があとを絶たなかった。ドイツから来た職人ばかりが浮かれる日本人を後目《しりめ》にあくせく働いており、鎗田は生腹立ったが、あえて叱責はしなかった。カネが言う「新しい世の中」を、みな待ち望んでいたのだ。箍《たが》が外れるのも、多少は仕方ないのだろう。


「次は議会だな。どんな話し合いがなされるのか、楽しみだ」

妻木までが、国政に大きな期待を寄せている。大審院の現場を見に来ても、議院建築の話を口に上らせること再々なのだ。

「帝国議会は来年にゃあ開催されるってぇ噂ですが、あの木造の仮建物をしばらくは使うんでしょうかね」

「そうなるだろう。しかし、必ず本建築の議院が必要になる。立派な議院がな」

なにかに挑むような険しい表情をしている。こういうときの妻木は近寄りがたい鎧《よろい》をまとう。

鎗田はそれとなく話を変えた。

「どうです、府庁舎の進み具合は」

「ああ。おおかたいいよ。五月に着工だ」

「ほぅ。すぐですな」

「ドイツに渡る前に形はできていたから、細かな部分に手を入れただけで済んだ。ルネッサンス様式で建てるんだが、向こうで学んだことがおおいに役に立ったさ」

府庁舎は、有楽町二丁目一番地、鍛冶橋の南西に建つことが決まった。かつて、松平土佐守《まつだいらとさのかみ》の屋敷だった跡地だ。一万二千坪の土地に延床面積千二百坪の庁舎を建てるというから、大審院にも劣らない大掛かりな工事になるだろう。小林はこのところ府庁舎の仕事にかかり切りらしく、外桜田に顔を出すことは稀《まれ》になった。鎗田と職人たちとの間を繋ぐという役目を果たしたのを確かめて、妻木が戻したのかもしれない。彼はよほど小林を重宝しているのだろう。ドイツで共に働いたのは自分であるのに、小林より信用が薄い気がして鎗田は少しばかり面白くなかった。

「鎗田さんがいてくれたから、安心して大審院を任せられた。おかげで、府庁舎の設計がはかどったさ」

まるでこちらの不満を嗅ぎ取ったように妻木に繕《つくろ》われ、鎗田は恐縮してうつむく。

「鉄帯も、うまくいきそうだな」

「ええ。ただ、繋ぎのモルタルを少し厚めに盛っていくほうがいいかもしれませんね。定着金具をしっかり留めるためにも」

「モルタルが乾ききらないうちに釘を打ち込んだらどうだろう。そのほうが釘ごと固まって強度が増す」

「簡単におっしゃいますな」

鎗田は眉を八の字にする。定着金具は多量に用いるのだ。煉瓦を積んだそばから固定するような芸当ができるはずもない。妻木もまた、「そいつぁまだ難しいだろうね」と笑みを覗かせた。

「議院の本建築が実現していたら、そんな手法も試してみたいと思っていたんだ」

議院を割り当てられたのは好運だったよ——ドイツの寄宿舎でこっそりそう打ち明けてきたときの、妻木の顔がふと思い浮かんだ。頰を紅潮させ、天を見上げて、

「治政を語る舞台を造れるなんて、素晴らしいことじゃあないか」

彼は言ったのだ。「治政ねぇ。しかし、これからどんな世の中になるんでしょうかねぇ」と鎗田はそのとき茶化したのである。明治も二十年が経ったというのに、どうにも政治の背骨が定まらないようで、先行きはけっして明るいものと見えなかったからだ。

「よくしてもらわなけりゃあ困る」

妻木は顔を険しくして、低く返したのだった。幕府を潰してまで世を変えたのだから、前よりよくなってもらわなければ困る、と。

「鎗田さんに見てもらいたいものがあるんだが、少しいいか？」

回想の内にいた鎗田は、妻木の声に引き戻された。

「ゼールには話しておらんのだが、ずっと考えていたことがあってね」

妻木は抱えていた革の鞄の中から、図面らしき紙の束を取り出した。それを、積まれた煉瓦の上に広げ、「見てくれ」というふうに目で促した。「それじゃ、失礼して」と断ってから鎗田は図面を覗き込み、「やっ」と声をはね上げた。

「……こいつぁ、なんです？」

図面には、大審院天井部分の装飾図が詳細に描かれていた。一見、天井蛇腹や渦巻き持送りといったドイツ装飾の典型を装いながらも、奇妙なのはそこに、海老虹梁《えびこうりよう》や結綿《ゆいわた》といった日本古来の装飾が溶け込んでいることだった。大瓶束《たいへいづか》にはしかと笈形《おいがた》までついている。このような和洋の融合を目にするのは、当然ながらはじめてだった。

「大審院の中央ホールの天井装飾案だ」

「これを、中央玄関を入ったところに設えるんですか。エンデが上げたのは、ただの天井蛇腹だったように思いますが」

すると妻木は、いたずらを見つかった子供のように笑って、

「手慰みに少しいじったんだ。だからゼールには言わんでくれよ」

冗談めかして告げた。

――いや、手慰みなんぞじゃねぇな。やるつもりだよ。

鎗田の内に、そんな確信が灯る。これはきっと、妻木なりの挑戦なのだ。

エンデとともに寝る間も惜しんで細部まで詰めた和洋融合案が、官僚たちのつまらん鍔迫《つばぜ》り合いの結果流れたことへの、密かな意趣返しなのではないか。エンデとの契約は切られ、ゼールも大審院建設の目処《めど》が立ったら帰国する。そこで、独自の挑戦を仕掛けるつもりなのだろう。

「どう思う？　鎗田さんの感想を聞きたいんだ。率直なところを教えてほしい」

まっすぐな目を向けられると鎗田はなにも言えなくなる。妻木の行動はいつも突拍子もないものだが、その動機は至極純粋な意欲なのだ。

図面に覆い被さるようにして、鎗田は時間を掛けてそこに描かれた装飾を眺めた。不思議な融合だった。ドイツの伝統と日本の伝統が混じり合って存在するのに、どこにも違和感がない。

「エンデが和洋融合の設計図を上げたとき、わっちはどうも釈然としないってんですかね、どうにもむず痒《がゆ》いような心持ちでした。渡辺さんや河合さんが、洋風建築が百日鬘《ひやくにちかずら》をかぶったような奇図だとおっしゃるのもわからなくはねぇな、と思ったんです」

図面から目を上げて、鎗田は妻木に向く。

「もしかするとエンデが本当にやりたかったのは、この図のようなことかもしれませんな。日本のものとドイツのものがそれぞれ生のままに在るのに、まるで垣根なく手を結んでる。どっからどこまでがドイツで日本なのか、見当がつかねぇくらい、素直に溶け合っている。和洋融合って言葉の意味が、わっちはこの図ではじめてわかったような気がします」

妻木の表情に、照り輝くような笑みが上った。

「よかった。鎗田さんにそう言ってもらえるなら、間違ってないんだな。安心した」

「そんなふうに言われると、かえって気詰まりでさぁ。わっちぁ装飾についちゃ素人《しろうと》ですからね。当てにならねぇですよ」

照れもあって返したが、

「いや。鎗田さんの意見は、誰よりも大事だ。正直に生きている人の目を、僕は信じてるんだ」

彼は顔を引き締めて、そう言うのだ。

「ずいぶんな買いかぶりだ」

「そうかな。人を見る目は確かなほうだと自負してるんだがね」

妻木は満足そうに図面を丸めて、それを丁寧に鞄にしまう。

「大審院や府庁舎で培った経験を、いつの日か必ず議院に活かすつもりだ」

秘密を打ち明けるようにして、そっとつぶやいた。これから遊びに出るときの子供のような顔をしている。


翌明治二十三年三月、臨時建築局は廃止となり、技師たちは内務省土木局に移管となった。

同年十一月二十九日。小春日和の午前十時、最初の帝国議会が開かれた。

落成間もない木造の帝国議会議院は、仮とは言い条、堅牢で厳《いか》めしい風体である。鎗田は「たかだか議員が話し合いをするだけなら、あれくれぇで十分だろう」と、大審院の建築現場から見遣って思ったりしていたのだが、それからふた月もしない明治二十四年一月二十日、議院は呆気なく焼失してしまう。火事の原因ははっきりしなかったが、木造のもろさが明らかになったような具合で、いよいよ煉瓦造りの本建築着工となるかと思いきや、「議会を止めるわけにはいかないから仮議院を早急に造れ」と上からお触れが出たらしく、同年中の竣工を目指してまたしても仮の議院が造られることになった。

同じ年、濃尾《のうび》地震が起こり、広域に甚大な被害が出た。家屋の倒壊と地震による火事で幾多の町が失われたのだ。

着々と大審院の煉瓦積みを進めながら、建物を大きく見直すときが来ているのだろう、と鎗田は感じていた。妻木の言う「建物の強さ」をもっと深く究めていかねばならないときが。

東京府庁舎のみならず巣鴨《すがも》監獄の設計監理に取りかかっていた妻木のもとに、意外な形で議院設計の話が持ち上がったのは、それからしばらくのちのことになる。思いがけず、その現場に鎗田も関わることになったのだった。

第二章

一

うずたかく積まれた煉瓦塀《れんがべい》の上を、沼尻政太郎《ぬまじりせいたろう》はひとり歩いている。塀の幅は五寸ほどと狭く、両手を広げることでかろうじて均衡を保っている。腰を低くし、すり足で、下はけっして見ないようにして。命綱もなくこんな高所を渡らせるなんざ馬鹿げている、と理不尽が滲《にじ》んでくる。が、沼尻は苛立《いらだ》ちをぐいと呑み込んだ。不平不満の類《たぐ》いは、どんな些細なことでも口には出さぬと決めている。そいつを吐き出したところで状況が好転することは稀《まれ》で、周囲の人間と気まずくなるのが関の山だからだ。

喉の奥にむず痒《がゆ》さを覚えた。咳が出そうだ。こんなところで咳き込んだら一巻の終わりだ。気管をなだめようと息を詰める。その拍子に、うっかり下を向いてしまう。足下の遥か下方に雲がたなびいている様が、目の端をおびやかす。慌てて顔を上げた刹那《せつな》、ぐらりと視界が揺らいだ。なにかに摑《つか》まろうと、空《くう》に向かってもがく。身体が傾《かし》ぎ、足が塀から外れた。

「うあーっ！」

叫んだところで目が覚めた。布団から飛び起きて、両手の平で身体をさする。寝間着が汗でじっとり湿っていた。生きている。骨も折れていないらしい。

「ったく、なにを寝ぼけてるんだね」

姉の怪訝《けげん》な顔が突き出された。ひっつめ髪でこめかみに膏薬《こうやく》を貼った、いつもながら色気も素っ気もない顔である。去年の頭、幼子ふたりを連れて出戻ってから、老母に代わって家のこと一切を担っているのだ。

「いっくら声掛けても揺すっても、うんうん唸《うな》ってばっかりで起きないんだから」

年甲斐《としがい》もなく妙な夢にうなされていた自分が恥ずかしくなり、沼尻はそそくさと寝床から離れる。毎朝の習慣で障子を開け、東側に建つ隣家の影が庭全体を覆っているのを見つけて首をひねった。

「なんだ。起きる時間にゃ、まだ早いんじゃないかい?」

内務省土木局には毎朝八時半に着くよう家を出る。七時に床を上げれば、朝飯をかき込んでも十分に間に合う。九月半ば過ぎのこの時季であれば、起床の頃合いには東の家の影は庭からすっかり退いているのだ。

「いいから、早く着替えな。お仕事のお友達が来てんだよ」

「えっ。なんだってそいつを先に言わないんだよっ」

沼尻はにわかに動じ、バタバタと簞笥《たんす》から着替えを引っ張り出した。同僚のことを、姉は常より「お仕事のお友達」と珍妙な呼称で通している。

ケンチクカってのはつまるところ大工だろう? その上、大工のように手も動かさないで、紙に線を描いてるだけっててんじゃないの。そんなんあたしだってできるわ。男は汗水垂らして働いてなんぼなのに、あんたのしてることはいいとこ取りのお遊びと同じだよ——これが、いかに言葉を尽くして建築家とはなんぞやと説いたところで覆《くつがえ》ることのない姉の持論なのだった。

「なんだってこんな朝早くに……なにか問題が生じたんだな。名前は？　誰が訪ねてきたんだ？」

「さてね。若い兄ちゃんだったよ」

「取り次ぐなら名前くらい訊《き》いておけよ」

「あたしゃあんたの女中じゃないんだよ。訊きたきゃ自分で訊きなっ」

口では姉に勝てない。早々に諦めて、沼尻は着替えを急ぐ。シャツに袖を通すうち、

——巣鴨だ……。きっと巣鴨でなにかあったんだ。

と、にわかに肌が粟立った。沼尻は、妻木の下で三年前から警視庁監獄巣鴨支署の設計監理に携わっている。最初に設計図を見せられたときの衝撃は、今も鮮明だ。これは冗談かなにかだろうか——そう訝《いぶか》しんだほど奇っ怪な展開図だったのである。棟は二棟。それぞれ中央看守所から放射状に平屋の檻房が連なっている。五方向に伸びた檻房の連なりは、上空から見るとあたかも雪の結晶のような形状だった。

檻房には六人房と八人房があるんだが、放射状に置くことで看守の見通しが利くし、配膳などの動線にも無駄がない——妻木は軽やかにそう説明した。きっと奇を衒《てら》った形状にして、建築家として名を轟《とどろ》かせようという魂胆だろう、と勘繰っていた沼尻は、どこまでも合理的かつ

実用的な設計の骨子に嘆じたものである。

とはいえ、これまで誰も造ったことのない独特の形状ゆえ、起工時から職人たちの戸惑いも大きく、幾度かやり直しも生じている。きっとまた不具合が生じたのだろう。土木局の者が家までそれを告げに来たとなると、よほど大きな問題が生じたのかもしれない。

沼尻は跳ねながらズボンを穿《は》いて部屋を出た。

「まぁまぁえらい慌てようだこと」

姉が鼻で嗤《わら》うのを聞き流し、小走りに玄関まで出ると、三和土《たたき》には小林金平が立っている。

「なんだ、君か」

三十代半ばの沼尻より十近くも下の、妻木の助手である。天真爛漫で明るい男だが、周りの人間をよく観察しているし、仕事も抜け目なく、それが時に沼尻を恐れさせた。

「沼尻さん、着替えありますか?」

藪《やぶ》から棒に、小林は言った。沼尻は、ボタンを半分までしかとめていない自分のシャツに目を遣《や》り、

「この格好じゃいかんか?」

訊いてしまってから、なんでこんな若造から服装にケチをつけられねばならんのだ、と鼻の頭に皺《しわ》を寄せる。

「局に行くだけだろう? いつもの格好で構わんじゃないか。で、用件はなんだ。巣鴨でなにかあったか?」

小林はそれには応えず、

「替えの服がかなり入り用になるかと思います。急ぎ支度してください。あとは製図道具も一式。これは局にありますか？　でしたら、着替えを用意し次第、局に入ってください。汽車は午後一番だそうですから、それまでに」

表情も変えずに一気にまくし立てたのだった。

「汽車？　なんの話だ」

小林もおかしな夢でも見て、寝ぼけたままここへ訪ねて来たのではないか、と怪しみながらも順々に訊いてみると、妻木が今朝早く土木局の局長に呼ばれ、突然出張を申しつけられたという。行き先は広島。この出張の随員に沼尻も選ばれているらしい。

「広島？　調査かなにかか？」

ここ数年、妻木は、横浜をはじめとする築港工事に携わり、また、各所に建てられている煉瓦工場の視察も足まめに行っている。おおかた新たな調査が入ったのだろう、と沼尻は一旦胸を撫で下ろし、だがその程度のことで朝からわざわざ家まで呼びにくるのもおかしなことだと不審を抱く。

「詳しいことはわからんのです。妻木さんも聞かされてはおらんそうです」

「君は知らんでも、妻木さんは報《しら》されとるだろう。物見遊山《ゆさん》で広島くんだりまで行くはずもあるまい」

「いえ。妻木さんも目的は知らんそうです。向こうに着いてから訪ねる先だけは教えられたようですが。日頃の疲れを癒やしてこいと、内務省が温泉にでも招待してくれたっていうなら、いいんですがねぇ」

小林は遠い目をした。どこまでも調子っぱずれな男である。

「兎《と》にも角《かく》にも、私は沼尻さんを呼びにいけと言われたまでで詳しいことは存じません。支度をされたら荷物を持って、局に一旦出てくださいい。確かに伝えましたよ。よろしくお願いします」

最後は早口にまくし立てると、こちらの返事も待たずに駆け出していった。

「なんだろうねぇ。朝っぱらから。あんたの勤め先はおかしな連中の集まりなんだろうねぇ」

いつから聞いていたのか、廊下の柱の陰から顔を出した姉が、鳩のようなくぐもった声で嗤っている。

数枚のシャツと下着、手拭いを鞄《かばん》に詰め込んで取り急ぎ局へ向かう。姉には、「二、三日留守にする」とだけ言い置いた。七時過ぎの土木局はまだ閑散としていたが、妻木はすでにおり、

「急なことで済まない。僕も寝耳に水でね」

困《こう》じたような笑みを向けた。

「午後一番の汽車に乗る。技師を数名連れていくようにということだから、君と湯川《ゆかわ》君、それと大迫《おおさこ》さんの三名に同行していただくことにしたんだ」

妻木は、机上の書類を手早く鞄に詰めながら告げた。

湯川甲三《こうぞう》は不惑《ふわく》を迎えたばかりの、かつて宮城造営にも携わった技師だ。自己紹介のときに、「ペリーが来た年に生まれました」と、なぜか自慢げに言う癖がある。

大迫直助《なおすけ》は、おそらく齢《よわい》五十に近い、局内の監督科主任である。銀座煉化石街なども手掛け

た経験豊富な大工で、自ら図面を引くことは少なかったが、新たな技法を試す折にはみな彼に意見を請うた。

「あの……広島にはなにをしに行くんでしょう？」

おずおずと訊いた沼尻に、妻木は肩をすくめた。

「それが、僕にもわからんのだ」

どうやら小林の言ったことは本当らしい。

「しかし、局長とお話しになったのでは」

「話すことは話したが、ともかく広島に行けと命ぜられただけさ」

「技師を三人も連れて行くのに、なんの調査か知れないということですか」

「調査かどうかすらわからないときている」

困ったことになったよ、と言いながらも、妻木は微塵《みじん》もうろたえているふうはない。

「大迫さんと湯川君とは新橋駅で待ち合わせている。あと小一時間で出るから、君も支度を急いでくれたまえ」

そう命じてから、

「といっても、実際なにをどう支度すればいいのか、わからんのだがな」

彼は冗談めかして小さく笑った。

「沼尻さん」

そのとき、背後から小声で呼ばれた。いつ入室したものか、小林が立っている。

「調査じゃあないように思います」

「え？」

「私の勘でしかないんですが、工場や港の単なる調査というわけではないように感じるんです。長丁場になるかもしれませんよ」

また不可解なことを言い出した。

「なにか報を仕入れたのか？」

「いえ。今申し上げたように、単に私の勘です」

「その勘とやらの根拠を訊いている」

「根拠があったら勘じゃあなくなっちゃいますよ」

言って、クックッと軽やかな笑い声を立てる。

――こいつ、俺をからかってんのか。

思うさま小林を睨《ね》め付けたところで、局の戸が壊れそうな勢いで開き、今度は鎗田が姿を現した。大股で妻木の近くまで一直線に進むと、

「わっちは行かんでいいんですか」

と、やにわに唾を飛ばした。耳が早い。出張のことをどこかで聞き込んだのだろう。

「鎗田さんには大審院の仕事があるだろう。あの現場から鎗田さんがいなくなったら立ちゆかなくなるさ。ゼールもいないんだ」

エンデ＝ベックマン建築事務所との契約切れにより、妻木と共に大審院の監理を負っていたゼールが昨年、現場を離れたばかりなのだ。

「目的もわからん出張に同行願って、大審院の現場に穴を空けるわけにはいかんさ」

それでも鎗田は不服面である。彼は常々、妻木さんはこれからの建築界を背負って立つ人だ、と言ってはばからなかった。だから妻木の仕事にはすべて携わりたいのだ、と。

「なにか、建てるんじゃないですかね、広島に」

沼尻の傍《かたわ》らで、また小林が囁《ささや》く。

「それも勘か？」

「うーん、大局を見た上での勘と言えばいいかな。なにしろ、清《しん》と戦争しているさなかですからね」

ふた月ほど前の明治二十七年八月、日本は清国に宣戦布告したのである。朝鮮の内乱に介入したことが契機になったらしいが、なぜそれが清国と日本の戦争に発展したのか、沼尻はいくら新聞を睨《にら》んでもわからなかった。よって、小林の謎かけめいた「勘」についても、なんら思い当たる節がない。

「戦争と広島と、どう関わりがあるんだ」

まどろっこしくなって直截《ちょくせつ》に訊いたとき、出張への随行を諦めたらしい鎗田と目が合った。彼は妻木に軽く会釈《えしゃく》したのち、ずんずんとこちらに向かってきた。目を吊り上げた険しい形相に、思わず後じさった沼尻の腕を鎗田は乱暴に摑むと、

「お前は行くんだってな。わっちと同じ叩き上げの職人なんだから、なんだって請け負えんだろう。向こうでしっかりやれよ。妻木さんを助けるんだ」

檄《げき》を飛ばすや、隣の小林に目を移し、

「さ、大審院の現場に行くぞ」

と、有無を言わさず命じた。

「僕は今日これから学校があるんだけどなぁ」

妻木の下で見習いとして働きながら、去年から工手学校にも通い始めた小林は、そうぼやきながらも、沼尻との話を中途にしたまま鎗田の後ろについて、跳ねるような足取りで事務所を出て行った。

＊

新橋駅で、先に到着していた大迫、湯川と落ち合い、浜松行きの汽車に乗った。静岡に夜の九時半に到着し、ここで広島行きに乗り換えるつもりが、軍用列車を先に通すために発車時刻が変更になり、この夜の便はなくなったという。やむなく市内に宿をとったが、翌朝になっても汽車の目処《めど》が立たない。

「他に乗り換えられそうな汽車があるか、訊いてきましょう」

宿でこの報せに接した沼尻は、思わぬところで足止めを食った焦りもあって素早く腰を浮かせたが、ここでも妻木は恬《てん》として、

「いや、他の汽車もなかろう。せっかくの機会だ。街でも見て歩こう。静岡はよくよく歩いたことがなかったからちょうどいい」

言うや、席を立ったのだ。大迫も黙ってそれに従い、湯川は「では私はここに残って、みなさんの荷物の番をいたします」と気を利かせた。沼尻はどちらにつくのが正しいかしばし惑っ

たのち、帳面と筆記用具を入れた布袋だけ引っ掴み、妻木と大迫の後を追った。

宿を出ると、海のにおいが鼻をかすめた。カワラヒワがキリキリと忙《せわ》しない鳴き声をあげている。駅前に並んだ商店を気まぐれに覗《のぞ》きながら、妻木はのんびり歩を進める。大迫はやはり黙然とそれに従っている。とにかく無口な男なのだ。声を発するのは「ん」と頷《うなず》くときくらいで、他はほとんど身振り手振りで事を済ます。職人たちの仕事がもたついていると「どけ」というように手を払い、自ら鉋《かんな》をかけたり、柱を組んだりしてみせる。一通り作業をし終えたところで、「今見せた通りにやるんだ」と言わんばかりに職人に向けて顎《あご》をしゃくる。いかにも御瓦解《ごがかい》前の棟梁《とうりよう》といった厳格さで、沼尻は未《いま》だ話しかけるとき身がこわばる。

さびれた商店街が途切れ、潮のかおりがいっそう濃くなった。

と、そのとき妻木が唐突に足を止めたのだ。木造二階建ての大きな建物の前である。玄関には新聞社の看板が掲げられている。その傍らに据えられた掲示板に、妻木は目を凝らしていた。刷り立ての新聞が貼られているようだ。沼尻も、妻木の張り出した肩の横から伸び上がって紙面を覗き込む。

〈臨時帝国議会　十月十五日　広島にて召集〉

大見出しが躍っている。

――議会まで広島でやるのか。遷都《せんと》でもしかねない勢いだな。

広島には軍港があるため、軍人はみな、かの地に向かっている。今月中旬には、お召し列車が広島に向かったとも噂に聞く。天皇陛下に続いて、今度は議員まで広島入りするのか――ぼんやりそんなことを考えていると、

「なるほど、これか」

妻木が低くつぶやいた。

「これに違いない」

今度は、昂揚《こうよう》を帯びた声ではっきりと言った。

「すぐに宿に戻ろう、仕事ができた」

言うや妻木は、駅へととって返す。

「え？　市内を見るんじゃないんですか？」

訊いた沼尻には「これ」がなんなのか、まるで見当が付かない。大迫はわかっているのかいないのか、「ん」というふうに頷いたきり、相変わらず黙って妻木に従う。

――「これ」というのはなんです？　どんな仕事なんです？

そう聞き返す隙間さえ、妻木の後ろ姿には見出せなかった。彼の総身は、喜悦と精気にのみ覆われているのだ。


宿に戻るや妻木は鞄から写生帳を取り出し、一心不乱に鉛筆を動かしはじめ、それは午後になって神戸行きの汽車に乗り込んでも続いた。作業の邪魔をしてはいけないと思ったのか、大迫が四人がけの箱席から後方の座席に移動する。沼尻も湯川と目配せしたのち、物音を立てぬよう大迫の側《そば》に移る。

「妻木さん、設計図を描いておられるようですが、出張の目的がわかったんですか？」

湯川に訊かれたが、沼尻は首を横に振ることしかできない。助けを請おうと大迫に目を遣る。

彼は腕組みをして天井を睨んでいたが、沼尻の視線に気付くと思うさま顔をしかめた。静岡市内に一緒に出たのにそんなこともわからんのか、とその目が語っている。沼尻が肩をすぼめて小さくなったとき、

「議院じゃ」

呆れを帯びた大迫の声が低く響いた。

「あ、大迫さんがしゃべった」

と、湯川の口から無遠慮な驚きが転げ出る。

「議院？　さっき新聞社の掲示板にあった、あの帝国議会の議院ですか？」

広島にはおそらく、帝国議会の会場となり得る建物はない。となれば、新たに建てるよりなかろうが——そこまで考えて沼尻は、新聞に書かれていた期日を思い出す。

〈十月十五日　広島にて召集〉

「え？　ってことは、十月十五日に間に合わせるということですか？」

声が裏返る。大迫は不快そうに片眉を吊り上げたが、「ん」とためらいもなく応えたのだ。

湯川はただ目を白黒させている。

「まさか。あと半月しかありませんよ」

沼尻はたちまち蒼白になった。四年前、内幸町《うちさいわいちょう》に竣工《しゅんこう》した最初の仮議院が約ふた月で焼失し、その後、大急ぎで再建された折のことが頭をよぎる。議会を止めるわけにはいかん、と短期間での再建を政府から命じられ、内務技師の吉井茂則《よしいしげのり》とドイツ人技師、オットカー・チーツェが組んで陣頭指揮を執ったのだが、職人を多数かき集めてほとんど不眠不休で作業を進め、

それでも九か月かかったのだ。

――同等の大工事を半月で終わらせよ、というのだとすれば、あまりに馬鹿げている。

沼尻は到底信じることはできなかったが、大迫はすでに瞑目《めいもく》しており、とりつく島もない。

湯川はなにか言いたげだったが、沼尻が口をつぐんだのを見て、静かにうつむいた。

＊

一行が乗った汽車は、途中、軍用列車を優先的に通すという理由で幾度も足止めを食らい、神戸に着いたときには出発から二日近くも経っていた。硬い座席のために腰やケツは悲鳴をあげ、睡眠不足と、うっかり開けっ放しにした窓から入ってくる煤《すす》によって目は霞み、四六時中揺られているせいで慢性的な悪心にも襲われた。そこからさらに汽車を乗り継いで広島に入ったのは、二十五日未明。東京を出てから実に二日半が経っていた。

しかも、朝未《あさま》きの薄暗い駅舎には、人っ子ひとりいないのである。

「迎えの者もおらんのですか。ぜんたいどこへ行けばいいんです？」

湯川が、途方に暮れた様子でつぶやいたとき、

「広島城の大本営に向かえばわかる、と僕は局長から命ぜられている」

妻木がはじめて行き先を打ち明けたのだ。なんでも、第五師団が広島に駐屯しており、そこで出張の目的が告げられる手はずになっているらしい。

「軍関連の仕事ですか」

湯川が身震いした。清との戦争がはじまって以来、軍部がますます幅を利かせ、政治にも影響を及ぼすようになっていた。沼尻はそれを苦々しく思っていたが、巷《ちまた》には、軍人こそ国を発展させる要《かなめ》だと崇拝する向きも増えている。

ふと、出しなに小林が口にした言葉が甦《よみがえ》る。今回の出張は、清との戦争と関わりがあるのではないか、と彼は囁いたのだ。

——奴は、妻木さんからなにか聞かされていたんだろうか。

目端が利き、そつなく人に取り入る小林である。きっと妻木の信頼も厚いのだろう。沼尻は学校も出ていない現場叩き上げで、時勢も政情も関わりなく生きてきたから余計、彼がときに小賢《こざか》しく感じられるのだ。

沼尻が建築の道に入ったのは御瓦解前、まだ十代の頃で、手っ取り早く稼げそうだという理由だけで、とある棟梁のもとに弟子入りした。のちに二代清水喜助《しみずきすけ》と名を改めた、当代一と評判の大工で、いち早く擬洋風の建物を造ったことでも知られている。明治五年、兜町《かぶとちょう》は海運橋《かいうんばし》のほとりに建てた第一国立銀行は彼の代表的な仕事であり、左右に小塔を配した木骨石造りにコロニアル調ベランダ、その上に天守閣様の屋根を載せた造形は、ほぼ同時期に建てられた銀座の煉化石街より遥かに前衛的かつ独創的だと評価も高かったのだ。沼尻も、二代喜助の独創的な技術に心酔しており、彼に認められたい一心で懸命に腕を磨いていたのだが、明治十四年、まだまだ教えを請うつもりでいた師匠は突然逝ってしまった。はて、この先どうしたものかと困じていたところ、妻木から声がかかって、内務省に引き抜かれた。これまで君は多くの現場を踏んできたから予算組みには慣れているだろう、と設計に加えて見積もりも任されるようになったが、どこで妻木が自分の仕事ぶりを知るに至ったのか、未だ謎のままなのだった。

どうにか人力車を摑まえて、一行は広島城に据えられた大本営に入った。一室に通されると、政府の要人らしき初老の男らが居並んでいる。その光景を目にしただけで、沼尻は金縛りにでもあったように身動きがとれなくなった。

「内務次官の松岡《まつおか》だ」

中央にいた男が、全員を見渡してのち名乗った。目と口が妙に離れた馬面に、加藤清正《かとうきよまさ》公よろしく立派な髭《ひげ》を蓄えている。松岡康毅《やすたけ》という名だけは沼尻も耳にしたことがあるが、間近に接したのははじめてである。

「君たちに来てもらったのは他でもない。臨時帝国議会を開くための議院を造ってもらいたい。議席も規模も、東京の議院と遜色《そんしょく》ないものが必要だ。陛下も広島に入っておられる。総理もつい先頃広島入りした。無論、議員もみなこちらに移る。この戦争で勝利を収めるための重要な議会を開く場所だ。心して仕事に当たってほしい」

さらりと命ぜられ、沼尻の頰は大きく引きつった。大迫の推察した通りだ。が、議会召集日は十月十五日とすぐそこに迫っているのである。

「承知しました。急ぎ設計図をあげます」

しかし妻木は、異議を申し立てることなくあっさり返した。これには沼尻のみならず、湯川も仰天したふうに顔を上げた。

「建設用地はどちらになりますでしょう?」

「まだ決まっておらん。県知事にも協力願って、ふさわしい土地の候補は随時挙げてもらっているが」

松岡が、傍らに佇《たたず》んでいる初老の男に目を送ったところを見ると、これが広島県知事なのだろう。

――土地も決まっておらんのか。

愕然《がくぜん》として今一度妻木を窺《うかが》ったが、彼はここでも涼しい顔をしている。

「予算はいかほどになりますか」

「戦時下ゆえそう多くは掛けられんからな……できれば三万円内に収めてほしい。その予算内で、衆議院、貴族院の両院議場を造り、議席も東京と同等に用意してくれ」

「予算のこと、また工期を考えますと、木造がふさわしいかと存じますが、材料や関わる職人についてご意向はございますか？」

「当地で集めてもらいたい。木材集めについては県庁が全面的に協力する。職人は……君は心当たりがあるか？」

松岡は傍らの県知事に訊く。はて、というふうにのどかに首をひねった県知事を見て、沼尻は内面で膨らんでいた苛立ちが破裂しそうになる。なにを他人事《ひとごと》みたようにぼんやりしておるんだ、県の役人総出で職人をかき集めろっ――そう言えたらどれほどすっきりするだろう。

「職人についても、県庁には協力を請うが、君らも手分けして当たってほしい」

あろうことか松岡は、沼尻ら四人を見渡してそう命じたのである。今、到着したばかりのこの広島の地で、どうやって大工を探せというのだ――。

しかし妻木はこれにも異論を差し挟まなかった。

「承知致しました。では早速、手配にかかります」

無謀な注文を一方的に押しつけられる格好で、呆気なく話し合いは終わった。広島城を出たところで、

「どう考えても無理ですよ。間に合いません」

と、湯川が泣きそうな声を出す。

「そうかな。やってみないことにはわからんさ」

妻木はここでもひとり楽しげで、不思議な余裕を漂わせている。

「僕は図面を仕上げるから、沼尻君と湯川君は県庁に行って、職人の周旋を頼んできてくれ。大工と鍛冶《かじ》、鳶《とび》もいたほうがいい。ついでに材木の手配もしてくれるか？　大迫さんは設計を手伝ってください。使う材の寸法もあらかじめ決めておきたいので。宿の僕の部屋を作業場にあてよう」

手早く指示して、県が用意した人力車に乗り込んだ。車夫にはあらかじめ、宿の場所が告げられていたらしく、大迫とともに一足先に戻るという。車が動き出す間際、妻木が振り返り、

「そうだ。県庁で製図台があれば借り受けてきてほしい。それと、宿は魚屋町の泉旅館らしい。県庁で訊けば場所はわかるだろう」

それだけ指図して、走り去った。

「まるで嵐みたいだ。なにがなんだか……」

湯川が、人力車の立てた土埃の中に佇んで、惚《ほう》けたように言った。沼尻は、東京を出発した日の明け方に見た夢のほうがまだマシだ、と心の内で嘆いた。

県庁で主立った棟梁の名と住所を聞き込んだのち、沼尻と湯川は二手に分かれ、不案内な街で再々迷子になりながらも大工との直接交渉に走った。「東京から来た。議院を建てる計画がある」と告げても信じてもらうことすら難しく、門前払いを食うばかりで埒《らち》が明かない。とっぷり日が暮れてから足を引きずって宿に辿り着くと、

「県庁に頼んだ製図台、先程妻木さんのところに届いたそうだ」

先に戻っていた湯川が報せてきた。

「で、どうだった、首尾は」

「三名ほど、手の空いている大工もいたんだが、なかなか……」

「こっちもだ。まいったな。妻木さんのことだから二、三日のうちには設計図を仕上げちまうだろう。早いとこ、職人を集めんとならんが」

「鍛冶屋は東京より多そうだから、金具は存外苦労なく用意できるかもしれん。しかし大工がなぁ。仲間内に声を掛けてもらうようにも頼んできたが」

「うむ。明日は日の出前から動こう。大工が現場に出ちまう前に摑まえるんだ」

ここまで四日近く、一日平均二時間ほどしか睡眠をとっていない沼尻と湯川は、明日の予定を確かめ合ったのち、飯も食わず風呂にも入らずに寝床に倒れ込んだ。が、夢すら見ないうちに、また揺り起こされたのだ。

渾身の力を込めてまぶたを引っ張り上げると、大迫の厳《いか》つい顔がこちらを見下ろしていた。驚いて飛び起きる。

「大工は集まったか」

薄暗がりの中、血色の白目をぎらつかせ、大迫が訊いてくる。

「いや、まだなんとも。ただ、湯川君は確か二、三人と話がついた、と」

「それだけか？　悠長なことだな」

半日しか動けていないのだ。致し方ないだろう。思わず寄りそうになった眉根を、しかし沼尻は人差し指と中指でぐいと押し戻した。大迫に睨まれることだけは避けたい。

「今日もこれから、湯川君と市内を回る予定ですから」

「早く集めてくれ。設計図はもう仕上がっとるぞ」

とっさに意味を解しかねた。寝起きの頭で、今一度大迫の言葉を反芻《はんすう》してみる。ややあって、

「え？」

と、沼尻は声をはね上げた。

「仕上がってるって、設計図がですか？　議院の設計図が？」

問い返しながら、布団の上に正座した。大迫は「ん」と唸り、妻木の部屋のほうを顎でしゃくった。

「呼んどる。早く行け」

こんな短時間で設計図が仕上がるはずもないと思いながらも、ともかく着替えて妻木の部屋へ急ぐ。廊下から声を掛けて襖《ふすま》を開けると、製図台に覆い被さるようにして、彼はまだ手を動かしていた。見慣れたはずの引き締まった背中が、今日に限って妙に大きく逞《たくま》しく見える。

「朝っぱらからすまんな」

自分は一睡もしていないだろうに、妻木はまず沼尻を労《ねぎら》った。常にぴしりと櫛を入れている髪は乱れ、目の下には隈《くま》が深い影を刻んでいる。

「君に予算を出してほしいんだ。材料も細かに書き出したから無駄なく発注できるはずだ。なにせ三万円以内で仕上げなければならんから、余材がなるべく出んようにせんとな」

妻木は、職人たちが音《ね》を上げるほど完成度の高さを求めることでも知られていたが、といって技師にありがちな仕様優先のどんぶり勘定をよしとせず、予算内で最上のものを造ることに常々こだわってきた。

予算度外視で設計すれば、誰でもいいものは造れる。だが、現実的にこちらの意のままに予算が通ることはまずないわけで、設計図が仕上がってから、あちらを削り、こちらを取りやめ、としているうちに、均衡を欠いたおかしな建物が出来上がってしまう。ならば最初から、予算内にしかと収めて完璧な設計をすることが、理想の建築をなす近道だ――それが、彼の持論なのだった。

製図台に広げられた設計図を、沼尻は覗き込む。驚くべきことに、完璧な平面図が出来上がっていた。正面玄関から延びた廊下を軸にして、左右対称に議場が設けられている。向かって左側が衆議院、右が貴族院。双方とも約三百の議席が扇状に連なり、中央に議長席が据えられている。玄関の両脇には議員の休憩所が造られ、廊下突き当たりには大臣控え所と供奉室、天皇陛下が休息するための便殿《びんでん》が並んでいる。東京の議院よりはむろん簡素な構造だったが、議会を開くには過不足ない。

――しかしこれだけの規模の建物を、半月で造れるのか……。

不安に駆られつつ設計図を凝視するうち、不自然な点に気がついた。

「あの……僭越《せんえつ》ながら、木造であれば、議場にもっと柱が必要になるのではないでしょうか」

議席三百の広々とした空間であるのに、屋根を支えるべき柱が壁面部分にしか描かれていないのである。いかに急ごしらえの平屋とはいえ、これでは強度が保てない。

「左右の議場の屋根を切妻造《きりづまづくり》にして、トラス小屋組で造るんだ」

あっ、と沼尻は声をあげた。洋小屋によく用いられる工法である。屋根の形に合わせて三角形に木材を組み上げ、横木を梁《はり》として屋根を支える。これなら日本式の小屋組のように多くの支柱を使わず済む上に、工期も大幅に短縮できる。

「はじめはドイツ小屋の工法をとろうと考えたんだが、構造が複雑な分、工期の面から難しかろうと思ってね。そこで対束《ついづか》小屋組と組み合わせることにした」

対束、と沼尻は口の中で繰り返す。

確か、トラスの三角形上部二辺にあたる合掌と、底辺部分にあたる陸梁《ろくばり》のちょうど中間に、もう一本横梁、いわゆる二重梁を渡す工法だ。屋根の頂点部分にわたった棟木《むなぎ》と二重梁を束《つか》で繋ぎ、さらに二重梁を二本の束で陸梁と繋ぐ。合掌と束は、斜めに渡した方杖《ほうづえ》という角材で支える。これなら強度も保てる。しかし、これとドイツ小屋組をどう組み合わせるのか——。

「これに挟束《はさみづか》を用いようと考えている。ドイツのやり方だな。本来、対束でやる場合には、二重梁の両端から陸梁に束を降ろすだけだが、今回は中央にも一本、束をかませようと考えている」

「それだと、真束《しんづか》小屋組と同じになりますか?」

真束小屋組は、二重梁を用いずに、棟木と陸梁をじかに一本の束で繋ぐ工法だ。

「似てはいるが、真束は一本だろう？　しかし挟束は二本の木材で陸梁を挟むようにする。かつ、部材の接合点をボルト金具で絞めるんだ」

なるほど。それなら仕口の加工に多くの時間を割《さ》かれずに済む。工期を考えれば、合理的な選択だろう。

「ただしこの大きさだ、基礎は掘立柱《ほったてばしら》にしたほうがよかろうな」

妻木が写生帳を取り出しつつ言った。開くとそこには、柱の組み方や用いる材の寸法が、すでに細かに描かれていた。静岡を出た段階で議院建築を任されるだろうと見当をつけていたとはいえ、そこからまだ三日ほどしか経っていないのだ。どうしたらここまで細部にわたって綿密な設計図が引けるのか、沼尻は夢でも見ている心地になる。

「掘立柱は、地面に深く穴を掘って柱を固定するやり方ですな。となると、地盤が大いに重要です。建築用地もわからないでは地質調査もできません」

「そうだ。その場所を早く決めてもらうためにも、見積もりを作って、内務次官の認可を得なければならん。そこで、積算を君にお願いしたいんだ。大審院の積算よりはずっと楽だろう？」

規模からすれば、確かに予算を出すのはさほど難《かた》くはない。ただそれ以上に、建築用地も定まっていない不確かな状態で設計を進めて、あとで大きな狂いがでないか、そのことのほうが気掛かりだった。

建築はやり直しが利かない、ひとつの小さな瑕疵《かし》でも、放置すれば全体を一からやり直す羽目になりかねない、だから常に万全の準備をしなければならない——日頃口を極めてそう言っている妻木は、今回の仕事になんの屈託もないのだろうか。

動じる沼尻を後目《しりめ》に、彼は恐ろしいことを爽やかに付け足した。

「それで、申し訳ないが、できれば午前中に仕上げてほしいんだ。少しでも早く認可を得て、作業にかかりたいからね」

——あと数時間で？　冗談だろう。

耳の奥に叫び声を聞いたが、それを口にする勇気はなかった。実際妻木は、驚くべき短時間で設計図を仕上げている。兎にも角にも緊急事態なのだ。「普通であれば」といった議論を差し挟む余地などどこにもないのである。沼尻は渋々頷き、すぐさま自室にとって返して、書類の束一式とそろばんや筆記用具を引っ摑んで妻木の部屋に戻った。表を作り、そこに材木の総数、人工《にんく》の数、材木をとめる釘や鋳物の量などを算出して書き込んでいく。

小屋組の陸梁は幅八寸と五寸の角材を二本繋ぐ形、合掌部分は五寸と四寸、屋根板を支えるため勾配《こうばい》に沿って棟木から軒まで通す棰《たるき》は二寸角——妻木が寸法まで決めてくれたおかげで材の分量は速やかに算出できたが、広島での材木の仕入れ値や職人の手間賃といった相場がわからない。やむなく単価の部分を空けたまま妻木の意見を請うた。

「職人の手間賃は出来る限り高くしたい。短期間の工事で無理を強《し》いることになるし、トラスを造るには、技量の優れた大工を集める必要がある。技術は材料と異なり形在るものじゃあないが、そういう見えないものにこそ予算を掛けたいんだ」

現場で大工や左官を下僕同然に扱う建築家も多い中で、職人に対して尊崇《そんすう》の念を欠かさない妻木は希有な存在だった。が、だからといって今回に限っては工賃に潤沢な予算をかけることは危険だった。日程に余裕がないだけに、途中どんな障害が生じるか知れないのだ。それを見越して少しでも予算に余分を含ませておきたい。材料は値切れるが、工賃は一旦提示してしまうと下げることが難しくなる。職人から不平が出、それが仕事に影響するからだ。

「無理のないところで支払うとなると、大工の頭数にもよりますが、日当六十銭が限界か、と。おそらく職人は数百人集めなければ、この期間内での竣工は難しいと思われます。人海戦術でいくならば、単価を下げる必要があるか、と」

「一日六十銭か……」

唸って妻木は、沼尻のまとめた見積もり表を手に取った。しばし無言で睨んでいたが、やがて思い切ったふうに告げた。

「材料の仕入れ単価をギリギリまで抑える方向で調整しよう。大工の日当に、七十五銭はほしい」

「いや……それはさすがに」

「労働時間も朝の六時半から晩の五時半までと決める。それを超過した場合は、一時間につき七銭五厘支払う」

妻木は有無を言わさなかった。労働時間を細かく設定するのも、ドイツ風のやり方なのだろう。向こうじゃ漫然と長時間、職人に作業させることはしねぇのだ——鎗田もそう語っていた。長く働けば疲れが募る。効率も下がる。終わりの時間が見えていりゃあ、そこまで集中してやっちまえと気持ちの区切りもつくってもんさ、と。

「それから、敷地のどこか、議院建築に影響のない場所に、大工小屋を設《しつら》える。その工費も試算に入れてくれ」

「小屋を？　休息所ですか？」

「いや、作業場だ。工期中には悪天の日もあるだろう。だが、工事を休むわけにはいかん。だから外での作業が難しいときは、その小屋で、鉋がけや材の切り出しを進めてもらうさ。横三間幅、縦十間幅の建物を、そうだな、三棟造っておけば、百人近くの大工はその中で常に働ける」

よくそこまで気がつくものだ。感嘆すると同時に目眩《めまい》すらしてきた。これから数百人の大工を集め、彼らに事細かな指示を出し、効率よく、着実に現場を回していかねばならないのだ。トラスなぞ、ここらの大工で経験のある者はまずいないだろう。となると、彼らに一から工法を説明するところからはじめなければならない。

「あの、職人はすべて現地調達に限られるのでしょうか。土木局からも呼んだほうがよろしいか、と」

おそるおそる提案すると、妻木はようやく笑顔を見せた。

「そうしないと無理だろうな。実は昨日のうちに幾人かに来てもらうよう、東京に電報を打った」

相変わらず仕事が速い。ほっとしたのも束の間、

「トラスなら鎗田さんがドイツで学んでいるからね。現場がはじまったら来てもらうことにした。といっても大審院も監理してもらわんとならんから、とんぼ返りになろうがね」

妻木が付け足すのを聞いて、あの口うるさい男が来るのか、といっそう疲れが増した。

「広島の大工は気が荒いと聞いている。鎗田さんなぞかわいいものかもしれないぜ」

妻木は、こちらの内心を見透かしたように目尻を下げる。

「それに職人ってのは元来が頑固でわがまま、身勝手で扱いにくいものさ。ただ不思議なもので、そういう気質を持った者は、まず間違いなくいい仕事をするんだ。だから僕ら設計をする側は、そうした厄介な連中とうまくわたり合う術《すべ》を身につけていかなければならない。それが面倒だから、気が重いからといって、なんでもほいほい言うことを聞くだけの職人を選んでみろ。確かに扱いやすくはあるが、裏を返せば彼らは職人としての自分の仕事にこだわりも責任感も薄いし、日頃自らの頭で考えるということもしとらんから、現場に入ってもいかに楽をするかということにのみ気を配る。結果、手抜き工事でやり直しが生じることになる」

妻木はそこで一旦言葉を切り、窓の外に目を向けた。黄金色の朝日が木々を射ている。

「現場仕事で僕らが楽をしようとすれば、同じように楽をしたい連中だけが集まってくる。こだわりのない者同士で組めば、確かに現場はスルスルと流れていくから、楽しく、なごやかに進められるかもしれない。意見の食い違いによる衝突もなにもないからね。工事が終わったとき、互いにいい仕事だったと楽しく振り返ることもできるだろう。だがね、そんなふうにして建てられた建築物は、目も当てられないほどひどい出来なんだ。なんの挑戦も心意気も感じられない腑抜《ふぬ》けた代物《しろもの》になるんだ。僕らが作っているのは景色だ。僕は、景色を汚すようなことはしたくない」

鼓膜をじかに刺してくるような声だった。妻木はあくまで物静かに語っていた。が、一語一語に険しさが籠《こ》もっており、それが沼尻を怯えさせた。息を呑んだところで湯川が現れ、気忙しげに妻木へ問いかける。

「大工の試験ですが、鉋掛けとボルト打ちで構わないか訊いてこい、と大迫さんに言われまして」

試験？　と話の見えない沼尻は湯川に問い返した。

「ああ。大工の技量を試験した上で雇い入れる者を決めるらしいんだ」

「時間の関係で全員は難しいが、主軸になる者は技量を見極めた上でお願いしたいと思ってね」

妻木が代わって詳説する。制限のある中でも万全を期すということか――。

「それで構わん。採用、不採用は大迫さんの判断に任せる。とりあえず七、八十人ほど先に決めてほしい。あとは採用者の弟子を雇い入れれば話が早い」

承知しました、と慌ただしく湯川が駆け出していったのち、妻木は端的に命じた。

「さ、君は見積もりを仕上げてくれ。このあと大本営に出向く」

そこから五時間を掛け、妻木の意向を汲《く》む形で仕上げた見積もりは、総工費二万九千五百十六円にかろうじて収まった。端数が七十五銭出たが、まだ不確定な部分が多いのでそれは割愛した。

「なんとか三万円以内でいけそうだな」

妻木は見積書を検《あらた》めたのち、大きく頷き、設計図とともに鞄に入れると背広に袖を通した。開け放たれた窓からは、心地いい風が流れ込んでくる。沼尻は、この朝はじめて鳥の声を聞いた気がした。

「認可が下りるまで数日はかかるだろう。その間に、材木の手配を終えておこう。君はもう一度県庁に行って、首尾を聞いてきてくれ」

そう言い残し、彼は足早に宿を後にした。


広島中の材木を出来うる限り集めてほしいと役所に赴《おもむ》いて頼み込んだだけでなく、沼尻は近くの材木商を手当たり次第巡って、材の善し悪しを検めて歩いた。

夕飯時に顔を合わせた妻木は、

「予算表はとりあえず、内務次官に託したよ。これから可否が話し合われるそうだ。それと、建設地はおそらく、第五師団の練兵場になる」

と、一同に報告した。

「広島城の外郭だそうだ。早速明日、地盤を調べよう」

「城の外郭なら、地盤は確かでしょう」

大迫はそう応え、続けて言った。

「昔の人間ってのは、確かな場所に大事なものを建てましたから。風の通りや勾配、光の入り方や土地の硬さをしっかり見極めて、もっとも適した場所をちゃんと選んでましたからね。今みたように、空いた土地に考えもなく大きなものを建てるような野暮はしませんでしたよ」

こんなに長く大迫さんが話すのをはじめて聞きましたよ、と湯川がそっと耳打ちしてきた。

妻木は魚の煮付けを突きながら、笑みを浮かべて聞いている。

東京を出てからここまで、みなほぼ不眠不休である。この先も当面、ゆっくり眠ることはかなわないのだろう。けれど妻木の、どこまでも涼やかな面持《おもも》ちに接していると、疲れと不安にのみ苛《さいな》まれている我が身まで凪《な》いでくるようなのが、沼尻はただただ不思議だった。

二

九月二十七日、第五師団練兵場の下見へ向かう。妻木を先頭に、沼尻、湯川が従っている。大迫直助は最後尾についてゆるゆると歩を進めながら、妻木から見せられた設計図を最前から頭の中でなぞっていた。

ここまで大掛かりな洋小屋組を手掛けるのは、はじめてのことだ。建坪はおよそ九百坪。各議場の梁間《はりま》六十三尺、桁行《けたゆき》九十尺という大空間を、四隅と壁面に沿った柱だけにとどめ、屋根は三角形のトラスで支えるとなると、よほど頑丈な材を用いなければならない。果たしてこの広島で条件を満たす木材が調達できるのか、また腕のいい大工がどれほど集まるのか、今のところ未知数なのだ。

沼尻や湯川は、妻木がいないところで大迫に泣きついてくる。

「無理ですよ。材料と大工を集めるだけで半月はかかります。工期を延ばすよう、上に掛け合ってもらえませんか？　大迫さんから妻木さんに言ってもらえませんか？」

無論、大迫は一切取り合わない。一旦受けた仕事は、いかなる条件でも力を尽くすだけで、やるかやらんか選ぶ権限などないのだ。そもそも、できるだろうか、無理だろうか、と考えること自体無益だ。そんな暇があるなら、やり遂げる方策を模索したほうがずっといい。物事はどこまでも単純なのに、そいつを実行に移す前段で迷っている連中が、大迫には不思議でしょうがなかった。なにを言っても通じない気がして、口を開くのが億劫《おっくう》になる。

その点妻木は、物事への取り組み方が至極《しごく》簡潔だった。不安というものを介在させないから、無駄なく事が運んでいく。今回も、あがった設計図を大迫に示して、妻木は言ったのである。

「なんとかなるさ。ね、大迫さん」

なんとかしなければならないのは自分たちであるのに、高みの見物といったのどかさで、それもまた大迫の気負いを和らげた。

第五師団練兵場は、広島城の南東端に位置する平坦な土地だった。北側に山を背負い、開けた南側からはうっすら潮の香りを孕《はら》んだ風が吹き抜ける。となると、海風を山で受け止める格好になる。その上、東西に二本の河川が走っているから相応に湿気が溜まる土地だろうと、大迫はまず見当をつけた。

それから足袋《たび》履きの足指で土を摑むようにして歩き回り、土地の声を聞く。ギシギシと粘土質の土が軋《きし》んでいる。妻木が、沼尻と湯川に敷地の測量を命じたのを見て、大迫は背負ってきた道具袋の中から、おもむろに鉄製の筒を取り出した。そいつを地面に置き、木槌《きづち》で叩いていく。筒をすっかり埋めてから慎重に引き抜くと、地層がそのままの形で姿を現した。

粘土の下には細かな砂から成る厚い層が続き、さらにその下に再び粘土層が現れる。粘土と砂利の層が交互に来ているとなれば、水はけはよさそうだ。地盤はややゆるいが、このさらに下に厚い岩盤なぞが潜んでいなければ、妻木の計画通り、掘立柱での基礎造りもかなうだろう。

——あとは材だな。

沼尻が県庁に通っては材の仕入れ交渉をしているが、なかなか芳《かんば》しい報告は聞かれない。沼尻の押しが弱いのか、県庁の役人が気を入れて仕事をしていないのか。

大迫は再び練兵場を歩き回る。周りの建物からの影響はほとんどないが、日中日陰になりにくい場所を探して、しばらくそこに佇んだ。ちょうど南側に土塀があり、浜風は遮《さえぎ》られる。かつ、東からの川風の通り道になっている。

「ここじゃな」

ひとりごち、同じく練兵場内を歩き回っている妻木のもとに寄って告げた。

「材木置き場はあの東南の角に据えたいんですが」

海からの湿気を材が含むことなく、日に当ててしっかり乾燥できる場所として適所である、との理由は省いた。妻木は目を細めて大迫の指した場所をしばし見澄ましたのち、

「よろしいでしょう。伐《き》り出して間もない材木も運ばれてくるでしょうから、あそこを置き場にすれば効率よく乾きますね」

と、笑みを向けた。言葉を重ねずとも意図が通じるというのは、なにしろ楽だ。

「したらわしは、大工の試験に行きますので」

技師全員でのんびり測量をしている暇なぞない。あらかじめ決められている計画に沿って、大迫は単身、県庁へと向かった。

役人に頼んで、地元大工を集めてもらっているのだ。沼尻や湯川がめぼしい職人に声を掛けた折に用いた、「今回は国の大仕事だ。携われば地元の名士として名が遺りますよ」とのいい加減な惹句《じゃっく》も幾分効いているのか、県庁直々の募集が功を奏したのか、今日だけで百人近くが試験を受けにくるという。

登庸《とうよう》試験をしたいと他の技師に伝えると、大工の腕を精査する猶予《ゆうよ》なんてないですよ、そのまま全員採用したらどうです、と沼尻は目を白黒させたが、大迫は自ら決めたこの方針を頑として譲らなかった。無論、人手はできるだけ多く欲しい。といって、腕にばらつきがあると現場が混乱し、かえって時間がかかる。人海戦術はある程度避けられないが、中心で働く大工はしかと精査したかった。

県庁の玄関先では、係の役人が待っていた。

「もうだいぶ集まっとります。広く声を掛けた甲斐がありました」

彼は建物の裏手へと大迫を誘《いざな》いながら、少年らしさがまだ抜けきらない顔を誇らしげに輝かせた。

裏庭には、ざっと見たところ百人超の職人が集まっていた。そのほとんどが地べたに座り、煙草《たばこ》をふかしたり、談笑したりしている。道具の手入れをしている者が五人ほど。立ち上がって身体を動かしている者が七人。

大迫は、傍らの役人に、

「あすこの五人と、あの立っている七人を連れてきてほしい」

手早くそう指図した。役人があたふたと駆け出して、彼らに声を掛ける。のんびり休んでいた他の職人たちが、「なにがはじまったのか」といった様子で、まちまちに首を伸ばした。

大迫は挨拶すらすっ飛ばして、集められた十二人に告げた。

「すまんが、ひとりひとり手を見せてほしい」

大工たちは一様に眉根を寄せたが、疑問を発することはなく、すみやかに手の平を差し出す。

大迫はそのひとつひとつに目を凝らし、最後に「ん」と顎を引いた。

「この十二人は現場に入ってもらう。この後の予定を伝えてください」

短く役人に命ずると、彼は「え」と声を裏返した。

「試験はせんでええんですか」

「今、した」

「けど鉋を持ってくるようにとみなさんに……それでうちでも材木を支度したんですが」

「ああ。その試験は残りの人にする」

腕の善し悪しは、職人の態度や佇まいでおおかたわかる。休憩時の仕草、道具を手にしたときの立ち方、顔つき。あとは手の平のどこにマメがあるか確かめれば、まず見誤ることはなかった。マメは、道具を扱うときに力を込めている箇所を雄弁に物語る。道具を正しく使えているか、力加減は確かか、マメの位置を見れば一遍で判じられるのだ。

役人は狐につままれたような顔をしつつも、十二人に「あんたらは合格じゃ。明日っから広島城の隣にある第五師団練兵場に通うてくれ。朝の六時半までには入るように」と、ぞんざいに告げ、それから一歩踏み出すと、地べたに座った大工たちに向けて、

「おーい、お前らー、一列に並べ。これから鉋引いてもらうけん」

大声で叫んだ。呼びかけに従い、みながのろのろと腰を上げる。

「早《は》よせいっ。大勢いるんじゃ。日が暮れてまうじゃろっ」

ふんぞり返って命じた役人に後ろから音もなく寄って、大迫は思うさま彼の頭をはたいた。上空からなにか落ちてきたとでも思ったのだろう、役人は「うっ」と頭を抱えてしゃがみ込み、空を見上げる。大迫が仁王立ちで睨んでいるのを見付けて、我が身に起こったことを察したのか、「な、なにをするんじゃ」と目をしばたたかせた。並びかけた大工たちもみな目を瞠《みは》っている。

「そんな、下人か罪人でも扱うような口を利くんじゃない」

大喝したつもりはなかったが、周りが静まったせいで声が裏庭一杯に響き渡ってしまった。平素、滅多に言葉を発さぬのに、広島に来てからなにかと話さねばならないことが多くてほとほと疲れる。

「職人がおらねば、街はできん。街がなければ暮らしはできん。お前の働いとるこの県庁も、職人が造ったものだ。それを忘れて、職人を下に見るような物言いをするんじゃない。この若造がっ」

後に引けなくなって、ままよ、と言いたいことを言ってやった。役人は顔に血を上げて、押し黙っている。言い返したいが、大迫の形相に気圧《けお》されて声を失っているといったところだろう。列の中から「ええぞー」「そうじゃ。わしらがおらんければ、住むとこもないんじゃぞっ」といった声がパラパラと上がった。それが次第に大きなうねりとなり、勝《か》ち関《どき》にも似た叫びが渦巻いていく。役人が、山中で野犬に囲まれでもしたように震え出した。大迫はやむなく彼を庇《かば》うためにずいと前に出て、職人の列に怒鳴った。

「今からひとりひとり、ここにある材に鉋をかけてもらう。二、三引きでかまわん。わしが、よし、と言った者だけ、明日から現場に入ってもらう」

それまで昂揚にうねっていた列が、ぴたりと動きを収めた。大工たちが緊張すら漲《みなぎ》らせはじめたのは、先の一喝で、大迫を一廉《ひとかど》の人物だと感じ取ったからかもしれない。

大迫はすっかり色を失った役人に、

「合格者の名前と連絡先を聞いておいてほしい」

と頼み、角材の載せられた台の側に張り付いた。

「では、はじめ」

腹から声を出すと、先頭に並んだ大工が弾かれたように台に駆け寄った。


日が暮れてから宿に戻り、先に晩飯の膳についていた妻木ら三人の技師に、三十人の合格者を出した、と告げると、沼尻が飯を喉に詰まらせて大仰にむせた。あたりに飛び散った米粒を、

「すいません」と言いながらかき集める彼に代わって湯川が、

「三十人じゃ無理ですよ。半月しかないんですから、無理ですよ」

と、馬鹿の一つ覚えよろしく「無理」を連呼する。大迫はそれを受け流し、妻木に目を向けた。彼は、そっと箸を置くと、

「三十人にそれぞれの弟子がつくということですね」

と、訊いた。大迫が頷いたのを見て、

「それで六、七十人の人手にはなるな。あとは随時、追加で集めましょう。それと、三十人の中で肝煎《きもいり》を何人か決めたほうがいい。指揮系統をうまく作っていかなければ」

と、次の指示を出した。

「これぞという者には目星をつけました。明日話します」

「そのときは僕も一緒に立ち会います」

妻木はそれだけ言うと、また箸をとった。湯川は物言いたげだったが、不承不承といった様子で口をつぐんで飯をかき込んだ。沼尻は、飯台を手拭いで拭きながら、まだむせている。間が悪いといおうか、間が抜けているといおうか、どこまでも世話の焼ける男である。

＊

広島に入って四日目の九月二十八日、朝六時前に現場に出ると、試験に通った地元大工たちがすでに集まっていた。総勢百四十二人。合格者がそれぞれ弟子を連れてきたため、この人数になった。妻木が全員を一堂に集め、まず挨拶に立つ。

「このたびは、急なお願いに応じてくださり、大変感謝しております。お聞き及びかと存じますが、半月の工期で議院を造り上げるには、みなさんのお力添えが欠かせません。どうぞ、よろしくお願い致します」

深々と頭を下げるや、大工たちからどよめきが起こった。県庁の下っ端役人にすらぞんざいな扱いをされるのに、中央政府の偉いさんが頭を下げている、という驚きなのだろう。大迫が妻木とはじめて接したときも同様の感慨を抱いたから、彼らの心情は手に取るように解せる。

大迫さんのお名前はかねがね伺っています。宮大工について修業なさったそうですね。大迫さんが鉋をかけた材は、鏡のように艶《つや》やかな木肌になると評判ですよ――。

初対面の折、妻木はそう言って微笑んだのだ。

大迫を内務省臨時建築局に推薦したのは、かつて技師長を務めた松崎万長だった。飄々《ひょうひょう》として摑み所のない男だが、建築物への目利きという点では未だ彼の右に出る者に出会ったことはない。外観を見ただけで、おおよその工程を把握《はあく》し、「あっこの軒が少し歪《ゆが》んどる」「煉瓦の積み方、裏手は甘いで」なぞと鋭い指摘を繰り出すのだ。松崎の下で働けるなら面白いかもしれん、と建築局入りを承諾したのだが、それから間もなく、彼はあっさり職を辞してしまった。入局後は、代わってドイツから戻ったばかりの妻木に付くことになったが、その第一印象はけっしてよいものではなかった。穏やかな笑顔と異様なまでの腰の低さに、むしろ、土の手触りを欠いたツルツルの陶器に触れたような薄気味悪さを覚えたのである。

慇懃《いんぎん》で好かん――だから一年ほどは、同じ現場を踏むのを避けた。自分を偏屈だとは思わぬが、人の好き嫌いは激しいほうだ。好かない建築家とはどうにも同じ現場を踏めない。妻木の手掛けた大審院も東京府庁舎もそれでついぞ携わらず、巣鴨の警視庁監獄だけ終《しま》いのほうで関わったのだが、実際仕事をしてみて彼への見方が変わったのだ。妻木はその柔らかな物腰とは裏腹に、現場では一切の妥協を許さぬ厳しい態度を貫いており、これが大迫の性に合った。

「私と、ここにいる大迫が、現場の指揮を執ります」

大工たちを見渡して告げたのち、妻木がこちらを見遣った。大迫は、改めて一礼する。

「大迫の隣にいるのが湯川で、製図を手伝ってもらっております。なにか不明な点があれば彼に訊いていただいても結構です」

湯川が頭を下げるのを見て、大工たちも思い思いに会釈を返した。

「また、ただいまは県庁に出向いておりますが、沼尻という者が木材の仕入れを担当しております。では大迫さん、なにかみなさんにお伝えしておくことはありますか」

不意に妻木から促され、勢い背筋を伸ばした。が、言葉はとっさに浮かばない。

「ん」

低くうなったものの、あとが続かなかった。不可解な静けさが辺りに満ちる。湯川が小さく笑った気がした。

西の方角にもうもうと土煙が上がったのはそのときで、幸い気まずい雰囲気も有耶無耶《うやむや》になった。荷馬車が列を成して近づいてくる。荷を牽《ひ》く馬の背中から湯気がもうもうと上がっていた。

「それでは大迫さん、あとの指示はお任せしますね」

妻木は慌ただしく告げ、大工らに向かって一礼すると、沼尻率いる荷馬車のほうへと駆けていった。やむなく大迫は、みなを見回してひとつ大きく頷いてのち、黙って資材置き場のほうへと歩き出す。大工たちは顔を見合わせてしばしその場に立ちすくんでいたが、湯川が「どうぞ、あちらに」と促してはじめて、早足で大迫のあとに続いた。

「大迫さん」

駆け足で追いついた湯川が、図面の写しを差し出した。

「これ、大迫さんにもお渡ししておきます。妻木さんがあれからさらに細かく描き込まれた図面です。測量の結果も一緒に書いてあります」

受け取りながら図面に目を落とす。

練兵場の総面積、七千四百十九坪。工事区域には、警備の者が入る。敷地外は憲兵が、敷地内は警察官と消防夫がそれぞれ常駐する。邪魔くさいが、軍用地でもあり、天皇や首相も出入りする建物が建つとなれば、相応の警備が敷かれるのは致し方ない。

大迫は図面を隅から隅まで舐めるように眺めたのち、それを湯川に突き返した。

「え……あの、これがないと作業に……」

「今、見た」

「今見ただけでは……細かい寸法や手順も書き込んでありますから」

その段ですでに湯川と話すのが億劫になっていた大迫は、足を止めると彼を睨《ね》め付けて言ったのだ。

「もう頭に入っとる」

え、まさか、と頼りない声が追いすがってきた。

作業をする段、図面を横において四六時中眺めているようでは、ろくな仕事は出来ない。確かに図面には子細に数字が書き込んである。材の長さも幅もそれに合わせれば間違いないという虎の巻である。だが寸法とは、物差しではなく己の身体と感覚で測るものだ。先般、妻木から図面を見せてもらった段で、大迫には、用いる柱や梁の太さや長さといった感覚が身の内にすっかり出来上がっていた。今、寸法を改めて見て、それらも身の内でしかと像を結んだ。となれば、もう図面に用はないのだ。

しつこくまとわりつく湯川を振り切り、資材置き場の前で立ち止まる。後ろに続いた大工の中から、すでに目星を付けておいた時田徳治《ときたとくじ》なる初老の大工を大迫は側に呼んだ。昨日、県庁の裏庭で道具の手入れをしながら待っていた五人のうちのひとりで、地元大工の肝煎に据えようと考えている。大迫と同様、宮大工のもとで修業したとかで、周囲から一目置かれる存在であるらしいことも決め手となった。

「本日は作業小屋造りからはじめる。悪天の日でも材料の伐り出しなど行える小屋だ。図面を渡すから、あんたに仕切ってもらいたい」

時田に告げてのち大迫は、

「おい」

所在なげに後ろに控えていた湯川に声を掛けた。

「作業小屋の図面を時田さんへ」

命じると、彼はきょろきょろと辺りを見回した。時田がどの人物だか、わからんのだろう。大迫がわざわざ隣に呼んだのだから、それが時田だということくらい見ていれば簡単に察することができそうだが、昨今の者は、なににつけても言語化数値化せんと話が進まんのだから厄介だ。

「わしじゃ」

いつまでも戸惑っている湯川に痺《しび》れを切らしたのは、時田のほうだった。自ら進み出て、湯川から図面を受け取ると、だるまのような目玉で隅から隅まで舐め回した。

「これなら三日もありゃあできます」

ごま塩頭を掻きながら告げた時田に、

「いや、二日で仕上げてほしい。そこからすぐに外塀を作る作業に入ってもらわにゃいかんから」

容赦なく大迫は返した。議院の予算認可はまだ下りていない。妻木が人間業とは思えぬ速さで設計図を仕上げ、沼尻がひいひい言いながらも予算内で見積もりを組んだというのに、内務次官はじめ上の連中は予算を通すのに手間取っているのだから嫌になる。奴らの腑抜けた仕事ぶりに合わせていては間に合わないから、進められるところから進めるよりないのだ。

「二日ですか……」

時田はしばし逡巡したが、

「できんこともないでしょう」

と、存外あっさり請け合い、他の大工に向かって柱とする材を選ぶようにと素早く指示した。

──見立ては間違っとらんかったな。

ひとまず安堵《あんど》し、時田に現場を任せてのち、木材の検分をしている妻木の側に寄った。「どうですか」と声を掛けると、彼は木材を睨んだまま、

「ものはいいが、掘立柱になるものが……どうかな」

低く応えた。大迫もその場で木材の断面を確かめる。

──だいぶ細いな。

急いで寄せ集めただけあって、杉や檜《ひのき》、樫《かし》とさまざまな木が混在している。いずれも材質は

悪くない。乾燥も十二分にされているから、トラスを組むには問題なかろうが、掘立柱にするには弱い。

「おい」

荷下ろしを手伝っている沼尻を呼んだ。

「ここにあるだけか？」

「はぁ、今日のところは。あとは随時補充となります」

玉のような汗を拭いつつ、沼尻は応える。

「太い材は入りそうか。柱になるような」

「それが、なかなか。県庁だけでなく山林局の広島支局にも掛け合っておるんですが」

春まで待たんと入らんかもしれんよ、と、木材を運んでいた馭者《ぎょしゃ》が横から割って入った。杣《そま》がこの時期、山を下りはじめているという。秋が深くなる前に伐採は一区切りとなるらしい。

大迫は鼻から大きく嘆息し、妻木は眉根を寄せて腕組みをした。

「あのぅ、ただですねぇ」

沼尻が、控えめに手を挙げる。

「太い木がまったくないわけでもないんです。県庁の保管場所に積まれているのを、僕はこの目で見ましたから」

「だったら、そいつを運んでこい。なにやってんだっ」

他人事のような沼尻の言いぐさに叱責で返すと、彼は子供のように頬を膨らませた。

「僕だって訊きましたよ。これを使わせてもらえないか、って。だけど電信柱に使うものだって言うんです。逓信省《ていしんしょう》に納めるものだって」

電信柱と用途が決まっている材なら諦めるよりない。しかし、だったら沼尻も、思わせぶりな口を利かなければいい。まったくどこまでも間の抜けた野郎だ。

「沼尻君。その電信柱置き場に案内してくれんか」

妻木の声だった。え？　と声を上げたのは、大迫も沼尻も同時であった。

「材を見てみたい。一緒に来てくれ」

「いや、しかし、逓信省に納めるための……」

「わかってる」

妻木は有無を言わせなかった。大迫さんは作業小屋造りの監督を続けてください、と軽やかに命じるや、沼尻を伴って現場を後にしたのである。


この日の作業で、大迫はいささか不安を覚えることになった。

時田とは意思の疎通も速やかにかなうし、彼の大工たちへの指図も無駄なく的確なのだ。が、なにしろ職人ひとりひとりの手が遅い。けっして腕は悪くないのだが、東京で日頃一緒に作業をしている大工たちに比べて、なにをするにも緩慢《かんまん》に見える。仲間で話に興じたり、隙を見て休んだりしているわけではないから、初日こそ苦言を呈すのはこらえたが、この調子で議院工事に取りかかられては期限までに仕上げるのは難しかろう。

――やはり選別し過ぎずに、人工《にんく》を増やすよりないか。

日が暮れてから宿に戻って思案に暮れていると、妻木と沼尻が帰ってきた。

「なんとかなりそうですよ、柱は」

妻木は食堂に大迫を見付けるやそれだけ言って、自室に引き上げていった。代わりに沼尻が、

「とんだ談判でしたよ」

と、真っ青な顔を近づけてきたのだ。

妻木は県庁に出向くや件《くだん》の電信柱の材質を検め、十分な太さも長さもある、強度も申し分ないと見るや、県庁の役人に言ったという。

「この材は議院建築に使わせていただく、とこうですよ。掛け合ったんじゃなく、決定として伝えたんですから。居丈高ってのは、ああいう態度を言うんでしょうね」

声こそ潜めていたが、沼尻の顔は興奮のせいか赤らんでいる。もちろん役人たちは「とんでもない」と却下したそうだが、妻木は引き下がらなかった。逓信省は具体的な使用時期を報せてきたのか、と訊き、役人が「それは、まだ、あれだが」なんぞと要領を得ないことを並べ立てるや、内務次官の名を出して、議院建設は国の急務だ、天皇陛下もこの広島におられるのだから必ず間に合わせなければならない、内務次官の意向とあれば逓信省は理解を示すはずだ、と畳み掛けたという。

あの静謐《せいひつ》な男にそんな一面があったのか、と大迫は内心意外に思い、沼尻もまた、

「まさか内務次官の権威を笠に着るとは思いませんでしたよ」

と、嫌な言い方をして肩をすくめた。

「結局、県知事がお出ましになって、なんとか許しは得られたんですが。三時間ほど談判にかかりましたがね。いやー、疲れた。でも、予算裁可が下りたら、すぐに現場に運び込む手立て

を整えることもできましたよ」

大迫は「ん」とだけ返した。明日にでもその木材を見に行き、それからさらに大工を集めることだ。

「妻木さんってのはしかし、ああ見えて、存外権威主義なのかもしれないな」

ただの荒野と見えていた場所に思わぬ秘宝が埋まっていたのを見付けでもしたように、なぜか沼尻は嬉しげに、しつこく繰り返している。

＊

政府から予算裁可が下りたのは、結局この二日後、九月三十日のことである。沼尻や湯川は、

「工期が短いってのに、予算が通るのに四日もかかるなんて、どうかしてますよ」

と、官吏《かんり》らの仕事にさんざん不平を鳴らしたが、ちょうど作業小屋が出来上がり、掘立柱も調達の目処がついた折だったから、大迫はむしろ、裁可が下りるまでの期間を無駄なく使えたことに満悦だった。

まずは敷地を囲む外塀を造って矢来《やらい》を渡し、それから議院建設に入る。この日は、時田の声掛けで新たに大工の徒弟が二十人、鳶職人二十八人、手伝い四十二人が加わった。

大迫はこの段で地元大工の肝煎五名を選んでいる。当初は、試験の日に道具の手入れをしていた時田を含む五名を考えていたのだが、作業小屋造りの手際を見て、時田以外の人員を若干入れ替えた。

翌十月一日の昼過ぎには、東京からの技師も広島入りした。現場に出ていた大迫は、

「よぉよぉ、来てやったぞぉ」

という無駄に威勢がいい声を背後に聞いて振り向き、痩せて短軀《たんく》の男が、餌を欲しがる猿のように腕を大きく振り上げながら近づいてくるのを見付けたのだ。

鎗田作造である。土木局の技師を四人引き連れている。

「しっかし、とんだ田舎だなぁ。わっちの育った千葉もずいぶんな田舎だが、箱根の山を越えるともはや魔境だね。訛《なま》りがきつくて何言ってっかわかんねぇし、まず人の住むとこじゃあねぇやな」

大迫の傍らまで来ると、奴は気持ちよさげに伸びをしながら大声で言い放ったのだ。当然ながら地元大工らの険しい目が集まる。

「おい」

大迫が咎《とが》めても、鎗田はいっかな気にするふうもなく、

「なにしろ駅からここまで来るのに、人っ子一人いないってんだから。狐や狸しか住んでねぇんじゃねぇかと、恐ろしくなったよ」

平然と声を張る。

——こいつの、こういう無神経なところが嫌なんじゃ。

大迫はうんざりと息を吐く。洋小屋組を教えるために来たくせに、教える相手の地元大工を早速敵に回しているのだから呆れ果てる。

資材置き場で沼尻と打ち合わせをしていた妻木が、東京組の到着に気付いて、地元肝煎たち

に集まるよう声を掛け、彼らと鎗田らを引き合わせた。

「手を止めてもらってすまんな。彼らが土木局から派遣された技師たちで、今後一緒に仕事をしていただく。東京組にも肝煎を任せること、ご理解いただきたい」

妻木は地元肝煎ひとりひとりに目を沿わせながら、穏やかに告げた。指示は、妻木から大迫、東京組肝煎、地元肝煎へと流れ、大工や鳶へと伝えられる。職人およそ二十名をひとりの肝煎が受け持ち、各班で担う作業を分担する――。

「ただ、鎗田さんだけは、とんぼ返りなんだ。トラスの組み方を教えたら、東京の現場に戻らんとならんからな。外塀の目処が立った時点で、時田さん率いる組は、鎗田さんとトラスを造る作業に入ってほしい。そうだな、外塀は二日もかからんで終わるだろうから、その前後にでも」

それを聞いて東京組の藤堂という若い技師が、

「えっ。七千坪以上あるって報告を受けてますけど……たった二日で終わりますか？」

と、声を裏返した。どいつもこいつも、若い奴はすぐに、できるか否かという話をする。

「馬鹿野郎っ。終わりますか、じゃねぇんだよ。終わらせんだよ。いいか、もう納期が決まってんだ。そこまでに仕上げるっきゃねぇんだ。てめぇの都合なんざ訊いてねぇんだっ」

鎗田が真っ先に怒声を浴びせた。短絡的で後先考えない男だが、こういうときは役に立つ。広島勢は、あまりに伝法《でんぽう》な鎗田の口調に驚いたのか、呆然と成り行きを見守っている。その中でも妻木は涼やかな笑みを崩すことなく、

「掘立柱はみなお手の物だろうが、トラス組は慣れていない方も多いと思う。この鎗田さん

は」

と、猿回しの猿よろしく妻木の隣に控えた鎗田に目を遣ってから、

「ドイツで本格的な組み方を学んできている。なんでも訊いてほしい」

力強く告げた。広島勢は顔を見合わせ、「ドイツだと」「異国に渡って修業したのか」と、囁き合う。それまでの鎗田へ向けられた剣呑《けんのん》な眼差しに、わずかだが羨望と尊敬の色が混じったようだった。

「作業は改めて見るとして、今ここで、トラスの仕組みを伝えちまいたいんですが、よろしいですか？　せっかくこうして集まったんだから、ちょうどいいやな」

鎗田が妻木に訊いた。相変わらずせっかちだ。

「そうか。じゃあ、そうしてくれるか」

妻木はことに鎗田に甘い。共に渡航したからか、時に兄弟のように垣根なく接している。

「それじゃあ、角材を六本ほどここに持ってきてくれんか」

鎗田は早速地元肝煎たちに命じ、他の東京組は湯川に伴われて敷地と材の検分のためその場を離れた。大迫は自らも今一度トラスについて把握するためにその場に残る。若手の地元肝煎二名が、他の大工にも手伝わせて角材を六本見繕《みつくろ》って持ってきた。地べたに並んだそれらをザッと見て、大迫は中の二本を即座に脇に除《よ》けた。大工たちが不思議そうな顔でこちらを見遣る。

「これはやり直しだ。均等に削れておらん」

つぶやくと時田は顔色を変えたが、鎗田は「あとでやり直せよー。大迫さんの目はごまかせねぇ。地獄の閻魔《えんま》でも敵《かな》わねぇときてらぁね」と冗談を放るや、構わず工法を説きはじめた。

「いいかー。なぜ三角かってぇとだな、四角より三角のほうが強《つえ》ぇんだ。四本の木を組み合わせて四角形を作る。もう一方は三角形だ。横からグッと圧《お》すと、四角のほうは菱形になって挙げ句ぺしゃんと潰れちまう。けど、三角ってのは横からの圧に強い。容易に潰れねぇよ。そいつを等間隔で連ねていきゃあ、途方もねぇ強度になる。わっちゃドイツでトラス工法を知って、えれぇ感心したのよ」

鎗田の伝法な訛りとあの早口じゃあ、地元肝煎たちはついていくのも骨だろう。大迫が嘆息したとき、

「それで大迫さん」

妻木は低く耳打ちし、唾を飛ばす鎗田から少し離れたところへと誘った。

「天井なんですが、やはり陸梁には天井板を張らずに仕上げようか、と」

設計図を引いた段階で、懸案になっていた箇所だった。天井板は、トラスの三角形の底辺にあたる陸梁の下部に張ることになる。となると、屋根を造ってから、天井を張るのに足場をかける必要が出てくる。つまり、この作業にかかっている間は、床を張ることができなくなるのだ。

議場の床高は均一ではない。議長席前の議席を最低部にして、そこから後方に向かい、緩やかに床高を上げる設計である。納期に間に合わせるならば、屋根を組んだのちはすみやかに床の作業に移る必要があるだけに、見栄えと効率、どちらをとるか悩ましかったのである。

「そしたら三角の骨組みが剝《む》き出しになるっちゅうことですか」

「それが一番楽なんですが、少しでも見栄えをよくできないかと考えましてね。二重梁に天井

を張ろうかと考えているんです。どうだろう？」

二重梁は、三角形の底辺を除く二辺の、ちょうど真ん中を繋ぐ横梁だ。つまり陸梁は剝き出しになるが、その上に天井ができる。天井を張る手間としては陸梁の下に設えるのとさして変わらないが、陸梁を足場にして作業ができるから、同時に床張りも進められる。効率は、遥かによくなる。

「折り上げ天井ですな。工期の妨げにならんで、見栄えもようできます」

「よかった。ならばそれで進めよう。それと、議席の製作は作業小屋で進めてもらおうと思っています。今後関わる大工が増えたところで、議院建築とは別の班をこしらえる。指揮は沼尻君に任せたいんだが、どうですか？」

「木材の仕入れをしてますから、ちょうどいいでしょう」

指揮を執らせるには力不足だが、家具ならばやり直しも利く。自分がこまめに確認すれば大事なかろう、と大迫は密かに判じた。

「あとは、天気だな。なんとか持ってくれればいいんですが」

空を仰いで妻木が言ったところで、鎗田がこちらに寄ってきた。小屋組の説明が一通り終わったのだろう。地元肝煎たちが木材を担いで持ち場へと帰っていく。今聞いた工法を、これから配下の大工に銘々伝えるのだ。

「一遍じゃあ伝わらねぇかしれねぇから、あとは大迫さん、よくよく作業を見てやってくれ」

大仕事を終えたような満足顔を鎗田は見せ、馴れ馴れしく大迫の肩を叩いた。

「それで妻木さん、例の天井装飾のことなんだが」

装飾？　陸梁にでも施《ほどこ》すのか、と訝ったが、どうやら鎗田が現場を任されている大審院の話らしい。

「妻木さんの描いた和と洋を合わせたような装飾はこれまでやったことがねぇって、彫師がみな及び腰なんですよ。なんとかケツ叩いてやってもらうことになりましたが、これからのちもいろんな建物で飾り物を使っていくとなると、ああいう新しいものを彫ってくれる彫刻家を、今から探しといたほうがいいような気がするんですがねぇ」

うむ、と妻木はまた空を仰いだ。

「洋風建築の構造や工法は異国のものをそのまま取り入れて進めることができるが、大審院に施す彫刻はまた独自のものでしょ。説明するにも一苦労でしたよ」

「いや。構造や工法も、すぐに日本独自のものになるさ」

妻木が、鎗田をまっすぐに見て言った。

「人々がなにを美しいと思うか、なにを求めるか。その答えは、存外足下に落ちているからね」

どういうものか妻木は、鎗田の前に限って一青年に戻ったように屈託ない様子になるのだ。日頃の怜悧《れいり》な顔は仕舞われ、遥か遠くを見詰めているような目をする。これまで気になったことのないその変貌が、しかし今回は大迫の内で変に引っかかった。わしの現場で他所《よそ》の現場の話をするな、という厄介な対抗心が、まったく唐突に頭をもたげたのである。

「わしは鉋掛けを手伝ってきます」

放るように妻木に断ると、そそくさとその場を離れた。片や折り上げ天井、片や天井装飾か。

まるで異なる建築物を妻木は設計したのだ、と改めて思う。

そういえば、行きの汽車で沼尻が盛んに不思議がっていたのだ。

「図面を描く人ってのは、自らの個性を打ち出したいもんだと僕は思ってたんですよ。若い時分についてた棟梁がそうでしたから。第一国立銀行を造った喜助さんです。自分がやったんだって一目でわかるものを造りたいと常々おっしゃってましたからね。それで次々と和洋折衷《せっちゅう》の建物をこしらえたんです。だけど妻木さんは手掛けたものがどれもまるで違うでしょう。大審院も巣鴨も、目指すところも方向性も違う。ご自身の特徴を訴えていないっていうんですかね」

確かに、建築家の主張というものが、妻木の仕事には感じられない。建物の後ろに、彼はすっかり隠れている。

大迫は自前の道具箱から鉋を取り出した。鉋刃を取り替えながら、もう二十年近く使っている相棒だ。材木の成形をしている大工に声を掛け、台に載せられた角材の前に立つ。見てろ、というふうに一同を見渡し、それから木に鉋を当てた。静かに息を吐きながら、木目に沿って引く。息を吐ききると同時に、端まで来るようにする。向こうが透けて見えるほど薄い、帯状の鉋屑が風にたなびいた。大工たちは目を瞠り、やがて感嘆の声をあげた。宮大工であれば誰しもこのくらい薄く削る術は身につけている。が、巷の大工はなかなかこの域には達し得ない。

「工期は短い。しかし雑にやっちゃいかん。ひとつ雑にやれば、建物自体が雑な仕上がりになる」

大迫が唱えると、みなの顔が引き締まった。若い大工の数人が、身震いしたのが見えた。

掘立柱は、所定の位置にすみやかに立てられた。さすが電信柱用に伐り出した材だけあって強度は十分だろうと大迫は見たが、妻木はさらに念を入れた。

「柱の根固めは十分にしておこう。掘立造りは基礎工事を省いた工法だから、耐震性を少しでも高めるためにも、地中に埋め込む石と木を通常より多めに使って補強したほうがいい」

東京組肝煎を現場に集めてそう告げ、湯川には、

「例の鍛冶屋に、ボルトの仕上げを急いでほしいと伝えてくれるか」

と命じた。建物に用いる金具については、湯川が市内の鍛冶屋にわたりをつけ、妻木の描いた図面をすでに渡している。幸い、広島には鍛冶屋が多く、いずれも質の高い仕事をする。手配は、材木調達より遥かに容易だった。

材と材の繫ぎは本来なら木組で仕上げたいところだが、仕口《しぐち》や継手《つぎて》の加工をする時間が惜しい。可能な部分はボルトを打って固定していく――というのが、妻木の指示だった。角材の凹凸を合わせて釘を使わず材を繫ぎ合わせる木組は、神社仏閣などで用いられてきた伝統工法である。が、これをこなすには熟練の技が要る上、手間がかかる。納期を守るには、一部の木材をボルトで繫ぐ簡易な工法を選ぶよりない。

「鍛冶屋には僕が行きます。議席の脚部を固定する金具の注文に伺う予定になってましたから、ついでに」

沼尻が手を挙げた。広島に入ってから「半月で建てるなんて無理だ」と馬鹿のひとつ覚えよろしく繰り返していたこの男も、木材の調達を成し遂げて余裕が出たのか、不平を鳴らさず動くようになった。

「じゃあ、鍛治屋の件は沼尻君に一任しよう。湯川君は材の鉋掛けを監督してくれ。大迫さんは柱の根固めをお願いします」

議院建築に入って二日目である。大工の数は着々と増え、今や五百名を超えた。すでに現場に入った大工のつてを辿り、県の役人が広島のみならず近県にも声を掛けた結果、十二分な頭数に達したのである。遅れて東京から派遣された技師たちも、着任早々肝煎として立ち働いている。無駄口の多い鎗田がとんぼ返りで現場を去ったことも幸いし、粛々《しゅくしゅく》と工事は進んでいる。

妻木が話を終えて作業小屋へと向かったのを見て、大迫は地元肝煎を統轄する時田を呼び、根固めの件を伝えた。

「造作もないことです。根固めはわしら慣れとります。それと外壁じゃが、下見板《したみいた》張りでええですか？」

「ああ、下屋《げや》より下の部分は下見板張りだ。屋根の妻面は竪羽目板《たてばめいた》にして、その上から筋交《すじか》いのように木材を交差させて補強する」

下見板張りとは、横板を下方で少し重ね合わせながら張っていく工法だ。雨水が建物に浸透せず、うまく下に流れていくため、外壁に適している。屋根側面の三角形にあたる妻面に用いる竪羽目板は、それとは異なり、縦方向に板を立て、張り合わせるものである。

「そしたら、下見板張りの下にも筋交いをしっかり入れたほうがええですなぁ」

「ああ、そうしてくれ。壁の内側に頑丈な筋交いを渡すよう、妻木さんからも言われとる。継ぎ目はボルトで締める。今、鍛冶屋に造ってもらっとるから、一日二日であがってくる」

時田は頷くと、手にした図面の壁面部分に「×」と力強く書き込んだ。筋交いを表しているのだろう。この男も、自分と同じく数値ではなく感覚でものを造っているのだと思えば、いっそう信頼が増した。

大迫は、あとを時田に任せて他の現場を見て回る。膨れあがった大工ひとりひとりの技量を確かめる余裕はもはやなかったが、先に採用された大工たちがその腕を認める者たちだけあって、みな、丁寧な仕事をする。だがやはり、手の遅さはいかんともしがたかった。

「僕はこれから県庁に行きます。現場をお任せします」

不意に耳元で囁かれ、大迫は驚いて身をよじった。いつ来たものか、妻木が背後に立っている。

「県庁ですか……材木なら今のところ足りとりますが」

「いや、内壁のことでね。木肌が剝き出しじゃあ議場としてはお粗末でしょう。といって漆喰《しっくい》を塗る猶予はない。それで壁布にしようかと。業者を紹介してもらいに行ってきます」

「壁布ですか……」

確かに板壁剝き出しでは、いかにも掘立小屋然としてしまう。しかし議場に見合うような、手の込んだ文様の布地を今から大量に仕立てるのでは到底間に合わない。こちらの戸惑いを見透かしたのか、妻木がふっと口角を持ち上げた。

「鹿鳴館のように飾るつもりはないんです。それより陣幕がいいんじゃないか、と」

「陣幕？　戦のときに陣地に張った幕ですか？」

妻木は顎を引いた。

「ここが清との戦《いくさ》を議論する場になるなら、ふさわしいでしょう。それに江戸の頃は、旗本や代官が知行地に陣屋を置いた。この広島の仮議院も中央政府が地方に置いた、いわば陣屋だと思いませんか？」

建物を間に合わせるだけでも至難の業であるのに、さらに趣向を凝らそうと思案する妻木の意欲におののく。が、どんな陣幕にするつもりか、と問う前に、

「それじゃあ、あとは頼みます」

と、妻木は素早く立ち去り、その日は現場を終う時間になっても姿を見せなかった。


「トラスが組み上がったようなんですが、大迫さん、一度ご確認いただけますか？」

掘立柱が立って四日目、作業小屋の外壁に背を預けて握り飯を頬張っていたとき、湯川に声を掛けられた。

「ん」

大迫は半分ほど残っていた握り飯を一気に口に押し込み、立ち上がる。

「あ、いや、ゆっくり召し上がってからで」

恐縮する湯川をやり過ごし、竹筒の水で飯を飲み下しながら、トラスの作業が行われている北東の敷地へと向かった。

「真束も出来ているので、それも見ていただければ」

湯川の声が追ってくる。屋根部分の小屋組は二重梁と陸梁を、対束《ついづか》だけでなく、中央部分を二本の束で挟み込んで支える仕様になっている。この真束を、ボルトで陸梁に固定するのである。

トラス造りの現場は、ふたつの議場をそれぞれの班が受け持つ形で、二班に分けて進めていた。一方は、地元肝煎の栗林《くりばやし》という四十をいくつか過ぎた男が仕切り、もう一方は、栗林の弟子筋にあたる峰岸《みねぎし》という三十半ばの職人が場をまとめている。

大迫が近づくと、栗林が気付いて会釈した。大迫も顎を引き、仕上がった材の出来を黙って確かめていく。総数の七割ほどがすでに仕上がっていた。

「おい、巻き尺」

うしろに控えた湯川に手を差し出すと、彼は泡を食って鞄の中から巻き尺を取り出した。大迫は念のため真束の長さと太さを測る。一通り検分を終えると、

「ん。大事ない」

栗林に告げ、続けて峰岸の班へと向かう。

「峰岸さんの班はまだ五割方しか仕上がっとりません。栗林班より幾分遅れています」

傍らに従った湯川が耳打ちする。「ん」と大迫が応えたところで、峰岸が気付いて駆け寄ってきた。

「お疲れ様でございます」

弟子という立場が染みついているのか、肝煎と見るや峰岸は異様に腰を低くする。作業中に

手を止めるのは余程のことがない限り御法度《ごはっと》で、幾度か「やたらに手ぇ止めるな。続けろ」と、大迫はたしなめたのだが、一向改める気配がない。

「滞りなく仕上がってきとります。早《は》よ屋根を載せたいもんじゃのう、とみなで話しておるんです」

よく口の回る男だった。愛想もいい。栗林のみならず時田も信を置いているが、わしは弟子にはとらんな、と大迫は彼と接するたびに思う。自分が寡黙《かもく》なせいか、能弁な者はどうも扱いにくい。

「この辺りの合掌は、切り欠きの加工も済んどります」

誇らしげに言う峰岸に応えず、大迫は材を凝視する。

妙な違和感を覚えた。と同時に、額に嫌な汗が滲んだ。

念のため巻き尺を、屋根の傾斜部分を作る合掌に用いる材に次々と当てていく。やがて「あぁ」と息を漏らし、額を揉んだ。

「なんです？　なんぞ気に掛かるところでも？」

峰岸が呑気《のんき》に訊いた。湯川が不安げに、こちらを覗き込んでいる。大迫は、言葉にする前にしばしうつむいて沈思し、顔を上げるとまず結論を告げた。

「全部、やり直しじゃ」

湯川がしゃっくりに似た悲鳴をあげる。峰岸は直立不動のまま固まった。

「やり直し、って。なぜですっ。どこが問題です？」

詰め寄った湯川の顔にはすでに血が上っている。

「寸法が違っとる。陸梁は合っとるが、合掌の長さが八寸短い。このままいくと、左右の議場で屋根の高さが違うことになる」

「そんなっ……図面通りにやったはずじゃ」

峰岸は泡を食って自分の持ち場にとって返し、図面を引っ摑んで戻ってきた。

「合掌の寸法はこの通りにしとります。断面、五寸四寸。長さ三十三尺。一寸たりとも違《たが》えとりません」

大迫は改めて図面に目を凝らし、峰岸の勘違いを素早く気取《けど》った。木と木を繫ぐ凸部はそれぞれ八寸と定められている。つまり合掌を差し込んだとき三十三尺となるよう、凸部の八寸を足して材を切り出す必要があったのだが、繫ぎ目の凸部も含めてその長さで作ってしまっている。

——こんな初歩的な間違いをするとは。

栗林班だけ確認し、峰岸班はそれに倣《なら》うよう命じるにとどめた己を悔いた。竣工予定日まで、あと八日。明日にでも小屋組をする予定だったのだ。重苦しい沈黙が流れる。根固めを急ぐ大工たちの槌の音ばかりが虚《むな》しく響き渡っている。

異様な気配を察したのだろう、栗林が様子を見にきた。湯川が経緯《いきさつ》を説くと言葉を失い、「わしがよう見んかったけぇ」と、うなだれた。「私も、見過ごしました」と、トラス組の差配を任されていた湯川も、泣きそうな声を出す。誰のせいという話ではない。どう解決するか、その方策を急いで立てねば、と大迫は思案に潜る。

尺が足りん分、材を継げば長さは合わせられるが、中途半端に継ぐことで強度に不安が出るゆえ避けたい。いずれにせよ、新たな材木を搬入して造り直すしかなかろうが――。

峰岸は、周囲の落胆の渦の中で、しばし縮こまっていた。やがて青ざめた顔を上げると、弱々しく言ったのだ。

「八寸……そのくらいの誤差じゃったら、見た目にゃあわからんのじゃなかろうか」

ひとり言のような口振りだった。が、それこそが本音であり、みなの同意を得るために口にしたことを、大迫は素早く見抜いた。栗林も湯川も、異を唱えずに沈黙している。なるほど両人も、「そのくらいの誤差」だと思っているのだ。

「すぐにやり直すんじゃ。他の部材とも合わなくなる。根固めが終わる前にやり直せ」

大迫は、そこにいるすべての者の期待を切り捨てるように明言した。

「しかし、やり直して間に合うかどうか。なにしろ日数がないけん」

峰岸がぽそりと言う。刹那、大迫は彼のほうへ一歩踏み出したのだ。

「それでお前は気が済むのか？」

峰岸が後じさって息を呑む。

「お前の仕事が甘かったために、両院で屋根の高さの違う建物ができるということじゃ。正面中央から見て、両翼に左右対称の美しい三角の屋根が対をなしてそびえるはずだったのに、片方だけいびつに沈んだ建物ができあがる。たかが八寸の誤差だとお前は言うが、たかが八寸のために建物本来の美しさが奪われる。お前の仕事によって、ひとつの建物が手にするはずだった美しさを永遠に失うんじゃ。お前は、それに耐えられるのか？」

ここまでの長広舌《ちょうこうぜつ》を振るうのははじめてのことで、舌がもつれそうになりながらも大迫は言を継ぐ。

「今、ここには五百からの職人が働いとる。限られた期日の中で最上のものを造ろうと励んでおる。お前もまた、そのひとりのはずじゃ。同志の仕事を裏切る権限は、ここにおる誰にも与えられとらんのじゃ」

壁面を飾る陣幕の手配に奔走《ほんそう》している妻木を思った。内務省は、そこまでの仕事は求めていない。ただ、清との戦に備え、軍港近くで議会を開ける建物ができあがれば十分で、天井板が張られていなくとも木肌剝き出しの壁であっても苦情が出ることはないはずだ。だが妻木は、制約の中で、美しい建物を目指している。その志を、現場の不手際で損なうことがあってはならない。

峰岸は口を引き結んでうつむいた。その顔に、反省ではなく不服が色濃く滲んでいるのを見て、大迫はこれ以上峰岸に説くことをよした。湯川に向いて、次の指示へと移る。

「材木の余分はあるか？」

「いや。この分量を造り直すとなると、新たに手配しないと無理です。台持ち継ぎでやるにしてもある程度長さがないと、合掌の場合は弱くなりますしねぇ。間違うにしても、寸法より長めに造ってくれてりゃあ、やり直しが利いたんですがね」

場の険しい雰囲気を和ませようとでもしたのか、湯川が軽口を叩いた。それが、峰岸の自尊心を刺激したのだろう。彼は口を歪めて言い放ったのだ。

「気付くもんはおらん。どんなこだわりか知れんが、ここを使う官吏も議員も、たった八寸の差に気付くはずもねぇ。そいつを直すために無駄な材や労力を使うほうが、わしにゃあ知れん。

じゃけぇ」

建築家だかなんだか知らんが、妙なこだわりに、わしら大工がそこまで関わる筋合いはないん

おいっ、と栗林がどやしつけたが、峰岸の総身は怒りに震えている。

気付く者はいない――その通りだ。床下に綿密に施した根固めも、筋交いの締め具も、床を張り壁で覆えば隠れてしまう。妻木の設計図にある美しさ、細部への目配りも気に留める者は少ないかもしれない。それでも持ちうる限りの技を用いて高みを目指すのが技師であり職人ではないか。

「お疲れ様です。どうかしましたか？」

能天気な声が背後から掛かった。

沼尻である。鍛冶屋に頼んでいたボルトを運んで、戻ってきたところらしい。

「合掌にする木材を、そうさな二十ほど追加で調達してくれ」

大迫は振り向きざま沼尻に告げると、峰岸に向き直った。

「お前は他の現場に回れ」

峰岸は大きな音を立てて唾を飲み込んだのち、こめかみの血道を筋立てて、大迫を睨め付けた。代わりに栗林が、「私の監督が行き届かんで申し訳ありません」と、頭を下げた。大迫は「ん」とだけ応じ、湯川に、

「この現場は滝沢さんに任せよう。お前から頼んでくれ」

手早く告げ、栗林にはすぐに作業に戻るようにと指示すると、自らも他の作業を見回るために踵《きびす》を返した。

三

「あの、なんておっしゃいました？　今、大迫さん」

唐突に材の追加を命ぜられ、沼尻は動顚《どうてん》しながらも、湯川から事のあらましを聞いた。

「やり直し？　材なんぞもうないですよ」

これでも広島中の木材を集めたのだ。余分が出る算段だったのに、筋交いや根固めを必要以上に施すことになり、一度追加で材を調達した。その際、県庁の役人に、「これ以上は難しいですよ」と釘を刺されている。

「ともかく、頼む。僕は滝沢さんを呼んでくる。すぐに作業を代わってもらわにゃ」

滝沢というのは、山口は周防大島《すおうおおしま》から出てきた渡り職人で、若いわりに腕はいいが気性が荒く、周囲としょっちゅうぶつかるので、今は作業小屋での議席造りに回している。

「滝沢さんを引き抜かれちゃあ困る。議席造りは僕が責任者なんだ」

慌てる沼尻をなだめるように湯川が言う。

「峰岸さんを、代わりに議席造りに回すから」

「いや、ここで人員の入れ替えは無茶だよ」

食い下がるも、湯川はさっさと作業小屋に向かい、ややあって滝沢を連れて戻ってきた。

吊り上がった目、薄い唇、顎の辺りには喧嘩で作ったものか、深い傷跡が刻印されている。まくり上げた筒袖からは、ご丁寧に腕に入れた墨まで覗いている。

「わしに用たぁなんじゃっ。え？」

すでに喧嘩腰だ。うんざりする。

「僕が君を呼んだわけじゃあない。大迫さんのご指名だ。小屋組の仕事を任せたいそうだ」

湯川が言うや、滝沢の目が鋭く光り、「ほうっ」と声が漏れた。

「なかなか見る目があるじゃあねぇか」

「今まで峰岸さんの下についていた二十人からの職人を、これから君が仕切ることになる。任せて平気か？」

沼尻はそう告げながらも、いやぁ無理だろう、と腹の中でうめいた。この荒くれ者におとなしく従う者なぞいない。だが、新たな職人をつけたところで、一から洋小屋組を教えるとなると、それだけで時間をとられる。

「おう。誰をつけてもいいぜ。ただし、わしの言うことは絶対じゃ。必ず従ってもらうけぇ」

啖呵《たんか》を切って、甲走《かんばし》った笑い声をあげた。

「威勢がよろしいなぁ」

湯川が取り繕うような明るい声を出す。

――威勢じゃなくて虚勢だ。

沼尻は鼻白む。そもそも、弟子も従えずに単身仕事を請け負ってきた男なのだ。三十路《みそじ》になったばかりと若いが、棟梁のもとについて修業したのは十代終わりの二年だけだと嘯《うそぶ》いていた。

技ってなぁ一遍見りゃあ覚えるんだ、それを何年も同じ師匠についたって仕方ねぇやな、と作業場で声を張り上げ、周りから白い目を集めていたのである。

「では、すぐに仕事にかかってほしい。図面はここに」

「いらねぇよ」

滝沢が間髪を容れず返した。

「前に見せてもらったけぇ、寸法は頭に入っとる。陸梁は八寸五寸の二本継ぎ、合掌は五寸四寸、棰は二寸角。二重梁は七寸五寸で断面を仕上げりゃあええ」

流れるように滝沢が諳《そら》んじたから、沼尻は慌てて湯川から受け取った図面で寸法を検める。ひとつとして数値の間違いはない。唖然として目を上げると、どうだ、と勝ち誇ったような滝沢の得意顔がそこにあった。

「今できあがっとるものも、陸梁の寸法は合っとるんじゃろ？」

「ああ、問題ない」

湯川が応える。

「なら合掌をやり直しゃあええだけじゃ。したら沼尻さん、新しい材の仕入れ、至急頼んます」

滝沢は偉そうに命じて手拭いのねじり鉢巻きを締め直すや、トラスの現場へと肩で風を切って歩いていった。

「おーい、お前ら、今日からわしが親方じゃっ」

こだまするほどの大音声《だいおんじょう》が響いて、沼尻は思わず頭を抱えた。

県庁に出向き、木材の仕入れを願い出る。「先だっては、もう足りとるとおっしゃいましたよね。設計段階での見当を間違われているんじゃないですか？」と、また嫌みを放られ、重い疲れを両肩に載せて玄関を出たところで、後ろから呼び止められた。妻木が大きな鞄を抱えて小走りに近づいてくる。

「君もなにか用事か？」

訊かれて、沼尻は峰岸組で起こった一部始終を伝えた。

「大迫さんはやり直せということでしたが、納期のこともありますし、いかがでしょう？」

間に合わせたいから合掌が短いままで構わない、と妻木が大迫の指示を覆してくれぬか、と淡い期待を抱く。が、彼はかすかな動揺も見せず「そうか」と、にこやかに頷いただけであった。この頃では、感情が氷の鎧《よろい》かなにかで覆われているとしか思えぬ妻木の性質にも慣れたから驚きはしなかったが、これで木材が入らなかったら俺の責任になる、と思えば身体の芯まで冷たくなった。

「妻木さんは、打ち合わせですか？」

「うん。絨毯《じゅうたん》の見本を取り寄せてもらったんだ。職人も紹介してもらった」

「絨毯？　ま、まさか議院に使うものですか？」

妻木は肩をすくめ、

「他にどこで使うっていうんだ。今はさすがに他所の仕事をする余裕はないぜ」

さも可笑《おか》しそうに笑うのだ。建物自体が間に合うかどうかの瀬戸際なのに、床に絨毯を敷こうとしていると知って、開いた口が塞がらなかった。先だっては壁に陣幕を張ると聞いて、うろたえたばかりである。壁が木肌剝き出しでは様にならんというのはわからなくもないが、床ならば床板で十分ではないか。

「そんな時間はあるかなぁ……」

ひとり言を装って声にしてみた。妻木は当然のごとくそれを聞き流し、

「運良く、横田紡績という工場に大量の絨毯が余っていると聞いてね。これから見に行ってくる」

「あっ……あの、ひとつ伺いたいことが」

颯爽《さっそう》と歩き出した妻木を、沼尻は呼び止めた。

「議席なんですが、どのくらいの間隔をあけて置く予定でしょう？　両議場に三百も席が並ぶということは、議長席に向けて詰めて置く形になりますよね。扇状に並べるということなので、その指示も先にいただいておこうと思いまして」

「詰めて置く？　そこまで詰めなくともいいが。議場は百五十七坪半で、東京にある仮議院の議場より十五坪余り大きくとってある」

「いや、でも、あんまり離れると声が届かないんじゃあないか、と。それだけ大人数いるってことは、どうしたって後列は議長席から距離が出てしまいますから。壁も、東京の議院よりは薄いでしょうから、表の音も入りやすいでしょうし」

なるほど、気付かなかったな、と妻木は頷き、

「横田紡績のあと宿に戻って議席の細かな図面を引くよ」

言って去りかけたが、不意に足を止め、「そうか、となると」とつぶやいた。そのまま地面を見詰めてなにごとか思案しているふうだったが、「そいつもあとで考えるか」とひとりごち、

「じゃ、現場をよろしく頼む」

と、言い置いて大股で立ち去った。

＊

再び妻木に呼び止められたのは、翌日の現場だった。議席の場所を書き込んだ図面を手渡され、

「両院とも同じ形に置く。議席間を詰めた分、議長席を少し前に出した。これで空間の使い方に偏りがなくなるはずだ」

沼尻が「承知しました」と返すや、今度は、

「それと、檜を仕入れてもらっているだろう。屋根の材で。そいつを少し見たいんだが」

と、言う。屋根はこけら葺《ぶ》きにするというのが、初手からの案だった。檜や杉を薄い板状にし、少しずつ重ねながら敷き詰める工法である。

「では成形してあるものをお持ちします」

沼尻は作業小屋に駆け込み、檜の板をひと抱え持って出た。その間に呼ばれたのか、妻木の隣に大迫が控えていた。なぜか如雨露《じょうろ》を手にしている。

「すまんが沼尻君、そいつを数枚、この二本の材の上に並べてくれんか」

意図はわからなかったが、言われるがまま地べたに置かれた角材の上に一枚ずつ並べていく。

「大迫さん、お願いします」

言うや、大迫が高い位置から如雨露の水を檜板の上にまいたから、傍らにしゃがんでいた沼尻は「やっ！」と飛び退《の》いた。顔から胸から、跳ね上がった水でびっしょりである。

「確かに瓦に比べると音が高いな。銅屋根よりはマシだが、議場の声がだいぶ聞き取りにくくなるかもしれない」

――雨か。

沼尻は顔を手拭いで拭きつつ察する。雨音が激しく響くと、議会での声が聞き取りにくくなる。昨日、議席の配置について沼尻が訊いたとき、妻木はしばし考えるふうをしていたが、おそらくはこけら葺きの雨音に考えが至ったのだろう。

「瓦にしますか。この辺りは赤瓦が有名だと時田さんから聞きましたが」

大迫の無謀な提案に、沼尻は蒼白になった。

――今から瓦を手配するというのか。冗談じゃない。どれだけの数、入り用になると思ってるんだ。

「いや、瓦にすると屋根の勾配が合わない。それに重量の面で難しい。こけら葺きが映えるように設計したから、檜板でいきたいんですが」

妻木が答えたから、しめた、とばかりに沼尻はそれとなく取りなした。

「大丈夫ですよ。議席の間を縮めましたから、声は通るでしょう。それに毎日雨というわけでもないでしょうし」

途端に大迫に睨まれた。面倒を避けた意見であることが、見抜かれたらしい。亀よろしく首をすくめていると、妻木がうつろにつぶやいたのだ。

「……とま」

「は？」

「そうだ。苫《とま》を葺いちゃどうだろう。故事で読んだのを今、思い出したんだ。琴だか琵琶だか忘れたが、その名人が泊まった家で雨の日に音が聞き取れないというので、こけら葺きの屋根の上に苫をかぶせたと確か書かれていた」

「そいつは雨音をだいぶ抑えられますな。苫葺きもそれはそれで見栄えがする。日本ならではの風情《ふぜい》が出ます」

大迫が珍しく顔に喜悦を浮かべた。

「よしっ。それで行こう。じゃあ沼尻君、菅《すげ》でも茅《かや》でも構わん、大量に集めてくれ」

「え？　あの……」

なにがどうなって俺が茅を集めることになったのか――。

「県庁に掛け合えばいい。掘立柱よりはずっと容易《たやす》く手に入るはずだ」

「いや、簡単におっしゃいますが……」

言いかけたとき、

「ふざけんじゃねぇっ！　やってられっか！」

怒声が響き渡った。ギョッとして声のほうを見ると、小屋組の現場で年嵩《としかさ》の職人が滝沢に摑み掛かっている。

「なんじゃー。わしを殴ろうっちゅうのか。おめぇが一発くれたら、わしゃその十倍にして返すけぇのう。わしの拳固《げんこ》は相手の頬骨砕いたこともあるんじゃけぇ」

滝沢はひるむどころか挑発した。広島弁は怖い。普通に話していてさえ諍《いさか》っているように聞こえるのに、喧嘩となると途方もない迫力である。沼尻は再び首をすくめた。

「そもそもおめぇの下なんぞで働きたくねぇんじゃっ。威張りくさりよって」

「おうおう。なら、辞めてええぞ。職人は山ほどおるんじゃけぇ。ろくに鉋も掛けられん者なぞ、おらんほうがかえってええようなもんじゃ」

「なんじゃとっ」

滝沢に殴りかかろうとした男を、大迫が「やめぇっ」と一喝した。雷鳴のごとき声に周囲の動きがぱたりと止まる。

「くだらんことに時を割くな。早《は》よせんと間に合わんぞ」

年嵩の職人が舌打ちして滝沢の胸ぐらを摑んでいた手を離した。もう終いけ、としつこく滝沢が喧嘩を売る。職人たちが再び色めき立ったとき、妻木がすっと彼らのほうへと歩み寄り、鉋掛けしてある材を検めはじめた。途端に滝沢からそれまでの獰猛《どうもう》な気配が消え、真摯《しんし》な職人の顔つきに転ずる。

「この数日で、よくここまで本数を仕上げたな。合掌がだいぶできあがってるじゃあないか」

至って朗らかに妻木は言うのだ。

「そら見ろ」

と、年嵩の職人が鼻を鳴らす。

「ただ、少し鉋掛けが粗い。厚みに誤差も生じているようだ。これはきれいに直してもらわんと陸梁と繋ぎ合わせたときに狂いが出る。少しの歪みも出んところまで成形してください」

今度は滝沢が、「そら、わしの言うた通りじゃ」と、身体が仰《の》け反《ぞ》るほどに胸を張る。

——まるで餓鬼《がき》だな。

沼尻はうんざりしたが、妻木は笑みを浮かべて職人たちのほうへ向き直ったのだ。

「これが国内ではほとんど例を見ない洋小屋組の建物になります。しかも、我々が造っているのは議院だ。とても意義ある仕事です。中でもトラスを任せているのは他には替えの利かない一流の職人です。どうか、その技を惜しまずここに注いでほしい」

妻木が、年嵩の職人に向かって頭を下げると、周囲から息を呑む音があがった。いきり立っていた職人も、これではなにも言えない。「はい」と小さく頷いて、持ち場に戻る。滝沢までも気まずそうに、腕に彫られた昇り龍の入れ墨を揉んでいる。

「君は腕が抜きん出ている、と大迫さんから聞いている」

滝沢に向き直って妻木が言った。今度は、ようよう聞き取れるほどの潜め声だった。「まぁな」と、滝沢は他愛なく鼻を高くする。

「その技を十二分に発揮するには、どうすればいい？」

唐突に問いかけられて、滝沢はしばし目をしばたたかせていたが、

「どうすればもなんも、ただ一所懸命やるだけじゃ」

怪訝そうに応えた。妻木は、その通りだと一旦肯定したが、すぐに、

「では、建物というのは、君ひとりで建つか？」

と、再び問いかけた。滝沢はますます眉根を寄せる。ひとりで建てられるはずもない。小さな住宅であれ、棟上げの折には複数の職人が必要なのだ。

「ひとりでは建たんな。君のその技は、君ひとりじゃあ活かすことができんのだ。ならばどうすりゃあいい？」

妻木はしつこく問い続ける。辟易《へきえき》したふうに滝沢は短く刈り込んだ頭を掻きむしり、

「わかったよ」

と、吐き捨てた。

「んなこたぁ、言われなくともわかっとるんじゃ」

くるりと踵を返し、先の年嵩の職人のところまでまっすぐ歩を進めた。

「さっきはすまねぇ。口が過ぎた。どうしてもいいもんを造りたくって、気が立ってた。悪かった」

そう言って頭を下げたから、沼尻は思わず「えっ」と声をあげた。あの無鉄砲な男がおとなしく謝っているのだ。

「おいっ。いつまでそこで突っ立ってんだ。茅を集めにいかねぇか」

大迫に小突かれ、沼尻はとっさに「へいっ」と下男のような返事をしてしまい、そんな自分を静かに責めた。

滝沢は、以降人が変わったように職人たちを統率し、見事なトラスを仕上げている。梁の枘《ほぞ》はわずかな隙間もなく組み合わされ、表面も丁寧な鉋掛けがなされたのだろう、光があたると

玻璃《はり》のように煌《きら》めいた。

　今や大工の数は膨れ上がり、延べにすると七千名以上の職人が出入りしている。地元肝煎の数も増やし、東京組も彼らの仕事に目を光らせている。おかげで、今のところひとつの瑕疵も見つかっていない。

　広島の大工たちは、けっして手際がいいとは言えなかったが、腕はある。その腕を十二分に引き出したのは、妻木の存在だろうと沼尻は見ている。

　彼は現場に顔を出すたび、こまめに職人たちの仕事を褒め称《たた》えてきた。やり直しが発生した場合も叱責はせず、「次は最上のものを頼む」と、くつろいだ口調で告げるだけなのだ。

　——なにを悠長なことを。

と、見ている沼尻のほうが焦《じ》れたが、意外なことに職人たちは、このひと言に発憤するのだった。

「東京じゃ、もっと厳しかったがな」

　妻木といくつかの現場を踏んできた湯川は、盛んに首を傾げていた。

「煉瓦の積み方から石の置き方までうるさいくらいに注文をつけて、職人たちが音を上げるほどだったんだが」

　広島に来て、人が変わったわけではなかろう。職人たちの腕や性分を見て、相応に扱い方を変えているのだ。今回は極端に時間がない。その中で、破綻なく仕事を進めるために最善の策をとったのだ。策、というより、操り方を。

　そこまで考えて、沼尻は身震いした。自分もまた、妻木にうまく操られているひとりなのだろうか――。

床張りと天井張りが同時に進行する中、沼尻は県庁の役人に再三頭を下げてなんとか仕入れられた茅を運び込む。妻木が仕入れに奔走した絨毯も無事届き、床に敷き詰められた。

「さ、陣幕を張るから、沼尻君、湯川君、手伝ってくれんか」

妻木に請われて搬入されたばかりの荷を解くと、紺色というより群青《ぐんじょう》に近い青と白の鮮やかな二種類の布が現れた。

「はぁー、まばゆいのう。夏の海のようじゃ」

「なんちゅう明るさじゃ。気分が晴れるようじゃな」

固唾《かたず》を呑んで見守っていた職人たちから感嘆の声が漏れる。

「清との戦争は、こりゃあ勝つぞ。日本の将来は明るいんじゃ」

誰かが吠えるように言った。この議院では軍事についての話し合いがなされる。それを極力明るく彩ろうという、これは妻木のはからいなのだ。

「こいつを交互に壁に張り付けて、絨毯を敷き、あとは緞帳《どんちょう》をつけたら終いだ」

妻木が高らかに言った。納期まであと二日。なんとか間に合いそうだ。

「緞帳は宮内省から借り受けるんでしたな」

大迫が訊く。貴族院議長席の背後には玉座が設けられるため、議場と仕切る緞帳が必要なのである。

「ああ。明日には届く手はずになっている」

妻木はそう返したのだが、床も壁も仕上がり、あとは緞帳を待つだけとなった十月十三日、その宮内省から「緞帳は貸し出しできない」と一方的に通達があったのである。

朝飯が済んだところで、宿を訪れた内務省の役人からこれを聞かされ、沼尻は無論、妻木をはじめとする東京組全員が色を失った。

――ここまでなんとか漕ぎ着けて、最後の最後でこれか。

半月で議院を建てよとの無理難題を押しつけながら、政府の協力は無に等しかった。緞帳が出せないならば、せめてもう少し早くに報せてくれれば、他の手立ても考えられたものを――。

沼尻は怒りを覚えたが、妻木は「承知しました」と恬としてそれを受け入れた。

「宮内省が出せないというならしょうがないでしょう。緞帳はなくとも、玉座はしっかり造っておりますから」

慰めた大迫に、しかし妻木は意外な言を返したのである。

「調達しますよ。宮内省が出せないのなら、似たものを作ればいい。呉服屋を回れば、なんとかなるでしょう」

みな一様に口を開けたまま動きを止めた。かろうじて沼尻が、

「い……いや、呉服屋に緞帳があるとは思えませんが……」

と、控えめに抗弁した。妻木はこれを聞き流し、

「湯川君。車の手配を頼みたい。できれば県庁の役人にひとりついてもらって、市内の呉服屋を端から回りたい」

と、有無を言わせず命じるや、支度のために自室へと下がった。一同しばし言葉もなかったが、東京組肝煎の藤堂が、

「金襴《きんらん》の緞帳でしたよね、宮内省から借り受けることになってたのは。それと同等のものなんかありっこないですよ」

吐き捨てるように言うと、一斉に同意の声があがった。

「仮の議院なんだから、なければないで済むはずだ。第一、これは僕らの過失じゃあない。宮内省の融通が利かなかったことが原因です」

「そうだ。土木局が責められることじゃあない」

「確かに、ここで無理をすることはないんだ。宮内省に今一度掛け合ったほうがよろしいでしょう」

これに乗じて沼尻も、妻木のこだわりは時にひどく無益に思える、という日頃から抱えていた鬱憤《うっぷん》を打ち明けようとしたとき、

「四の五の言わんで、とっとと車の手配をせんかっ！」

大迫の一喝が響き渡ったのだ。藤堂が「ひっ」と喉を引きつらせ、湯川が弾かれたように立ち上がる。

「ここで文句を垂れておったところで、事は運ばんのじゃ」

鬼の形相の大迫を前にして沼尻は、妻木を批難する言を口にせんでよかった、と震えながらも胸を撫で下ろした。

妻木は、東京組に今一度現場を点検するように命じ、単身車に飛び乗った。そうして夕方には、呉服屋から仕入れた布を手に戻ったのである。

「今晩中にこいつを縫い合わせて、作っちまおう」

食堂の机の上で袱紗《ふくさ》を解くと、金色の帯地が三本、現れた。

「……これは？」

沼尻が訊く。大迫も湯川も、突き出した首を傾げた。

「緞帳の代わりになるだろう。玉座の高さに合わせて帯を切って、横に繋ぎ合わせていくんだ。房にするための金の紐も調達してきた。役所御用達の呉服屋を効率よく回れたから、運がよかったよ」

妻木は楽しげに言うと自室へ入り、鋏《はさみ》と物差しを手に戻ってきた。みなが戸惑う中、物差しをあて、布に鋏を入れていく。

「湯川君、宿の女将さんに、針と糸をありったけ貸してもらうよう頼んできてくれんか」

湯川が裁縫箱を手に戻ったところで、妻木はみなを見渡して言った。

「よし、だいぶあるな。さ、端から縫い合わせていってくれ」

そう言われても、沼尻は針を持ったことさえないのだ。現場では八面六臂《はちめんろっぴ》の活躍を見せる大迫も、困じ果てた面持ちでただ佇んでいる。湯川は針に糸を通しはしたが、

「どう縫えばいいんでしょう」

と、頼りない声を出している。妻木はさも意外そうにみなを見遣り、

「まさか、縫い物をしたことがないのか」

と、つぶやいた。当然だ。男が縫い物をする機会などない。

「わかった。ならば君らが布を切り出してくれ。寸法はこいつに合わせてくれればいい。僕が縫い合わせていくから」

言うや妻木は針を手に取り、帯と帯の両脇を重ね合わせて器用に縫いはじめたのである。これには全員、ただ見惚れるしかなかった。

「うちの女房より達者だ」

大迫が冗談にしか聞こえぬ感嘆を漏らす。

沼尻はしかし、感心よりむしろ空恐ろしさを覚えていた。妻木には、できないことがひとつとしてないのではないか、という畏怖《いふ》である。裁縫までこう巧みにこなされてしまうと、材木集めで音を上げかけた自分が、まったくの能なしに思えてくる。

「緞帳の下部につける房も作らなければならんから、沼尻君、その紐を、そうだな、五寸の長さに揃えて切っておいてくれるか」

帯地から目を上げずに妻木が言った。

「あ……はい」

沼尻は、帳場から鋏を借り受け、言われた通り作業をする。帯地を切り終えた湯川や大迫もすぐに手伝いはじめた。

作業は一晩中続けられた。帯地の縫い合わせが終わったのが、午前四時、そこから妻木に教わって全員で房を作り、緞帳に縫い付け、すべてが終了したときは、朝の七時になっていた。

朝食を運んできた宿の女将が、

「徹夜でやってなさったんか」

と、目を丸くし、

「よっぽど好きなんじゃねぇ」

飯を盛りながら笑った。好きとか嫌いという話ではない。みな物言う気力もなく眉根を寄せたが、その中で妻木だけが軒昂《けんこう》に返したのだった。

「ええ。好きでやっている仕事なもので、つい夢中になってしまいます」

いくつもの充血した目が妻木に向けられる。彼はそれに気付いているのかいないのか、

「さ、片付けて、飯にしよう。とっとと食べて、こいつを現場に取り付けなけりゃならんからな」

と、張りのある声で命じた。

＊

広島臨時仮議院の引き渡しは、その日のうちに行われた。

緞帳も無事取り付けられ、最終的な点検でも、奇跡的にひとつの瑕疵も見つからなかった。たった半月で建てたとは思えぬほど堅固なこの建物は、内務省の定めた予算枠より六千円強も安い、総工費二万三千円台で収まったのである。

建築史に名を刻むほどの偉業だと沼尻は確信したが、引き渡しの席で、無理な施工を命じた内務省の役人たちは、出来の良さに嘆じるでも、予算、納期ともに守ったことを称えるでもなく、もう用は済んだとばかりに土木局技師に対して東京への帰還を促したのだった。

まともな睡眠もとれずに半月以上を過ごした沼尻はじめ技師たちは、その態度に腹を立てたが、妻木は役人たちの無礼に頓着することなく、その日の午後、時田をはじめ、最終的に二十

六名に膨れあがった地元肝煎を宿に集めた。なぜか滝沢も、肝煎でもないのにその列に混じっている。

「みなさんには、まことにご苦労をおかけした。無理難題を聞いていただき、感謝しかありません」

妻木は全員を前にして深々と頭を下げ、それから、ひとりひとりに、落成祝いだと言って、封筒を手渡していった。いの一番に中を覗いた滝沢が、

「おい、金一封だ。結構入っとる」

と、駄賃をもらった子供のように頰を紅潮させる。しかし、すでに職人への報酬は渡してあるのだ。どこから出た金だろう、と総工費を試算した沼尻は慌てた。

「心ばかりですが、私たちからの御礼です。私どもはすぐ東京に戻らねばなりませんので、弟子の方々をこれで労っていただきたい。このたびは力になってくれて、まことにありがとう」

妻木が再び頭を下げる。

「こちらこそ大変世話になった。勉強させていただきました」

時田が応え、他の肝煎たちも揃って立ち上がり、一礼を返す。滝沢だけがそれに加わらず、

「またなにかあったら使ってくれ。東京に呼んでくれれば、すぐ飛んでくけぇ」

と、調子のいいことを言った。

「ああ。そのときはよろしく頼む。君には感謝してるんだ。たった三日で合掌を造り直してくれた。素晴らしい技術だった」

妻木がしみじみ言うと、滝沢はかえってバツが悪そうに頭を掻いて口ごもった。

「こいつ、照れてやがる」

大迫が茶化し、地元肝煎からドッと笑い声があがった。

「あの……地元肝煎たちにお渡しになった金一封、あれは妻木さんの懐《ふところ》からお出しになったんですか?」

帰りの汽車で、沼尻は引っかかっていたことを訊いたのだ。

「ああ、あれか」

妻木は膝の上の書物に落としていた目を上げ、いたずらっぽい笑みを浮かべた。

「予算から百円ほど拝借した。君が最終総工費を上げる前に、材の仕入れ数やら人工《にんく》の数を水増しして書き込んどいたんだ。おそらく予算の上限よりだいぶ低く済むだろうと見込んで、彼らに還元することを勝手に決めちまった。建築の善し悪しもわからん政府に金を戻すくらいなら、頑張ってくれた職人たちに配ったほうが生き金になるからね。でもこの件は、土木局内でも内緒にしてくれよ」

妻木は潜め声でそう言うと、再び小さく笑みを漏らした。

第三章

一

広島臨時仮議院の仕事を無事終えた後も、妻木は休む間なく動き続けた。

明治二十七年には東京府庁舎が、その翌年には巣鴨の警視庁監獄、横浜税関監視部庁舎が立て続けに竣工《しゆんこう》する。数々の功績が称《たた》えられ、勲六等単光旭日章《くんろくとうたんこうきよくじつしよう》を受勲《じゆくん》すると、赤坂台町の家に帰って帽子をとるなり、出迎えたミナに「新しい役職に就くことになった」と、彼は告げたのだった。

「まぁ。どのようなお役目に？」

帽子と鞄《かばん》を受け取りながら、ミナは訊《き》く。

「臨時葉煙草《はたばこ》取扱所建築部。大蔵省内に発足した建築部だ」

「煙草、ですか」

葉煙草と建築がすんなり結びつかず、首を傾《かし》げる。

「これまで私営の工場で造られていた葉煙草が、近々政府の専売になると決まったんだ。軍費補塡《ほてん》のため煙草で税収を得るらしい」

妻木は家でも、仕事の話をよく口にする。詳しい内情や専門的な技巧についてこそ語らなかったが、おかげでミナにも、臨時建築局が同じく内務省内の土木局に吸収されたことや現在東京に建設中の建物のことなど、おおまかな流れは把握《はあく》することができた。

「専売になると、建物が入り用になるんですか？」

「ああ。これまでそれぞれの工場や問屋で行っていた煙草の管理を、政府が担うようになる。となると、そのための倉庫や事務所を全国各所に建てねばならん。内務技師と兼任で、ここの建築掛《かかり》長《ちょう》という役職に就いたんだ」

「それはおめでとうございます」

「いやぁ、めでたいのかどうか……」

着替えを手伝いながら、ミナはそっと夫の横顔を見遣《みや》る。

——また、哀しそうに笑ってる。

妻木は、時々こういううら寂しい笑みを浮かべる。

縁談を持ってきた伯母にはじめて引き合わされたときも、彼は座敷に端座して、ひどくしんみりと笑んでいたのだ。それが、照れ笑いでも愛想笑いでもないことは、十六になったばかりのミナにもはっきり感じ取れた。所在なさが、彼の目にも口元にも濃く漂っていたからだ。単に見合いの場が居心地悪くて困《こう》じているというよりも、根深い寄る辺なさがその総身を包んでいるように思えてならなかった。

——この人を、私は助けなければ。

どうしてそんなたいそうな決意をしたのか、一緒になって十九年が経った今でも不思議でならない。あの頃は、ようよう針仕事を一通り覚えただけで、料理もまともにできなかったのに。

「ご出世なさったのはおめでたいことですわ。誰にでも叶うことじゃございませんもの」

夫の背中に浴衣《ゆかた》を掛けて、ミナは声を励ました。

「いやぁ、出世こそ、誰にだってできるよ。そこそこ長く勤めてさえいればね」

妻木はそう返してから、こちらに振り返って眉を下げた。

「どうも、さっきから君の言葉に逐一反論しているような格好だね」

優しい人なのだ。家でも声を荒らげたことはない。子供たちは、長女の寿々《すず》を筆頭に、長男の頼功《よりかつ》、次男の二郎《じろう》という育ち盛りの男の子ふたりで、下のふたりは長女に比べて手も掛かり、喧嘩もすれば、時に乱暴な振る舞いもする。それを見咎《みとが》めても、頭ごなしに怒鳴りつけるのではなく、その行いがどうしていけないのか、彼は時間を掛けて懇々《こんこん》と言い聞かせる。拳固《げんこ》をもらうよりも切々と訴えられるほうが子供たちにはこたえるようで、話が済むとすっかりしょげ返る。それを妻木が慰めるまでが、叱責の一通りなのだった。

もしかすると、優しい、というより、恐れているのかもしれない――傍《かたわ》らで見ていて、ときどき思う。彼は、親しい誰かが、前触れもなくいなくなってしまうことを常に恐れているのではないか、と。

――いくら近くにいても、人というのは、いなくなるときには一瞬なんだ。

一緒になったばかりの頃、妻木はそうつぶやいていた。夫は幼い頃に父親を、二十歳を待たずに母と姉を亡くしている。天涯孤独で生きてきた夫の内には、人はある日突然、無情に去っていくものだ、という観念が植え付けられているのかもしれない。

「役職に就くと局内での仕事がどうしても多くなるだろう。それが憂鬱《ゆううつ》の種だ。僕は、現場での仕事をなるたけ続けていきたいんだが」

妻木は浴衣に袖を通し、帯を締めてから言った。ミナの言葉を否定したことへの言い訳のような口振りだった。

「建築は奥が深い。どこまで行っても終わりがないものだからね」

そう付け加え、「さ、飯にしようか。子供たちはもう済ませたんだろう？　君も一緒に食おう」と、ミナを茶の間へ誘《いざな》った。


珍しい来客があったのは、明治三十年が明けて間もない日のことだった。

「いやぁ御内儀《ごないぎ》、ご無沙汰してますなぁ」

松崎万長は、玄関口で軽妙な挨拶を口にするや帽子をとり、舞踏会で踊りの相手を申し出る紳士のようにそれを胸の前に携えて深々と頭を下げた。ミナは、どこか滑稽なその仕草よりも、松崎の頭が真っ白に変じていることにしばし目を奪われた。

松崎さん、没落したという噂ですよ。知り合いに金をだまし取られるかなにかして、あちこちに借金して。それで爵位も返上したとか——以前、家を訪れた造家《ぞうか》学会の会員たちが語ったことが、耳の奥に甦《よみがえ》る。

「妻木君はご在宅かな？」

「いいえ、まだ帰っておりませんで。そろそろ戻る頃合いだとは思うのですが」

来客の予定は聞いていない。慌てるミナに構うことなく、

「さよか。それやったら、少し待たせてもらいまひょ」

松崎は有無を言わさず、沓脱《くつぬ》ぎに上がった。こちらの都合を微塵《みじん》も顧《かえり》みない強引さに呆れはしたが、断る術《すべ》もないから客間に通し、夫が戻るまで話し相手を務める。「昨今の建築事情」とやらを得々として語りはじめた松崎に、しかしミナは相槌《あいづち》を打つことしかできなかった。話の内容についていけないのではなく、松崎の使う京言葉がひどくぞんざいな上に、あたかもひとり言のように早口でまくし立てるから、言葉を差し挟むことができなかったのだ。

「僕が創設した造家学会は、今年、建築学会と名を変えるらしいですわ。会員もようけ増えましてな、官吏《かんり》を辞めて自分の事務所を開く者が結構ありますんや。その一方で、大学校あたりで教鞭《きょうべん》を執って金を稼いどる。みな、うまいことやっとりますんや。その点、妻木君は官庁に残って、今度は大蔵省の掛長にまでならはって、偉いことや。同世代の他の建築家たちより一歩も二歩も先行っとる」

どこか追従《ついしょう》めいた称揚に、どう返事をしたものかミナが戸惑っていると、玄関の戸が開く音がした。

「あ、帰ったようですわ」

救われた、とばかりに腰を上げ、そそくさと客間を出る。玄関で夫の帽子を受け取りつつ、松崎が来ていることを告げると、妻木は束の間考えるふうをした。やがて、

「すまんが、晩飯を松崎さんにもお願いできるかな」

と、遠慮がちに訊いてきた。

「ええ。でしたら、仕出しをとりましょうか。鰻《うなぎ》かなにか。お寿司がいいかしら」

食べ盛りの男の子がふたりもいるし、日頃から来客の多い家でもあるから、余分に夕飯が作れるよう常に支度はしてある。けれど公家の出であり、幼少期を御所で過ごしたという松崎に、自分の手料理を食べさせるのはあまりに畏《おそ》れ多かった。

「いや。いつもの、うちで食っている飯でいいよ。そのほうが松崎さんもくつろいで話せるだろう」

「そうですか。でしたら、急いで支度します」

慌ただしく台所に立ってから、ただでさえ多弁な松崎に、これ以上話しやすく場を調《ととの》えることもなさそうだけれど、と少しばかり可笑《おか》しくなった。

燗《かん》をつけ、小松菜の煮浸しに茶碗蒸し、赤鰈《あかがれい》の煮付けと順番に肴《さかな》を出していく。ミナは妻木と同じく武家の出で、生まれも育ちも江戸だったから、濃いめの味付けに馴染んでいる。京は薄味だというけれどお口に合うかしら、と案じながらも台所と客間を往き来した。

「そういや、君はもう見に行ったか？　去年竣工した日本銀行の、例の建物」

鰈をつつきながら、松崎が妻木に訊いた。

「ええ、暮れに見学しました」

「辰野金吾はあれを設計して鼻を高《たこ》うしているらしいが、評判はよくないんや。力士が四股《しこ》踏んどるようにしか見えん。不格好やっちゅうてな」

「それだけ重厚だということでしょう」

ミナは松崎に酌《しゃく》をする。そこに自分がいることを客人にも夫にも意識させないよう、慎重に息を詰めている。

「なに言うとる。あれは重厚ちゅう代物《しろもの》やない。僕から言わせりゃ野暮なだけや。木造に比べれば、そりゃ石造りは重たく見えるもんや。だからこそ威厳も出るんやが、日銀はただただ重苦しい。どでーんとして、上から押し潰されとるような格好や。あれはいかん」

日銀社屋の評判が一部で芳《かんば》しくないことは、ミナも新聞で読んでいた。松崎が言うように、力士がしゃがんでいるような格好、と確か記事にも書かれてあったのだ。

「その点、妻木君の東京府庁舎はええのう。堅牢な造りやが、同時に軽やかさがある。天に向かってすっと伸びとるような素直さがある。まさに天賦《てんぷ》の才やな。な、御内儀もそう思いますやろ」

急に話を振られ、ミナはどう返事したものか惑い、居すくんだ。

「辰野さんの日銀はよくできていると、私は思いますよ」

妻木が穏やかにとりなすと、これ以上話しても乗ってこないと見たのだろう、松崎は、

「ところで君、古社寺保存会ゆうのの委員になったそうやな」

と、唐突に話題を変えた。

「ええ。東大寺の大仏殿の修復を頼まれまして。それをきっかけに」

「やるんか？　その修復」

「他に引き受ける方がないようで、住職がひどく困っておられましたから。それに私も、日本の建築にはとても興味がございます」

奈良に出張したのは、広島の議院の仕事がはじまる少し前だった。江戸から明治に移り、神

仏分離の布告が出されて廃仏毀釈《はいぶつきしやく》の動きが激しくなると、長らく幕府から庇護《ひご》を受けていた奈良の東大寺もたちまち財政難に陥った。補修の予算が下りないため大仏殿も荒れ果ててしまい、これをなんとか保存するため力を貸してほしい、と妻木は請われたらしい。

大仏殿内を見て回って、お堂から出たら、目の前に広がった平原に日が落ちていくところだった。それは雄大で美しい景色でね。これを造った昔の仏師たちも同じ光景を見たのだろうと思ったらどういうものか涙が出ちまってさ。案内してくれた住職の前だったから、ひどく恥ずかしかったよ――。

帰京するなり彼は、大仏殿の素晴らしさを何時間も掛けて語ったものだった。常に冷静な夫を、まるで子供のように昂揚《こうよう》させる大仏殿とはぜんたいどんな建物なのだろう、と聞いているミナまで憧憬《しょうけい》を覚えるほどだった。

「それにしたって君、予算が下りるかね」

松崎が、猪口《ちよこ》を前に突き出した。

「ええ。伊東忠太《いとうちゆうた》さんや岡倉覚三《おかくらかくぞう》さんがだいぶ運動されて、私も内務省内に掛け合って、なんとか。今年のうちには、古社寺保存法を施行の運びに持っていきたいのですが」

「ほう……内務省も動くときは動くんやな」

わずかに皮肉を帯びた口調だった。ミナは空いた皿を盆に載せて腰を上げる。

「対清戦争に勝利したことで、日本古来のものを見直す動きが出てまいりましたから。いずれ東大寺は、特別保護建造物に指定してもらうつもりです」

妻木が応えたのが、背中に聞こえた。

「ずいぶんな肩入れやなぁ。あれは天平《てんぴょう》の頃に造られてから何度も再建されとるさけ、ずっと時代が下ってからのもんやと京にいた頃に聞いたで」

「ええ。そういう反対意見も内部から出ましたが、しかし、木造建築であれほどの規模のものは世界に類を見ません。日本が誇る技術であることは確かです」

ミナはそっと襖《ふすま》を閉め、台所に入った。洗い物をしつつ、大仏殿は、夫の造った洋風建築より優れているのかしら、と想像を膨らませる。遠目に眺めた東京府庁舎も巣鴨の警視庁監獄も、これが人の手で造られたものだとはにわかに信じられないほど荘厳な建物だったのだ。

一旦空想の世界に潜ってしまうと外の音も聞こえなくなるのが常で、汁物を温めていたのをうっかり忘れ、鍋が噴きこぼれてようよう我に返った。慌てて火から下ろす。これから炊きあがったご飯と昆布出汁《だし》の吸い物を出す予定だったのだ。急いで作り直さないと、と鍋を抱えたところで、「おい」と夫の声がした。ひとまず客間に飛んでいくと、

「お帰りだそうだ」

妻木が言う。松崎が腰を上げげつつ、

「すっかりご馳走《ちそう》になってもうて」

と、ミナに笑みを向けた。

「え、あの、これからご飯をお出ししようと……。お酒もまだございますのよ」

「いや、遅くまでお邪魔するわけにはいかんですからな」

「でも……」

夫を窺《うかが》った。彼が小さく頷《うなず》いたのを見て、ミナはそれ以上言葉を継がず、玄関脇の小部屋に

掛けておいた外套《がいとう》と帽子を手にとって玄関に立つ。客間から出てきた松崎に靴べらを渡し、彼が靴を履き終わるのを待って、外套をその背にかけた。

「それじゃあ近いうちにお宅に伺わせますから。きっといい仕事をしてくれますよ」

妻木が、松崎の背中に言う。松崎は沓脱ぎから降りると、夫に振り向いた。その顔が、いじめられた子供のように歪《ゆが》んだのを見て、ミナはとっさに息を詰めた。

「そやな。すまんがよろしゅう頼む」

松崎は、それだけを返し、

「御内儀の料理、どれもおいしかったですわ」

と、ひとつ会釈《えしやく》して門口を出て行った。

——なぜあんな顔をしたんだろう。

後ろ姿を見送りながら不思議に思ったが気を取り直し、

「ご飯、よそいましょうか？」

と、夫に訊いた。

「そうだな。もらおうか」

ミナは吸い物を味噌汁に仕立て直し、飯櫃《めしびつ》と一緒に茶の間に運んだ。

「松崎さんに、仕事をお願いしたんだ」

味噌汁の椀をふーふーと吹いてから、妻木が言う。幼い頃から滅多にできたての飯を食ったことがなくてね、すっかり猫舌になっちまった、と彼はよく冗談めかして言っている。

「松崎様、土木局に戻られるんですか？」

「いや。個人住宅の設計をお願いしようと思ってね。自宅の設計を僕に頼んでくれた方が幾人かいるんだが、なかなか時間がとれないだろう。それを松崎さんにお任せすることにしたんだ」

「……でも、お施主《せしゅ》様はそれでよろしいのかしら？」

夫の仕事を横取りされたわけでもないのだが、せっかくいただいた話を簡単に他に譲るのはなんとなく口惜しい気が、ミナにはしたのだ。

「ああ。松崎さんなら僕なんぞよりずっと素晴らしい設計をなさるだろうからね。異論のあるはずはないよ」

妻木はにこやかに言い、飯を頬張った。ミナは詮方なく言葉を仕舞う。夫の横顔に、これ以上なにも訊いてくれるな、という、時折覗《のぞ》かせる頑《かたく》なな意志がしっかり貼り付いていたからだ。

＊

赤坂台町の家を出て、溜池《ためいけ》で夕飯の買い物を済ませてから、日枝神社の階段を上った。毎月朔日《ついたち》、家内安全を願ってここに詣でるのが、いつしか習慣になっている。ドイツから戻ったのちも全国各地を飛び回り、家を空けがちな夫の代わりに家族を守る緊張が、こうして参拝することで幾分和らぐのだった。お社《やしろ》の前で手を合わせてから、ひとつ深呼吸する。今月もどうか見守ってくださいい、子供たちが健康でありますように、夫がどんな土地へ行こうと無事に帰ってこられますように――胸の内で唱えて、今一度深々とお辞儀をした。

大仕事を終えたようなすがすがしい心持ちで境内《けいだい》を出て、坂を下りたところで、知った顔と行き合った。

「あ、奥さん」

目を丸くして足を止めたのは、小林金平である。

「奇遇ですね。ちょうどこれからお宅へ伺うところでした」

「あら、主人とお約束?」

「いえ。約束はしておらんのですが、近いうちに寄ってくれと言われてましして。今日は、役所もお休みですから伺おうと」

小林は、妻木がなにかと目に掛けている部下だった。まだ三十そこそこと若いが、「いろいろ相談に乗ってもらってる、貴重な男だよ」と家でもたびたび口にするほどだから、よほど信を置いているのだろう。工手学校を無事卒業して、夫の口利きで、このほど大蔵技手として正式に採用されたという。

「妻木は昼前に、官吏の方々を大審院にお連れして内部を案内すると言って出掛けましたけど」

「そうですか。あれもようやく完成しましたからね。鎗田さんと顔を合わせるたび、いよいよ出来上がるぜ、っておだを上げてましてね。去年の十月に出来上がるまで一年近くもそう言い続けてたんで、そば屋の出前ってあだ名がついてます」

冗談口を叩いて、小林は屈託ない笑い声を立てた。

「妻木さんは夕方には戻られるでしょうから、お宅で少し待たせていただいてもよろしいですか？」

「ええ。宅は構いませんけれど」

「よかった。局内じゃ話しにくいことだろうし、とはいえ僕も今日を外すとなかなかお宅まで伺う時間がとれそうになくて」

小林の言に、ミナはふと疑問を覚えた。

「お仕事のお話じゃあないんですか？」

「そうですね、うーん。仕事の話といやぁそうなんだが」

家のほうへとゆっくり歩き出して小林は、

「松崎さんの手伝いを頼まれましてね」

と、声を落とした。

「ここだけの話、松崎さん、暮らしが詰まっておられるようで。とはいえ、ああいう見栄っ張りで権高《けんだか》な人ですからね、助けてくれる人もいないご様子で、それで妻木さんが一肌脱いだってわけです」

ミナは、先だっての松崎の訪問に合点がいった。妻木について歯が浮くような追従を並べた理由も。

「妻木さんは人がいいですからね。みんなそっぽを向いたのに、唯一松崎さんを気に掛けてらしたんですよ。ただ、借金の肩代わりでは松崎さんを傷つけてしまうから、って、仕事を回すことにしたようです。臨時建築局に自分を推薦してくれた人だから恩がある、って言うんだけど、妻木さんは自力であれだけの仕事をしたんだ、そんな恩はもう十分に返してると思いますけどねぇ」

小林は宙に目を遣って首をひねった。

「しかし僕は少々気が重い。妻木さんの設計なら、喜んで引き受けるんですが」

「ごめんなさいね。妻木は無理を言ってるんじゃないかしら」

詳しくはわからなかったが、ミナはとっさに身をすくめた。

「なにも奥さんが謝ることじゃないです。ま、僕は妻木さんに恩がありますからね。頼まれれば断りません」

黒目がちの目をくるくると動かして、彼は茶目っ気たっぷりに笑ってみせた。

幸い、小林を客間に通して間もなく、妻木は帰ってきた。来客を伝えるより先に、

「お客さんを連れてきたよ」

と、反対に夫から告げられた。見れば、彼の後ろに見知らぬ青年が控えている。

「まぁ、それは。よくいらっしゃいました」

ミナは青年に会釈を送り、相手が名乗るのを待った。が、青年は軽く頭を下げたきりで黙っている。細身でずいぶん背が高い。六尺はあるのじゃなかろうか。詰襟を着込み、髪はきれいに撫でつけられている。最前まで丸顔の小林と相対していたせいか、頬の肉をこそげ落としたかのような青年の面長《おもなが》が妙に際だって見える。目が細く、唇も薄く、顔色が青白いせいだろう、神経質そうで近寄りがたくも感じられた。

「あの、小林さんが見えてますけれど」

いつまで経っても青年が名乗らないから、ミナは夫の耳元に囁《ささや》いた。

「そうか、そいつぁちょうどよかった。小林君にも紹介しよう」

妻木は嬉々として靴を脱ぎ、青年に向かって、

「さ、あがりたまえ」

促してから、ミナに向き直った。

「彼は武田《たけだ》君だ。武田五一《ごいち》君。帝大の造家学科に在籍している、とても優秀な学生なんだ」

ミナは今一度青年に向いて笑みを作った。

「そうですか。さ、どうぞおあがりになって」

けれど武田はやはりにこりともせず、黙って靴を脱ぎ、それを丁寧に揃えると、妻木に従い客間に入っていった。接するだけで気が塞ぐような陰気な若者だった。ミナはしばらくその後ろ姿を見守っていたが、やがて軽く身震いし、台所の暖簾《のれん》を分けた。


「では僕は、松崎さん設計のお宅の現場監理をすればよろしいんですね」

ミナが、溜池で買ってきた大福と茶を盆に載せて客間に入ろうとすると、小林の不満げな声が襖越しに聞こえてきた。

「すまんが、そうしてくれんか。大きな邸宅というわけではないから、毎日現場に張り付いておらんでも、要所要所で確認してもらえば十分だ。君も建築部の仕事が忙しいだろうから」

妻木が申し訳なさそうに頼んでいる。

「それはまぁ、いいんですが。職人も集めなきゃなりませんね。大迫さんや鎗田さんに頼むわけにゃあいかんしなぁ」

しばし沈黙になった。ミナはそれを潮《しお》に、「お邪魔致します」と断り、そっと襖を開けた。卓の脇に膝を突くと、

「や。大福だ」

と、小林が目敏《めざと》く見付けて声をあげた。

「大審院の現場に、滝沢という大工がいただろう。腕がいいから、彼を回そう」

妻木が言うと、大福の皿に身を乗り出していた小林の口が途端にひしゃげた。

「滝沢って、あの広島の現場にいたとかいう渡り職人ですか？」

「ああ。周防から出てきた男だ」

「いやー、あいつはとんでもない荒くれ者ですよ。大審院の現場でも鎗田さんとしょっちゅうぶつかってたんですから。だいたい地元で仕事がなくて、妻木さんを頼ってこっちに出てきたんでしょ。僕にゃとても手綱《たづな》は握れませんよ」

「しかし腕は間違いなくいいぜ。東京の大工でも、あの若さであれだけできる者はそういない。彼を棟梁《とうりよう》にすれば、張り切って仕事をしてくれるさ」

ふたりが言い合う傍らで、武田という青年は、知らぬ存ぜぬといった冷ややかな面持ちで澄ましている。

「そもそも広島だの山口だの、向こうの連中は言葉も荒くて僕は苦手なんですよ。四六時中喧嘩をふっかけられてるようでね」

小林が口を尖《とが》らすなり、妻木は武田のほうにつと目を遣った。武田が薄い笑みを返す。若者らしくない、達観したような笑顔だ。

「この武田君は、広島の出なんだ。お父上は正真正銘、福山藩上だ。どうだ、粗暴な男に見えるか」

妻木がからかうと、小林はバツが悪そうにうつむいた。当然武田はなにか言うだろう、とミナは待った。「確かに広島辺は言葉がきついですから」でも、「気にせんでください」でも、ともかく場を和らげることを言うはずだと期待したのだ。けれど案に相違して、武田は相変わらず薄い笑みを浮かべているだけだった。代わりにミナが、

「あら、福山ですか。確か鯛味噌が名物だと伺ったことがありますわ。それじゃ、大学入学を機に東京にいらしたんですのね」

と、普段はしない口出しをした。小林を救う目当てだったが、武田は「ええ」と、喉の奥で応えたきり言葉を継がない。

「武田君はこの夏に帝大の造家学科を卒業予定でね、その後は大学院に進む予定なんだ。つい先頃、所帯も持ったばかりで、おめでたいこと続きなんだよ」

妻木がさりげなく場を救った。

「えっ。結婚したんですか？　歳は僕とそう変わらんでしょう？」

「今年二十六になりました」

「はぁ、なんとも順風満帆ですな。現場叩き上げの僕とはえらい違いだ」

小林がうなじを叩く。

「あら、小林さんは心強い右腕だと、妻木は事あるごとに申しているんですよ」

ミナは部屋を出る機を見失ったまま、小林を盛り立てることについ懸命になる。

「その通りだ。おかしいぜ、君がそんなふうに自分を卑下《ひげ》するようなことを言うなんて」

妻木は同調して磊落《らいらく》に笑い、小林は笑みを取り戻してまたうなじを叩いたが、相変わらず武田は表情を変えず、そこにただ座っている。

――誰かに似ている。

そのとき、ふと感じたのだ。

「どうぞ、召し上がってくださいね」

ミナは控えめに言って、そっと退室した。

台所に戻ると、ちょうど学校から帰ってきた頼功と二郎が、

「あ、大福がある」

と、すかさず菓子盆に手を伸ばそうとした。

「こら、手を洗ってからにしてちょうだい」

「へーい」

と、丁稚《でっち》さんのような返事をして子供たちは手水場《ちょうずば》に走っていく。頼功は高等学校、二郎は高等小学校に通っている。手を洗い終えたふたりが、大福にかぶりつく。「お皿にとってちゃんと座って食べなさい」と、小声で叱ると、また「へーい」と返事を放って、菓子盆を抱えて自分たちの部屋に引き上げていった。

夕飯の下ごしらえをはじめたミナは、改めて武田の面差しを目の奥に浮かべる。

――誰に似ているのかしら。

あれこれ思いを巡らすうちに、慣れ親しんだ面差しに突き当たった。

妻木だ。まだ若かった頃、夫はあんなふうに、静かに閉じていたのだ。

見た目の印象はまるで違う。妻木は色黒で、目も大きく爛々《らんらん》と光を湛《たた》えており、体つきも逞《たくま》しい。が、考えの見通せないところが、とてもよく似ている。一緒になった当初は、出した料理が口に合うのか、支度や着替えをどう手伝えば心地よいのか、そうして妻である自分をどう思っているのか、一切感じ取れずにずいぶん長く不安な時期を過ごしたものだった。

毎日着替えを手伝い、朝晩の食事をこしらえる。ただそれはいずれも、妻木ひとりで十全にできることだったのだ。彼は幼い頃から母や姉の手伝いで台所に立ち、ときには内職の針仕事も手伝ってきた。なにしろ一家三人、総出で働き続けなければとても食っていけなかったからね――いつだったか、器用に縫い物をしているのを見付けて驚いたミナに、彼はこそばゆそうに語っていた。

夫がこれほど達者に家事をこなせるとなると、妻としてはかえって気詰まりになる。私がいなくともこの人はひとりで生きていけるのではないか。夫を助けるどころか、自分がただのお荷物になったようで、すっかり自信をなくしていたのだ。

妻木が工部大学校を退学し、アメリカ行きを決めたのはそんな折で、急な決定に動じながらも、ミナは、ああこの人は今の暮らしから、この私から逃げたいのだろう、といっそう思い悩んだものだった。夫の遊学について意見を述べるわけでもなく、ただ深く沈んでいく妻を見て、彼がどう感じたかは知れない。それを慮《おもんぱか》る余裕は、当時のミナにはなかった。

少し歩こう、この町ともしばしの間お別れだからね、と珍しく夫から散歩に誘われたのは、出航の五日ほど前のことだった。

「昔、ここには松平大和守《まつだいらやまとのかみ》の屋敷があってね。門口に見事な松があったんだ」

江戸の町の面影をなぞるようにして、夫は歩を進めた。ミナは彼の指さすほうを忙《せわ》しなく見遣りながら、早足でついていく。

「私もいくらか幼い時分の思い出が残っていますわ。立派な土塀やお屋敷、それから賑《にぎ》やかな町家。瓦の苔《こけ》が、雨上がりにお日様の陽を受けてキラキラしている様子も」

ミナは応え、そっと目を閉じた。

「なんだか、江戸の時分のすべてがお伽噺《とぎばなし》のようですわね」

「うん」

少しだけ砕けた調子で妻木が頷く。しばらく無言で歩を進めた。やがて彼は坂の上で立ち止まり、町並みを見下ろして言ったのだ。

「でもお伽噺にはしない。僕がそうはさせない。江戸の町に息づいていたものを、踏みにじられるばかりじゃあ口惜しいからね」

夫が、いつも閉じていて、哀しい笑顔を見せるばかりの人物ではないらしい、と思えたのは、この散歩の折がはじめてだった。まだまだ彼の扉は完全に開きそうにはないけれど、彼が心の奥に抱いている喪失感のようなものを、長く添ううちに自分にも理解できる日が来るかもしれない、と。

このときミナは、それまで背中だけ見てきた夫が、実はすぐ隣を同じ歩調で歩いていることを知ったような気がしたのだった。

＊

明治三十年も妻木は、静岡、愛知、岐阜、兵庫と忙しく飛び回り、家を空ける日が続いた。各所で葉煙草取扱所の建物を新築するためである。

赤坂に戻れば戻ったでゆっくり休む暇もなく、武田を呼んでは図面を広げ、なにごとかを話し合っている。頻繁に家にやって来るようになっても、武田の硬い面持ちは変わらず、ミナが話しかけたところで目も合わさずに疎《うと》ましげに相槌を打つばかりだった。夫と似ているところもあるから一時は親近感も湧いたが、こうも陰気だととりつく島もないようで、近頃では挨拶だけですぐに退散ということが続いている。

その武田が、珍しく頬を紅潮させて語るのを見たのは、夏も盛りの頃だった。

「僕もそう思います。西洋風の建物ばかりで街が造られていくのは反対だ。これからは西洋の技術を用いつつ、日本の美を表した建築物を増やしていかなければならない。その土地に合った景色というものがあるはずです」

演説会で壇上に立った壮士のごとく、彼は卓を叩かんばかりにして熱弁を振るうのだ。夫はいったいなにを提言したのだろう。あの武田がこれほど興奮するものとはなんだろう——ミナは気になりつつも、お茶を出しただけで部屋を辞した。

「じゃあ、君を正式な助手に推すがいいか？　学業との両立になってしまうが」

妻木の声が襖越しに聞こえる。

「むろんです。僕にとっては大変光栄なことです」

跳ねる声で、武田が応えている。


これから程なくして、妻木の内務技師と大蔵技師の兼任を受けて、両省の技師が集まり、ささやかな交流の会が開かれたらしい。その夜半、妻木は鎗田に抱えられるようにして家に戻った。だいぶ酔っている。

「まぁ、こんなに飲んで。すみません、鎗田さん、ご迷惑をおかけして」

酒といってもこれまでたしなむ程度だったからミナは内心動じ、兎《と》にも角《かく》にも布団を敷いて、鎗田に手伝ってもらい、背広だけ脱がせた妻木をそこに寝かせた。

「本当にお手数をおかけしました。でも、あんなに酔うまで飲むなんて」

茶の間に鎗田を通して茶を出したあと、ミナはひとしきり詫び言を並べた。鎗田は、「なんのなんの」と平素と変わらぬ朗らかな笑みで応え、

「なにも調子に乗って飲み過ぎたわけじゃあないんですよ」

快活に繕《つくろ》うのだ。

「なにしろ妻木さんってぇ人は、人一倍周りに気を遣う方ですからね、芯まで疲れちまうんでしょう。例えば大審院の現場みてぇに大勢の人間を使うときも、ひとりひとりに目配りしてるんでさ。わっちなんぞ近くで見てて、よく気力が持つもんだと感心しているくれぇなもんで。それで酒の回りが早かったんでしょう」

「でも、そういう現場を楽しんでいるんじゃないのかしら。いろんな職人さんに助けられてい

るって、とっても楽しそうに宅では話すんですけれど」

ミナは鎗田の告げた理由に合点がいかず、寝間のほうへと目を遣った。

「うん……まぁ、今日は少し厄介な言い合いもあったかしれねぇな。酒が過ぎたのは、そっちの原因のほうが大きいかな」

君も事務所でも起こしちゃどうだ、官員であることに固執せず個人で仕事を請け負っても成功するんじゃあないか——妻木は同僚たちからそうけしかけられたという。共にドイツに渡った河合浩蔵は今年内務省を退官し、個人で神戸地方裁判所の設計を請け負うことになった。渡辺譲もドイツから帰朝後まもなく野に下り、清水組で設計技師を務めた。同じように妻木も官職を解かれたほうが、建築家として名があがるのではないか、と。

「親切ごかしで、そういう陰険なことを言う奴がいるんですよ」

鎗田が憤然と吐き捨てる。

「陰険……なんですか？」

夫の技量を認めてもらった発言だろうと聞いていたミナは、首を傾げた。

「まぁね。それとわからねぇように言ってるつもりでしょうが、わっちからすりゃ、まったくケツの穴の小さい奴らの小競り合いですよ。技師の間にゃね、ふたつの流派があるんです。ひと言で言やぁイギリス流とドイツ流ですな。臨時建築局の最初の技師長は松崎さんでしたからね、当時はドイツ派が主流だった。そら、松崎さんってのはドイツに長らく住んでましたでしょう。だから、日本語よりドイツ語のほうが達者なくれぇなもんで」

なるほど、それで松崎の言葉遣いはどこかぞんざいに聞こえるのか、とミナはそっと納得する。

「ただね、近頃は工部大学校出の連中が幅を利かせるようになりましてね。奴らコンドルに学んでますからね、イギリス式の建築技術を重んじている。それに、なんですか、同じ学校出で固まるんだねぇ。妻木さんは大学も途中で辞められたでしょ。わっちらと同じ、腕一本で上がってきたところがある。だから毛色も違うんでしょう。そのくせ出世頭ですからね。やっかみも多いんですよ」

先だって、出世を称えたときに妻木が見せた苦い表情を思った。現場を離れなければならないことへの寂しさだとばかり思っていたけれど。

「つまり、主人は、暗に勤めを辞めろと言われてるんでしょうか」

「いやぁ、なんですかねぇ。しかしそこは妻木さんのことですからね、我関せずというふうを装ってますよ。でも建築のことになると案外譲らないからさ、辰野さんあたりにゃ目を付けられてるんじゃないかな」

辰野金吾は、松崎が組織した造家学会の創立委員である。鎗田によれば、大変な野心家であり、気性も激しいという。妻木が請け負った東京府庁舎の設計は、彼がドイツへ渡っている間に辰野へと流れそうになったが、それを妻木が帰朝後に取り戻し、辰野に一切関わらせなかったことで、確執が生じたこともあるらしい。

「内務技師には辰野さんと親しい者も多いですからね。妻木さんの足を引っ張ろうって輩《やから》も、そりゃいますよ」

鎗田の話に、ミナは思わず着物の袂《たもと》を強く摑《つか》んだ。

「酒の席でのね、そういう会話が煩《わずら》わしかったんでしょう。妻木さん、とっとと酔っ払っちまったんですな。まぁいいご判断ですよ。やっかみなんぞ逐一相手にすることもないですが、無視すりゃ角が立ちますから」

「あの……主人は、局内で肩身の狭い思いをしているんでしょうか？」

「いえ。そのご心配には及びません。完璧に仕事もこなしていますし、誰より頼られて重要な役目も任されてる。去年は高等官に叙せられて三級俸、今年はさらに上がって二級俸を下賜《かし》されるくらいですから。ただ、なんですか、建築家ってのは批判が好きなんだねぇ。正面きった喧嘩とは違うんですよ。陰でさ、あいつの造ったあれはダメだ、奴のは今ひとつだ、ってしょっちゅうそんな話をしていますよ。女々しくって見てられませんや」

鎗田は肩をすくめた。竹を割ったような彼の性質からすれば、男の陰口はことさら耐えがたいものに映るのだろう。

「妻木さんはそういうのが嫌いなんですよ。派閥を作るのも嫌、決まった人間でつるむのも嫌。そうすっと世界の見え方が狭くなるからなんだって」

「世界の見え方、ですか」

「そう。視界が狭くなるってさ。局内でどう幅を利かせていくか、そういうことばっかりに囚われちまうでしょう。自分の出世なんぞで右往左往するより、建築家全員で知恵を出し合って、いい街を造り上げなきゃならない時なんだ、ってしょっちゅう言ってますよ」

鎗田は茶で喉を湿らせてから、

「妻木さんは、目指している地点が、他とはだいぶ違うんだねぇ」

遠い目をして、あたかもひとり言のようにつぶやいたのだ。

「出掛けないか、少し」

庭に水をまいていると、声が掛かった。縁側でくつろいでいた妻木が、新聞越しにこちらを見ている。

「どちらへ？」

「なに、すぐそこさ」

栃木の葉煙草取扱所建設の仕事に一段落つけて、東京に戻って二日目のことだった。庭では山茶花《さざんか》が燃えるように咲き、落ち葉を掃く音がそここに立っている。

「着物もそのままでいい。すぐそこだから」

重ねて言われ、ミナは小走りに家に入って、割烹着《かっぽうぎ》を脱いだ。髪を整え、薄く紅を引く。廊下に出ると、すでに妻木はシャツの上に外套を羽織って、玄関口に立っていた。

「私、こんな普段着でよろしいのかしら」

「ああ。ちょいと歩くだけだ」

そう応えたのに、妻木は日枝神社から溜池のほうへと歩を進めるのだ。

「近くじゃございませんの？」

「そんなに歩きはせんさ」

彼は背を向けたまま言い、けれどそれから二十分ほども黙々と歩き続けた。溜池から葵橋《あおいばし》を過ぎ、彦根井伊家の上屋敷の方角へと向かう。遠出するならそれなりの格好をするのに、と夫を恨めしく思う。どこへ行くのか見当もつかないまま仕方なくついていくと、やがて平坦に舗装された、まるで大河のように幅の広い道路に出た。桜田通りだ。

「あの……どちらへ」

言いさして、「あ」と息を呑む。

目の前に途方もなく大きな洋風建築物が現れたのだ。

赤煉瓦《あかれんが》が鈍色《にびいろ》の光を受けて、柔らかく景色に溶け込んでいる。石がアーチ状に積まれて窓をかたどっている。貴婦人のように凜《りん》と美しい佇《たたず》まいなのにどこか親しみやすく、温かみすら感じる建物だった。

「これ……大審院ですのね、昨年完成したという」

建物を呆然と見上げて、ミナはつぶやいた。

「ああ。君にも見せておきたいと思って」

「なんて立派だこと。それに、本当にきれい」

感動を表すのに月並みな語彙《ごい》しか浮かばないことに焦《じ》れつつも、夫が自分の知らないところでこれほどの大仕事を成し遂げたのだと思えば誇らしく、同時に恐ろしくもあった。彼がまた少し遠くに行ってしまったような心細さも覚えた。

「この建物は僕の設計じゃあないんだ。そら、いっとき留学していたドイツの、エンデという建築家の作品だ。ただ、意匠《いしょう》は多少造り替えた。日本ならではの装飾を織り込んでみたくてね」

「日本風の装飾に？」

「ああ。西洋の柱に大瓶束《たいへいづか》なんぞを合わせてみた。天井にも海老《えび》虹梁《こうりょう》のような日本の伝統的な装飾を施《ほどこ》してね。エンデが見たら、さぞ驚くだろうな」

いたずらっぽく妻木は笑う。

「でも、現場の職人はみな賛同してくれたんだ。彼らがいなければ、そんな意匠にすることは叶わなかった。僕は紙の上で図面を引くことしかできないが、彼らはそれを実際に形にしてくれる。本当に素晴らしいよ」

先だって鎗田が漏らした局内での確執のようなものを、今横にいる妻木の表情から感じ取ることはできなかった。彼は濁りのない健やかな笑みを、大審院に向けている。その笑みに、哀しい影は見えない。ただただ、自らの仕事を愛おしみ、楽しんでいる顔だった。

――この人はきっと、自分の役目に救われているのだ。建築家という仕事に。

心の底から安堵《あんど》した。同時に、私がどう支えても、こんな笑顔にさせることはできなかったな、と不甲斐《ふがい》なさも覚える。

「君が以前、言ったことがあったね」

不意に言われて横を見上げると、日に焼けた顔に白い歯を覗かせて、夫がこちらを見詰めていた。

「江戸には、いいところがたくさんあったのに、って。みんなお伽噺のようだって」

「……ええ」

一緒になってしばらく経った頃だ。こんなふうに散歩に出たとき、どんどん変わっていく街並みが寂しく思え、つい口走ったのだ。

「こうして、西欧風の建物が建ってしまうと、江戸の頃はまた遠くに行っちまうような気がするかもしれない。国の機関はどうしても、機能を重んじる向きがあるからね。だが、僕が設計するからには、新たな技術を取り入れながらも、この国の、自分たちの根源を忘れずに引き継いでいくような建物にしたいと思っている。そういう建物がいくつも建つことで、江戸のような、心地いい街並みがきっとできる。子供たちの、またその子供たちの世代まで、誇りになるような街がね」

妻木はそこで、再び大審院に視線を戻した。

「哀しい思いをするのは、もうたくさんだろう？」

え？　と喉元まで出掛かった声を、すんでのところでミナは呑み込んだ。

──私が、哀しそうに見えたのだろうか。江戸に生まれ育った者が抱く喪失感を、夫は私の中にも見ていたのだろうか。

これまでふたりで歩いた道程が、目の前に浮かんでは消えていく。

「いい街にするよ、必ず」

妻木は静かに宣して、大審院に向かって大きく伸びをした。

二

日本勧業銀行法なるものが、昨年明治二十九年に制定された。農工業を守るため、長期の貸し付けを行う仕組みを作るという。

妻木からその話を聞いたとき、武田五一は、世の中えらく変わったものだ、との感慨を禁じ得なかった。ひと昔前であれば、農工業者への国の手厚い保護なぞ考えられなかったが。

「それで近く、勧銀の河島醇《かわしまあつし》総裁にお目に掛かることになった。君も同席してほしい」

妻木から思いがけない申し出があったのは、明治三十年立秋過ぎのことだった。内務省、大蔵省双方で技師を務める彼には、指名の依頼がたびたび舞い込む。しかも、個人の住宅にとどまらず、大規模な施設の注文も珍しくない。このたびは日本勧業銀行の社屋の設計を依頼され、その助手にと武田は声を掛けられていた。

「私で差し支えないようでしたら、お目に掛かりたいです」

ためらわずに返すと、妻木が目尻に皺《しわ》を刻んで、

「君は物怖《ものお》じせんから、いいな」

と、緩やかに顎《あご》を引いたから、返答に詰まった。どちらかといえば気弱で人見知りなほうだと思うが、河島総裁の人物を知らぬでは畏れようもない。緊張というものは、社会的地位云々《うんぬん》ではなく、心底から尊敬しうる人物に相対してこそ、湧き起こるものではないか——しかしこうした議論を展開するたび同級の友人たちから「理屈っぽい」と煙たがられてきたこれまでがあるだけに、武田は口をつぐんだ。

それにしても、一学生である自分を、妻木はなぜこんな大仕事の助手に据える気になったのか。そもそも帝大工科大学卒業以前に、設計助手としてしばらく僕の下で働いてみないか、と妻木から誘われたときも、それまでさしたる面識もなかっただけに武田は大いに怪しんだのだ。

直接理由を問いたかったが、自分の長所を聞かせてくれとせがむのに似てこそばゆく、躊躇《ちゅうちょ》したきり今に至っている。

——辰野さんに付いたほうがいいんじゃないか？　帝大で学んだなら、そうするのが賢明だ。妻木の助手を受けたことが周囲に広まると、学友の幾人かはそう忠告してきた。工科大学で教鞭を執り、コンドルの薫陶《くんとう》を受けた辰野金吾は、今や建築学会の中心的人物で活動の幅も広い。片や妻木は官員で、請け負う仕事も基本、省内の指令に従っている。

——葉煙草の事務所だの横浜築港事業だの、予算こそ莫大に掛けられるが、君、面白い仕事だと思うかい？

これも、口さがない同級生の言葉だった。確かに辰野は、抜きん出た能力者だと武田も認めている。ただ、意見の違う者に対して激高している様を何度か目にしているだけに、敬慕の念を抱けずにいた。

「先方の意向をいかに汲《く》むか、ということも、設計に欠かせん要素だ」

妻木が話を続ける。

「だが、こちらからの提案も、建築家としての意志を示す上で必要だ。河島さんに会う前に、方向性をある程度固めておきたい」

それからは三日にあげず赤坂の妻木邸に通い、設計案を語り合った。互いに感情の起伏が乏しく淡々としているから、会話の呼吸が合うのだろう、話し合いは無駄なく着実に進んでいった。

妻木は、尊敬に値するから緊張もする。一学生である己の無力も痛感する。が、気持ちがどこか昂揚しているらしい。いくら話しても疲れるということが一切ないのは幸いだった。

「はじめに断っておくが、予算は潤沢に掛けられんのじゃ」

応接室のソファに肥《ふと》り肉《じし》の身体を埋《うず》めるなり、河島は言った。薩摩《さつま》の産だと聞いている。藩士の家に育ち、戊辰《ぼしん》戦争では兵士として戦ったらしい。江戸の頃であれば敵味方だな、と幕臣の子である妻木は打ち合わせの段、冗談めかして語っていた。

「なにせ日本勧業銀行法も制定されたばかりでな、どげん効果があるか未知数じゃ。社屋に予算を掛ければ、批難の的になるやもしれんでのう」

五十を超えているせいか、言葉遣いが妙に古くさい。講談に登場する武士のようだと思ったら、つい口元が弛《ゆる》んだ。早速河島に見咎められ、

「銀行家のくせに吝《しわ》いとでも思うたか」

険しい面持ちで睨《にら》まれた。武田はとっさに下を向く。自分の表情や仕草が、意図せず他人を不快にするらしいことを、東京に出てきてから嫌というほど思い知った。どうやら、笑い方が皮肉めいて見えるようなのだ。ただ微笑んだだけなのに、「馬鹿にしとるのか」と詰め寄られたことも一度や二度ではない。ために近頃では、人前で極力笑顔を見せないよう気をつけている。

「銀行家は顧客の財産を預かりますからね。どんな職業より厳しい管理をする才能がなければ務まりませんよ」

黙り込んだ武田に代わって、妻木がさりげなく繕った。

「まことにのう。正直なところ、慎重にならざるを得ないんじゃ」

河島の表情が、魔法にでもかかったように一瞬で和らぐ。

「農家や工場への支援っちゅうこの試みが果たしてうまくいくのか、わしらにかかっとると言うても言い過ぎではない。東京に本店を置いたのち、大阪に支店を作る予定でな。じゃっどん、まずは東京をうまいこといかせんとならん。相応の社屋も建てねばならん。わしも先年まで大蔵省におったじゃろう。誰か、いい建築家はおらんかと元同僚に訊いて、妻木さんの名ぁをもらったゆうわけじゃ。予算をきっちり守ってくれるゆうのも頼もしい」

河島はそこから、昨今の建築家がいかに予算や納期を守らないか、自己主張ばかり激しくて扱いづらいか、綿々と愚痴を垂れ流したのだった。裏表ない男なのだろうが、これではまるで、妻木が予算や納期を守り、施主の言いなりになるから選んだのだ、と言わんばかりではないか。

武田は、そっと妻木を窺う。いつものように穏やかに微笑んでいるだけで、なにを感じているのか、見透かすことはできない。武田は、笑顔を仕舞うことで他者との間に防壁を作っている。だとすれば妻木は、このしなやかな笑みによって己を守っているのかもしれない。

「日本勧業銀行の社屋にふさわしいと、現段階で私が考えておりますのは」

河島がひとしきり鬱憤《うっぷん》を晴らしたところで、妻木はおもむろに切り出した。

「荘厳な寺院のような日本式の建物でございます」

武田は喉を鳴らした。あまりに単刀直入な話の持っていき方だったからだ。

事前の設計打ち合わせで、社屋は和風で行く、と定めたのは妻木だった。想像すらしなかった方向性だが、武田は画期的なその発想にたちまち魅入られた。しかし昨今、東京では次々と洋風建造物が誕生している。煉瓦造り、アーチ形の窓に張り出したバルコニー、華美な装飾の施された柱頭――これまでの風景にはなかった建物が、この街を覆いはじめているのである。

「和風か。いや……わしゃてっきり、洋式の建物になると思うとったが。兜町の第一銀行なんぞも、洋式じゃろう」

河島は、明らかに困惑顔である。

「なにも、銀行すべてが洋風建築でなければならぬ、という道理はございません」

「それはそうじゃが……。立地の面でもどうかのう。なにせ麴町区の内山下町は、日比谷公園に面しとる。周辺は洋風建築ばかりじゃ。すぐ側《そば》には鹿鳴館もある」

「もちろん、景観も含め、すべて把握した上でのご提案でございます。私は説明が達者ではございませんので、先に叩き台を作ってまいりました。まずはそれをご覧いただきたい」

「叩き台？　まだわしはなんの注文も出しとらんぞ」

慌てる河島に構わず、妻木は武田を目で促した。武田はすぐさま筒型の入れ物から図面を取り出し、机上に広げる。

「いやぁ、今見せられてものう」

河島はためらいを前面に出し、眉間《みけん》に深い皺を刻んだ。武田も内心、思いがけない妻木の強引さに肝を冷やしている。

「別段これで行く、という話でもございません。ただ、図面があったほうが、要望など出しやすかろうと考えたまでのことですので」

妻木はあくまでも軽やかに、しかし至って一方的に説明をはじめたのだった。

「社屋の軀体《くたい》は木造二階建てとし、コの字形に配置します。中央に車寄せを抱いた玄関、両脇の建物が行員の仕事場となります。外壁は真壁《しんかべ》にして二階部分は漆喰《しっくい》塗り、それによって外壁表面に出ている等間隔に配された柱が際立つ意匠です」

「真壁というのは、なんじゃ？」

「柱を壁面で覆うことなく、外壁の表面に柱を出し、表情をつけたものにございます」

河島は図面を覗き込み、

「なるほど……これは、まさに寺院そのものじゃのう」

いっそう眉根を寄せた。武田は胸裡《きょうり》で落胆する。

——やはり、麴町区に日本様式で銀行を建てる、というのは無謀だったか。

しかし妻木は眉ひとつ動かさず、話を続けるのだ。

「寺院のような伝統工法に見えるかもしれませんが、この建物は煉瓦を用いております。基礎を煉瓦で造成し、一階部分の木の外壁と調和させます。さらに二階壁部分の漆喰へと繋げていく。洋の東西のよいところを選《よ》りすぐった、画期的な工法です。総煉瓦造りの建物は、東京中あちらこちらに建っておりますが、煉瓦を用いながら、洋風建築に囚われていない建造物は未《いま》だございません」

妻木はそこで一旦言葉を切ってから、河島のほうへ身を乗り出した。

「これだけ洋風建築が建ってしまった中で、わざわざ他と似た社屋を造るでは惜しい気がいたしますが」

河島は幾分身を引いて、

「それは……そうじゃが」

と、声を裏返した。

「この建物が、日比谷公園の真向かいに建てば、多くの目を引くことになりましょう。なにか新しいことがはじまった、と耳目を集めるのは必至です」

畳み掛けてから、妻木はつと武田に目を向けた。

「この武田君が、内装の意匠を考えてくれます。ご提示した方向で、一度、詳細な図面をあげさせていただけませんか。それをご覧になってからのご判断でも遅くはございませんから」

河島が再び武田を見遣る。こんな若造に意匠を任すのか、とその目が語っている。武田はどう応えたものかわからず、射るような河島の視線も痛く、再びうつむくよりなかった。

「詳細な図面とやらを見ることは構わんが、それで決めるとは限らんぞ」

「ええ。無論です。じっくり吟味していただいたほうが、私どももありがたく存じます」

胸を反らして、妻木ははっきりと宣した。


武田は近頃所帯を持ったが、未だ下宿住まいである。進路を大学院に決めたため、当面の間は実家からの仕送りでやりくりしなければ立ちゆかない。それだけに妻木からの依頼は、小躍りするほどありがたかったのだ。

――しかし……。

二間に台所がついているだけの自宅の、奥に据えた書斎に武田はごろりと寝転んだ。

——僕の設計案が本当に通るんだろうか。

河島の渋面を思い起こす。建築の方向性からして、明らかに合点がいかぬ様子であった。設計図をあげたところでおそらくは退けられ、一から仕切り直しになるのではないか。となれば、作業に掛けた労力も時間もすべてが無駄になる。

「あら、帰ってらしたんですか」

買い物籠をさげた妻のやすが、土間から顔を覗かせた。常より滅多に笑顔は見せず、早口で物を言う。機嫌が悪いわけではなく、さばけた性分の女なのだ。夫にべったり寄りかかることもないため、新婚らしい甘ったるさの付け入る隙もない暮らしだが、お茶の水女学校出の賢さと、自立心旺盛な精神に、武田は惚れ込んだのだった。

「これから図面を引かにゃならんのだが」

寝そべったまま、武田は天井に向けてつぶやいた。

「お嫌なんですか？」

やすの会話は、たいがいひどく性急で直截《ちょくせつ》である。相手の気持ちを慮る優しさよりも、一刻も早く結論に辿り着きたいという本音が透けて見える。

「嫌ってことはない。はじめて来た大仕事だから。ただ、先方が納得してくれるか……」

「納得してくれなかったら、どうなるんです？」

「いや、まぁやり直しということになるかな。そうなると、せっかく引いた図面がまったく無駄になっちまうんだ」

答えを聞くや、やすは天井を睨んだ。顎を上げ、ついでに下唇まで突き出したその姿は、傍《はた》目《め》にもあまり見られたものではない。

「あなたが今、設計をためらっているのには、ふたつの原因があるように感じます。ひとつは、掛けた労力が無に帰すのはもったいない、という吝嗇《りんしょく》な心。もうひとつは、頑張って仕上げた図面が採用されなかったときに傷つくのが怖い、という臆病な心。どちらか一方なのか、またはどちらもあるもののどちらかが勝っているのか、もしくは両方が同じくらいの分量であるのか、私にはわかりかねますが」

身も蓋《ふた》もない言いようである。怒りたかったが、的を射ているためぐうの音も出ない。

「ですが、そのふたつの無駄は、人生において珍しくもないことです。私のような家にいるだけの者であっても、家事が報われないことはままあります。手間暇掛けて作った食事があなたの口に合わなかった、洗濯物を干して一時間も経たないうちに急な雨が降り出した、そんな具合です」

「別に君の料理が口に合わんことはないよ」

なぜ自分が弁解じみたことを言わねばならんのだ、と訝《いぶか》りながらもやむなく武田は取りなす。やすはしかし取り合うことなく、

「ともかく、仮に図面が受け入れられなくとも、それは別段珍しいことでもなんでもない、日常的に誰にでも頻繁に起こっていることだ、と私はそう申し上げたいのです」

言うだけ言うと、さっさと台所に入ってしまった。座敷に取り残された武田は、なにを言い返すこともできないまま、むくりと起き上がる。のろのろと鞄を引き寄せ、中から書類を取り出した。書棚から書物も抜いて、文机《ふづくえ》の上に置く。ぐるりと首を回し、指の関節を鳴らしてか

ら書物を広げる。

ややあって、やすが台所からひょっと顔を出し、こちらの様子を窺ったのが目の端に映ったが、彼は気付かぬ振りで机に齧《かじ》り付いた。

＊

外壁の仕様を決めたのちすぐに、妻木は屋根の意匠に取りかかっていた。

「勧業銀行の二箇所の妻壁を、入母屋破風《いりもやはふ》に設《しつら》えるのはどうだろう」

屋根の妻側、つまり傾斜のある平側ではなく両脇にあたる三角形の部分に張り出した破風の様式を、彼は先に決めていた。破風というこの張り出しがあるおかげで、軀体を雨風から守ることができ、また古く寺院などでは、ここに笈形《おいがた》や懸魚《げぎょ》といった装飾を施すことによって、建物に華やかな個性を演出する役目も担っている。中でも入母屋破風は、城郭などによく用いられる形で、上部二方向へ勾配《こうばい》をつけた屋根の下部に、四方に傾斜させた屋根を持ってきて組み合わせる二層構造からなる造りだった。

「なるほど、入母屋であれば高尚な雰囲気も出ますし、勧銀はコの字形の社屋ですから、両脇の入母屋破風を正面から望むことができるだけに映えますな」

武田は激しく頷きつつ、取り出した帳面にその意匠を写し取る。

「ああ。妻面には狐格子《きつねごうし》も設けて、飾りもつける。懸魚にしようかと考えているんだ。だいぶ豪華だろう」

さらに妻木は、正面玄関の上に唐破風《からはふ》を用いると言った。唐破風の上部には、千鳥破風《ちどりはふ》を据える。これも、姫路城はじめ主に城郭に用いられてきた手法で、屋根の長辺側の傾斜部分から突き出すように三角屋根を設える格好だ。入母屋破風と一見似ているが、入母屋破風が本体屋根の傾斜に沿った隅棟《すみむね》と一体化しているのに対し、千鳥破風は隅棟とは交わることなく屋根の平側にそのまま載せたような格好である。千鳥破風の破風板にも飾り金具をつけ、大判の瓦と鬼瓦を使う――。

「屋根も破風と同じ瓦を使うとなると、やはり大瓦ですか」

図面を精査しつつ、武田は訊いた。

「いや。すべて大瓦にするとかなりの重量になるから、軀体への負担が大きくなる。予算も出てしまうかもしれん。破風より他の部分は、スレート葺《ぶ》きにしようかと考えている」

武田は首をひねった。薄い瓦を重ね合わせて屋根を覆うスレート葺きは、洋風建築の手法なのである。

「和風の破風と、うまく合うでしょうか……」

「なに、色味を合わせれば違和感なく収まるさ。鎗田さんが、ドイツでともに学んだ瓦職と懇意にしているから、作ってもらえるか訊いてみる。それと、屋根窓もいくつかつけるつもりだ」

「屋根窓……煙抜きの役目をする小さな窓ですか。確かに、そうすればスレート葺きに目は行きませんが」

「その上、格式も保てるだろう。この建物は基礎に煉瓦を使った和風建築だ。屋根も含めて新しい和洋折衷《せっちゅう》の形だと思えば、おかしなこともなかろう。外観で、しかとこの銀行の印象を語らせる。そうして、一歩踏み入ったところで、この銀行の役割をはっきり体感させる。つまりは客溜まりだ。その意匠が要《かなめ》になる」

武田はまだ内装についての具体案を決めかねている。肩に載った重石《おもし》が、いっそう重みを増した。

「あの、河島さんはその後、なにか注文などおっしゃいましたか?」

「いや。あれ以来話していないが」

妻木は訝しげに答えてのち、笑みを漏らした。

「河島さんの言ったことを必要以上に気にすることはないよ。彼が心底望んでいることは、必ずしも先だって彼が言葉にしたことと同じとは限らないからな。どんな施主も、自分の本当の希求に気付いていないことがままある。だから僕ら建築家は、施主の注文の、もっと奥深くを見ていかないと道を間違うんだ」

武田は合点がいかなかった。河島が洋風建築を望んでいるのは明白だ。内心ではまったく異なる建物を望み、それを当人が気付いておらぬ、ということなぞあろうとは思えなかった。

「むろん、建築家が自己顕示欲のために、他者の使う空間を利用するのは論外だが、施主の注文通りに建物を造れば正解か、というとまた違うんだ」

妻木はみなまで語らぬうちに、話題の舵《かじ》を予算へと切った。今回の見積もりは、沼尻政太郎に頼むという。ここ数年妻木は、大事な仕事を主に四人の技師に任せている。大工の大迫直助と鎗田作造、建築を学んだ小林金平と、同じく建築学に通じ予算管理に秀でた沼尻。

――沼尻さんが出てくるということはつまり、妻木さんはこの仕事に力を入れているということだ。

そうと思えば、緊張で総身がこわばった。それを見て、妻木がひょっと肩をすくめる。

「そう硬くなることもない。君の意匠、ことに内装は素晴らしいからね。僕はね、君の卒業設計図を拝見して、大変感銘を受けたんだ」

武田は「あっ」と小さく漏らした。

――それで、助手にと声を掛けてくれたのか。

どんな経緯《いきさつ》かわからないが、工科大学の卒業制作を見てくれたのだ。途端に羞恥心《しゅうちしん》が湧き出した。音楽学校を想定した設計なのだが、今、見返すと、至らないところが多々目につくのである。仕上げたときは満足いくものだったはずが、コンサートホールまで備えているのにこぢんまりとまとまり過ぎたかもしれない、もっと装飾に凝ればよかったかもしれない、なぞと、後悔ばかりが先に立つ。あとからこんなにいい案が浮かぶのなら、どうして先に思いつかなかったのか、と自分に苛立《いらだ》ちもする。

「組積造《そせきぞう》の音楽学校だったね。屋根の切妻《きりづま》の処理も素晴らしかったし、洋風建築でありながら、内装が簡素な点も気に入った。欧州の建築を学んで様々な装飾を覚えたばかりの身で、なかなかあそこまで削《そ》ぎ落とせないよ。勧業銀行の内装意匠も、僕は君にしかできないと信じている」

過褒《かほう》だ、と言いたかったが、無駄に卑下しても詮方ないから素直に頭を下げた。

「不慣れなことばかりですが、よろしくご指導をお願いします」

すると妻木は笑みを仕舞い、至極《しごく》、静かな眼差しをこちらに向けた。

「現場を数踏んでいればいいというものじゃあない。むしろ、慣れちゃあ駄目なんだ」

「慣れてはいかん？　仕事に、ですか」

妙な言い条である。仕事を重ね、慣れていくことで、知識も技も身についていくのではないか。

「いくら場数を踏んだとしても、同じ建物はひとつもないだろう？　工法も違えば、使う材も違う。それに周りの環境から日の当たり方、地盤だって違う。だから現場に入るときは、常にはじめての仕事をするという気構えが大事になる。いかに今までの蓄積があっても、他の現場でこうだったから、と安易に判断するのは建築家としてもっとも下等なやり方だからな」

最後のほうは、妻木らしからぬ厳しい口調だった。

「現場でも、大きなしくじりをするのは、慣れて小手先だけでやってる職人なんだ。もう何度も経て来た工法だからと、考えずに手だけで仕事をしてしまうんだね。挙げ句寸法や仕様を間違える。早い段階で瑕疵《かし》が見付けられればいいが、だいぶ出来上がってからだとさかのぼってやり直さなきゃならん。そういう無駄を省いて、よりよいものにすることに僕は集中したいと思ってる」


――客溜まりを、どう造るか。

武田は妻木の家を辞してからこっち、その思案にくれている。

純和風の建物であっても、中で行われるのは銀行業務だ。機能面を重視するためには、そこだけ洋式にしたほうがいいか――。

少しでも発想に繫がる手がかりを得ようと、仮社屋で業務を行っている日本勧業銀行に足を運び、仕事の流れを見せてもらった。他の銀行も片っ端から偵察に回った。

洋風建築の社屋はいずれも、玄関をくぐるや広々とした客溜まりがあり、その奥にカウンターが設えられている。木製の仕切りにアーチ状の窓口、西洋風の飾り格子もはめられている。床は板張り、天井はドームのようなアール。天井高もあるせいか、開放的だ。

しかしこれと似たようなものを造っては、外観と不調和になる。かといって、機能的かつ日本様式に見合う窓口案はなかなか浮かばない。武田はこめかみを強く揉んだ。

――大学の課題で図面を引くときは、楽しさしかなかったが。

建築を学ぶようになってからはじめて抱えた苦悩だった。課題は、依頼を受けての設計ではないし、実際に建つわけでもないから、「作品」として自由に描けばよかったのだ。極端な言い方をすれば、空想の産物である。

しかし今回は、図面が通れば現実に形となる。いずれ、その建物を人々が使っていく。そうして何年も遺っていく。けっして下手は打てぬと思えば、頭も身体もますます縮こまるようだった。

夜は満足に眠れず、食欲も失せていった。おかげで、ひと月も経つと頰やまぶたの辺りがすっかり落ち窪んだ。

「まぁ。こんなに残して。せっかく初物のサンマでしたのに」

やすは、武田の身体を案じるよりも、サンマに申し訳が立たぬとでも言わんばかりに口を尖らせる。夫が悩み、根を詰めていることには気付いているのだろうが、いたわりもしない。あえてしないのだろう。妻のそうした毅然《きぜん》とした態度に接するたび、武田は先だっての、「無駄を恐れるな」という彼女の言葉を思う。妻が見せる厳しさは、なにもせぬうちからしくじることを想定しがちな武田の癖を、それこそ無駄だと訴えているのかもしれない。

書斎に籠《こ》もっていても重圧に押し潰されるばかりだったから、その日は早々に机の前を離れて、当てもなく本郷《ほんごう》辺をぶらついた。古書店を覗き、商店を冷やかし、初冬の風に押されて気まぐれに歩を進める。この辺りはやけに坂が多い。適当に上ったり下ったりするうちに、いつしか湯島天神《ゆしまてんじん》の前へ辿り着いていた。

いつもは素通りするところだが、ふと男坂を登ってみる気になった。夕暮れ時のせいか、境内に人影はない。社《やしろ》の前で手を合わせるも、神頼みなぞ柄にもない、と気恥ずかしくなって踵《きびす》を返した。御守りや魔除《まよ》けを売る社務所が見える。やすになにか買っていくか、とふと気が向いたが、妻もまた神仏にすがる質《たち》ではないことを思い出し、そそくさと社務所の前を過ぎる。御守りを並べた出窓の奥に巫女《みこ》が座って、ぼんやりと空を眺めていた。今度は女坂を下って、不忍通《しのばずどお》りの方角へとそぞろ歩く。

そのときだった。急に閃光《せんこう》でも浴びたように視界が真っ白になり、その向こうに突如鮮やかな像が結ばれたのだ。武田は目を凝らして像を見詰める。

「……そうかっ！」

うめくと同時に素早く身体をひねって、今来た道を早足で戻った。湯島天神の石段を駆け上がり、今一度社務所の前に立つ。さげていた鞄から小さな帳面を取り出し、その全体像を素早く写し取っていく。

窓からは、先刻の巫女が怪訝《けげん》そうにこちらを見詰めていた。

「公衆廊下？」

妻木の邸を訪ね、仕上がった内装設計図を手渡すと、彼は図面にぐいと突き出した顎を揉みながら訊いた。先客に、小林金平の姿があったが、日本勧業銀行の内装案を持ってきたと聞くや、

「僕も一緒に見せてもらおう」

と、彼はこちらの諒承《りょうしょう》も得ずに勝手に決めて、その場に居座ったのだ。

「この公衆廊下が、各銀行で造られている客溜まりと同様の役目を担います」

武田は説明をはじめる。

「中央玄関を入ってすぐの場所から下屋《したや》風の広い廊下が続きます。町家で言えば、通り土間といったところです。その廊下に沿って、窓口を造ります。壁を隔てた向こうが事務所となります。このカウンターの仕様は、神社にある御守り頒布所に似た造りにする予定です。廊下に沿って、腰高の出窓が張り出していて、それがカウンターの役割をしていると言えばいいでしょうか」

窓口は、銀行の西洋風カウンターより開口部を広くとった。公衆廊下には外の景色を眺められるよう、大きな窓を設えてある。和風の意匠ではあるが、陰影を排しているから、入店した客は明るい印象を持つはずだった。

「なるほど、細長い客溜まりというわけか」

「ええ。ホール様に造るより客が分散するはずです。混雑も緩和できますし、建物のコの字形の形状もうまく活かせるか、と」

「こいつぁうまいこと考えたなぁー」

と、手を打ったのは、それまで黙って聞いていた小林だった。

「これはね、通り土間というより、廻廊《かいろう》ですよ。寺院にある廻廊。これだけ幅が広いんだもの。ここを訪れたお客は退屈せんでしょうな。客溜まりみたく同じ景色を見ながら待つわけじゃあない。廻廊をゆったり歩き回って、自分の順番が来るのを待てるってことですよ。僕はね、以前、京の嵯峨野《さがの》にある天龍寺《てんりゅうじ》に行ったことがあるんですが、あすこは廻廊を歩いているだけで、そりゃもう天にも昇る心持ちになりますよ」

相変わらず、よく口の回る男である。

「そりゃあ君、ああいう寺院は庭が見所だからなぁ」

妻木が笑いを堪《こら》えつつそれを受けている。

「日本勧業銀行の辺りだって、なかなかの景観ですよ。なにしろ外には日比谷公園が広がっていますからね。それに名だたる西洋館が軒を連ねている。絶景じゃないですか」

子供のように頬を膨らます小林に、妻木は「確かに」と小さく顎を引いた。

「銀行を訪れる客は当然金のやりとりの用事があるわけだ。ことに勧業銀行は、農業主や工場主がほとんどだろうから、経営面での深刻な話をしにくる者も多いだろう。彼らの気持ちを和らげる役目も果たせそうだな」

意匠案が受け入れられたらしいことに安堵するよりも、武田は妻木の思考の幅に動じていた。

——施主だけでなく、ここを使う、客の心情まで汲まんとならんのか。

武田は、銀行側の作業効率と客の動線、機能性については煎じ詰めたが、ここを利用する客の心持ちまでは思考の内にはなかったのである。

「この案で進めよう。ただ、今のままでは少し質素過ぎるかもしれん。銀行という安定して確かな仕事をする機関だということは十二分に感じられるから、柱や天井に華美にならん程度に装飾を施して、空間に少し表情を持たせたほうがいいかもしれない」

指示をはじめた妻木の言葉を、武田は急ぎ帳面に書き留める。

「日本の建築というのは、用途のはっきり定まらない『遊びの空間』がよくあるだろう。いわゆる間《ま》というやつだ。万事きっちり決め込み過ぎないことは、空間を豊かにするからね」

「遊び、ですか」

武田はつぶやき、図面に目を落とす。余計なものを一切排した内装だけに、なにを付け足しても野暮になるような気がする。

「悩むことじゃないよ」

横から小林が口を出した。

「日本古来の外観に、廻廊のような客溜まり、社務所を思わせるカウンターとくりゃ、なにを加えればいいか、答えは見えているようなもんさ」

「やっ、言わないでくださいっ」

自分でも驚くほどの大きな声が出た。小林はよほど驚いたのだろう、言葉と一緒に息を吸い込んだ拍子にむせ、盛大に咳き込んだ。

「あ、あの、すみません。自分で考えたかったものですから」

慌ててとりなすと、妻木が身体をくの字に折って笑いはじめた。これまで柔らかく微笑む彼しか見たことがなかっただけに、声をあげて笑う姿は至極新鮮に感じられた。

「君はすでに、建築家としての大事な資質を持っているんだな」


話が済んだのは夕飯前で、すでに用を済ませていた小林と連れだって妻木の邸を辞した。

「だいぶ冷えてきたなぁ。今年は冬が早く来そうだ」

小林は背広の前を掻き合わせ、ブルッと大きく震えた。

「あの……先程はすみませんでした。せっかくご指導いただいていたのに」

いかにも青臭い自分の行いに、恥ずかしさと申し訳なさがぶり返してきた。小林は、なんのことだ、というふうに首をひねって見せてから、「ああ」と軽妙な笑みを浮かべた。

「なんの、なんの。謝らにゃならんのはこっちだ。君の構想に水を差すようなことをしてすまなかった」

「いえ。こちらこそ。ムキになってしまって」

小林はそれを受け流し、茜色の空を仰いだ。

「君はきっと、妻木さんに必要な人材になるよ。それから、君にとっても妻木さんは大きな存在になるだろう」

「大きな存在どころか、雲の上にいるような方ですから」

「今は技術的な面でも経験の上でもそうだろう。でも僕が言ったのはそういうことじゃなくてさ、君に足りないものを補ってくれる存在になるという意味さ」

「足りないもの、ですか」

小林と会うのは、これが二度目である。前回も短時間、顔を合わせた程度だ。設計についての話もほとんどしたことがない。

「君、さっき妻木さんに、勧業銀行を利用する客のことを言われて、ギョッとしたろう。深刻な話をしにくる客が和むだろう、って言われてさ。君はきっと、そこまでは考えていなかった」

図星を指されて息を呑んだ。

「妻木さんってのは不思議な人でね、まだ起工もしていない建物だってのに、竣工後に人が利用しはじめた様子まですでに見えているようなことをよく言うんだよ。先を見透かす神通力でもあるんじゃないかと、怪しんだことが幾度もあるさ」

小林はそうおどけてから、少しく面《おもて》を引き締めた。

「まぁ、身構えずに大船に乗ったつもりでやればいい。君の抜擢《ばってき》にはきっと理由があるんだ。妻木さんは、いずれ果たしたいと願っている大仕事を共に担ってくれる人材を、今から探しているんじゃないかな」

「妻木さんは、なにか、目指されている建物があるんでしょうか」

「議院さ」

あっさりと小林は明言した。

「あ、でもこいつぁ僕の推量でしかないから、妻木さんには言わんでくれよ。広島に仮議院を造ったろう。あの無理難題を請け負ったのも、議院本建築への足掛かりになると信じたからだと思うんだ。建築家であれば、国家の中心となる建物を手掛けたいと考えるのは、自然なことだしね」

「しかし、すでに議院は建っております」

「いや、仮で建てたものが焼けて、また突貫工事で建て直したのが今の議院さ。時機が来たら、きっと本建築で造るだろう」

妻木が野に下ることなく、官員であり続ける理由がうっすら見えた気がした。議院建設に関わる上で、少しでも有利な立場を築くのが目当てではないか。

「あの人はああ見えて、とことんまで追究したい人だからね。いざとなったら外聞なんざ気にせずに取りに行くと思うよ」

小林はそれから、先頃まで共に仕事をしていたという松崎のことに触れた。あれほど洋風建築の技法や、ドイツをはじめとする欧州の建築家について詳しい人間は他にいないだろう、と感心した上で、

「ただされ、その知識が現場では生きないんだ。ずっと机上だけでやってきたからだろう。すべて誰かの焼き直しのような具合で、松崎さんならではの発想が見えない」

と、小林らしからぬ辛辣《しんらつ》な意見を並べるのだ。

「以前はあんなに堂々として自信ありげな人だったのに、現場で大工になにか訊かれても即答できない。となれば、職人たちも次第に松崎さんを軽んじるようになる。僕も監理者として入

っていたんだが、職人をまとめるのが一苦労さ」

血色の夕日が、赤坂の街並みをひと色に染めている。

「机の上で図面を引くだけなら誰でもできる。でも図面通りにすべてが運ぶとは限らない。現場に入ってから噴出する無数の選択を、どう収めていくかが肝心になる。だから今回のように現場を踏む機会に恵まれたなら、臆せず挑んだほうがいいと僕は思うよ」

小林は笑みを向け、武田の肩を軽く叩いた。


公衆廊下の梁間《はりま》には、蟇股《かえるまた》や虹梁《こうりよう》といった日本の伝統的な装飾を施す。窓側の壁面には、客が座って待てるよう長椅子を造り付ける。その辺りまで具体化してくると、武田にも、ここを使う人々の姿が瞭然と浮かぶようになった。

「ご名答だ。神社といえば、蟇股や虹梁だからな。これで客溜まりの彩りが増すよ。それに場にうまくなじむだろう」

満足げに妻木は目を細め、武田が身を削る思いで考え続けた内装案がようよう定まった。これをもとに、予算も含めて細かな箇所まで詰めた設計図を妻木が作り、河島に確認を請うところまで漕ぎ着けたのである。妻木とふたりで席に臨むとはいえ、さすがにその段には武者震いが起こった。

机の上に広げた平面図を舐めるように見詰める河島に、武田は再々つかえながらも、公衆廊下をはじめとする内装の説明を施していく。冷や汗が出て、おのずと顔が上気する。しかし相手は冷ややかな表情のまま図面から目を上げず、相槌を打つことすらしない。動揺でますます舌がもつれる。

そのとき不意に、大判の紙が机の上に広げられたのだ。驚いて傍らを見遣ると、妻木がまっすぐ河島に告げるところであった。

「平面図とあわせて、こちらを見ていただくとよろしいかもしれません」

紙には、社屋の内観立体図が描かれていた。まるで実在の建造物を写生したように鮮やかで、ここを利用する客や行員たちの姿まで描き込まれている。模型を作りながら細かな部分まで構築してきた武田でさえ、こんな景色になるのか、とうっかり声に出しそうになるほど精巧なものだった。

「これは……」

河島もうめいたきり、立体図に釘付けになっている。

「外観の図もこちらにございます。周りの西洋館と比べても、けっして見劣りはせんでしょう。むしろ、この国に根付いた力強さ、美しさが際立つはずです。日本を一等国にすべく働く人々を支える銀行に、ふさわしい建物だと思いますが」

妻木が間髪を容れずに言うや、河島の頬が紅潮していった。

——どう判ずるか。

武田の身が極限までこわばる。

河島は椅子の背もたれに総身を預け、深く呼吸をしたのち、やにわに両腕を広げた。なにがはじまるのかと見詰めていると、唐突に両の手の平を勢いよく叩き合わせたから、武田の喉はひきつけを起こした。

「完敗じゃ。ここまでのものを仕上げられては、なにも言えん」

言うや、喉の奥まで見せて、気持ちよさげに笑ったのである。

「実は先だって叩き台を見せられたときには、まるでしっくり来んかったんじゃ。じゃって、今日は一応仕上がった図を見た上で、やはり洋風建築にしてくれと、改めて注文しようと決めとったんじゃ」

そう打ち明けられて、武田は血の気が引いた。

「じゃっどん、この絵を見て、妻木さんがなにをしたいか、はっきりわかりもした。つまりは、安心を与えたいんじゃな。ここを利用する客に、この銀行は大丈夫じゃと、建物で訴えたいっちゅうことなんじゃろう?」

え? と武田は声が出そうになった。妻木はなにも言わない。ただ、瞑目《めいもく》してから静かに頷いた。

「わしらの銀行は、借り物の拵《こしら》えではない。この土地に根付き、歴史を背負うている。そうして、この日本っちゅう国を盛り立てる労働力をしかと支える――そういう絶対的な安心感を、建物を通して表したいっちゅうことじゃな」

「ご理解いただけて、光栄です」

武田は呆然と妻木を見遣った。そうか、それで最初に日本式の建物で行くと決めたのか。てっきり古社寺保存会の影響で懐古主義に転じ、この銀行でそれを具現化せんと考えたのだろうとばかり思っていたが。

「誰しも、知らず識《し》らずのうちに故郷《くに》の風景が胸に焼き付いておるものです。ですから似た景色に出会えると、親しみと安心を得られるのでしょう」

妻木は言葉少なに述懐し、「わかっていただけてよかった」と、しみじみと繰り返した。

——妻木さんは、なぜその主眼を、最初に提示してくれなかったのだろう。

武田は不審を覚える。あらかじめ骨子を言ってもらえれば、作業もより速やかだったろう。不安に苛《さいな》まれながら、食欲がなくなるほど悩むこともなく済んだはずだ。

河島はすっかり満悦で、沼尻の試算した見積もりにも目を通し、

「予算も超過しておらんし、万事過不足ない」

と、意外なほどすんなりと設計案を承諾した。

「ありがとうございます。必ず、よいものに致します」

妻木は殊勝《しゅしょう》に頭を下げ、武田を見遣って、

「よかったな」

と、それがさも武田の功績であるかのように目尻を下げた。しかし武田は、引きつった笑みを作ることしかできなかった。設計においてもっとも肝要な軸から、ひとり遠ざけられた疎外感だけが、手の内に残った。

＊

日本勧業銀行は、その翌年起工となり、順調に工程を消化していった。日本古来の工法に精通した大工は多い。久方ぶりに腕を振るえるとあって、名工たちが嬉々として工事に参加した

ことも功を奏した。

しかし、建物の全貌が露《あら》わになるにつれ、建築家たちの間で批難めいた声があがりはじめたのである。

「鹿鳴館や帝国ホテルが並んでいる地区に、なにもあんな日本式の建造物を造ることもあるまい」

「てっきり、どこかの寺が移転してきたんだと思いましたよ」

「まったく古臭い。今時あんな建物をわざわざ造ろうってのは、どういう考えだろう。なにかの間違いじゃあないのかね」

批判の声は次第に大きくなり、あからさまな嘲笑《ちょうしょう》へと変じていく。武田は東京帝国大学大学院に身を置いているから、いっそう耳に入りやすいのかもしれないが、自分の関わった建物が、あたかも「時代錯誤の建築」同然に扱われていく様に、生きた心地もしなかった。

明治三十二年に入り、あと半年もすれば竣工に至ろう、という頃には、麴町区の景観をぶち壊した日本勧業銀行と、それを設計した妻木頼黄に対する批難は建築界の隅々まで行き渡ってしまった。

大学院の同輩たちは面白がって、現場監理者の武田に、設計の経緯を訊きにくる。逐一反駁《はんばく》するのも疎ましく、また、妻木の素晴らしさをうまく表す語彙も持ち合わせず、意地の悪い好奇を剝《む》き出しにした彼らから逃げるより術がなかった。

しかしそんな世評は我関せずとばかりに、妻木は竣工まで少しも手を抜くことなく日本勧業銀行の現場に立ち続けたのだ。

幸いこの仕事は、建築家としての彼の評価を失墜させるには至らなかった。

この年の四月末、妻木は、国が組織した議院建築調査会委員に選出されたのである。

ついに念願の議院建築を担うのか――武田は久方ぶりの明るい話題に、目の前の靄《もや》が晴れていくような気がしたが、設計者として本決まりになったわけではなく、今後、調査会委員に名を連ねた数名の建築家による議院設計提案を経て、最終的にひとりの建築家に絞られるのだという。それでもめでたいことには変わりないと、勧業銀行の工事がひと段落ついた八月、武田は妻木の邸を訪ねるために大学の門を出た。

と、通り向こうから数人を従えた背広姿の男が、校門へと向かってくるのが目に入った。学長の辰野金吾である。

武田は道の脇に寄って足を止め、彼らが通り過ぎるまで深く頭を下げる。

「君、確か、武田君だったな」

不意に頭上に声が降ってきたのはそのときだ。いつもは軽い会釈だけで通り過ぎる辰野が、この日に限って足を止め、声を掛けてきたのである。

「は、はい」

武田は緊張でこわばりながらも、そっと目だけをあげた。日差しが強い。逆光のせいだろう、辰野の黒々とした髭《ひげ》は存在感を示してきたが、表情はぼんやりしてよく見えない。

「君は実建築においては見習いかもしれんが、工科大学で多くの有能な建築家から指南を受けた身だ。くれぐれも下手な仕事には関わらんように。学名が穢《けが》れるからな」

武田が顔を上げたときには、すでに辰野は大股で校舎のほうへと歩きはじめていた。

妻木が選ばれた議院建築調査会委員に、辰野金吾も名を連ねていると聞いたのは、それから程ない日のことであった。

三

「議院建築調査会の、委員ですか」

大臣室に呼び出された原口要《はらぐちかなめ》は、反復して額を掻いた。

新たに内務大臣に座った芳川顕正が、向かいで葉巻をくゆらしている。

内務省内に議院建築計画調査委員会が設置されたのは、明治三十年のことだった。かつてエンデとベックマンが仕上げた議院設計図は、官庁集中計画を先導していた井上馨が失脚したのを機に破棄され、議会開始に間に合わせるため仮議院が建てられるも数か月で焼失。突貫工事で造られた第二次議院が、今なお使われている。つまり、議会政治がはじまって久しいこの国には、未だ本建築の議院が存在しないのである。そのためこのたび、議院建築計画調査委員会を改め、議院建築調査会が正式発足へ向けて動き出したのだ。

「不燃性の材で、国力を象徴するような議院を造るというのが上の示しとる課題よ。なにせこの計画は、十六年間に及ぶ継続事業でやるというから国も本気じゃ。ただ、予算で揉めてなかなか具体的な決定が出んのだが」

芳川は盛んに煙を吐き出しながら、早口でまくしたてる。

初代議院の総工費はおよそ二十六万円。しかし本建築となると七百万円ほど必要だと内務省は試算したのだが、高額過ぎると議会で侃々諤々《かんかんがくがく》、未だ正式な認可が下りずにいる。外堀も埋まっていないのに、建築家を決めるのか――国政における見切り発車は再三目の当たりにしてきた原口にも、今回の件は、あまりに段取りが悪く思えた。

「建築家は現段階で、ひとりに決めるわけではない。数名立てて、設計案を競わせるということらしい。出来上がるのが十六年も先の話となれば、今、建築家を決めたところでどうなるかわからんしのう」

わしもその頃まで生きとるかどうか、と芳川は冗談めかして付け足し、懐《ふところ》から小さく折り畳んだ紙片を取り出した。

「省内で名が挙がった建築家じゃが、ひとりは吉井茂則」

吉井は、初代議院、第二次議院とも設計に携わった人物である。初代はエンデ＝ベックマン建築事務所のアドルフ・ステヒミュラーと、第二次はドイツ人技師のオットカー・チーツェと組んだ仕事だ。工期こそ短かったが、仕上がりの堅牢さに原口は感服したのだった。

「議院建築にもっとも精通しておる人物ですから、妥当な人選でしょう」

芳川は顎を引き、続けた。

「それと、辰野金吾」

「……辰野、ですか。あの日銀の」

「建築学会をまとめとる男だし、工科大学の学長も務めとる。顔も広く弟子も多いようだから、大掛かりな工事には向いておるだろう。本人の押しも強い。それともうひとり。これが君を今日ここへ呼んだ理由でもあるんだが」

芳川はそこで、やや表情を曇らせ、

「妻木頼黄」

と、原口もよく知る男の名を口にした。

芳川の前職は東京府知事である。着任早々、市区改正計画に乗り出して軌道に乗せたが、井上馨が官庁集中計画を打ち上げて東京府の仕事を横からかっ攫《さら》った。このとき、井上のもとで霞ヶ関開発に携わったのが妻木なのだ。

「彼は、府庁舎を設計しましたな。あれは確か、芳川さんが発案して、渡辺《わたなべ》さんが妻木に注文したものでしたな」

妻木の仕事を称えるべく、原口は素早く言い添える。渡辺洪基《ひろもと》は、芳川のあとに府知事を務めた人物だ。当時、東京府土木課家屋橋梁掛に勤めていた妻木をいたく買っていた。

「ああ。妻木がドイツに渡っている間に辰野が名乗りをあげたから、一時は彼に任せることにしたそうじゃが……。妻木がどうしてもやりたい、と取り返したとか」

「ええ。彼が内閣直属の臨時建築局に引き抜かれたのは、当然ながら、彼の意志に拠《よ》るものではありませんから」

江戸から東京に変わって間もない頃、松田道之府知事が組織した市区取調委員局には、当時府吏だった原口も籍を置いていた。他に工部省の大鳥圭介《おおとりけいすけ》、内務省の荒井郁之助《あらいいくのすけ》など、戊辰戦争を箱館まで戦った旧幕臣たちが複数名を連ねていたせいか、江戸の内外を分けていた朱引よろしく、富裕区と貧民区を隔てた街造り案が掲げられていた。加えて、横浜から外国交易の場を移すべく、渋沢栄一が唱えた東京築港計画もひとつの指標と定められたのだ。

その後、多数の意見を厳選せず取り入れたがため骨子を見失いかけていた市区改正計画を整理したのが、芳川だった。東京築港を取り止め、日比谷、丸ノ内、大手町を官庁街に、霞ヶ関を居住区に、と都市機能による棲み分けを提案、かつ、中央駅から伸びる鉄道網、皇居や東京湾へと繋がる道路網を具体的に示したのである。

原口は、米国で建築を学んだのち、ペンシルベニア州の鉄道会社に職を得、フィラデルフィアからウエストチェスターに至る鉄道敷設工事に従事した。この経験を買われ、芳川の市区改正計画に加わることになったのだ。一等、二等、三等と道路幅によって等級をつけ、港から市街へと続く道路網を整備したのも原口の仕事である。

「市区改正には恐ろしく利権が絡む。わしは府知事の折、中央政府とだいぶやりあった。結局、東京を変えるには国政を巻き込まねばどうにもならんということよ」

「それは私も、道路を敷く段に痛いほど身に沁みました」

なにしろ一から十まで、国の政務者が指示を飛ばしてくるのである。芳川が内務大臣を引き受けたのも、国政に関わらねばなにごとも思うままには運べないと知ったからだろう。

「議院となれば、まさに国政の中枢機関だ。いっそう厳しい仕事になる。委員に選出する建築家は三名に絞るつもりだが、果たして妻木という男を入れてもよいものか」

「問題ございませんでしょう。むしろ委員には適任か、と」

即座に原口は応えた。

「彼は建築家として申し分ない技術をすでに会得しております。経験も十二分に積んでおる。広島にも仮議院を造っておりますから、議席の配置なども頭に入っているでしょう。彼なら、どんな条件下でも完璧な仕事をするはずです」

「随分肩入れしとるな」

芳川が肩をすくめる。別段、肩入れしているわけではない。むしろ妻木に対しては、わだかまりに近い感情すらある。しかし原口は複雑な思いを封じて笑みを作った。

「私は、彼がまだ建築家になる前から存じておりますから、その資質は十二分に把握しているつもりです」

妻木には、我というものが極めて薄い。設計において、自己顕示というものが一切介在しないように思える。その構えがいかに、これから造られる東京という市区にとって重要かを、多くの建築家と接する中で原口は意識せざるを得ないのだった。

＊

妻木と出会ったのは今から二十年以上前になる。確か彼がまだ十七か十八の頃だった。留学先の米国ニューヨークで、在米留学生の監督役だった目賀田種太郎《めがたたねたろう》から紹介されたのだ。

「うちの下男だよ」

目賀田がそう軽口を叩いても、隣に佇む妻木はにこりともしなかった。頰に面皰《にきび》を散らした少年らしさの残る面立ちではあったが、浅黒い肌に浮かんだ大きな瞳は鋭い光を宿していた。

「こいつはね、正式な留学生じゃないんだよ。米国の貨物船に単身乗り込んで、海を渡ってきたってんだから」

原口は声を失った。御一新《ごいっしん》からまだ十年にもならないのに、元服を迎えたばかりといった少年がたったひとりで渡米をなしたとは。文部省第一回留学生として船に乗った原口ですら、果たして無事に米国まで辿り着けるのか、また、異人の国で暮らしていけるのか、不安でしかなかったし、ニューヨークに到着したのちもしばらくは、寒い日に身を寄せ合う猫のように日本人同士で固まっていたのだ。

妻木は米国到着後、日本人経営の商店を手伝うなどして口に糊《のり》していたようだが、領事館へ出入りするうちに目賀田に気に入られ、その身の回りの雑用を担うようになったという。目賀田家は旧幕臣だから、同じく幕臣の子である妻木に親しみを抱いたのかもしれない。

「君も工学を学ぶために、こちらに来たのか？」

原口は目の前の少年に訊いた。市区改正が急務だった当時、欧米への留学生の多くは、建築や土木の知識を身につける目的を抱いていた。原口もまた、レンセール工学校で土木工学を学んでいる。

「いえ……特に」

はじめて口を開いた妻木の、あまりの素っ気なさにたじろいだ。代わりに目賀田が、

「なんのあてもなく、こんな遠くまで来ちまったんだよなぁ」

と、呵々《かか》と笑いながら補ったのだ。

「国じゃ工学寮で送電術を学んでいたらしいがね、飽きちまったんだと。東京にいても、面白

くもなんともねぇって、それだけの理由でこっちに渡ってきたってんだから呆れた野郎だよ」

退屈だから塾を変えるというならわかるが、その程度の気軽さで命を賭した航海に臨んだことに、原口は開いた口が塞がらなかった。

「英語は多少できるから、存外頼みになるぜ。君も用事があったら頼むといい。この街にも詳しいから、案内でも請うたらどうだ」

それから幾度か、妻木と接する機会があった。といっても目賀田を訪ねた折に、ぽつぽつ話をするのがせいぜいである。とにかく無口な少年で、身上を語ることもしなければ、原口についてもなにも訊かない。米の買える店はどこか、中心街まで出るにはどの道を行けばいいか——尋ねたときだけ端的な答えが返ってくるのだ。

それでもいくらか距離が近づいたのは、下宿に一脚きりしかない古い椅子の脚が折れてからだったろう。蚤《のみ》の市《いち》にでも行って新しいものを買おうと、妻木を摑まえ、場所を訊いたのである。と、まずは壊れた椅子を見せてくれ、と言う。不可解に思いつつも下宿に招くと、彼は黙々と椅子を点検したのち、

「これなら直せます。数日預からせてくれれば」

意外な提案を口にした。

「君、指物師《さしものし》か大工の心得でもあるのかい」

「いえ。でも、今、造りを見たので、おおかた察しがつきます」

やけに自信たっぷりに言い切るのである。原口はしばし惑ったが、どのみち新しいものを買うつもりだったのだ、修理がうまくいかずとも損はなかろう、と一切期待せず妻木に椅子を託

した。

それだけに、三日後、彼が修理済みの椅子を携えて下宿を訪れたときには意外の念に打たれた。さらにその出来を見て、まったく舌を巻いた。

あたかも新品さながらの出来映えだったのだ。折れた脚は一本だが、四本ともが新しいものに付け替えてある。おかげでがたつきもなくなった。以前の脚は先端に向けて細くなる形状だったから、それに比べれば角材のままといった無骨さはいなめないが、かえって頑丈になったようでもある。仕上げに椅子全体にやすりを掛けて樹脂塗料を塗ったらしく、新品よろしく鮮やかに甦っている。

「これは、君がやったのか」

半信半疑で訊いたが、彼は表情も変えずに頷いた。

「目賀田さんのお宅の近所に材木を扱う店があって、そこで分けていただいた廃材を使ったものですから、あまり立派にはできませんでしたが」

「いや、十分な仕上がりだよ。君はどこかで、こうした類《たぐ》いの修業でもしていたのか？」

「いえ。特には。ただ小さい頃から屋敷や家具の修繕は自己流でやっておりました」

「大工仕事が好きだったんだな」

「……正直に申せば、職人に頼むほどの蓄えがなく、必要に迫られてのことです。早くに家族を亡くしたあと、親類の世話になっていましたから、肩身が狭かったというのもありまして」

詳しい生い立ちを聞きたかったが、彼はそれきり口をつぐんでしまった。いっぺんに静まった場を気遣って、

「君はいずれどんな仕事に就くつもりだ？　このまま米国で暮らすのか」

と、原口は月並みな質問をする。

「特に考えはありません」

「しかし、君の力を世の中のために使う手立てを考えにゃあならんだろう。人が生きる意味はそこにあると僕は思うがね」

幕藩時代が終わり、万事刷新された世において、若者は誰しもいち早く新たな役割や居場所を勝ち取ろうと躍起になっている。それまでまるで関心のなかった土木を原口が学ぼうと決めたのも、大学南校の勧めもあったが、同輩たちが未着手の分野に学んで第一人者になりたいと願ったからだった。

「……そうでしょうか。職に就いたところで、世の中が変われば職そのものがなくなることもあります。時勢に翻弄《ほんろう》されるのはもう御免です。私は、すべてをやり過ごして人生を終えられればいいんです」

深い淵から響いてきたような声だった。かほどの諦念に覆われた言葉を、原口は知らなかった。国では、食い詰めた武士が次々と士族の乱を起こしていた。妻木のような幕臣の子が、世も政治も信じられぬと思うのはわからぬでもない。しかし彼は、英語で材木を分けてくれるよう交渉し、たった三日で完璧に椅子を直した。誰に教わったわけでもなく、観察によって構造を把握し、相応《ふさわ》しい修理方法を選び、しかも頼んでいない塗装のやり直しまでして、手を掛けたのである。

君の、その徹底したこだわりを、なにかに活かさなければもったいないぜ——。

そう言いかけたが、しかつめらしいように思えてためらい、原口は代わりに自分のことを語ったのだ。

「僕はここで土木を学んでいるが、工学校の講義は存外面白くてね。ことに街造りの技術には学ぶところが大きいよ」

妻木は退屈そうに目線を宙にさまよわせている。原口は、引っ込みがつかなくなって話を続けた。

「江戸では、火が出るたびに町ごとなくなることもあったが、しっかり防火を施して地震にも持ちこたえられる建物ができればどうだ。世の中が変わったところで、変わらずに遺るものってのは、その気になれば造れるんじゃなかろうか」

妻木の大きな目が、こちらに向けられた。

「西欧の技術を用いれば、もっと頑丈な建物ができる。道路や鉄道にしたってそうさ。学ぶ価値がある分野だぜ」

妻木の口元がなにか言いたげにうごめいたが、その口から出たのは、

「そろそろ帰ります」

という愛想のひとつもない返事だった。

「引き留めて済まなかった。これ、代金を払うよ」

少々の落胆を覚えつつ原口は返したが、

「いえ。材木もただで分けてもらったものですから」

と、妻木はあくまでも首を横に振る。

「しかし君の手間が掛かってるだろう」

「御代をいただけるような修業は積んでいませんので」

妻木はぶっきらぼうに言うと、一礼して素早く身を翻《ひるがえ》した。

彼が去ってから、原口は、椅子の脚に使われた角材の四つの角それぞれに、丸みをつける面取りのやすりが掛けられているのを見付けて、小さくうなり声をあげた。

不思議なことに、妻木はそれから、用もないのに原口の下宿に顔を出すようになった。

「椅子の具合はどうですか」

と、それが用件であるかのように、やって来るたび訊くのだが、病人の体調じゃああるまいし、座り心地が日々変じるわけでもない。どうやら、原口が学んでいる工学に興味を持ったらしいが、それを指摘すると彼が遠慮するように感じて、気付かぬふりで通した。

妻木は居心地悪そうに原口の下宿部屋を歩き回りながら、米国の建造物は材料になにが使われているのか、どんな工法が主流なのか、と間断なく質問を繰り出す。四方山《よもやま》話《ばなし》に興じているような悠長さはない。知りうることはすべて吸収したい、という鬼気迫る様子なのである。はじめこそさりげなさを装っていたが、ひと月も経つ頃には、帳面と筆まで持参してこちらの話を書き留めるようになった。

「そんなに建築に関心があるなら、君も工学校で学ぶ手続きをしちゃどうだ。英語もできるんだから、僕から聞くより話が早かろう」

あるとき思いつきで提案すると、妻木は帳面から勢いよく顔を上げた。その頬が見る間に紅

潮していったが、

「僕から目賀田さんに頼んでみよう」

と、告げるやたちまち顔を曇らせた。

「目賀田さんには住むところから三度の飯まで面倒見ていただいてます。その上、学校だなんて。そんな贅沢《ぜいたく》はとてもお願いできません」

「遠慮するものじゃあない。日本のためになる学びだ。必要な学びだよ」

逡巡する妻木を押し切る形で、原口は早速目賀田を掴まえ「妻木に建築をやらせてみてはどうか」と直《じか》に提案したのだ。

「ほう。あれは建築に興味を持ったか」

目賀田は、その芥子粒《けしつぶ》のような目を見開き、

「ようやく将来《さき》が見えたかな」

と、髭のあたりをふっと弛めた。

「将来が見通せないご時世よ。ことに武家だった者は途方に暮れるのも致し方ねぇ。それまで家督を継ぐべく書や武術を習《なろ》うてきたのに、積んだ修業の活かしどころがなくなったんだからな」

それは、原口も同じだ。瓦解《がかい》さえなければ、今頃は島原藩吏として腰に両刀たばさんでいたことだろう。よもや髷《まげ》を落として洋装に身を包み、異国の地で土木を学ぶことになろうとは夢にも思わなかった。

「しかしさ、妻木は御瓦解の前から武士として生きる気なぞなかったのかもしれねぇと、そん

な気もするんだよ。その身分を厭《いと》うていたというよりは、誰かに使われることが好かんように見えるのさ」

　小気味よさそうに目賀田は言う。

「そうでしょうか？　現に目賀田さんの下で務めているではありませんか」

「いやぁ、ただ置いているだけさ。勝手に気を利かせて仕事を見付けるから重宝しているが、言われたことに素直に従うってぇタマじゃあねぇな。あの無愛想だしなぁ」

「確かに、妙な威風がありますな」

「なんにしても己の意志が一番なんだろう。上が命じたことでも、納得がいかなけりゃあやらねぇ。そういう質さ。仮に江戸の世が続いていたとして、武家としてどこぞに仕官しても、あいつは苦労ばかりで芽は出なかったろう。上からの覚えがめでたくはならねぇもの。追従のひとつも言えねぇんだから」

　単身海を渡るほどの胆力は、役人として従順に生きるには、なるほど荷厄介でしかない。

「しかしまぁ、将来に灯りがともったのはよかった。お前さんのおかげだね」

「私はなにも……。ただ土木や建築について、訊かれるままに話したまでで」

　ふむ、と鼻から息を抜き、目賀田は顎鬚をしごきだした。それが、深く沈思するときの癖だと知る原口は、次の言葉を黙して待った。

「妻木を、戻すか」

　だいぶ経ってから、目賀田はぽつりと漏らしたのだ。

「戻す？」

「ああ。帰朝させる」

思いも寄らぬ返答に、原口の喉が妙な音を立てた。せっかく己の行くべき道を見出し、学ぶ意欲が高まっているのに、それに水を差すような真似をするのは賢明とは思えない。

「基礎をしかと学んでからのほうがいい。まずは日本で、しっかり建築を学んでからよ。その基盤がなけりゃあ、異国の技を学んだところでただの猿真似になる」

目賀田は頬を引き締めて言うのである。日本は急激に変わりすぎた、いっぺんに欧化し過ぎた、この急な流れによっていずれ歪《ひず》みが生まれる、だから市区改正は自国のなんたるかをはっきり見極めてからなさねばならん、と。

「日本の風土、気候に合った材や工法があるはずだよ。まずはそいつを根本から学ぶべきだ。こいつぁ留学生の監督者が言うことじゃあねぇがな」

笑みを浮かべて肩をすくめたと思ったら、

「日本に工部大学校がある。そこに入れるよう口を利こう」

目賀田は原口の意見も聞かずにさっさと決めてしまったのだ。

江戸者らしいせっかちな話運びに戸惑いはしたが、目賀田の言うことも一理ある。原口にしても国で基礎を学んできたからこそ、工学校での講義も鵜《う》呑《の》みにすることなく、咀嚼《そしやく》しながら身につけることができているのだ。しかし、目賀田の差配を、妻木がすんなり受け入れるとも思えぬが——。

案じた通り、帰朝せよという命に妻木は大いに抗《あらが》ったらしい。今の東京に見るべきものはなにもないと、言い切ったという。目賀田は穏やかに説得を続けたようだが、妻木は一切受け付けず、ついには原口の下宿にやって来るや、今日からここに置いてくれないか、と唐突に申し入れたのだった。

「目賀田さんのところから出奔《しゅっぽん》かい？」

切羽詰まった妻木を少しでも和ませようと冗談めかして言ってみたが、彼はうつむいて応えない。

「帰朝するのが、それほど嫌か」

覗き込むとようやく顔を上げ、

「東京を見たくはありません」

と、頼りない声を吐き出したのだ。そうして彼は、江戸から東京に変わって、いかに失望したか、江戸の町がいかに優れた景色だったかを、ひとり言でもつぶやくようにぽつぽつと語りはじめたのである。

江戸城を中心に渦巻き状に道が通って、歩を進めるにつれ町並みが変じていくのがなにしろ愉《たの》しかった。大川の周りには問屋や商店、芝居《しばや》小屋がひしめいて活気が漲《みなぎ》っている。麴町、赤坂辺の武家屋敷はシンとして、白山近くの大名屋敷に差し掛かると、外塀から覗く庭園の木々が風光明媚《ふうこうめいび》である。簞笥《たんす》町や紺屋《こんや》町など職人の集まる町、神田明神や浅草寺《せんそうじ》の近辺には名物を扱う老舗《しにせ》が軒を連ねる。町の色がまとまっていて、それぞれの家の造りが、そこでの暮らし向きに見合っているからよけいに美しく見える。米国に来て、これまで当たり前だと思っていた江戸の町並みがどれほど貴重なものか、はっきりわかった気がする――。

長広舌《ちょうこうぜつ》を振るったのち、妻木は顔を赤らめて、またうつむいた。

原口はといえば、あたかも鳥瞰《ちょうかん》したような正鵠《せいこく》な町の捉え方に、ただただ驚いていた。道路や鉄道について学ぶようになってはじめて広域で町を見る視座が備わったが、国にいた頃は町並みに注意を払うことすら乏しかったのである。

「しかし、東京になってからおかしな建物がだいぶ建ってしまいました」

「そいつを目の当たりにするのが嫌か」

妻木は床に目を落としたまま小さく頷いた。原口はしばし黙考したのち、思い切って言った。

「ならばやはり、今はここにとどまるよりも、建築の基礎を学ぶために帰朝したほうがいいように思うがね」

妻木の双眸《そうぼう》が、落胆の色を濃くした。

「いずれにしても江戸は変わる。それはどうやっても避けられん。こののちは欧米の技術を取り入れた建造物がそびえ、広い道路が通り、鉄道も張り巡らされるだろう。どうせ変わってしまうなら、その仕事を己の手でやり遂げたいと、君は思わんか？」

彼の喉仏が大きく上下に動いた。

「せっかくこっちで建築を学ぶ気になったのに出鼻を挫かれた格好になって、君が不満を抱くのもわかる。だが君が建築によってずっと遺るものを手に入れたいと思っているのだとしたら、目賀田さんの言う通り、まずは基礎を叩き込むことだ。建築の基礎だけでなく、江戸、いや日本という国の礎《いしずえ》を知るべきだ。君は江戸の町が貴重だと言ったが、それは住む者の心を映していたからじゃないのかね」

「住む者の？」

「ああ。君の言った、その場その場の暮らしに見合った建築物さ。これから東京に暮らす者の心を汲んだ建造物を造るなら、火事や地震で容易に失われん町を造るのならば、その土地に根付くことも大切だよ」

遠くから、五時を告げる仕掛け時計の鐘が聞こえてきた。窓の外に目を遣ると、黄金と朱が入り交じった鮮やかな夕焼けが広がっている。思わずその景色に見とれていた原口の耳を、

「帰ります」

と、低い声がさすった。慌てて目を戻したときには、妻木はすでに後ろを向けていた。

「相談にならいつでも乗るから、少しゆっくり考えてみたまえ。ここにいたんじゃ目賀田さんも心配だろうからね」

妻木は半身を開いて頷き、音もなく出て行った。至極曖昧で感情が勝《まさ》った忠告しかできなかった自分を恥じながら、原口は、少年の線の細い後ろ姿を祈るような心持ちで見送った。

以来、妻木が下宿を訪ねて来ることはなくなった。臍《へそ》を曲げているのだろうかと気になりつつも、学業に没頭するうち、またたく間にひと月ばかりが経ってしまった。だから目賀田の住まいを訪ねた折、

「奴は無事帰朝したよ」

顔を合わせるなり報告されて、原口は「え?」と間の抜けた声をあげたのだった。

「日本に、帰ったんですか?」

「ああ。ちょうど三日前に発った。香港経由の郵船があったから、それに乗せたよ」

呆然としていると、目賀田が目をしばたたかせてこちらを覗き込んだ。

「君には挨拶に行かんかったか」

さすがに面白くなかった。建築の魅力を説いたのも、進路についての話を聞いたのも自分なのだ。無論、なんの援助もできなかったのだから、わざわざ帰朝の挨拶に来る筋合いもないが、あまりに不義理ではないか。

「まぁ腹を立てるな。あれはそういう男なのだ」

不義理な奴さ、と言葉が続くと思ったが、案外にも、「恩の返し方も感謝の仕方も常人とはだいぶ違うらしい」と、目賀田は語ったのだった。

「礼を述べるということがない。感謝を表すこともしない。幼い頃から人に対して用心ばかりを抱いてきたんだろう。元服も迎えねぇうちに家督を継ぐ羽目になったんだからなぁ」

人が自分にただでよくしてくれるはずはない——そういう懐疑を常に妻木は抱いている、と目賀田は言う。そのくせ、興味関心が湧いたことにはまっすぐ突っ込んでいく威勢がある。並の者では怖じ気づくような局面にも平然と立ち向かうし、余人では思いもつかない行動にも出る。当人は昂揚も動揺も面に出さず淡々としているから摑み所がないが、あれでもどうにか己の道を探し当てたいともがいているのさ、と。

——猫みたような奴だな。

原口は、可笑しくなってきた。腹が減ったときだけ人懐こく寄ってきて、用が済めば見向きもしない。犬のような忠誠心が見えないから、こちらとしては素行が気になる。不義理をされているのに、構いたくなるのだ。

「しかし、あんな無愛想の上に礼儀を知らぬでは、世間では通用せんでしょう。ことに日本では」

「まぁ苦労はするだろうね。きっと敵も多くなる。なにしろ、なにを考えているかわからねぇんだから」

目賀田は答え、そこで卓上の茶碗を取り上げた。日本から持参したという緑茶が懐かしい香りを辺りに漂わせている。

「言葉は信じられぬ、と奴は思っているのさ。上辺だけで、どうとでも言うことができる、と。けれど行いには嘘がない。例えば誰かを口だけで慰めるのと、身体を動かして手助けすることとの間には、大きな隔たりがあると考えている」

原口の首筋がひやりと震えた。自分は妻木に言葉をかけただけで、指の一本も動かさなかったのだ。

「……言葉では嘘になる、と？」

訊くと、目賀田はゆるりと顎を引いた。

「行動して形にすれば、なにも言わなくともそれが気持ちの証になるってぇのが奴の思うところさ。君に、今の段で感謝を伝えなかったのも、そういうことだろう」

「私が手を差し伸べなかったからではないでしょうか？」

「いやぁ、そんな恨みがましい存念を抱く男じゃあないさ。奴はまだ何者でもない。なんの結果も出しとらん。ものになったとき、はじめて君に報《しら》せにくるさ。それが恩を返すことだと、奴は考えているんだろう」

自分の示唆《しさ》に影響を受けて、誰かが動き、一家をなす。確かにそれは、適当な追従やその場限りの謝意を連ねられるよりも、遥かに実がある。しかしまた、その流儀を解する者がどれほどいるだろうかと思えば、彼の行く道がおのずと嶮岨《けんそ》になることは想像がついた。

「厄介な男ですな」

ついロにすると、

「ああ。面白い男だよ」

目賀田は目尻を下げて、再び茶を啜《すす》った。

＊

原口が次に妻木に会ったのは、明治十四年、日本に戻って半年ほどが経った頃だった。レンセール工学校を卒業し、鉄道会社で経験を積んだのちの満を持しての帰国であり、東京府土木課に呼ばれる形で市区改正に取り組んでいたさなかである。

工部大学校の講師を務める英国人コンドルが、生徒を連れて皇居の造営を行うと聞き、現場見学に訪れた折、立ち働く学生の中に見覚えのある顔を見付けたのだ。けれどそれが妻木だという確信は、すぐには抱けなかった。ニューヨークにいた頃とはだいぶ雰囲気が違っている。横顔からは少年らしさが消え、丸く盛り上がっていた頬が、鑿《のみ》で削りでもしたような鋭角な線を描いていた。肩幅も広くなり、まくり上げた袖からは筋張った腕が覗いている。唯一、炯々《けいけい》と光る大きな目だけが、彼であることの証左のようだった。

無遠慮に眺めたからこちらの視線を感じたのだろう。振り向いた男の眉が魚の跳ねるように動いたのが見て取れた。

——やはり、妻木か。

すっかり青年らしく逞しい風貌になった。片手を挙げてみると、彼はしばし視線をさまよわせたのち、諦めたようにも意を決したようにも見える表情で、のろのろと近づいてきたのだった。

「いつ、お戻りになられたんです?」

相変わらずぶっきらぼうな口調である。

「去年戻った。今は東京府で街造りの仕事をしている」

原口の返答を聞くや、妻木の瞳が鋭く光った。それが関心を抱いた印だということを、かつてニューヨークで同じ面差しに出くわした原口には容易に判じられた。

「君は工部大学校に在籍しとるんだな」

「はぁ。目賀田さんが間を繋いでくださいまして、帰朝とともに入学いたしました。あと二年ほどで卒業となります」

「コンドルについて学んでおるのか」

「主には、そうですね。ただ、いろいろな講師がおりますから」

彼はふっと目を伏せた。どうも歯切れが悪い。大学の授業にさほど興味を抱けないのだろうか。自分に挨拶もなしに帰朝した男なのだ、放っておけばいいものを、つい気になって原口は質問を重ねる。

「君はいくつになった？」

「二十三になりました」

「学校を出たあとの進路は考えておるのか？　洋風建築については、この数年でだいぶ知識を得たろう」

「学校では教わりましたが、実地で学べる機会が乏しいので、どうにも……」

妻木はまた言葉を濁す。日本ではまだ煉瓦すらろくに製造できなかった時代である。銀座に誕生した煉化石街の評判もすこぶる悪く、本格的な洋風建築の現場に立ち会える機会はほとんどないに等しい。だから建築家を志す者は、机上で論理を学び、着工予定のない図面を数引くことで一応の経験を積むよりなかったのだ。原口自身も米国に渡ってはじめて、鉄道や建造物についての構造にようやく理解が至ったようなありさまだった。

「しかし、西洋建築を模したものもいくらか建ちはじめているだろう。そいつを見に行くのも学びの場だよ」

また適当な慰めが口を衝《つ》いて出てしまった。途端に妻木の口元が歪む。

「私は大学に入ってから、もちろんコンドル先生をはじめ講師陣から洋風建築の知識を学んできましたが、それとは別に市井《しせい》の大工を訪ねて、日本家屋の構造、ことに寺社の構造を教えていただいておりました。日本には地震にやられることなく、何百年と遺っている寺社が多々ある。きっと造りが秀でているのだろう、うまく揺れをかわし、持ちこたえられるよう計算して造られているのだろうと、徹底して材や組み方を学んだのです」

「木造建築を？」

時代と逆行した学びに彼が時と労力を費やしていたことに、かすかな落胆を覚えた。米国で、火事にも地震にも強い石造りの建物に感化されたのではなかったか。

「建物を長い時間遺していくには、なにより構造が重要です。それには、日本の気候風土に合った材を使う、建て方をする、ということに尽きます。意匠はいくらでもあとから学べる。しかし構造は真っ先に把握しなければ。すべての基礎になる部分ですから」

遺す、ということに、この男はやはり執心しているらしい。

「だが、これから主要な建物はどうしたって洋風になるぞ」

「ええ。政府には西洋かぶれが多いですから」

片方の口角を吊り上げ、妻木は返した。以前に比べてだいぶ会話が続くようになったが、世のなにも信じておらぬという根っこのところはなんら変わっておらぬのだろう。

「私は西欧の建築をそのまま持ってくることには賛成しません。あの堅牢な技術を取り入れつつ、江戸を再興したいと考えております」

その言葉を咀嚼するのに、原口はだいぶ手間取った。江戸の再興だと？　そんな奇想天外なことを考えているのか——どう応じたものか逡巡するうちに妻木は、

「それでは、私は実習中ですので、これで失礼いたします」

深く辞儀をするや、原口の答えも待たずに走り去った。その雄々しく広い背中を見守るうち、ふつふつと腸《はらわた》が煮えはじめた。彼は今回も、ニューヨークで世話になったことへの感謝を一切口にしなかった。懐かしむ様子もなく、偶然会ってしまったバツの悪さだけがその表情に漂っていたのだ。

「関係ない。俺とは関わりのない男だ」

あえて声に出してつぶやいてみたが、腹の虫はなかなか収まらなかった。

しばらくのちに原口は、妻木が大学を辞めて再び米国に渡ったこと、また、工部大学校ではずば抜けて成績優秀で、試験のたびに賞与を授かっていたことを人づてに聞いた。

＊

妻木が米国コーネル大学の造家学科を卒業し、建築学士の称号を得て日本に戻ったのはそれから四年後である。彼自ら挨拶に来て語ったわけではない。この以前に帰朝していた目賀田から、米国での妻木の様子を聞かされたのだ。

「以前に遊学していたときに英語は随分熱心に学んでおったから、講義についていくのになんら支障がなかったんだろう。順調に二年で修了したあと、ロバートソンに雇われて働いておったようだ」

目賀田は帰国後、大蔵省に籍を置いている。この日は府庁舎に用向きがあったとかで、原口と偶然廊下で行き合ったのだ。互いの近況を語り合ったあと真っ先に出たのは妻木の話で、彼は親族の手柄話でもするように誇らしげにそう告げたのだった。

「ロバートソン、ですか？」

聞き返すと、目賀田はいっそう鼻を高くし、

「ロバート・H・ロバートソンという、ニューヨークで最近ことに注目されとる建築家よ。ま

だ若いが、きっとこれから大きな仕事をすると言われとる。妻木はどこでその評判を聞いたか知らんが、彼の設計事務所の門を叩いて直談判したんだと。ロバートソンの建築現場について、徹底して監理の仕事を学んだらしい」

日本でも実地で学ぶことを重んじていたようだが、米国でも現場主義を貫いたことに、妻木の信念を感じた。机上で図面を引くことに熱心な工部大学校の生徒とは、まるで異なる道筋である。

土木建築に携わって長い原口は、いかに完璧な設計図をあげようと、工事がはじまればその通りにはいかないことが山と出てくることを経験から知っている。むしろ設計図をあげてから、現場で生ずる変更にその都度対応する臨機応変な柔軟性こそが、建築家としての重要な資質なのだ。現場を知っていれば、生じる問題を想定した上で、先んじて精密な設計図を仕上げられるようにもなる。そこまで行けば、棟梁らにも一目置かれ、現場もまとまる。妻木は初手からそうした仕組みに気付いていたのかもしれない。

「君にここで会ったのも、なにかの縁だ。妻木を工部省か東京府で雇ってみちゃあどうだろう。あれだけ優秀なら必ず役に立つぞ」

「それは……私の一存ではどうにも」

妻木の資質に心打たれながらも、素直に首を縦に振れなかったのは、相変わらず妻木から自分に対してひと言もない不満が内面に燻《くすぶ》っていたからだ。

「ふむ。まあ妻木もどう考えておるのかわからんが、もしなにかあればよろしく頼む」

「彼から頼まれたわけではないんですか？」

「ああ。なにしろ、俺のところにすら帰朝の挨拶に来てねぇからさ。奴の近況はニューヨークにいた留学生から聞いたのさ」

「目賀田さんにもひと言もないというのは……」

眉間に皺を寄せると、目賀田は快活に笑った。

「妙な男だ。一廉《ひとかど》の人物になるまで礼はせんと決めているんだろう」


東京府土木課の人員募集に応じた者の名簿に、妻木の名を見付けたのはそれから間もない、明治十八年十月終わりのことだった。

当時、府知事を務めていた渡辺洪基に呼ばれ、応募者の経歴を見せられた上で採用の可否について訊かれた原口は、気付けば妻木の名を真っ先に挙げていた。彼への不信が霧散したわけでもないが、工部大学校の新卒者が名を連ねる中で、米国人建築家のもと実地を経験した上に、帰朝の途次、欧州各国の建築物をつぶさに見学してきたという妻木の経歴は一際光っていたのだ。

土木課に採用されると、妻木はすぐに頭角を現し、ほんの数か月で新府庁舎の設計を任されるまでになった。が、その矢先、官庁集中計画に組み入れられ、内閣直属の臨時建築局への移籍が決まったのである。

異動の折も、やはりひと言もなかったが、明治十九年の夏の盛り、妻木は突然、原口のもとを訪ねてきたのである。

二十八歳になった彼は、現場仕事を率先して行っていたせいか体つきがさらにいかつく変じていたが、かつての無愛想極まる態度は幾分和らぎ、相応の節度や分別を身につけているように見えた。が、丸くなったという印象はない。奥底に元来の鋭さを秘めているのが、その射るような眼差しからひりひりと伝わってくる。彼は、原口の部屋に入るなり深々と一礼し、

「近く、ドイツに留学することになりました。エンデ゠ベックマン建築事務所で大審院や議院といった庁舎の設計に携わることになります」

低い声で告げたのだ。

「そうか。今度はドイツか」

原口が関わっていた市区改正計画が、官庁集中計画によって頓挫したこともあって、書類をしたためながらの素っ気ない返事になった。が、妻木は意に介するふうもなく、不意に頭を下げたのである。

「ニューヨークでは、大変お世話になりました。原口さんに建築というものを教わったおかげで、この道に足を踏み入れることが叶いました」

原口は手を止め、息を詰める。

――一廉の人物になれた、ということか。

目賀田の言葉を思いながら、しかし妻木はまだひとつとして大きな建造物を建てていないではないか、と意地の悪い疑問が湧いた。それを察したわけでもなかろうが、彼は胸を張って続けたのである。

「区切りですから、ご挨拶に参りました。次に帰朝いたしましたら、必ず江戸を甦らせてみせます」

原口は呆然と、黒光りしている妻木の顔を見遣る。

――まだ、そんなことを言っているのか。

ロバートソンの下で働いたのなら、洋風建築に感化され、江戸趣味なぞはとうの昔に捨て去っているのが至当ではないか。島原の出である原口にはわからぬ、江戸者特有の愛着があるのかもしれないが、この期に及んで日本式建築を手掛ける暇があるなら、もっと進んだ建築技術を学んだほうが賢明だろう。

「これから造られる官庁は、すべて洋風建築になるんだぜ。しかもドイツは米国よりさらに精《せい》緻《ち》な建造物が多い。江戸の町並みとは似ても似つかないと思うが」

嫌みではなく、いつまでも江戸に固執する妻木が薄気味悪く、また憐れにも思え、原口は少しでもその重荷を取り去るつもりで言ったのだった。

妻木はしかし、これを受け流し、

「戻りましたら、またご挨拶に伺います」

殊勝に告げたのち、

「お目にかかれてよかった。御礼を申し上げなければと、ずっと思っていたもので」

と、はじめて屈託ない笑顔を見せた。

「ニューヨークで一緒だったときから、もう十年は経っとるぞ」

言ってしまってから、まるで妻木が礼を言ってくるまで指折り数えて待っていたようではないか、と気恥ずかしくなった。

「私にさしたる進歩がなかったものですから。たった十年で学べることなぞ、たかが知れています」

　妻木は悪びれもせずに、そう返したのだ。

＊

　ドイツから戻ったのちの妻木の仕事は、建築に従事する者すべての知るところとなった。慌ただしく大審院の現場に入らなければならなかったせいか、原口への挨拶は、帰国の報告を綴ったたった一枚の葉書で済まされてしまった。

　そして今、議院建築調査会の委員として彼の名が挙がっているのだ。

　折しも、妻木が設計した日本勧業銀行本店に対して、今さら日本風の建物なぞ、との紛々《ふんぷん》たる批難が噴き出しているさなかである。工部大学校系の識者には彼の委員入りに異を唱える者も少なくなかったが、原口は一貫して推した。竣工間近の勧業銀行に赴《おもむ》き、その至極整った動線と効率的な採光、懐かしく親しみやすい外観と洗練された意匠の内観とともに、うならざるを得なかったからだ。一見しただけでは気付かない箇所、見えない場所にまで、細やかに神経が通っていることが如実に感じられた。それは、ニューヨークで妻木が直した、あの椅子を思い起こさせる仕事であった。単に机上の理論だけで建築を学び、欧米の技術を鵜呑みにしている者と、彼は一線を画している。妻木はぜんたい東京をどんな街に仕立て上げるのか、この目で確かめたくなったのだ。

　明治三十二年四月、議会で承認されて正式に組織された議院建築調査会の委員に、妻木は選出された。

日本勧業銀行が竣工したのを見計らい、原口がわざわざ妻木に会うため大蔵省を訪ねたのは、妻木自身がこれをどう捉えているのか、彼を推した手前確かめておくためだった。問題が起こらぬように前もって布石《ふせき》を打つのは、官員暮らしが長引いたせいでおのずと身についた慣習だが、最後に会ってからさらに十数年を経て、妻木がどう変じているか知りたかったこともある。彼ももう不惑《ふわく》を過ぎた。互いに、人生の後半、いや晩年かもしれないところまで来てしまった。

大蔵省内の一室には、打ち合わせに使う楢材《ならざい》のテーブルが置かれ、樫《かし》の木で造られた椅子が八脚据えられていた。その一脚の背もたれを撫でていると、ドアをノックする音がして、一拍置いて妻木が姿を現した。

――おや。

と、うっかり声が出そうになったのは、妻木が以前会ったときとほとんど変わっていないように見えたからだ。しいて変化をあげれば、口髭を蓄えたことくらいだろうか。

「すっかりご無沙汰しております」

かつてはけっして見せなかった軽やかな笑みを浮かべて、妻木は原口に椅子を勧めた。

「忙しそうだな。地方を飛び回っとると聞いたよ」

「ええ。葉煙草の事務所に築港と、なんでも屋よろしく引き受けております」

軽口を叩く妻木に接したのも、これがはじめてのことだった。

「原口さんのご活躍もよく伺っております」

「俺はすっかり鉄道屋だよ」

「おかげで東京の交通網が見事に整いました。新橋から呉服橋までの路線も近々着工ですな」

「ああ。あれは高架にするんだ。福地桜痴《ふくちおうち》の案でな。道路を拡張しても、あちこちに踏切ができては、交通の流れが悪くなるからな。この大仕事が終わったら、清国に行くかもしれん」

「清国へ？」

「向こうで鉄道事業に携わらないかという話があってな」

まだ本決まりではない依頼を口にしたのも、修業時代に知り会った懐かしさが、隔てを取り去ったせいだろう。

「そいつぁすごい。あの広大な土地ならやりがいもありますな」

砕けた調子で相槌を打つ妻木に、

「で、今日ここへ来たのはだな」

と、原口が切り出すや、

「議院建築調査会のこと、ありがとうございました。原口さんが推薦してくださったと聞いております」

こちらの胸の内を読んだかのように、妻木が先に切り出した。

「迷惑ではなかったか？」

「滅相もない。議院は昔から設計したいと願っていた建造物です。ありがたくお受け致しました」

控えめな口振りではあったが、うっすらと昂揚が見て取れた。

「以前エンデの設計で建てる計画が白紙になったが、あれは君も設計にかかわっていたらしいな。心残りがあるか？」

訊くと、妻木はしばし逡巡したのち、

「いえ。それとは別に、自分の設計で建てたいと長らく願っておりました」

そうまっすぐに打ち明けたのだ。はじめて会った頃の、少年のような表情をしている。

「ほう。議院に関心があるか。そいつはよかった。これから十分に案を練って、いいものを建ててもらえれば、俺も本望だ」

なにしろ大仕事だ。鼓舞《こぶ》するつもりだったのだが、妻木の顔に浮かんだのは喜悦ではなく、不敵な笑みだった。

「もしや……もう構想があるのか？」

唾を飲み下してから、おそるおそる訊く。が、彼はそれには応えず、

「国の行く先を決めるための建物ですから」

と、話題を逸らした。

「この国の行く先を議員たちが語り合う場です。建物がまた、それを導くということもあるのではないかと私は信じています」

「それは、つまりどういう……」

掘り下げて訊こうとしたが、妻木は素早く内心を仕舞って、ゆるりと笑んだ。

「いつか、願いが叶いましたら、いの一番に原口さんを建物にご招待したいと思っております。そのときにまた、改めて御礼を申し上げたい」

この男には、師とする人物はいないのだろう。折々の出会いによって、なにかのきっかけを

摑み、影響を受け、学んできたことは感じ取れる。しかし、目指す人物も、憧れる人物も、私淑する人物も、おそらく彼にはいない。建築のけの字も知らぬうちから、その本質を見極め、自分なりのやり方で一歩一歩高みに登っている。誰にも師事せず、徒党も組まず――彼にとって自作への外野の声なぞ痛くも痒《かゆ》くもないのだろう。反面、自分が納得できるものが出来上がるまで、ひとり自問し、存分に苦しみもがいてきたのだろう。

「そうか。楽しみにしているよ」

原口はそれ以上追及せず、静かに笑みを返した。

明治三十四年、妻木は小林金平とともに、欧米視察に出発したと、原口はよそから聞くことになる。議院建設のための有用な知識を、海外で蓄えるためだった。

第四章

一

フランス、ドイツと巡る欧州視察を終え、意匠《いしょう》実技を学ぶため二年ほどイギリスに逗留《とうりゅう》した武田五一は、明治三十六年に帰朝するなり唖然とする報に接した。

議院建築調査会の解散――。

内務省の提示した建築予算が高すぎるとの理由で、議会を通らなかったのである。しかも、「血税を無駄に使ってはならん」との意見が多くを占めたと聞いて、武田は日本の政務者たちにつくづく幻滅した。

建築とは「無駄」の範疇《はんちゅう》にあるのか。

確かに、鹿鳴館のごとき異国の来賓《らいひん》をもてなす遊興の場に過剰な金をかければ、庶民からの非難の的になることもあろう。だが、議院という国家形成のための議論がなされる場を、選び抜かれた建材と優れた設計で建てんとすることの、どこが無駄なのか。

「そう、カッカするものじゃあない。調査会が発足したおかげで我々は有意義な視察の旅に出られたんだ。十分成果はあったろう」

妻木頼黄はしかし、涼やかに言って微塵《みじん》も動じておらぬふうなのだ。

彼は七か月ほどの欧米視察派遣を終えると帰国したが、その段ですでに、新たに建てる議院の構想をおおかた固めていたようだった。もっとも妻木は秘密主義な一面もあって、その具体的な内容を武田が聞かされることはなかったが、常に周到な仕事をする人物であるから、視察に出る前に設計の方向性を定め、それを軸にして異国の建造物から必要な部分を抽出していったに違いなかった。

——もしかすると、帰国後すぐ設計に取りかかっていたのではないか。

にもかかわらず、議院建築が頓挫したことに、なんら拘泥《こうでい》する様子もないのである。

帰朝の挨拶に大蔵省の妻木のもとを訪ねた帰りしな、庁舎の玄関口で行き合った小林金平に、だから武田は調査会が中止となって残念であること、こののち再び議院建築計画が持ち上がることがあるのだろうか、といった懸念を後先なく吐き出したのだった。小林はいつもの人懐こい笑みを浮かべて聞いていたが、武田が一通り語り終えると、

「君、すっかり多弁になったたな。欧州へ渡る前は仏頂面《ぶっちょうづら》でろくに口を開かんかったのに。さては異国に長く居すぎて、日本語が恋しくなっとるんだろう」

と、からかった。小林も妻木の欧州視察に同行している。ロンドンでしばし同じ宿で暮らしたおかげで、以前より幾分心易い。

「議院のことは、まさか頓挫するとは僕も思わんかったよ。なにしろ議員たちにとっちゃ自分たちが仕事をする建物だ。多少高額でも予算を通すだろうと見ていたが、存外締まり屋が多い

んだな。ま、僕らの血税だからね。そのくらい厳しくっても文句は言えんが」

小林はそうおどけたのちに、空《くう》を睨《にら》みつつ案外なことをつぶやいたのである。

「しかしこの結果は、長い目で見りゃ妻木さんにとっていい方向に働くんじゃないかな」

「え？　それはどういう……」

「いやなに、設計競技ってのに、どうも妻木さんは乗り気じゃなかったようだからね」

調査委員に推された三人の建築家で案を出し合い、その中でもっとも優れた設計図をあげた者に議院建築を任せる――先年定められたこの方式が妻木には合わない、と小林は言うのである。しかし設計競技は、欧州ではすでに一般的な手法だ。公正な判断を仰ぐ上で、なんの障《さわ》りもないはずだった。

「公平に広く公募するのならともかく、委員に選ばれた面識のある三人が話し合いを重ねながら進めていけば、当然腹の探り合いになる。それぞれ知恵を出し合うというより、肝心なところは伏せたまま、足の引っ張り合いがはじまる。素晴らしい建築物に仕上げるという目標とは違うところで、駆け引きやら根回しやらに労力を割《さ》くようになっちまうと本末転倒だ。選考も、異人の建築家が担うようだったからね、僕はその点も疑問だった。この国の象徴となる建物の善し悪しを、異人に判断させるのはいかがなものかと思ってさ」

寸足らずのズボンのポケットに手を突っ込み、小林は異人のように肩をすくめて見せた。

「妻木さんはあれで、派閥みたいなものが苦手だろ。組織内で出世するために上に取り入ることも、昔から一切やらんよ」

「いや、でも大蔵省でも内務省でもしっかりご出世されているじゃないですか」

玄関口での立ち話だから、傍《かたわ》らをひっきりなしに出入りの者が通る。武田はあたりをはばかりながら声を潜めた。

「こいつぁ僕の見立てで、妻木さんから聞いたわけじゃあないんだが」

小林もつられて声を落とす。

「官界と民間は違うだろう？　民間の建築家として働くとなると、多方面に目配りせんとならん。情報収集も欠かせんだろうし、これぞと思った人物はこまめに繋いでおく労も厭《いと》うてはいられない。僕らが行かせてもらったような欧州視察になんぞ、個人の資金ではなかなか出られん。しかし官吏《かんり》でいればどうだ。国家的な建造物には優先的に関われる。与えられた仕事をしっかりこなせば、付き合いだの会食だのに精を出さんでも有意義な仕事ができる。不自由なようでいて、無駄がないんだ」

小林はそこで一呼吸おいて、続けた。

「煩《わずら》わしい人付き合いや自らを売り込むことをせんでいいという点で、妻木さんには向いているんじゃないかな」

妻木は人付き合いを厭う質《たち》には見えないが、と武田は内心首を傾《かし》げる。自分のような年若い者に対しても親切だし、現場の職人たちとも懇意だ。省内での立ち回りについては知らぬが、人嫌いゆえに官庁にいるとも思えなかった。

「で、君はこれからどこで働くんだい？　大蔵省か内務省から声が掛かったんじゃないか？」

「はあ。僕もできれば妻木さんのもとで勤めたかったのですが、京都に行くことになりまして」

声を呑んだ小林に、文部省からの申し渡しで京都高等工芸学校の教授としての赴任が決まったこと、関西の建築界においてイギリスで学んだことを十全に発揮してもらいたいと依頼されたこと、帰朝前にもう決まっていた話であることを告げた。

「僕の欧州遊学は、文部省の推薦を受けて実現したものでしたから断れませんでした。ただ、京都には前から一度は住んでみたかったので、嬉しいお話ではあるんです。僕は大学院でも宇治平等院の研究をしておりましたから、あちらの社寺の検分もこの機に本格的に行うつもりです」

小林は武田の話に目を細め、

「君のそういう日本趣味は、妻木さんに似とるな」

と、頷《うなず》いた。日本の伝統建築には学生時分から惹かれていたが、西欧に渡ってなおのこと、その緻密《ちみつ》さや様式美を再認識することになった。日本人ならではの精緻な仕事を受け継ぎながら、堅牢で防火性の高い洋風建築の技術を融合していくことが、これからの街造りの要《かなめ》になると武田は確信したのである。

「そういや、妻木さんはなんと言ってた？　君の京都行きについて」

「そうか、とだけおっしゃいました」

あまりにあっさり送り出されて、武田は少々拍子抜けしたほどだった。

「京都で多くを吸収してこい、ということだろうな。いずれ議院建築計画が再浮上して、妻木さんが関わることになったら、君はきっと呼ばれるぜ」

そのために欧州を視察したのだ。小林に言われるまでもなく、そうでなければ困るとさえ思ったが、「どうでしょうか」と応えるにとどめた。

「といっても議院建築がすぐにはじまるわけじゃない。前に議題に上ったときも、十六年計画だったからね。妻木さんももう四十五だろう。だからのちのち仕事を託せる若い技師を見立てているんだ」

他に矢橋賢吉《やばしけんきち》や遠藤於菟《えんどうおと》といった帝大工科大学出身の者に目星を付け、現場を手伝わせて様子を見ているようだ、と朗らかに語られた内幕に、武田の背筋が凍り付いた。小林は妻木と幾多の現場を共に踏んできた片腕であり、格別に信を置かれているから議院建築にも必ず携わるだろうが、武田をはじめ帝大卒の建築家はおそらく、比較の上で声が掛かるか否かが決まる。つまり、これからどんな仕事をしていくかが肝になるのだ。

「よほど気を張らんといかんですね」

矢橋も遠藤も帝大では武田の三学年ほど先輩で、中でも矢橋は工手学校の教授を経たのち大蔵省に入省し、技師として働いている。三人の中ではもっとも妻木に近い人物だ。

――負けたくない。

という野心が唐突に突き上げてきた。こんなふうに誰かに敵対心を抱くなぞ自分らしくもないと戸惑いながらも、総身に力が入るのを止められなかった。

「まぁしかしそいつぁ、議院の建築家が妻木さんに決まったらの話さ。今のところ、官吏という点で妻木さんが有利だろうが、そうは問屋が卸さんと目を光らせている連中も巷《ちまた》にごまんといるだろうからね」

小林はいたずらっぽい笑みを浮かべると、近く京都に遊びに行くさ、と適当な社交辞令を放って後ろを向けた。

＊

矢橋賢吉は、休日になると隅田川や時に東京湾まで繰り出して釣り糸を垂らす。故郷の岐阜にいた時分からの趣味なのだが、昨今では身の内に巣くう憂鬱《ゆううつ》の種を払うため、竿を担いで早朝から家を出るのだ。

昨年明治三十七年の二月、日本はロシアに対して宣戦布告した。対清戦争に勝利を収めて軍部は調子に乗っているのだ、あんな大国相手に戦争なぞして負けるに決まっている——そんなおおかたの予想を裏切って、旅順《りよじゆん》港での駆逐艦隊による攻撃成功を皮切りに、陸海軍とも緒戦で勝利を収めていった。今年の七月、樺太《からふと》のロシア軍が降伏すると、日本は大国ロシアよりも優れているのだ、これで一等国の仲間入りだと、戦勝気分に国中が湧いた。だがそれも、九月にポーツマスで結ばれた講和条約により、砂上の楼閣《ろうかく》よろしく脆《もろ》くも崩れてしまった。米国ルーズベルト大統領の仲立ちによって進められたこの話し合いは、負けた側であるロシアの強硬な態度が壁となり、ほとんどの条件を譲歩するという、屈辱的妥結に終わったのである。

「軍費の賠償にも、ロシアは否やを唱えたんだ。賠償は敗戦国が戦勝国に対して行うものであって、ロシアは敗戦国ではないから払う必要はない、と突っぱねたっていうんだから、なにがなんだかわからんよ」

同僚からそう聞かされて矢橋は瞠目したが、このまま戦争を続ければ兵力が不足すると見越して講和に持ち込んだのが日本であることを思えば、交渉の場でロシア側が「敗戦国ではない」と言い切るのもまた、彼らにとっては有益な戦略だったのだろう。講和の話し合いに臨んだ小村寿太郎《こむらじゅたろう》は、南樺太の譲渡を約束させた代わりに、賠償金を放棄せざるを得なかったのだ。

これに憤《いきどお》った市民の暴動が、各所で起こった。官庁集中計画により整備された日比谷でも集会が開かれ、暴徒化した市民と巡査が衝突、交番にも火がつけられた。

「官庁街を整えた井上さんは忸怩《じくじ》たる思いだろうな」

矢橋が同僚に語ると、

「いや、井上さんにも責任があるからな。講和会議に小村外相を差し向けたのは、伊藤博文と井上馨だ。ふたりは、君には気の毒なことだ、と小村さんを送り出したっていうから、こうなることは予見していたんだろう」

と、みな冷ややかに言うのである。それでも伊藤は小村をねぎらい、帰朝の折には横浜港まで迎えに出たらしいが、井上はそれさえも怠《おこた》った。

——伊藤、井上の下で働くことになった小村は受難だな。

自らに照らして、矢橋はそんなことを思う。

大蔵省技師として働きはじめた九年前は、毎日揚々《ようよう》と職務に励んでいたのだ。その後、臨時煙草《たばこ》製造準備局に異動して、全国各所に新設される官営事務所の設計を任された折も、寝る間も惜しんで努めた。

だが、小村寿太郎が帰朝したのと時を同じくして、今年十月に官制改正が行われると局は廃止になり、代わりに発足した大蔵省臨時建築部の第一課長を命ぜられたあたりから、胃が痛む日が続いている。部長である妻木頼黄のすぐ下で、責任ある立場を任されたためだ。この上役とは以前から、どうも反りが合わない。

「君の卒業制作を拝見したよ。あれはどうも意匠がよくないね」

大蔵技師になって間もない頃、隣の課にいた妻木に、唐突に駄目を出されてから、すっかり苦手になってしまった。彼は当時三十八歳で、建築部掛長《かかりちょう》の肩書きがついており、二十八歳の一兵卒である矢橋とは、それまで接する機会さえ乏しかった。にもかかわらず、あまりに直截《ちょくせつ》な物言いだったからだ。

矢橋が大学の卒業設計で題材としたのは「ＨＯＴＥＬ」である。装飾をふんだんに使ったゴチック様式で、指導教授だった辰野金吾には「よくできておる」と、お褒めの言葉もいただいた。その図案をどこで目にしたか知れないが、装飾が過剰で建物のよさを消している、と頼んでもおらぬのに妻木はそんな批評をしてきたのだった。

矢橋は大学卒業後、工手学校で教鞭《きょうべん》を執り、後進を指導する立場にあった。その後、長崎の税関監視部庁舎や福岡県農工銀行の社屋設計も手掛けている。若くして大きな仕事を経てきたとの自負はある。このたびの第一課長抜擢《ばってき》も、堂々としたこの経歴と大蔵技師としての働きぶりが評価されてのことだろうと信じているが、妻木はつい先だっても、

「君はどうも、意匠の才能が乏しいな」

と、部内であることもはばからず言ってのけたのである。部下の前でそんな烙印《らくいん》を押され、これから課を仕切っていこうという気勢が削《そ》がれただけでなく、面目を潰されたような気になって、矢橋はムッと押し黙った。そこへ妻木が、

「もう少し、いろんな建物を見て学んだほうがいい」

と、追い打ちを掛けた。頭に上った血が、プップッと盛大に爆《は》ぜた。打ち合わせかなにかで妻木のもとを訪れていた鎗田作造が、面白い見世物がはじまったとでもいうように首を伸ばし、そのいかにも物見高い顔つきが矢橋の苛立《いらだ》ちを助長した。職人たちとは一寸一分に至るまで細かなやりとりをする妻木であるのに、今の物言いはひどく曖昧じゃあないか。これじゃあいたずらに晒《さら》し者にされたも同然だ。だから矢橋は、

「どこがいけないのでしょう？　具体的に言っていただかないと善処できません」

蛮勇振るい、ついでに声まで震わせて啖呵《たんか》を切ったのだが、妻木は涼やかにこちらを見遣《みや》り、

「それを考えるのが君の仕事だろう」

と、恬淡《てんたん》と返したのだった。鎗田が膝を打って、

「やぁ、一本とられたな」

歌舞伎見物の客よろしく声を飛ばしてきたから、こめかみの血道がごんごんと銅鑼《どら》のような音で鳴った。

妻木さんがすべて正しいとも限らんさ——矢橋は自分にそう言い聞かせて、このときは気持ちを切り替えたのだ。なにしろ、彼の建築家としての構えはひどく特異なのである。机に向かっているよりも現場に入っていることが圧倒的に多く、役所内の内部政治よりも職人たちと信頼関係を築くことに力を注いでいる。

入省間もない頃に大審院の建設現場を視察に行った折も、妻木は他の建築家と人あしらいがだいぶ違うと驚いたものである。ちょうど、広島の仮議院建築を終えて東京に戻っていた大工

の大迫直助が現場に入っており、

「仮議院とはいえ、たった二週間でよくぞ建てられたものですな」

と、労《ねぎら》いの意味もあって矢橋は話しかけてみたのだ。が、彼はこちらを向くでもなく、

「ん」

と顎《あご》を引いたきりだった。もしや近所の野次馬かなにかと間違われたのかと勘繰って、「あの、私、大蔵技師の矢橋賢吉と申します。妻木さんと同じ大蔵技師でございまして」と、それとなく自己紹介をしたのだが、大迫はやはり「ん」と返しただけで、それ以上言葉を継ぐことはなかった。

矢橋もそれまでいくつかの現場を踏んでいたから、職人の無愛想には慣れている。中には、「どうせ鉋《かんな》もかけられねぇくせに」と建築家を見下してくる連中もあるから、大迫のぞんざいな態度もさほど気にならなかったのだが、現場監理を担っていた妻木が現れるや、それまで金剛力士像のごとく胸を反らして突っ立っていた大迫が、素早く妻木の側《そば》に寄り、

「あの、二階の窓枠のアーチですが、少し歪《ゆが》んどるように見えます」

と、やおら進言したから目を瞠《みは》った。矢橋に対するのとは異なる、あまりに真摯《しんし》な態度である。どれ、というように妻木は伸び上がり、

「確かに均衡を欠いてますすね」

応じるや、即座にその箇所を担当している職人を呼んで、やり直すよう伝えたのだ。驚いたのは、妻木の言葉付きに相手を責めるふうはなく、居丈高に命じることもなく、補正の手順について丁寧に指示を出していたことだった。

「煉瓦《れんが》を一旦撤去して、下地からやり直したほうが早かろう。アーチの窓枠に近い一列だけの歪みのようだから、そこだけやり直してもらえますか」

敬語まで用いている。職人もおとなしく妻木の指示を聞き終えると現場に戻り、配下の者たちとなにやら話し合ったのちに窓枠に近い一列を壊しはじめた。

「妻木さんは職人たちの扱いが巧みですな」

感心のあまり胸の内を直截に告げた矢橋に、大迫が疎《うと》ましげな目を向けた。一方妻木は、

「なに、最初の頃はだいぶ反発を食らったよ。細かいことを言うな、と怒鳴られたりしてね」

と、柔らかな口振りで返したのだが、

「どうやって彼らを手懐《てなず》けたんです？」

重ねて訊《き》いた途端、

「手懐ける？」

と、彼は思うさま眉根を寄せ、

「さぁね」

素っ気ない返事を放ってきたのだった。その横顔には、もうこの話は終《しま》いだという強固な意志が滲《にじ》んでいて、矢橋はなにが気に障ったのかとおののきつつも口をつぐんだのである。

——妻木さんはあの当時から、大事なことはなにも教えてくれないんだな。

釣り竿を手にしたままあれこれと思い巡らすうち、日頃の憂さを忘れるどころか、ますます憂鬱になってきた。浮きは、川の流れに翻弄《ほんろう》されてふらふら心許なく揺れるばかりだ。矢橋は竿を地面に置いて草むらに寝転んだ。

――これから建築家として長くやっていくには、どう立ち回りゃあいいんだろうな。隅々まで晴れ渡った空に向けて、胸の内で問いかける。

遠藤於菟から、横浜に個人事務所を構えたとの報《しら》せが届き、秋も終わりに彼のもとを訪ねた。古い日本家屋を改修した事務所は十畳ほどのこぢんまりとした空間で、所員も遠藤と二名の助手だけであるせいか、矢橋の職場とは対極ののどかな居心地のよさが漂っていた。

遠藤は、帝大時代の同期である。当時から馬が合い、いずれふたりでこの東京を世界に名だたる立派な街に造り上げようと息巻いていた。少々風変わりな男で、帝大卒業後に神奈川県の技師になるも、官吏は性に合わんと早々に退職、横浜正金《しょうきん》銀行の技師に転じた。が、今度は、組織は性に合わんと言い出し、銀行を辞めて個人事務所を開いたのだ。建築家になったからには大規模建造物に関わることを目指しそうなものだが、

「僕も学生の頃はそう思ってたが、大きな建物に携わるとなると、大勢の職人やらを取りまとめていかなきゃならんだろう。予算の折衝《せっしょう》なんぞも手間が掛かる。僕はどうやら、人を操るのが苦手なようだ。苦手というか鬱陶《うっとう》しいんだね、人が。だから僕の手の届く範囲で回せる仕事を中心にしていこうと思ってさ」

まったく欲心のないことを言うのである。

それでも彼は、妻木が設計主任となり昨年竣工《しゅんこう》した、横浜正金銀行本店社屋の共同設計者に抜擢されている。当然ながら大仕事だ。これと前後して妻木は武田五一を助手として日本勧業銀行を造り上げていたから、どんな基準で助手が選ばれるのか気になって、浅ましいとため

らいつつもこの日、遠藤にそれとなく探りを入れたのだった。

「別に僕は妻木さんに見込まれたわけじゃあないさ。もともと僕は横浜正金銀行の技師だったし、先年天津《てんしん》支店を設計しているだろう？　その流れで、妻木さんと組むことになったっていう単純な経緯《いきさつ》だよ」

彼は屈託なくそう応えたが、遠藤が正金銀行の技師であれ、あの完璧主義の妻木が、信を置けぬ者と共に大仕事をするはずもない。彼にはそういう怜悧《れいり》なところがある。

「妻木さんのおかげで、やりやすい現場だったよ。あの人、職人たちとうまく意思の疎通をはかってくれるだろ。だから、だいぶ楽させてもらったんだ。ただ、なにかと試すようなことをしてくるんだな。君ならファサードはどんな意匠にする？　玄関にはどんな石を使う？　ってさ、しょっちゅう問いかけられて、常時試験でも受けてるようで気疲れしたさ。一応訊くだけで、もうご自分の中に答えがあるようだったが」

面白そうに遠藤が語ったそのとき、矢橋ははたとあることに思い至った。

二年ほど前だ。矢橋も一度、妻木から誘われたことがあったのだ。現議院に設《しつら》えられた玉座天井の改修で、妻木が欧米視察から戻って間もなく意匠設計を負うことが決まった。議院建築調査会解散のあとだったから、部分的改修とはいえ議院の内装に関われる昂揚《こうよう》もあったのか、

「どうだ、矢橋君も案を出してみるか？」

と、妻木が珍しく声を掛けてきたのである。

「よろしいんですか？　玉座となると畏《おそ》れ多い気もいたします」

ひたすら恐縮したが妻木は上機嫌で、

「案を請うだけだ。なにも君に任せるとはまだ言っとらんよ」

と、冗談めかして応えた。それでも優れた図をあげれば一部採用になるかもしれぬし、妻木に自分の意匠力を示せるかもしれない、と勤めを終えてから毎晩いそいそと机に向かって図案を完成させたのだが、妻木はそれを一瞥《いちべつ》するなり鼻から息を抜き、「ご苦労だった」と言ったきり、感想のひとつも口にしなかったのだ。

結局矢橋の案は欠片《かけら》も採用されることなく、玉座天井の図案は妻木のものでいくこととなった。

──駄目でも仕方ないが、せめてどこがよくないか、教えてくれてもよさそうなものだ。

どうにも腑《ふ》に落ちず、矢橋はケチのひとつもつけてやろうと、暇を見つけては議院の改修現場を覗《のぞ》きにいったのだが、徐々に形を成していく天井意匠に接して、途方もない敗北感に打ちのめされるだけであった。絢爛《けんらん》な模様だが朱や藍《あい》といった抑えた色使いで、華美には映らないのに洗練されて独特の品をかもし出している。矢橋の案は、ふんだんに金箔と紅を用いたものだった。自分の発想がひどく田舎臭く感じられ、

──これが江戸の意気か。

と、ひそかに嘆じたのである。江戸人、ことに武家は、着物にしても渋い色味を好んだと聞く。妻木の内にも、どこか質素な美意識が息づいているのだろう。明治になって三十年以上経つというのに、彼が日本建築にこだわっている理由がうっすらとだが理解できる気がした。とはいえ矢橋は、そんな内心は微塵も見せなかった。業腹《ごうはら》だから、感想を口にすることすらしなかったのだ。

——もしかすると、俺にとってはあの玉座の意匠案が試験だったのか。

武田といい、遠藤といい、妻木はあえて若い者を登庸《とうよう》し、共同で設計をしてきた。しかし彼には、大迫、鎗田、小林や沼尻といった幾多の現場を経てきた同志がすでにいる。小林や沼尻は設計士としても優れているから、なにも彼らより経験の浅い者と組む必要は本来ないのだ。それでも今年、四十七になった妻木にとって、十数年がかりの建築となると、現場を最後まで見届けられるかどうか危うい。ために、眼鏡にかなう次世代の建築家を探しているのではないか——。

「そういや、辰野教授も事務所を開いたろう。や、もう教授じゃあないか。工科大学の教授はとうに退官しているんだったな」

遠藤は、扇子でいたずらに首筋を叩きながら言った。

「せっかく学長にまでなったのに、どうも惜しいことだね」

「いやぁ、官より民のほうが気楽さ。関わる仕事を選べるし、責任の負える範囲内で仕事をしていきゃあいいしさ。僕も、個人事務所を開いてようやっと人心地つけた気がするもの。まぁ、大蔵技師の君に言うことじゃあないがね」

「しかし、仕事が必ず来るとは限らんのだぜ。食っていけるかどうかも保証はない。不安にはならんか?」

「うーん、まぁまったく稼げんと困るが、今のところ三井物産から依頼がきているし、自分の食い扶持《ぶち》がなんとかなれば、僕はそれで十分だからね。それに、組織にいたって仕事が回ってきたりこなかったり、上役の采配で決まっちまうんだから同じことさ」

言う通りだった。大蔵技師として大きな仕事を任されていく者、些末な仕事しか与えられぬ者、当然ながら差はついていく。自分は上役である妻木に、おそらく買われてはいない。となると、この先、省内では仕事に恵まれないかもしれない。

「辰野さんの事務所は、葛西《かさい》さんと共同だそうだ」

「葛西さん？　葛西萬司《まんじ》か？」

「ああ。工科大学を出たあと、長らく日本銀行の技師をされていた方だ」

なるほど、辰野が日銀の設計をした折に気脈を通じたのだろう。

「僕は先だってご挨拶に伺ったぜ。君も、近々顔を出しておけよ。辰野さんは建築学会の重鎮だし、学生時分は僕ら、さんざんお世話になったからな」

そうだな、と曖昧に返事を放った。呑気《のんき》にやっているようで、遠藤も存外周りに目配りしているのかもしれん、と少々意地の悪い想像をした。


結局、辰野の事務所を訪ねたのは、明けて明治三十九年の桃の節句を過ぎてからになってしまった。仕事が立て込んでいてなかなか暇が取れず、また、辰野のことは学生時分から尊敬しているだけに、会うとなると緊張が先に立ち、どうにも腰が引けたこともある。大蔵技師として大韓帝国への出張が決まったため、その前に顔だけ出しておこう、とようやく腹が決まったような具合だった。

日本橋の榮太樓《えいたろう》で買い求めた最中を手に、三月半ばの昼下がり、京橋にあるビル内の「辰野葛西建築事務所」と木札の下がった戸口の呼び鈴を鳴らした。辰野は現在、京都の三条高倉に日本銀行京都支店を建築中で、往き来が続いているらしく、事前に訪問の旨を伝えた段、東京にいる日程を指定されたのだった。

出迎えたのは見知らぬ若い男で、中にも数人、弟子らしき若者が思い思いに作業をしている。葛西の姿は見えなかったが、こぢんまりとした遠藤の事務所とは異なり、こちらは大所帯で活気がある。奥の応接間に通されて妙に柔らかい応接椅子に腰を落ち着けると、すぐに辰野が現れた。

「ご無沙汰しております」

椅子から跳ね上がり、直立姿勢で言ってから、直角に腰を折る。

「いやぁ、久しいねぇ。君とは十年まではいかんが、だいぶ会っとらんかったな」

辰野は鷹揚《おうよう》に言って深々と応接椅子に腰掛け、矢橋にも椅子を勧めた。

「ご無沙汰いたしまして申し訳ございません。ご活躍は伺っております。このたびは事務所開設おめでとうございます。遅ればせながらご挨拶に伺わせていただきました」

矢橋は椅子に尻を引っかけるようにして浅く腰掛け、再び頭を下げた。

「わざわざすまんな。僕は前にも一度事務所を開いておるだろう。しかしあのときは、どうもうまくいかんかった。なかなか注文が来なくて難渋したんだが」

あけすけに言って、辰野は快活に笑った。

「今回ものんびりやろうと構えておったところ、注文がひっきりなしでね。しかも、日本銀行だの第一銀行だの銀行が続いとる」

「それはまた、ご活躍で」

確かさっきも「ご活躍」と俺は言ったよな、と焦りながらも、辰野を前にするとなんでもいいから褒めなければと気が急《せ》いて、型にはまった言い回ししか出てこない。だが、幸いにも、彼はそういう細かなことに頓着する質ではなかった。

「今は京都で二棟建てておるから、東京を留守にすることも多くてな。大阪でも、片岡安《かたおかやすし》と建築事務所を開いとるんだ。知っておるか？」

「ええ。もちろん存じ上げております。東京と大阪、ふたつの市区にまたがって活躍されているのは、辰野先生くらいでしょう」

「二市区だけじゃあないぞ。日本各所から依頼が来ておるんだ」

辰野は小鼻を膨らませ、喉の奥まで見せて笑った。頭はだいぶ薄くなったが、血色も肌つやもよく、いかにも壮健、そして豪放磊落《ごうほうらいらく》、胆力もいっこう衰えておらぬ様子だ。辰野先生は見ているだけで力が湧いてくるような方だな、と学生時分、遠藤がよく言っていたが、まさにその通りである。人に対しても仕事に対しても用心深く、なにごとも重箱の隅をつつくように見澄ましている妻木とは、男としての器が違うのだろう。

「君は、確か大蔵省に入ったんだったな。まだ辞めとらんか」

「ええ。なんとか勤めております」

「臨時建築部か」

「ええ。一応課長をやらせていただいております。まだ代表作となるような建物は設計できておりませんが」

そのとき、つと辰野の顔から笑みが消えた。しばし宙の一点を見詰めていたが、やがて彼は、ゆっくりと口を開いた。

「第二十二回議会が開かれとるのを、君ももちろん知っとるだろう？」

矢橋は突然話題が変わったことに動じながらも頷いた。

この三月六日から衆議院本会議が開催されているのだ。

「大蔵省から、議会へ働きかけがあると耳にしたんだが」

「働きかけ？　とおっしゃいますと……」

「議院本建築を承認させるという話だ」

初耳だった。議院建築案を出すとすれば妻木だが、そんな話は毛ほども漏れてきていない。

「本建築を進めるのであれば、戦勝に沸いておるこの時期こそふさわしい。予算を議会に承認させるのも、以前よりはたやすかろう。しかし、大蔵省がそれを先導するのは感心せん」

はあ、と相槌《あいづち》を打ちつつ、そういや辰野はかつて、妻木とともに議院建築調査会委員を務めていたな、と思い至る。大蔵省主導で計画が動けば妻木にお株を奪われる、それを阻止したい、ということだろうか——察しはしたが、矢橋は相手の言葉を待った。

「君はなにも聞いておらんか」

「ええ。私は近く、大韓帝国への出張が決まっておりまして、省内でもそちらの話を詰めてばかりで」

「議院には関わっておらんか。ということは、妻木の子飼いではないのか」

終いのほうはひとりごちるような囁《ささや》き声だったが、矢橋は密かに息を呑んだ。

——そうか、妻木さんが仕事を継ぐ者を見極めているのは、この議院建築のためか。

以前あがった議院建築案は十六年の長期計画だった。おそらく次も同程度の期間を設定するだろう。そうなれば、妻木の設計案を形にするとなっても、最初から最後まですべてを自分で担うわけにはいかない。信頼できる弟子筋を今から調《ととの》えておかねば立ちゆかないと考えるのは至当である。

しかし矢橋は、議院本建築を議会に働きかけるという話すら聞かされていないのだ。

「仮にだね、仮にそんな話が耳に入ったら、こちらへ知らせてくれんか。議院は国の機関だが、官吏の内だけでこれを造るのは違う。国の表象になる建物だからこそ、広く設計案を募る必要がある。君もそう思わんかね」

大蔵省内での発案者が妻木であるならば、それが議会を通ったとき議院設計者はおのずと妻木に決まる。辰野としてはそうなることを阻止して、設計競技に持ち込みたいのだろう。しかし矢橋は大蔵省の人間である。内部の情報を、仮に知っていたとしても、安易に漏らすことはできない。逡巡していると、辰野が髭《ひげ》をさすりながら身を乗り出した。

「建築学会でも議院設計に名乗りをあげたい、と希望している者が多くてね。そうだ、君にしたって設計者として手を挙げることもできるはずじゃないか」

夢のようなことを言われて、ますます戸惑う。確かに、大蔵省の技師でなければ、設計競技に参加することもできる。また、辰野のような個人事務所を営んでいる人物と組んで、議院建築に関わることもできるのだ。妻木はきっと、小林や武田、遠藤を協力者に選ぶだろう。外されることがわかっていて、将来《さき》のない省内にとどまる意味はあるのか——。

「東京を造り上げる機関が、一極集中になってはいかんのだ。街造りには限りない可能性がある。ことに洋風建築が隆盛している今ならばなおのこと、広く案を募り、多くの可能性の中から慎重に選別する必要がある。お役所仕事で一辺倒に造っては、街の彩りというものが失われる。大蔵省や内務省の技師だけで築き上げていい仕事じゃあないんだ」

しかし仮に妻木が議会に議院本建築建議案を提出すべく動いているとすれば、確実にこの仕事を手中に収める算段があるのだろう。そういう、秘密主義で堅実な性質が、彼を第一級の建築家に押し上げたのである。

「そうですな。できる限りのことはいたしましょう」

辰野の力強い視線に堪えきれずに返した。

「公正にやらねば、いい街造りはできん。君に良心があるのなら、是非僕に協力してもらいたい。君と共に仕事をする機会になるかもしれんぞ」

辰野と一緒に議院を造る――勝手に幻想が湧いて、うろたえる。今や日本を代表しているといっても過言ではないふたりの建築家の、どちらにつけば、建築家としての未来が開けるのか。

矢橋は、妙に柔らかいがどこか不安定なソファの上で居すくまりながら、悶々《もんもん》と模索を続けている。

＊

辰野に機密を流そうにも、その機密がまったく矢橋に流れてこないまま、日ばかり経ってしまった。自身の身の振り方が見えないままに、ひたすら与えられた仕事をこなすという曖昧な日々を送っている。

大蔵省臨時建築部に、このところ鎗田が頻繁に顔を出す。小林も交え、妻木と額を寄せてなにやら相談をしているのだ。それとなく聞き耳を立てていると、どうやら日本橋についての打ち合わせらしい。

明治三十五年に架け替え案が話し合われ、改架が決議した今は、東京市土木課の樺島正義《かばしままさよし》と米元晋一《よねもとしんいち》が橋梁設計を進めている。ふたりとも、まだ二十代の若い技師だ。妻木はこの新たな日本橋の、装飾意匠を任されたのである。

「日本橋というのは江戸の象徴だろう。躯体《くたい》は煉瓦とコンクリートの複合で、表面を花崗岩《かこうがん》で覆うということだ。二連アーチにするというから、欄干《らんかん》の意匠は、典雅で威厳のあるものにしたい」

妻木の声が、矢橋の席まで届く。鎗田や小林といるとき、彼の口調は他では見せぬくつろいだものに変ずる。それはちょうど、学生時代に自分が遠藤たちと夢を語らっていたときに似て、矢橋はつい仕事も忘れて彼らの話し合う様に見入っていた。と、不意に顔を上げた鎗田と目が合ってしまった。彼は動物さながらの嗅覚で、こちらが視線を向けているのに勘付いたらしかった。

「やぁ、そんなとこで耳そばだてでねぇで、こっち来て輪に交ざっちゃどうだえ」

大声で言うから、きまりが悪かった。妻木を窺《うかが》うと、いささか訝《いぶか》しげに眉根を寄せながらも、

「仕事に区切りがついているなら、来ればいい」

と、珍しく寛容なところを見せた。これは滅多にない好機だと、遠慮しつつも、「失礼致し

ます」と頭を下げて輪に加わったのだ。連中はしかし、矢橋の存在など目に入っておらぬふうに、三人での話し合いを続けていく。

「岡崎雪聲《おかざきせっせい》ってなぁ、江戸の鋳物師の伝統を汲《く》んだ鋳金家でさ、俺は大審院の内装意匠に妻木さんが海老虹梁《えびこうりょう》だの大瓶束《たいへいづか》を使った段から、江戸流の彫刻に秀でている人物を囲っておかにゃあならんな、と読んで目星を付けてたのよ」

鎗田が鼻を高くした。岡崎の名は、矢橋も知っている。東京美術学校鋳金科の教授で、先年のシカゴ万博にも鋳造作品を出品しているはずだ。上野のお山に鎮座する西郷隆盛像も、彼の仕事である。

「岡崎さんは、僕もいいと思います。精緻ですが表情豊かで、なにより迫力がある。ただ樺島さんと米元さんが設計なすった橋本体は石造りのアーチ型で、これまでの日本橋に比べれば西洋の風趣がある。これとうまく融合させるためにも、もうお一方彫刻家を立てたほうがいいように思うんです」

小林が提案するや、鎗田が、

「ふたりも立てたら喧嘩になるだろうっ」

と、子供みたような反駁《はんばく》をした。妻木の口の端が、笑いを堪《こら》えているようにうごめいている。

小林は、鎗田の言を受け流して続ける。

「渡辺長男《わたなべおさお》という方がいます。日本古来の彫刻技法を得意としておりますが、一方で西洋の彫刻にも明るく、独創的な造形をする彫刻家です。岡崎さんはご高齢ですが、渡辺さんはまだお若い。岡崎さんの意向を受ける形で、現場を任せてはいかがでしょうか。確か、お二方は師弟の間柄だったように思いますし、年齢も開いておりますから諍《いさか》いにはならんでしょう」

「いや、喧嘩はするね。芸術家ってなぁ頑固なんだ。てめぇの作品にこだわるしよ」

あくまで鎗田は首を横に振る。

「それを言うなら建築家こそ頑固です。しかし妻木さんは、僕や武田君と一緒に仕事をしとるじゃないですか。これと同じ原理です」

「なんだ、げんなり、ってなぁ。難しい言葉で煙に巻きやがって」

仕様もない言い争いになりかけたところで、妻木がようやく割って入った。

「とりあえず、まずはそのふたりに会ってみよう。こちらと気脈が通じるか、見極めんとならん。話が通じない者と仕事をすれば、倍の時間が掛かる上、結局はうまくいかんからな」

これを聞いて、矢橋の胃が律儀《りちぎ》に痛み出した。別段妻木は、矢橋への当てつけで言ったわけではなかろうが、例の議院玉座天井の意匠案を見た際に、きっと自分は「話が通じない」と彼に見切られたのだと思えば悄然《しょうぜん》となる。武田や遠藤とは、初手から意思の疎通が成ったのだろうか。

「おい、兄ちゃん」

考え込んでいたところにいきなり伝法《でんぼう》な声が飛んできて、矢橋は慌てて背筋を伸ばす。

「ぼーっとしてねぇで、意見のひとつも言っちゃどうだ。おめぇさんも建築家の端くれだろう」

鎗田の言いぐさが癇に障った。ぼーっとしていたわけではない。静かに傾聴していたのである。そもそも、そんなべらんめえ口調でまくし立てていては、中に割って入ることなぞできやしないだろう。自分の口がへの字に歪んでいくのを止められずにいると、妻木がその涼やかな目をこちらに向けた。矢橋は腹を決めて、肺腑《はいふ》深く息を送り込む。

「橋を設計する段、これを渡っているときの見え方や、横から見たときの見栄えを気に掛けるのが正統的であるように感じます。今回、日本橋の橋脚がアーチ状に組まれるのは、横からの美観も意識してのものでしょう。これに対して、欄干の意匠となりますと、主には橋を渡るときに目を楽しませるものになりましょうが、横から見ても石橋のフォルムとうまく合う意匠にする、ということも見逃せないように思うのです」

うまく話がまとめられぬままにつらつら述懐していると、鎗田が「そんなこたぁ、こちとらとうに頭に入ってるんだよ、だいたいてめぇの話は『ように』ばっかりじゃねぇか。少しは言い切ることをしねぇか」と、茶々を入れ、小林が「少し黙って聞きましょうよ」と、これを諫《いさ》めた。

矢橋はいささか怖《お》じ気づいたが、深呼吸してから続ける。

「あの……私は釣りが好きです。今でもよく釣りに行きます」

今度は一同、「なんの話だ?」というふうに目を丸くした。

「川釣りというのは、たいがい河岸から竿を投げます。海釣りは堤防から糸を垂らしますが、川では橋の上で竿を振り回すことはまずありません。人の影が川面《かわも》に映って魚に勘付かれてしまいますし、第一針が他の通行人に引っかかりでもしたらおおごとですからね」

好きな釣りの話だと、つい興が乗って声も大きくなる。呆然とこちらを見ている三人に気付いて矢橋は一旦咳払いをし、自らを落ち着かせてから話を進めた。

「えーと、ですから、釣りをするためにしょっちゅう河岸におるような具合でして、特に私は橋脚近くに陣取ることが多いもので、というのも、案外そういうところに魚が集まる窪みがあるからなんですが、そうするとですね、橋を下から、正確に言えば斜め下あたりから眺める機会がとっても多くなるんです。下から眺めても存外面白いのですが、それは私が建築に携わっていて構造を楽しめるからで、興味のない方からするとどうにも見所がない。今回はアーチ型の橋脚になって、それがずいぶん解消される気もしますが、しかし欄干は多くの場合、その位置からだとなかなか見えませんからね。擬宝珠《ぎぼし》の頭がちらと見える程度で面白くもない。だから、下からも楽しめる欄干があったらいいな、なんぞとたまに思うこともありまして」

鍋田が痺《しび》れを切らしたように、

「おまえの話はまどろっこしいね。結局なにが言いたいんだえ」

と、噛みついてきた。夢中で話していた矢橋は乱暴に話を断ち切られ、ムッと押し黙る。そのとき、妻木が「なるほど」と小さくうなったのである。

「どこから見ても美しい橋か。欄干の装飾はこれまで橋の上から楽しむものだという観念があったが、なるほどそうだな」

ひとりごちると、彼はやにわに帳面を広げ、素早く鉛筆を走らせた。麒麟《きりん》や獅子《しし》の像が、高々とそびえる燈柱《とうちゅう》を守るよう描かれていく。

「まず高欄《こうらん》は親柱をはじめ、どっしりとした存在感のあるものにしたい。さらに燈柱は、一際高くそびえさせる。そうして、この柱を囲むように彫像を設える。江戸の街の象徴だった橋だから、その流れを汲む、日本人になじみ深い像がよかろう。そうだな、ひとつの柱を、種々多様な像が取り囲んでいてもいい。そうすれば、橋の横から下から上から、見る角度によって違う景色が楽しめるだろうからね」

案が次から次へと湧き出してくるらしく、妻木は話しながらも間断なく手を動かし続ける。

「それなら、河岸から見ても映えますな。それに燈柱が高くなるとなれば、威厳を備えることにもなりますよ」

小林が大きく頷く。鎗田もおとなしく図に見入っている。

「よし。これをもとに、一度岡崎さん、渡辺さんに話をしてみよう。その結果をもって、具体的な図案を樺島君たちに伝えて諒承《りょうしょう》を得んとな」

妻木が明るく応えたとき、小林がまったくあっけらかんと言ったのである。

「矢橋君、なかなかやるじゃないか。ねぇ、妻木さん。彼の建築家としての資質は、ひとつきりってわけでもなさそうですよ」

え？　と矢橋は聞き返す。しかし小林はいたずらっぽく笑っただけで口をつぐみ、妻木も素知らぬ顔で図を描き続けている。

――ひとつきり？　建築家として見るべきところが一点しかないということか。それが妻木の、自分に対する評価なのだろうか。

動じはしたが、子細を突っ込んで訊くことはとてもできなかった。普段、小林とふたりして若手建築家をそうやって評しているのだろうか、と思えば恐ろしく、それもまた仕事を継がせる者を見極めるためなのだろうか、と勘繰って嫌な気持ちになる。建築家としての資質がひとつきり――その乏しさに愕然《がくぜん》としながらも、妻木はぜんたい自分にどんな資質を見出してくれたのだろうかと気にもなった。

「君のおかげで少し見えてきたよ」

図を描き終えると妻木はひと言そう告げて、帳面を閉じるやさっさと席を立った。

「これから別件の打ち合わせをせにゃならんから、小林君、鎗田さん、彫刻家との連絡をよろしく頼む」

そう言い残すや、慌ただしくその場から立ち去った。

二

〈聞く所に拠《よ》れば大蔵省は、事務官と技術官とを欧米に派遣して彼地に於《お》ける議院建築を調査せしむべしと云う。内国に在って専心調査すべき事項甚《はなは》だ多し、而《しか》して今此の実際問題を捨て、倉皇《そうこう》として出て海外に遊ばんとするは果たして何の心ぞや。
惟《おも》うに議事堂の如き国家至大の建築設計を挙げて一家の私見に委任するが如き時代はすでに経過し了《おわ》りたり、今日の政治は宰相一人の擅断《せんだん》を許さずして博く国民をして之《これ》に参与せしむるに非《あら》ずや、其《その》国政を議する所の議事堂亦豈《またあに》一家の考案に委するを許すべけんや、我が済々たる建築家は均しくこの名誉ある工事に対して、其考案を提供すべき権利と義務とを併有せり〉
明治四十一年が明け、春の兆しが見えはじめた頃、建築部に届いた『建築雑誌』の三月号をなんの気なしに開き見て、大熊喜邦《おおくまよしくに》は身を硬くした。「議院建築の方法に就て」と題されたその記事は、辰野金吾、伊東忠太、塚本靖《つかもとやすし》という建築界重鎮の連名で発表されている。

「やはり、すんなり大蔵省で請け負うわけにはいかんか」

うっかりひとり言を漏らし、慌てて周りを見回す。朝一番に職場に入ったおかげで、幸い誰の姿もない。ほっと息を吐き、今一度雑誌に目を落とす。

辰野さんはおそらく設計競技に持ち込もうとするさ——課長の矢橋賢吉がこれまで幾度も囁いていたことが思い出される。

大熊が、東京帝大工科大学建築学科卒業後に入社した横河工務所を辞し、大蔵省臨時建築部に入ったのは昨年のことだ。初出勤の折、部内を挨拶に回ると、矢橋はなぜか沈痛な面持《おもも》ちで、

「君は妻木さんに呼ばれたんだってな」

と、訊いてきたのだった。妻木からの声掛けで入省を決めたのは、その通りである。しかし大熊は、面識のなかった妻木がなぜ自分を引き抜いたのか、理由を聞かされてはいない。不思議には思ったが、わざわざ聞き出すほどのことでもないから、そのままにしている。

「君も助手に加わるのか？　そういう話は聞いておるか？」

矢橋はそのとき、用心深い目を向けてきたのだ。

「助手？　いえ、職務に関してはまだなにも。入省したばかりですから、技師の仕事をお手伝いすることからはじめる形でしょうか」

「じゃあ、議院設計のことはなにも言われとらんのだな」

「議院を？　本建築を、この部で請け負うんですか？」

鼓動が一気に速くなった。議院という、日本を代表する建造物の建設過程に接することができるのか――。

大熊は大学で建築を学んでいた当初、自ら設計することよりも建築史に惹かれ、それを調査、研究することに力を注いできた。横河工務所勤務時代、舞子《まいこ》海岸に住宅を一棟設計はしたが、それよりも江戸から明治にかけての住宅事情や建材、工法の変遷《へんせん》を調べることに魅入られていたのだ。今回、大蔵省への入省を決めたのも、築港はじめ景色を変えるような事業や大掛かりな公共建造物の設計から施工までを間近に見られるという誘惑に駆られてのことだった。

「そうか、君は聞かされておらんか」

少しく安堵《あんど》したような、まだどこか懐疑が挟まっているような矢橋の顔を見て、なるほど、この人は議院建築に助手として加わりたいのか、と大熊は察した。ならば素直にそう言えばいいのに、と可笑《おか》しくもなったが、助手に加わることで議院建築という歴史的事業をよりつぶさに体験できるのかと気付いて、自分もまたその輪に加わってみたいという欲が湧かぬでもなかった。

「よう、おはよう。今日も早いな」

矢橋との出会いを思い出していたら当人が現れたから、大熊は慌てた。矢橋はしかし、こちらの動揺に気付くふうもなく、大熊が手にしている『建築雑誌』に目を留めるなり、「やっ」とうめいて、「貸してくれたまえ」と断るや、辰野らの記事を食い入るように読み進めていた。が、やがて大きく息を吐くと、

「きっと辰野さんは僕にご立腹だろうなぁ」

と、情けない声を出したのだった。

「去年の議会で、議院本建築の調査費が予算に計上されたろう。妻木さんが働きかけてさ。僕はね、ここだけの話、辰野さんの事務所に挨拶に伺った折に、議院建築について大蔵省に動きがあれば教えてくれと頼まれていたんだよ」

ここだけの話、と矢橋は言うが、このくだりを大熊は少なくとも五回は聞かされている。

矢橋は、大学時代の恩師である辰野に大蔵省内部の動向を流すようにと頼まれながらも、さんざん悩んだ挙げ句、それには応じなかったらしい。辰野の建築界における影響力は絶大で、仮に彼と組めれば自分の名も轟《とどろ》くだろう。しかし矢橋自身は野に下って個人事務所を開けるほどの実績はまだなかったし、設計競技になったとして、自分の案が採用されるとも思えない。それに俯瞰して見れば、議院建築に関しては大蔵省に遥かに分がある、妻木に従っておいたほうが議院に携わる近道だと判じたためらしかった。

僕は妻木さんにさほど買われてはおらんが、しかし実直に仕事をしていけばきっと用いられるはずだからね――自らに言い聞かせるようにして、彼はそう繰り返していたのである。

実際矢橋は妻木の仕事を率先して手伝っていたし、議院設計のための視察として大蔵技師の欧米派遣計画が持ち上がるや真っ先に手を挙げてもいた。正式な派遣員はまだ決まっていないが、『建築雑誌』に掲載された辰野らの意見書にある、「倉皇として出て海外に遊ばんとする」とは、この視察旅行のことを指しているのだろう。

なにかと茶化す小林金平なぞは、

「まるで大石内蔵助だ。君を見ていると忠臣という言葉を思い出すよ」

と、しばしば矢橋をからかっているが、同年代の建築家に先を越されてはならじとする彼の意気込みに接すると、大熊はむしろすがすがしい心持ちになる。

誰かと競う、ということに大熊自身はこれまで関心を抱いたことがない。建築の善し悪しは、見る者によって異なる。日本の伝統建築こそ最上だと言う者もあれば、いや煉瓦造りの洋風建築だ、なにコンクリートがこれからは主流になると、工法だけでもさまざまな意見が常に飛び交っているのだ。さらに意匠となればそれこそ多種多様、好みの差が歴然となる。今はさほど評価されなくとも、時代を経て重んじられるものもある。建築史を研究しているといっそう、建築に正解はないと思えてくるのだ。価値基準が一通りではない中で競い合ったところで、どれが一等、二等と安易に定めることはできないだろう。そんなことで神経をすり減らすのは無益であって、自分がよいと信じた設計をただ粛々《しゅくしゅく》と続けていくしかないのである。

「君は確か、伊東先生とお知り合いだったよな」

雑誌を大熊に返しつつ、矢橋が訊いてきた。

「ええ。三年ほど前、満州奉天城の調査をご一緒しました」

「伊東先生も意見書に名を連ねておられるぜ。君にはなにか言ってこなかったか」

「はぁ、特には。大蔵省に入ったことはお知らせしましたが」

伊東忠太がこの意見書に名を連ねていたことは、いささか意外だった。彼はどこか浮き世から隔たっているふうで、こうした論争とは無縁だと思っていたからだ。そもそも、インドや清国、トルコを三年掛けて行脚《あんぎゃ》し、建築を学んだ人物である。欧米に学ぶ者が多い中、変わった足跡ではあるが、橿原《かしはら》神宮や平安神宮といった神社仏閣を主に設計してきたその仕事には十二分に活かされているのだろう。至って穏和な人柄だったし、今年はロンドンで開かれる万国博覧会の日本館を設計すると話していたから、おそらくは単に意見書に名を連ねただけではないか、と大熊は見ている。

「辰野さんは是が非でも議院を設計したいんだろう。しかし、この意見書の真意は別のところにある。要は、国家的な建造物を官のみに任せてはいかん、という建築家としての声明なのさ」

有能な大工が幕府や藩のお抱えだった江戸の頃とは違う、民間に下って己の力で事務所を構えた者ほど活躍する時代が、もうそこまで来ているのだ、と矢橋は口角泡を飛ばした。

「辰野さんは去年、事務所を八重洲に移転してますます勢い盛んだ。こいつぁえらい闘いになる。あとは妻木さんがどう防ぐか、だ」

矢橋がつぶやいたとき、見計らったように妻木が姿を現した。彼は部内をザッと見渡し、

「あ、大熊君」

と、呼ぶや、

「このあとB室に来てくれんか。見てもらいたいものがある」

素早く命じてそそくさと部屋を出て行った。B室とは、妻木が集中して図面を引いたり模型を試作したりするときに使っている廊下奥の小部屋である。

「今、君だけ呼ばれたよな。僕の名は呼ばれとらんよな」

矢橋は確かめるように繰り返したのち、力なく自席に座り、宙を見つめて大きな溜息をついた。

Ｂ室に一歩踏み入った大熊は、その場に立ち尽くした。

大机の上で、麒麟が目一杯羽を広げていたのだ。顔つきは鋭く、双眸《そうぼう》は天を睨んでいる。あまりの威厳と、今にも取って食われそうな迫力に、大熊はわずかに後じさりをした。

「どうかな？」

麒麟の粘土細工の前に立った妻木が出し抜けに意見を請うてきたから、

「怖いです」

うっかり感じたままを答えてしまった。妻木は束の間、目を丸くしてのち、身を折って笑いはじめる。平素滅多にくつろいだ表情を見せない人物だけに、その笑顔はことさら鮮やかに映った。

「僕の恨み辛みが、この像に出ちまったかな」

「恨み？　……あの、この模型は妻木さんがお作りになったんですか？」

「ああ。彫刻家に渡す前の叩き台にしようと思ってね」

叩き台にしては、途方もない完成度である。大熊は、どこか得体の知れない妻木の、新たな側面に触れて混乱する。彼はぜんたい、どれだけ抽斗《ひきだし》を持っているのか。

「君は、江戸期から明治に至る建築史を研究していると言っていたね」

急に話が変わったから、大熊は戸惑いつつ顎を引いた。

「そいつぁ代々江戸に根付いてきた家柄だからかい？」

「それもありますが、江戸の町並みはともかく美しかったと、父から再々聞かされて参りましたので、今とどう違うのか興味が湧きまして」

大熊家は、先祖に源《みなもとの》頼政《よりまさ》を戴く家系である。代々幕府に奉公してきた武家で、父もまた旗本だった。もっとも大熊は明治が十年も過ぎた頃に生まれたから、江戸の記憶はない。父が母と、江戸の町や建物がどれほど機能的で技巧に優れていたか、と語らうのを聞くうち、憧《しょう》憬《けい》が募っていったのだ。

妻木はひとつ頷いて、言葉を継いだ。

「僕はね、なにからなにまで欧化したこの東京に、恨みがあるんだよ。なんだっていっぺんに景色を変えてしまったんだ、ってね。ドイツで学んで、日本のほうぼうに洋風建築を建ててきた僕が言うことじゃあないが。ただ建築を通して、江戸らしさを少しずつでも取り戻したいというのが本望でね」

妻木の江戸趣味は、日本勧業銀行竣工の折から建築界では囁かれていたことだった。が、さほど親しい間柄でもないのに、本望まで打ち明けられ、大熊は再び戸惑う。

「日本橋は江戸の橋だろう。僕が長年抱えてきた恨みを、この架け替えで思い切り晴らそうという魂胆さ」

いたずらっぽく言うと、このあと彫刻家の渡辺長男と鋳金家の岡崎雪聲が来て打ち合わせをするから、君も一緒に聞いていてほしい、と妻木は言い添えた。

「私でよろしいんでしょうか？」

「無論だ。そのために呼んだ」

「そうしましたら、矢橋さんもお呼びしましょうか」

最前、妻木から名を呼ばれずに、悄然と背を丸めた矢橋の後ろ姿がふと浮かんだのだ。が、妻木は即座に首を横に振った。

「矢橋君は意匠の才がないから、今はいい」

斬って捨てるような言い様に驚いていると、

「しかし彼は、建物の構造をしかと測る能力に非常に長《た》けている。そちらの仕事を任せていくつもりだ」

妻木は柔らかに付け足して、矢橋の立場を救った。

ふたりの芸術家との打ち合わせは、彼らが到着するや挨拶もそこそこにはじまったのだが、議論の進み具合ははかばかしくなかった。両名共が妻木の試作に難色を示したのである。二本足で大きく羽を広げた像は不安定で、燈柱を飾るにはふさわしくない、というのだった。

「橋や燈柱に対して像が大きすぎるんです。なんの遮《さえぎ》るものもなく雨風の当たるところに、このような像はいかがなものか、と」

渡辺が遠慮がちに否やを唱えれば、

「鋳物ですからね、不安定な形が災いして、倒れて歩行者にでも当たれば事だ」

と、岡崎もまた渋い顔をする。粘土細工とは材が違うからそうたやすくはいかないだろうが、それにしても、新たな試みに挑もうという妻木の意気が粗雑にへし折られるのを見るようで、大熊はあまりいい気がしなかった。

途中から話し合いに加わった鎗田作造が、おそらくは彼らを紹介した手前、責任を感じたの

だろう、「なんとかしろよ」と伝法に渡辺たちに迫ったのを妻木は遮り、

「橋梁にここまで大きな装飾を施《ほどこ》すのは、私もはじめての試みです。是非ともこれを、素晴らしい形で成し遂げたい。日本橋は、ただの橋ではありません。江戸の象徴であり、旅の始点であった場所です。東京と地名が変わっても、変わらずこの土地に住む者の誇りとなるような橋にしたいのです」

低姿勢で頼み込んだのだ。目の前で頭を下げているのが、臨時建築部の頂点にいる人物だと思えば奇妙な光景には違いなかったが、なるほど芸術家や職人といった建築に欠かせぬ「手」に対してはこう接すればよいのか、と大熊にとっては貴重な学びとなった。ひとり得心していると、不意に妻木がこちらに向いた。

「大熊君はなにか意見があるかな？」

傍観していたところ急に議論に引きずり込まれて、言葉に詰まる。困るとなぜか身体のあちこちが痒《かゆ》くなるのが常で、首筋や脇腹を忙《せわ》しなく掻きながら必死に答えを探す。やがて、なぜまた自分のような入省間もない人間に訊くのだ、と不可解が滲み出し、ままよ、と開き直るや、

「意見というほどのものではございませんが、しかしいかなる創造主も、なにかの嚆矢《こうし》となるべく努めるべきではないでしょうか」

思うところを口にしたのだ。妻木がそっと頷くのが見えた。鎗田が、「その通りっ」と大声をあげた。岡崎は口を引き結び、渡辺は小さく息を吐いてから、

「私が彫りまして、まずは安定したものにできるかどうかやってみましょう」

未《いま》だ不安を残した顔で告げた。それでこそ天下の渡辺さんだ、と鎗田がまた馬鹿に大きな声

を出し、妻木は黙して深々と頭を下げた。

妻木のしたためた麒麟や獅子の図案の束を受け取って、岡崎と渡辺が退出するのを見送りながら大熊は、自分の適当な言辞が彼らの矜持《きょうじ》を傷つけることになったのではないか、と気が咎《とが》めた。

＊

辰野らによる意見書が世に出たのちも、大蔵省内ではその以前となんら変わらず粛々と議院建築の準備が進められている。視察団の派遣は六月と正式に決まり、衆議院、貴族院の各書記官長二名に加え、技師三名が団員として欧米に向かうこととなった。

派遣技師のひとりは、大蔵技師の福原俊丸《ふくはらとしまる》。さらに、京都で教鞭を執りつつこの年から臨時建築部にも籍を置くことになった武田五一。これは早々に決した。あとひとりが誰になるか、部員たちの間ではさまざまな臆測が飛びかっている。おそらく小林金平だろう、というのがおおかたの見方で、派遣技師がすなわち議院建築を担うとなれば、妻木がもっとも信を置く小林に白羽の矢が立つのは当然の成り行きに思われた。

大熊は入省間もなかったし、欧米で建築物を見るより日本の建築史研究を深めたいとの望みが強く、人選にやきもきすることはなかったが、矢橋はそうもいかぬらしい。日本橋橋脚の構造について東京市の技師とやりとりをし、それを妻木に伝えるときでさえ、あたかもお白洲に引き出された罪人のごとく身を硬くしている。少しでもヘマをすれば団員候補から外される、と恐れているのだろう。

「橋は全長四十九・一メートル、幅は二十七・三メートルに定めるということにございます」

尺貫法を使わないのは、異人建築家とやりとりが生じたとき対応しやすいように、という矢橋のこだわりだった。妻木は報告を帳面に書き付け、

「それをもとに今一度、彫像の大きさを計算してくれたまえ」

と、素っ気なく命ずる。矢橋はなにか言いたげにしばらくその場に佇《たたず》んでから、「承知致しました」と頭を下げ、力なく自席に落ち着く。そんなやりとりを毎日のように見せられて、門外漢の大熊までくさくさしてくるようだった。

派遣技師が決まらぬままひと月が経ち、四月の終わりを迎えたその日の夕刻、建築部に慌ただしく小林が駆け込んできた。彼は、机に覆い被さるようにして図面を引いていた妻木のもとへ一散に駆け寄ると、素早くなにかを耳打ちした。途端に妻木の顔色が変わり、席を立つや背後のコート掛けから上着をもぎとり、虚《うつ》ろな目で小林にひと言ふた言告げると大股で出て行ったのだ。なにごとかと部内がざわめく中、残された小林は忙しなく辺りを見回し、やがて大熊に視線を定め、

「君、大熊君、ちょっと」

と、手招きをした。隣の矢橋が、

「まさか、君が視察団に加わるのか」

呆然とうめく。彼の頭にはもはや、議院設計のことしかないらしい。大熊はそれを受け流し、小林のもとに駆け寄る。彼は常に似ぬ険しい顔で、

「忙しいところ申し訳ないが、内務省に使いに出てくれんか。伝言を頼みたい。君は唯一大迫さんを知らんから、平静でいられるだろう」

はぁ、と応えはしたが、なんのことかうまく汲めない。大迫なる名も初耳だった。

「内務省の土木局に、鎗田さんがいる。鎗田さんは知っているだろう？」

大熊は頷く。

「それから、この下の階の税関業務を行っている部署に沼尻政太郎という男がいる。そのふたりに伝言を頼みたいんだ」

目の前の小林の顔が、みるみる沈痛に歪んでいく。しばしためらってから、彼は乾いた声で告げた。

「大迫直助さんが亡くなった。葬儀の場所は追って報せる、と」

妻木はその翌日、建築部に姿を見せなかった。

小林とはやりとりをしているらしく、日本橋装飾の件は大熊や矢橋に滞りなく指示が伝えられた。

「妻木さんはお加減がよろしくないですか？」

大熊がそれとなく訊くと、

「気落ちはされている。父親のように慕っていた方だからね。妻木さんはお父上を幼い頃に亡くされているだろう？　大迫さんは抜きん出た腕を持った大工だったが、妻木さんにとっては仕事の相棒というだけでなく、人生の指南役のような存在だったんじゃないかな」

小林は頰杖をついて嘆息した。

「広島に仮議院を造ったときも、大迫さんの力なくしては無理だった、とよく言っていたよ。あのときは、沼尻さんと、それから湯川甲三さんという当時の内務技師で、そのあと東宮御所《とうぐうごしょ》の御造営局設計課におられた技師とで、たった半月で議院を建てちまったんだからすごいことさ。妻木さんは大迫さんとは人一倍気脈を通じていたから、あの工事も無駄なく運べたんだろうね」

大迫と妻木の関わりについては想像することしかできないが、妻木が常に職人に示す敬意は、大迫という人物に出会ったがゆえに生まれたものかもしれないと、うっすら思う。

「少しよろしいですか？」

矢橋が横から割って入り、小林に日本橋彫像のスケールと燈柱の高さを書き入れた図を手渡した。

「この比率ですと、橋の大きさとも釣り合いますし、重心も安定します。また、どこから眺めても映えるかと存じます。麒麟像は二本足とはいきませんでしたが、妻木さんのご意向通り迫力あるものになったか、と」

「ありがとう。そうしたらこいつを、渡辺さんに託してこよう」

笑顔で応じた小林に、

「妻木さんには確認していただかんでよろしいでしょうか？」

「ああ。僕に一任されとるからな」

たちまち矢橋の顔が曇った。側で見ていた大熊は、矢橋の焦燥を感じ取って気が気ではなく、小林もまたなにかを察した様子で「妻木さんが数日休む間だけさ」と、口調を和らげた。

「それに妻木さんは、構造設計は矢橋君に任せておけば間違いないと常々言っているからね」

えっ、と矢橋が声を裏返す。

「妻木さんが、ですか？」

「ああ。構造設計に関しちゃ、君をもっとも信頼しているんじゃないかな」

素直に喜色を浮かべた矢橋を見て、小林がプッと噴き出した。君はわかりやすい男だなぁ、そんなことじゃ丁々発止の建築界を渡っていけないぜ、と茶化したあと、机に両肘をついて身を乗り出した。

「君はさ、他人に認められんと気が済まんようだな。いつもそこを気にしている。せっかく才があるのに、もったいないぜ」

砕けた調子で言うのだ。矢橋はしばし意外そうに眉をひそめていたが、その口元は徐々に歪んでいった。

「他人を基準にすると、結局造ったものが他人の色になっちまうぜ。いろんな意見に接することは大事だが、それに翻弄されちゃあ意味がないさ。それより自分の思うところを貫いて、認められなければ詮方なしと、また次の機会に臨んだほうが僕は成長に繫がると思うがね。妻木さんはむろん素晴らしい建築家だが、必ずしも妻木さんがすべて正しいというわけじゃあないからね」

「しかし」

と、矢橋は声を詰まらせながらも一歩踏み出した。

「この部内で認められなければ、自分の設計が用いられることはないわけでして……」

最後のほうは消え入るようにか細くなる。

「確かにな。ただそこで内部調整に精を出すようになっちまうと、だんだんに自分のやりたいことから離れていっちまうよ。建築家としての自分の理想が崩れていってしまうんだ。僕はそういう技師を何人も見てきた。だから、必要以上に部内政治に力を入れちゃあダメなんだ。まずは造りたいものを十全に造れる力をつけていくことだ」

「私はなにも政治に力を入れているわけでは」

反駁しかけた矢橋を、

「いや失敬。君はそんなことはしないな。余計な忠告だったな」

小林は笑顔で遮り、とっとと話を終った。

このあとの矢橋の機嫌の悪さは凄まじく、ペンを置くにも逐一机に叩き付けるような具合で、大熊はたまらず自席から離れ、B室に逃げ込んで執務に勤《いそ》しむ羽目になった。机の上では、妻木の作った麒麟の粘土細工が未だ大きく羽を広げている。

——そういや妻木さんは、他者の意見に耳を貸すことはするが、あまり揺らぐことはないな。

宙を睨む麒麟像を見詰めつつ、大熊はそんなことを思った。

結局妻木が部を休んだのは、三日間だった。四日目の朝、なにごともなかったかのように出勤して黙々と仕事をし、午後からは打ち合わせと称して席を外していたが、二時間ほどして戻ると、

「少し時間をもらえるか」

と、部内にいる全員に呼びかけたのだ。みな立ち上がって、妻木の机の側に寄る。おそらく大迫という大工の訃報を改めてここにいる者たちに報告するのだろうと大熊は想見したが、案外なことに彼は一同を見渡すや、

「全員揃っているかな。視察団に加わる者が上との話し合いでようやく決まったから、ここでお伝えする。福原君、武田君の他にもう一名技師が従うことになるのは、以前に話した通りだ」

と、切り出したのだった。一瞬にして、部内に緊張が走る。唯一小林だけが、妻木の傍らで、いつもと変わらぬ微笑を浮かべている。こくり、と唾を飲む音が斜め後ろから聞こえた。きっと矢橋だろうと思ったが、大熊は振り向いて確かめることをしない。

「議院建築に関する視察だ。膨大な資料も集めねばならん。期間はおよそ八か月。長旅になるから、難しければこの場で断ってほしい」

前置きをしてから妻木は再び一同を見渡し、ゆっくりとその名を口にした。

「矢橋賢吉君。君にお願いしたい」

えっ、と跳ねるような声が、やはり斜め後ろから聞こえた。

「出航は六月になる。それまでに準備万端整えなければならない。武田君もおっつけ京都から来るだろうから、なにを視察して、どんな資料を持ち帰ってくるか、なるべく詳細な打ち合わせをしたい。僕の中には議院建築に関して大まかな案がすでにある。こいつを叩き台にしてやっていこう」

どこからか、妻木さんは渡航なさらんのですか、と声が飛んだ。

「僕はその時期、大韓帝国に渡らねばならんのだ。財政顧問からの委嘱《いしょく》で、かの地の築港の指導に行くことが決まった。議院建築が本格的にはじまるのは、視察団が戻る来年以降だ。それまでに他の仕事を片付けてしまわんとな」

部内が少しくざわめいた。部を治める妻木を欠いてどうするのか、といった動揺らしかった。それを察した妻木の、

「僕が留守にする間の差配は小林君に任せるから、なにかあったら彼に訊いてくれたまえ」

との言葉に、ははぁ、と大熊は得心する。部を任せるために小林は欧米視察には行かずに留まるのか、と。なにはともあれ、欧米行きを切望していた矢橋に決まってよかった、と斜め後ろにはじめて向いて、大熊は「あっ」と声をあげた。

矢橋が声もなく、滂沱《ぼうだ》の涙を流していたのだ。

見てはならぬものを見てしまった気がして、大熊は慌てて前に向き直る。刹那《せつな》、小林と目が合った。彼はとうに矢橋が泣いているのに気付いていたのだろう、さも可笑しそうに目をためると、口の形だけで大熊になにかを伝えてきた。どうやら、「めでたし、めでたし」と言っているようだった。

三

明治四十二年春、欧米視察に出ていた武田や矢橋が戻って間もなく、小林金平は妻木から、久し振りにうちで飯でも食わんか、と誘われ、休日の夕刻に赤坂までの道を辿った。

妻木はこの年、自ら門下生に設計を指揮した自邸を建てたばかりで、そのお披露目も兼ねての招待なのだろう。薄暮れの中でも漆喰《しっくい》の外壁が一際白さを放つその家の前に立って、小林はひとりうなったのである。

——妻木さんらしいな。

和洋折衷《せっちゅう》の造りだ。正面は寺社のような唐破風《からはふ》、東側には円錐状の屋根が特徴的な洋風応接室が設えられてある。真壁《しんかべ》にして柱を表に出し、漆喰の外壁に表情をつけているあたり、日本勧業銀行の佇まいを彷彿《ほうふつ》とさせた。質素にして無駄がなく、それでいて唯一無二の印象を与える。一見純和風建築に見えるのに、随所に目新しい洋風建築の技巧が用いられている。

妻木が家を新築していることは聞かされていたが、「出来上がったら見に来いよ」と釘を刺されていたため、工事途中は一切足を向けなかった。鎗田は施工に関わっており、再々現場に足を運んでいたようだが、進捗《しんちょく》を訊いても「わっちが監理してるんだ、間違いねぇさ」と言うばかりで、意匠のひとつも漏らすことはなかったのだ。おそらく、竣工してからの楽しみにとっておきたいからみなには子細を言わんでくれ、と妻木から頼まれていたのだろう。個人宅ではあるが、建築家としての妻木の集大成かもしれんな、と小林は改めて建物を見上げる。

と、そのとき玄関の戸が開いて、ミナが現れた。

「あら」

と、目を丸くし、

「いらしてたんですのね」

ゆったりと微笑んだ。髪にいくらか白いものは交じってはいるが、相変わらず楚々《そそ》として可憐な女人《にょにん》である。

「どうぞお入りになって」

応接間にはすでに妻木が座していて、笑顔で小林を迎え入れた。

「素晴らしいお宅になりましたな。妻木さんほどの建築家に申し上げることじゃあありませんが」

まっすぐ褒めるのも照れ臭く、余計なことを付け足したがために、かえって追従《ついしょう》めいてしまった。

「齢《よわい》五十を過ぎて、ようやく自分の家を建てられたよ」

妻木が冗談めかして応えたのは、やはり照れ隠しだろうか。建築家であればいくらでも好きに家を建てられると思われがちだが、多忙を極めるがゆえに自邸は後回しということが存外少なくない。やりはじめると際限なく凝ってしまうのが想像できるから、いずれじっくり取り組もう、と思っているうち仕事に追われて何年も経ってしまうのだ。小林もまた、家は寝るだけの場所だと随分前から割り切っている。

「鎗田さんがだいぶ頑張って指揮してくれたよ」

妻木は言ってから、ふと物憂げに顔を曇らせ、

「大迫さんにも関わってもらえれば、もっとよかった」

そうつぶやいた。小林は小さく頷いたきりで黙している。思い出話をはじめると、大迫のいた日々が二度と戻らぬことを改めて突きつけられるようで、余計に気が滅入りそうだったからだ。

大迫は、おととしの暮れあたりから体調を崩し、向島《むこうじま》の自宅で療養をしていた。医者の見立てでは心臓が弱っているのではないか、とのことだったが、亡くなった今でもはっきりした原因はわからない。これだけ長年身体を酷使してくれば不具合のひとつやふたつ出てくるさ、と本人は見舞いに行くたび妻木や小林に冗談めかして話していたが。

「僕だって、いつどうなるかわからんぜ。なにしろもう五十を超えているんだからね」

ミナが、ぬる燗《かん》の徳利と白和え、菜の花のおひたしを卓に置き、「どうぞごゆっくり」と微笑んで出て行ったのを確かめてから、妻木は肩をすくめた。

「なにをおっしゃいます。議院を建てるまでは死ねませんよ。大迫さんと約束したんですから」

広島の仮議院を建てたのち、東京に戻った大迫が言ったのだ。

「次は、東京の議院だな」

平素寡黙《かもく》な大迫の言葉に、そこにいた一同は虚を衝《つ》かれたふうになった。沼尻が、この面々でできればいいですな、と静まった場を繕《つくろ》い、鎗田が、妻木さんの設計でな、と無駄に大きな声を出した。大迫は「ん」と、顎を引き、それからひとり言のようにつぶやいたのだ。

「それでようやくわしも、一人前だ」

その頃でも腕で大迫の右に出る大工はなかったから、傍らで聞いていた小林は「一人前」の意味を測りかねたが、妻木は「そうですな」と、力強く同調していた。もしかすると建築家としての妻木をここまで引っ張ってきたのは、大迫のそのひと言なのかもしれない。

「矢橋君と武田君が欧米で集めてきた資料を今、まとめておる。それが済んだら、すぐに議院の設計に入る。僕が案を出すから、そいつを下敷きにして、視察の資料も加味しつつ進めていこう」

小林は、まだ視察団が出航する前の早い段階で、議院設計に加わるよう妻木から言い渡されていた。欧米視察はかつて一度経ていたため、今回は矢橋に譲ることにしたのである。

「軀体の設計は、君と矢橋君、それから大熊君の三人に任せようと思うんだが、どうだ？」

「もちろん、異存はございません。大熊は思いのほか優秀ですな」

まるで欲心が見えずに常にぼーっとしている男だが、設計図については非の打ち所がないものを上げてくる。

「うむ。いずれ大熊君は大きな仕事を成すだろう。それと意匠は武田君に任せる。彼のデザインは僕なぞより遥かに優れているからね」

妻木から徳利を差し出され、小林は恐縮しつつ猪口《ちょこ》を手にした。妻木にも注いで、互いに盃《はい》を掲げてから一息に干した。と、妻木がやにわに席を立ち、後ろの棚から大判の紙を取り出したのである。

「……これは」

卓の上に広げられたそれを見て、うめき声が漏れた。議院の細密な図面が描かれていたのだ。一見して途方もない建物である。中央に三階建ての本棟、ここに両院の議場が設えられていた。そこから両翼を広げる形で左右に執務室や議員の休憩所、各々の棟には大きく窓がとられ、広々とした中庭が望めるようになっている。外観は和風でありながら、装飾を排した簡素な造りで、古武士を思わせる威風をかもしている。

夢中になって図面に見入っていたから、どれほど時が経ったか知れない。ひりつく目をしばたたかせ、顔を上げたときには、卓の隅に置かれたつまみの品数が増えていた。ミナが入室したのにも気付かなかったらしい。

「これは、江戸の町に建っていても、なんの違和もないでしょうな」

怒濤のごとく感想が湧き出ていたが、言葉になったのはそれだけだった。しかし妻木はそのひと言に至極《しごく》満足した様子で、

「他の部員にも気に入ってもらえるといいんだが」

と、目尻を下げた。彼のこの控えめな性質は、小林が接してきた中でまったく変わらぬ点だった。揺るがぬ自信のもと仕事に当たっていると見えるときもあれば、自分の引いた図面を疑っているように見えるときもある。何十年と建築家として務めているのに、少しも慣れを感じないのだ。

――だから、ここまで徹底して仕事をこなせるのかもしれん。

ミナのあつらえた料理をつつく妻木の、いつしか丸く小さくなった身体を見遣りつつ、小林はこれまで幾度も抱いてきた不思議な感動にまた包まれている。


三時間ほどゆっくり語らい、妻木の家を辞した。門まで見送りに来たミナが、「お宅へのお土産《みやげ》に」と菓子らしき包みを手渡しながら、少しためらう素振りで訊いてきた。

「あの……主人の様子に、なにか変わったふうはございませんでしょうか」

小林は首を傾げる。職場での様子についてだろうか。しかしこれまでミナが仕事のことを訊いてきたことは一度もなかったし、今の建築部にしても昨日今日移った職場でもないのだ。

「別段ございませんが……。お宅でなにか気に掛かることでもございますか？」

ミナはしばし言い淀んでいたが、

「どうも、弱っているように思いまして」

と、心許なげに打ち明けた。以前は動きも機敏で、着替えにしても歩くにしても滞りなくこなしたが、最近は疲れやすいのか、しんどそうにしていることが増えて、散歩から帰ってきたときなどたまに肩で息をしていることもある、と。

確かに、幾分痩せたようだし、昔ほどの敏捷《びんしょう》さはなくなったが、年齢を考えれば当然だろうと小林は気にせずにいたのである。だが家族として、より近いところから夫を見ているミナは、ただならぬ変化を感じ取っているのかもしれない。

「妻木さんは、なにか不調を訴えておられますか？」

「そういうことを一切口にしない人ですので、私も怖いのです。どれほど体調が悪くとも、目の前にすべき仕事があればそれに蓋《ふた》をしてしまう人ですから」

「怖い……ですか」

ミナらしい、と小林は、深刻な話であるにもかかわらず、気持ちが温《ぬく》まった。この人は夫をただ一心に深く慕っているのだ。

「そうご心配になることはないと思いますが、僕も気をつけておきましょう。無理をなさることのないように」

はっきり告げると、ミナはようやく安堵したふうに口元をほころばせた。その笑顔に、小林はいくらかの罪悪感を覚える。これからが正念場なのだ。妻木は己の身体など顧《かえり》みずにやるだろう。そして、それを自分が止めることはかなわないだろう――。

ここへ来て建築学会による「議院建築は設計競技に」とする声は、ますます高まっている。『建築雑誌』に意見書が掲載されたのちも学会の主張は続き、それに圧《お》されてか近頃では、「以前と同様に有志の準備委員会を作ったほうがよいのではないか」とする意見が、省内からもちらほら聞こえてくるようになった。武田や大熊はそうした声を気にすることもなく淡々と準備を進めているが、矢橋あたりは「委員会の設置は避けられんでしょうね」と、おののいている。

「今年、片山《かたやま》さんが東宮御所を完成させましたでしょう。非常に高尚な設計だと評判を呼んでいますし、後世に遺る建物であることは確かです。辰野さんは内心穏やかではないと思いますよ」

議院設計のため詰めているB室で、矢橋はたびたびそんな見立てを口にするのだ。

片山東熊《とうくま》は工部大学校で辰野の同期だった英才である。彼が設計を請け負った東宮御所はネオ・バロック様式の贅《ぜい》を尽くした建造物で、さすがコンドルの弟子だと賞賛する声も大きかったが、意匠が華美過ぎて意気ではない、住まいにはふさわしくないと批判する声も同等にあがっていた。妻木の、洗練された江戸風の意匠に長らく接してきた小林にも、東宮御所は要素を詰め込み過ぎて野暮ったく見えなくもなかったが、大掛かりな建造物が出来上がると、賞賛とともに批判の声が噴出するのもまた習いである。それだけ注目されているということなのだから、けっして悪いことではない。

「しかし辰野さんは今、中央停車場の建設をなさっている。日本を象徴する駅ですから、それだけでも十分じゃあないですか」

大熊が呑気に応えるや、矢橋が大きくかぶりを振る。

「日本銀行、中央停車場、そこに議院が加われば、無敵じゃないか。辰野さんはそこまで上り詰めたい人だよ」

傍らで彼らの会話を黙って聞いていた小林は、笑いが漏れそうになるのを堪えている。無敵、なぞと、まるで子供が興じている戦争ごっこのようだ。

「中央停車場は当初、ドイツのバルツァーの設計が用いられる予定でしたね。和風の駅舎になると聞いていたので楽しみにしておったのですが」

武田が口を挟んだ。

「辰野さんは総煉瓦造りの洋風建築にするらしいですね。土台に松の木を使っていると伺いました」

大熊が応えれば、

「練兵場の跡地だろう。あの辺りはもともと地盤が緩いからな。なんだってあんな場所に中央停車場を造るのか、理解に苦しむよ」

矢橋が眉根に皺《しわ》を刻んだ。

「宮城からまっすぐ繋がる場所だからさ。つまり国家的な駅だというのを強調するためさ」

小林が割って入ると三人は素直に頷き、再び大熊が、

「だったらもう十分でしょう。議院は大蔵省でよさそうなものですけどねぇ」

と蒸し返して、一同の笑いを誘った。


小林が妻木から再び個別に呼ばれたのは、この年の暮れのことだった。十月に伊藤博文が哈爾浜《ハルビン》で一青年に襲われ落命してからこっち、外交上の緊張が続いて国内の政情も落ち着かず、巷にもどこか不穏の風が吹いている。

「議院の建築準備委員会のことなんだが」

やにわに妻木は切り出した。

「内部からも、設置したほうがいいという意見が多く出ているのは知っているな」

小林は顎を引いた。これをいかに阻止するか、その打ち合わせだろうと身構えていると、彼はさらりと言ってのけたのだ。

「設置の方向で運んでいったらどうか、と考えている」

思いもよらぬ提案に、小林はしばし声を失った。

「あの……それは辰野さんたちも参画できる形の委員会でしょうか？」

「そうだ。建築学会がこのままじゃ収まらんだろうしな。工事がはじまってから邪魔が入っても厄介だ。気持ちよくはじめるためにも、一度委員会なりなんなり作って、承認させたほうがいい」

「いや、でも、そうなれば、設計競技に持ち込まれますよ。せっかく、こちらで進めているのに……」

「無論、そうはならんように計らう。どのみちこのままいけば、次の議会で委員会設置の勅《ちょく》令《れい》が出るだろう。僕はその前に桂《かつら》さんにお目にかかろうと考えている」

大蔵省で設計を請け負えるよう桂太郎《たろう》に直接頼むのか、と小林は意外な思いで妻木を見詰める。彼はこれまで、政治的な根回しを厭うている向きさえあったのだ。

昨年発足した第二次桂内閣において、桂は大蔵大臣も兼ねていた。つまり首相自ら大蔵省を束ねているわけで、当然議院建築も自分の管理下で行うことを望むだろう。

「桂さんが首相の座にある限りは、まずこちらの主導がかなうはずだ。ただ、この政権もいつまで続くかわからん。だからこそ早めに委員会を設置したほうがいい」

これを聞いて、小林はようやく合点した。桂が内閣の長でいる限り、大蔵省で議院建築を進められるようはからってもらえる。しかしいざ桂が退陣し、他の誰かが首相の座に就いた場合、まず大蔵大臣と兼任とはならぬだろうから、設計競技案が再浮上するかもしれない。委員会を開かずに進めていれば、そのとき必ず建築学会から「国家の独断独占は許さじ」と声があがる。ならば桂が在任のうちに、委員会という形で承認をとって、のちになにがあっても「あのときに合意したではないか」と言える切り札を早々に作ってしまえと妻木は考えているのだった。

「建築学会での意見書に名を連ねたお三方もお呼びするんですか？」

「ああ。そのほうがよかろう。他に、片山さんのようにご活躍の方もお呼びしたほうがいいだろう。人選は、桂さんにも提案差し上げるつもりだ」

妻木の口調は、どこか揚々としていた。主立った建築家を納得させるために渋々委員会を開くはずなのに、そうは見えないな、とこのときは不思議に感じていたのだが、翌明治四十三年の五月、「議院建築準備委員会官制」の勅令が出て、臨時建築部に動揺が走る中でも恬としている妻木を見て、小林は彼の意図がより深く理解できた気がしたのだ。

――妻木さんの本意は、他の建築家を含む周囲の承認を前もって得ておきたかったという消極的な意図ではない。設計競技という形をとらずして、建築家としての勝負に勝ちたかったのだ。

以前あった議院建築調査会のように、みなが設計案を出し、功績さえよくわからぬ異人建築家に選ばせる、というやり方には大いに異存のあった妻木である。

――つまり、議院建築ができるのは、妻木しかいない、という国家の意思を、他の建築家の前で公然と勝ち取りたかったのだ。

正々堂々権利を手にした上で、他の者がぐうの音も出ないほどの優れた議院を建てると、彼はすでに、自身に対して固く誓っているのだろう。

妻木という偉大な建築家の底知れぬ業《ごう》に触れて、二十年以上も彼に従ってきた小林は、その身が勝手に震えてくるのを止めることができなかった。

四

議院建築準備委員会は、大蔵大臣も兼務する桂太郎首相が中心となって進めることとなり、本委員、および臨時委員の人選がなされた。本委員は総員二十七名、他に臨時委員五名が選出された。官吏や有識者のうち、建築家は妻木頼黄をはじめとして辰野金吾、宮内省内匠頭《たくみのかみ》の片山東熊、東京帝大工科大学建築学科教授の中村《なかむら》達太郎《たつたろう》の四人に加え、臨時委員として同じく東京帝大工科大学建築学科で教鞭を執る塚本靖、伊東忠太の二名が決まった。

「こいつぁ、ややこしいことになりそうだ。なんだってこんな人選にしたのかねぇ。妻木さんからしたら四面楚歌じゃないか」

矢橋賢吉が頭を抱える傍らで、武田五一は黙々と意匠のスケッチに励んでいる。

――妻木さんのことだ。勝算があるのだろう。

内情は聞こえてこなかったが、平素と変わらず仕事をしている妻木の様子から、武田はなにも案ずることはないと確信している。もっとも動揺をけっして顔に出さない人だから、水面下で大事が起こっていないとも限らないが、それよりも彼の生み出した、イタリアルネッサンス様式に和の要素を融合させた議院設計案を、意匠によっていかに盛り立てられるか、その一点に武田は没頭しているのだ。

「なぁ、武田君はどう思う？　ひっくり返されると思うか？」

人が作業に勤しんでいるのに、矢橋はお構いなしだ。建築界の動向に目を光らせるのは結構だが、矢橋のそれは、目配りというよりも目移りに近く思えた。

「ひっくり返される、というと？」

図面から目を上げることなく、武田は適当にとぼける。

「いや、だからさ、この大蔵省で議院の設計を担えるか否か、ということさ。辰野さんは建築学会だけでなく、東大の建築学科も巻き込んで、妻木さんのやり方を批難しているだろう？」

「別段、妻木さんを批難しているわけじゃあないでしょう。ただ、大蔵省一択になるよりも、広く案を出してはどうか、という意見をおっしゃっているまでで」

すると矢橋は、さも呆れたというふうにこれみよがしの溜息を吐いた。ああ、この話は長くなるな、と武田は内心うんざりする。

「建築学会で大々的な討論会が先だって開かれたのを、君だって知っているだろう。大蔵省の技師は出入り禁止だった、あれだよ」

無論、武田の耳にも入っている。ここまであからさまな線引きをするのか、と辰野や建築学会に対して少々落胆も覚えたのだ。

「我国将来の建築様式を如何《いか》にすべきや」と題されたこの討論会は、大蔵省関係者以外の主立った建築家を集め、聴衆を入れて開催されたらしい。仮に官営の建築物であっても、広く設計案を募り、その中から優れた一点を選ぶことがひいては我が国のよりよい市区改正に繋がる、との論旨を様々な角度から説いた討論であり、要は国家的事業に関して省庁が優先的に携わる現状を変えねばならぬという訴えだった。

――まぁ確かにそれは正論だが。

と、武田はその内容に理解を示しつつも、

――辰野さんは、よほどこの仕事を取りたいのだろう。

そんな冷ややかな感情しか湧いてこなかった。

「あの討論会で、大蔵省はだいぶ悪者扱いされたようだ。たいした力もないのに、御上の下にいるだけでいい獲物をせしめている、とね」

「在野の建築家からすれば、そう見えるのかもしれませんな」

武田はあくまで柔らかに受け流す。大蔵技師になること、それ自体が狭き門なのだ。その上、省内で認められなければ大きな仕事は回ってこない。政治的な立ち回りだけで、万事かなうはずもないのである。

「僕ら官吏は世間の敵になりやすい。みな、判官贔屓《ほうがんびいき》だからね。実際のところをよく検《あらた》めないまま、立場が弱いほうの味方をするのが世の人さ」

自嘲的に矢橋が言ったとき、折良く大熊が入室した。武田はそっと安堵の息を吐く。大熊は仕事の面ではいたく優秀だが、政治的なことに関心は薄く、朴訥《ぼくとつ》として至って穏やかな性格で、周囲を和ませる存在なのだ。

「うーん、難しいなぁ。この大きさで三階建てとなると全体の均衡をとるのが。しかも両翼部が大きい。これを据わりよく見せるには重心の置き所が物を言うんだが」

誰に話すでもなく、ぶつぶつとつぶやきながら自席に腰を下ろして、また「うーん」と一声唸《うな》った。

「おい、考えていることが口から漏れとるぞ」

矢橋がすかさずからかう。

「いえ、あえて口に出しているんです。声にすると整理できることがありますから。それにしても江戸の頃に造られた城の素晴らしさに、改めて感服する毎日ですよ。あれだけの部屋数、機能を備えて、しかもあの大きさと天守閣まで含めた高さを保って、なおかつ均整がとれている。あれほど美しく、威風を放つ建物は、昨今なかなかお目にかかれませんよ」

「また君の懐古趣味か。それより早いとこ、休憩室の広さを割り出してくれんか。議場の場所が初手より変わったから、見直さなけりゃいかん箇所が増えているんだ」

矢橋が言い終わらぬうちに、大熊は手にした筒状の容れ物から大判の用紙を取り出した。

当初、建物中央部に廊下を隔てて設えられていた議場を両翼に移して、正面玄関を入ったところに吹き抜けの中央広間を造るよう変更がなされたのである。議場に隣り合わせる形で議員の休憩室を両翼に三部屋ずつ備えることになり、大熊はこの部分の設計を任されていた。

「随分と面積を広くとったんだな」

一見して、武田は口を入れた。当然ながら休憩室は、議場と異なり議院の主たる目的を果たすわけではない。が、大熊の案では中庭を望める絶好の位置に広々ととられており、そのせいで、執務室や事務室が隅に追いやられている。矢橋もまた、

「高級ホテルの貴賓室《きひんしつ》みたようだな。僕が議員だったら、この休憩室に入った途端すっかり弛《ゆる》んじまって、やる気が失せそうだがなぁ」

と、冗談だか皮肉だかわからぬ調子でケチを付けた。軀体の細かな設計は、矢橋と大熊両者が担っている。そのせいか矢橋は、どこか張り合う姿勢を見せていた。建築界の動きに常に目を光らせている彼の性分には共感しかねる武田だったが、同僚に対して負けじと気張る心理はわからぬでもない。武田もまた、この現場で、誰よりも抜きん出たいと密かに闘志を燃やしている。それが、妻木から認められたいという一心からなのか、それとも議院建築において大きな功績を遺したいとの望みからなのか、武田自身も判じ得なかった。

「休憩室をここまで広くとるのは妻木さんの指示かい？」

矢橋の問いかけに、大熊がのんびりと答える。

「いえ、私の一存です。もちろん議院は国家の大事を議論する場ですから、議場の設計に重きを置くのは道理です。しかし、余白、という観点から考えると、この休憩室が実は要なのではないか、と」

「余白？」

矢橋が眉根をひそめる。

「回遊式庭園というのをご存じですよね。かつての大名屋敷の庭園は、必ずといっていいほど池を中心にぐるっと散策して楽しめるような庭造りがなされていて、これを見渡せる絶好の位置に屋敷が据えられていました。大名屋敷ですから当然ながら、要人同士会談の機会ももうけられます。それは多くの場合、閉め切られた密室で行われたようですが、会談の前後に庭に面した座敷でくつろいだようなのです。存外、そこで話された事柄のほうが遥かに実のあるものだった、ということもあるのではないでしょうか」

夢見るような顔つきでしゃべり続ける大熊を、

「それはすべて君の空想だろう」

と、矢橋が冷ややかに遮った。

「議院の大義は議会だ。これは遊びが過ぎているんじゃないかね。設計競技になった場合、勝てんぜ」

するとと大熊は目を丸くして、

「競技になるんですか？」

と、首を突き出す。

「可能性の話さ。辰野さんたちがどこまでやるかわからんからさ」

緊張を総身に漲《みなぎ》らせる矢橋を受け流し、「しかし僕は、余白にこそ真《しん》があると思うがなぁ」

と、大熊はあくまで悠長に言って腕を組む。

「余白にこそ真がある、いい考え方だな」

再び建築界のいざこざへと流れそうになった話を、武田はそれとなく引き戻した。なるほど、余談の中で重要な駆け引きや腹の探り合いがなされることを思えば、休憩室は必ずしも無駄な場所とは言えない。

「明治と時代が代わっても、我々の感性ややり方がそう変わるわけでもないからね。使う者にもっとも利便な建物にすることが肝要だ」

重ねて言うと、矢橋が不機嫌に反駁した。

「そうそう江戸の頃と一緒というわけもあるまいよ」

「それもそうですな。一度、現議院の使い勝手を議員の方々に聞き取りしてもいいかもしれませんね」

武田が一応肯《がえ》んじると、溜飲《りゅういん》が下がったふうに矢橋は頷いた。

――しかし、妻木さんはおそらく、そうした調査を済ませた上で大枠を決めたのだろう。

妻木はかつて、現議院の議場玉座の改修工事を請け負っている。精査を究める彼のことだ、その際に建物の美点や欠点を政務者たちから聞き取っているのではないか。

が、それを確かめようにも、妻木はこのところ臨時建築部を空けることが多く、滅多に捕まらないのである。彼が設計を手掛けた専売局の淀橋工場が竣工間近な上、日本橋の橋梁意匠も抱えているから多忙を極めているのだろうが、平素はとかく一緒にいる小林も伴わず、ふらりと部を離れることが頻繁になった。ために意匠について相談がある際はやむなく小林に、妻木の予定を訊く。ところが返ってくるのはたいがい、「僕が見ておこう」という素っ気ない言葉なのだった。

「議院の設計ですよ。それなのに、妻木さんとじっくり打ち合わせをする時間がとれないというのはいかがなものでしょう」

例年より早い梅雨入りで、じめじめした日が続いていたから、武田の気も知らず識《し》らず塞いでいたのだろう。六月に入って程ないその日、柄にもなく小林に突っかかったのだ。書類から目を上げ、まじまじとこちらを見た小林の瞳に好奇の色が浮かんでいるのを見て、居心地悪さを覚えながらも武田は言葉を継ぐ。

「議院は、万民の注目を集める上、長く遺っていく建物ですから、けっして失敗のないよう万全を期すためにも的確な指示を仰ぎたいのです」

そうだな、と小林は小さく頷きながらも顔を曇らせた。

「莫大な予算と長大な工期で建物が造られる。当然、そういった建築物は長く遺るはずだと誰しも信じている。実際欧州では寺院ばかりでなく住まいも百年前に建てられたものが少なくないからね。しかし、我が国で同じようなことができるんだろうかね。建造物を、景色を遺す、ということが」

妙な方向に話が流れて動じたが、江戸の景色が明治に入っていっぺんに欧化したことを、小林は言っているのだろう。妻木の江戸趣味も、その郷愁から来ている。しかし武田は、発展とはすなわち喪失であることもひとつの真理だと最近では感ずるようになっていた。

「今は、異国と交通がはじまって間もないために、多くの技術を取り入れる過渡期にあります。そういう特殊な時期というだけで、こののちは造り上げた建物を遺す、という方向に転じるのではないでしょうか」

「そうかな。僕はむしろ、ここから凄まじい勢いで一時もとどまらずに東京は変わり続けるようになっちまうんじゃないかと危惧しているんだが。建築家という厄介な商売が生まれちまったからね。建物じゃなくて作品を、彼らは造ろうとするだろう?」

小林の言わんとするところが、武田にはそこはかとなく理解できた。誰よりも優れた設計をして、周りをあっと言わせる作品を生み出すことに躍起になるあまり、ときに長年育まれてきた景色を壊し、それを顧みもしない。中には建物がどう使われるか、そのことすら二の次にして趣向を凝らすことだけに心血を注ぐ者もある。東京の景色は、だから明治になってもうすぐ半世紀という今になっても、どこかちぐはぐなのだ。

「今回の、『議院を設計競技に』という運動も、要は自分の作品を遺すという欲心が形を変えたものじゃないかな。設計を渡さないよう踏ん張っている僕らもまた、同じ穴の狢《むじな》だが」

平素、滅多に真面目な顔を見せない小林の、どこか切羽詰まった面持ちは、武田をすくませた。それは、建築学会との直接対決を前に張り詰めている姿にも、権勢争いの激化する建築界に倦《う》んでいる姿にも見えた。

武田が息を詰めているのに気付いたのだろう、小林は宙の一点を見詰めていた目をこちらに戻し、肩に込めていた力を抜いた。

「まずは思うように設計を進めたまえ。まとまったところで妻木さんが検めるさ。ただ、そのときは『これぞ』と自分の中で確信できるところまで仕上げておくことだ。妻木さんを黙らせるくらいのところまでね」

いつものいたずらっぽい笑みを浮かべて言ってから、やにわに席を立った。これから打ち合わせがあるから失礼するよ、と軽やかに断り、彼は足早に建築部をあとにしたのだ。

＊

大蔵省の建物を出たところで、小林は空を仰いだ。最前まで本降りだった雨がいつしかあがっている。

「傘は持たんでよさそうだな」

ひとりごちて、ズボンのポケットから時計を取り出した。渡航した折、異国で買い求めたものので、生まれてはじめて手にした贅沢品だった。

約束の時間までには少し間がある。小林は永田町の首相官邸に向けて、ゆるゆると歩き出した。本来ならギリギリまで建築部で仕事をする予定だったが、武田に盾突かれた勢いで、大人げなく内心を吐露したことが気恥ずかしくなり、話を切り上げるや出てきてしまったのだ。

議院建築の助手として誰が妻木に選ばれるか――部内の技師たちが虎視眈々《こしたんたん》とその座を狙う争いにも、大蔵省と建築学会との睨み合いにも、小林は少々うんざりしている。そうして、議院建築を請け負うために暗々裏《あんあんり》に根回しする妻木にも。

歩を進めるうち、大迫の葬儀のあとに鎗田が語った話が耳の奥に甦《よみがえ》った。

「途方もねぇ寺院や神社を造ったいにしえの宮大工のさ、いったい何人の名が遺っていると思う？　大迫さんにそう訊かれたことがあるんだよ。考えたが、ひとりも浮かばねぇ。運慶《うんけい》だの快慶《かいけい》だの、彫像を彫った者の名は広く知られてるのに、それよりでけぇ社《やしろ》を造った職人が知られてねぇのか、って、俺は合点がいかねぇな、って返したんだよ、大迫さんに」

いつそんな話をしたのか、鎗田自身もはっきり覚えていないという。ただ、夕暮れ時だったよ、大迫さんの横顔に赤い光が当たっていた景色ははっきり目に焼き付いてるもの、きっとどこかの現場終わりに話したんだろうね、と鎗田は目を細めて言っていた。

「そしたら、大迫さんが言ったんだ。大工はそれでいいんだ、みなでまとまってひとつのものを造るもんだ、って。他の職人の足を引っ張らないよう技を蓄え、ごまかしのない仕事をする。全員の緊張感が合わさってこそ何十年何百年と遺る仕事になるんだ、って。功名が先に立つとろくなことはねぇぞ、とも言われたよ。その建物の着地点を見据えて、周りと心を合わせて作業に取り組むことで、俺たちの仕事は日の目を見るんだ、ってさ」

鎗田は大迫の言葉を伝えたのち、深く頷いて続けたのだ。

「それを聞いてね、ああ、俺はいい仕事に就いたなぁってさ、つくづく思えたんだよ」

大迫はなぜそんな話をしたのか。おそらく昨今の建造物の成り立ちに苛立ちを抱えていたのではないか――小林は想像し、いや、それは単に今の自分の心裏の投影だ、と打ち消してみる。そうしながらも、大迫や鎗田のような構えの大工もこれから減っていくのだろうと思えば、言いようのない心許なさを覚える。

思いを巡らしつつ歩くうち、官邸近くまで辿り着いた。足を止め、南に建つ佐賀鍋島の屋敷を望んだ。この洋館が建てられたのは、今からかれこれ二十年ほど前のことだ。設計は、坂本復経、現場監理を辰野金吾が担ったのは、両人とも佐賀の出身だからだろう。至って正統的な洋風建築だが、小林にはどうにも野暮ったく見えた。

――異国のお伽噺《とぎばなし》に出てきそうな屋敷だな。

屋根から軀体から異国からただ移築したようなその建物を仰ぎ見て、周りの景色とまるで馴染んでおらん、と内心で毒突いていると、

「よお、もう着いていたんだな」

と、うしろから声が掛かった。汗を拭いつつ、妻木が歩いてくるのが見える。急いでいるつもりだろうが、足の運びはだいぶ遅い。肩も大きく上下している。ミナに言われたからそう見えるわけでもなかろうが、最近の妻木は確かに疲れが溜まっているようだった。

「だいぶ待ったかい？」

「いえ、今来たところで、佐賀鍋島の御屋敷をのんびり見ておりました」

答えると妻木もそちらに目を遣り、

「ここは、もともと峰山藩と村上藩の屋敷だった場所だ。明治になってから、官軍の佐賀に奪われたんだがね」

官軍という言葉を強調しつつ応えた。なにか、遺恨《いこん》めいた響きに思えて、そっと隣を窺うと、妻木は軽やかな笑みを浮かべている。

「そう不安な顔をするな。もう昔話さ。佐賀産の辰野さんを官軍に見立てて打ち崩そうだなんぞと勇んでいやしないさ」

小林がなにも言わぬのに辰野の名が出たことに、妻木の本音を見た気もしたが、笑みを返すだけにとどめた。

「それにしても申し訳ないね。君を付き合わせることになっちまって。こういう場は、苦手だろう？」

こめかみからしとどに流れる汗を拭いつつ、妻木が言う。息はまだ少しあがっている。

「正直なところ、得意じゃありません」

「君は政治的なことは好かんからな。しかし、いずれ君もこういう話し合いをこなしていかなければならなくなるぜ」

妻木は木陰に入り、呼吸を落ち着けると、

「それじゃ、行こうか」

小林を促して、歩き出した。

これから桂太郎首相と会うのである。

準備委員会の前に少し話をしておこうと思ってね、としか、小林は事前に説明を受けていない。短い時間しかもらえなかったから、こちらのお願いを申し上げるだけで終わるだろうが、君にも内容を知っておいてほしい、と。

自分のような下僚が首相と会ったところでどうなるものでもなかろう、と訝ったが、側に控えているだけで済みそうだったから子細を訊かず承知した。おそらく妻木は、桂となにがしかの取引をするのだ。

官邸内の一室に通されると、大机の前で桂太郎と見られる人物がすでに座して待ち構えていた。長州出身の元軍人と聞いていたから厳《いか》めしい風貌を想像していたが、意外にも丸顔で目のくりくりとした童顔の中年であったから、小林は少々拍子抜けし、脇腹をくすぐられたときのような笑いがこみあげてくるのに耐えねばならなかった。

「議院の準備委員会のことだったな」

妻木が挨拶をし終えるや桂は言って、「聞こう」というふうに顎を引いた。

「手短に私どもの意向をお伝えいたします。ひとつに、できるだけ早めに準備委員会を開いていただきたい、ということ。また、議院の用地、部屋数はすでに私どもがご依頼の条件で進めているという事実を、今回委員に加わる建築家以外の方々に前もってご承知いただきたいということ。最後に、建築学会から案出されている設計競技について、これを採用するか否かは、委員全員による多数決で決めたいということ。その三点のお願いに参りました」

あたかも部下に対するような直截な物言いに、小林は面食らった。こうした会談というのは、もってまわったやりとりになるものだとばかり思い込んでいたのだ。

「君らが設計を進めとることを知らせるのは建築家以外……となると今回委員会に参加することになった有識者や官吏ということかな」

鷹揚に桂が訊く。

「そうなります」

「君以外の建築家は五名か。しかし委員は総勢二十七名、臨時員も入れれば三十二名になる。そこで多数決か……」

両手を組んで顎を支える格好をとり、桂はしばし瞑目《めいもく》したのち、口の端に笑みを浮かべた。

「わかった。君は、自分の設計によほど自信があるんだな」

桂がなにを「わかった」のか察しがつかずに困惑する小林を差し置いて、両者の会話は淡々と進んでいく。

「むろん、自信はございます。このために私は多くを学んでまいりました。しかしそれ以上に、この議院建築は大蔵省の仕事として後世に遺すべきか、と」

「同感だ。君の希望を極力汲むようにしよう」

桂の言葉を受けて、妻木が深く頭を下げる。ついてこなければよかったな、と小林は静かに思う。なんの話かよくわからないが、水面下で政治的な約束を取り付けて頭を下げる妻木なぞ見たくなかった。

「しかし、君がこうして直《じか》に訴えを起こすのも珍しいことだね」

「ええ。このたびは議院のことですので」

「さしもの君も、議院となると力が入るか。自分の手柄にしたいか」

桂の目に意地の悪い光が灯っている。妻木はその視線に動ずることなく、すいと背筋を伸ばした。

「私はただ、これ以上景色が乱れることが、どうにも受け入れがたいのです。誰の手柄という話ではなく、それだけのことです。議院は国政を論じる、いわばこの国の要となる建物です。これを見事に造り上げることで、日本の景色、というものを表したいのです」

「日本の景色……景色が乱れる？」

「ええ。今のまま建築家が自分の存在を顕示するように建物を造っていては、景色が乱れる一方です。洋風建築はむろん技術的にも素晴らしい。しかし、欧州の街並みがあれほど美しいのは、その土地が培ってきた歴史を尊重する、ということを、建築家が第一に考えているからです。むやみと新しいものを建てず、古いものを修繕しつつ受け継ぎ、必要なものを慎重に加えているのです。やみくもに異国に倣《なら》い、建築家が周りも見ずに作品を競う、我が国とはそもそも意識が異なります」

小林は、息を呑んで隣を見遣る。常と変わらぬ冷静な妻木の横顔があった。

「建築家は、景色を読む力を付けなければなりません。景色を読む力というのは、すなわち自分たちの足下にある歴史を深く知るということです」

桂は、気圧《けお》されたように身体を引きつつ、

「大蔵省で議院建築を担えば、我が国に相応《ふさわ》しい議院が仕上がるということだな」

そう念を押し、

「ええ。必ず」

間髪を容れず妻木は答えた。

「上に立つ者は、自信過剰なくらいでなけりゃあいかんのかもしれんな。従う者にとっちゃ君のような上役は楽だろう」

小林のほうをちらと見て桂は言うと、気忙《きぜわ》しく席を立った。

「各委員には、わしから事前に伝えておく。せいぜいよいものをあげてくれ」

首相官邸を出ると、日はすっかり西に傾いていた。夏らしい粘つく熱を孕《はら》んだ太陽を背負い、大蔵省までの道のりを妻木と並んで行く。

「設計は順調か？」

妻木は、桂との会談について振り返るでもなく、進捗について訊いてきた。

「ええ。みな、一刻も早く妻木さんに見ていただきたいと逸《はや》ってますよ」

「そいつは頼もしいことだ」

「しかし、自由にやらせておいていいんですか？　最初から、そのようなご指示でしたが」

妻木ははじめに叩き台となる図案を上げ、イタリアルネッサンス様式という方向性と坪数や部屋数、入れ込むべき要素を提示したのちは、小林をはじめとする四人の助手に細部の設計を任せて、今のところ一切口を出さずにいる。

「議院の建設用地を見て行くか。ここまで来たついでだ」

小林の問いかけに妻木は答えず、道を斜めに横切った。投げかけた質問が宙ぶらりんで落ち着かなかったが、小林は黙って彼に従う。そういえば、技師になってからこれまで、自分は常にこうして妻木に従ってきたのだな、と改めて思い、そのことになんの不満も後悔も湧かないことに安堵する。

「金子堅太郎《かねこけんたろう》氏は君も知っているだろう？」

かつては安芸国《あきのくに》浅野家の大名屋敷であり、今は官地となっている永田町の一角に立って、妻木は言った。

「はい。お名前だけは。枢密顧問官でらっしゃる方ですよね」

「その金子氏が以前、欧米の議院の視察にお出になって、帰朝したのちに非常に有用な指摘をなさったんだ」

金子堅太郎が議院建築視察のため欧米に渡ったのは、武田たちの視察より二十年ほど前の明治二十二年のことだという。アメリカ、オーストリアなど七か国の議院を見学し、その過不足を彼は綿密に調査した。アメリカの議院は、一般の傍聴が可能である。開かれた議院ではあるが、聴衆の中には飲食するものまであって騒がしく、厳粛な雰囲気が削がれる。また、オーストリアの議院は、構造の関係なのか音の反響が乏しく、聞き取りにくい。日本の議院はこの欠落を補うものでなければならぬと金子は言い、演台を設けることや速記者を演台のすぐ側に配置することを提案したという。

「僕は金子さんの案を伺って、日本の議会がもっとも重んじていることが理解できた気がしたんだ。そいつはつまり、記録なんだが」

「議事録ということですか」

「ああ。議会で何が話し合われたか、正確に書き留める。それによって、ごまかしのない清い政治が行われる、という考えだ。密室で話し合われた内容が当事者たちしか知り得ぬでは、後世に手本すら遺せないだろう」

広島で仮議院を建てた折にも妻木は音の聞こえを気にして、雨音が邪魔にならぬよう屋根を苫葺きに変えたと聞いている。なるほど金子の指摘が頭にあったのか、と小林は合点する。

「内幸町の仮議院はその点もよくできてはいるが、本議院ではそれ以上に細部まで注意を払う必要がある。日本の命運を託す場所だからね」

夕日が妻木の顔を赤く照らしている。皺の深くなったその横顔を見詰め、それから再び議院建設用地へと目を戻して、小林は口を開く。

「私は、先程の首相とのお話を聞いて、安心致しました」

「安心？」

「ええ。妻木さんが近頃なさっている調整が、設計競技を食い止めるための単なる根回しではなかったことに安堵したんです。建築家たちが技量を競うように建物を造る現状を、憂慮しておられたので」

妻木は薄い笑みを浮かべた。

「設計競技が悪だとは、僕も思っていない。ただ、我が国で今それをするには、あまりに土壌が整っておらん。未成熟な中でいらぬ争いをすれば、いっそう景色への配慮を欠いた建物が増えてしまう」

別段建築学会の訴えが悪で、大蔵省で請け負えば必ず成功する、といった話でもないんだが、と彼は居心地悪そうに補足した。

「ただ、建築物というのは元来、崇高なものなんだ。各所の寺社を改修して、つくづくそう思った。自我を排して無心で造るものだ。名誉や功名のためでなく、真摯に使い手のために奉仕すべきものだ。日本はこれから、そういう文化的な考え方をもっと育てていかなければならない」

夕日が、林の中へと沈んでいく。徐々に藍が濃くなっていく。

「こういうことを申し上げるのはどうかと思いますが」

小林は景色に目を向けたまま、しばし躊躇《ちゆうちよ》する。隣の妻木が幾分構えるように身を硬くしたのが、目の端に映った。

「私は、妻木さんのもとで働くことができて幸運に思います」

心底から認めることができ、また崇《あが》められる人物に出会えることは、現実には稀《まれ》だ。そういう人物に出会えたならば、彼の背を追って努めていけばいい。それはたいがい峻険な行程ではあるが、しかし道はもう眼前に伸びているわけで、目移りせず一心に歩んでいけばいい、という意味においては気持ちの上で楽だった。

小林はしかし、そういう細々《こまごま》とした述懐は口にしない。妻木もまた、なにも答えず黙している。夕日がすっかり林の中に身を隠してから、

「戻るか」

妻木はひと言告げて、ゆっくりと歩き出した。

＊

大熊は、昼休憩に自席で弁当をかき込みながら、プッと小さく噴き出した。机には『三田文学』が広げられている。麦飯を咀嚼《そしやく》しながら、森鷗外《もりおうがい》の短編『普請中』を最前から読んでいるのだった。

異国で知り合った女性が日本にやって来て主人公に言う。

——アメリカへ行くの。日本は駄目だって、ウラジオで聞いて来たのだから、当にはしなくってよ。

それに対して主人公はこう答える。

——それが好《よ》い。ロシアの次はアメリカが好かろう。日本はまだそんなに進んでいないからなあ。日本はまだ普請中だ。

対露戦争でロシアに勝って、すっかり一等国になったように誰もが信じ込んでいるが、まるで中身が伴っていない、と大熊も感じている。景観に、精神が追いついていないのだ。これまでの歴史をかなぐり捨て、無理に異国に合わせようと背伸びをするから、こんな羽目になるのだろう。

「なんだ、面白いことでも書いてあるかい？」

隣で握り飯を頬張っている矢橋が訊いてきた。日本の現状を揶揄《やゆ》するような小説で笑みを漏らしたとなれば、彼は必ず眉をひそめるだろうと、

「ちょっと思い出し笑いを」

と、とっさにごまかした。

「君は相変わらず呑気だな。建築学会がまた意見書を出したってのに」

矢橋は大仰に溜息をつく。

七月半ば、建築学会は「議院建築の設計は競技に拠る事」とする意見書を各方面に配ったのだった。以前に『建築雑誌』に掲載された意見書と内容的には大差ないものだったが、より具体的に意向が示されていた。曰く、

〈い、一般競技に附する事。

ろ、応募者は日本人に限る事。

は、審査員は日本人に限る事。

に、様式を束縛せざる事。〉

「この勢いだ、おそらく設計競技に持ち込まれるだろうな。そうなったら僕らの設計は無に帰すのかな」

心配性もここまで来ると一種の芸当だ、と大熊は少しばかり可笑しくなる。仮に辰野らの主張が通ったところで、これまでの蓄積は無駄にはならない。妻木の原案に沿って、具体的に意匠や構造を詰めていく過程はそれだけで十分勉強になっている。委員会でどう転ぶかは知れぬが、自分たちはただ、よいものを仕上げるべく努めるよりないだろう。

「委員会は省内でやるそうですな。桂首相が仕切るということか」

ふらりと現れた武田が、大熊たちの会話に割って入る。

「そう聞くが、しかし世の中がこうごたごたしておってはなぁ……。先月、幸徳秋水《こうとくしゅうすい》までお縄になったろう。天皇の殺害を企てたってんだから怖いことだ」

「本当にそういう計画があったのか、僕は怪しんでいますがね。要は、社会主義者を排斥《はいせき》したいんでしょう。桂という人は、ずいぶん器が小さいようだ」

歯に衣着せぬ武田の言葉に、矢橋は思うさま眉根を寄せた。

「君、そういう思想は危険だぜ」

「はぁ。しかし、人はいかなる主義主張を抱いてもいいと僕は思っていますがね。桂首相のやり方は、一種の弾圧です。こういう強引な制裁をすれば、いずれ自分に返ってきますよ」

大熊は険悪な気配が立ち込めてゆくのを感じて、

「まぁ建築ひとつとってもいろんな主義主張がありますからね。多くの建築家が意見を出し合うことで、いいものができあがることもあるでしょう」

場を収めるべく繕う。と、矢橋がこめかみの血道を波打たせた。

「だから、設計競技にしちゃあいかんのだ。僕らの設計で議院は造るんだ」

苛立たしげに言い放ち、彼は手にしていた握り飯にかぶりついた。


議院建築準備委員会の会合は、夏の間に数回開かれ、用地や部屋数ほか建物に必要な大枠を決める話し合いがなされた。これをもとに各建築家が設計案を考えることになるのだろう、と大熊は漫然と想像する。もはや、辰野はじめ建築学会の勢いを、いかに大蔵省とて止めることは難しいだろう。

次の委員会開催が十月十四日と決まった九月の終わり、大熊は妻木から個別にB室へ呼ばれた。

「十四日の委員会だが、君、書記として立ち会ってくれるか？」

命じられて、泡を食う。

「私でよろしいのでしょうか。まだ入省して日も浅く……」

「内容を記録するだけだ。なにも議論に加われというんじゃないよ。小林君とふたりでお願いしたい」

「……矢橋さんや武田さんは？」

ふたりを差し置いて委員会に参加すれば、武田はともかく、矢橋になんと言われるか知れない。

「彼らは、バツが悪かろう。辰野さんの教え子だからね。今後、建築界で活躍していく中で妙な遺恨を残すことになってはかわいそうだ。ただ矢橋君には建築部課長として、仕様の説明だけはしてもらわねばならんが」

「あの、私も一応、辰野さんには教えを賜《たまわ》りましたし、伊東さんとは一緒に清国に赴《おもむ》いておりますし」

すると妻木は肩をすくめ、

「君はそういうことを気にする質じゃあないだろう」

と笑うのだ。

「辰野さんにしても伊東さんにしても、君なら目の敵《かたき》にせんよ」

「……確かに私は、取るに足らない存在ではありますが」

「そういうことじゃない。君はその飄々《ひょうひょう》とした性質のおかげで、敵を作らんのだ。委員会の場に君がいたところで、彼らが恨むことはまずなかろう。そいつぁ、君の美質だぜ」

「私は、そんなに人畜無害に見えるでしょうか」

訊くと、妻木は噴き出した。憮然《ぶぜん》とする大熊を置いてきぼりにしてしばらく肩を揺らしていたが、目尻に溜まった涙を拭うと少しく顔を引き締めて続けた。

「僕が、この議院が完成するところまで見届けられるか、だいぶ危ういからね。君たちに託す部分が多くなるように思うんだよ。そう考えれば、今のうちから委員会のような話し合いの場を知っておくことも肝要だろう」

大熊は答えに窮《きゅう》した。妻木に議院建築の全工程を監理してほしいという気持ちは強かったが、竣工までは少なく見積もっても十年以上はかかるだろう。となれば、妻木が現役で終いまで携わることができるかは、年齢的に危ういところだった。厳然たる現実を前に、「そんなことはおっしゃらないでください」といった、上辺の慰めを口にすることは、世渡り下手の大熊にはどうにもできかねたのだ。

「君は、ことに建築史を学んでいるだろう。積み重なってきたものを知ることこそが大事なんだ。武田君も日本の伝統意匠に造詣《ぞうけい》が深い。小林君も寺社に一家言ある。矢橋君は洋風和風には拘泥しないが、構造を見極める力がある。我ながら、いい人事をしたと誇らしく思っているんだ」

至極満足そうに語るのだった。過分な言葉に恐縮し、いっそう身を縮めた大熊に、

「当日はよろしく頼むぜ。次の会議が正念場だ」

妻木は力強く言って話を終い、すぐさま図面に目を落とした。一礼してB室を出る際にそっと窺うと、彼の面《おもて》にはあたかも少年のような笑みが浮かんでいた。

＊

十月十四日当日、矢橋は、大熊、小林と共に会議室に向かった。

「穏やかに、すみやかに、終わってくれりゃあいいがな」

廊下を行きながら小林は飄々と嘯《うそぶ》いていたが、矢橋はそれに相槌を打つことさえできなかった。なにしろ、大事な場面でしくじることのないようにと念じるあまり、昨夜は一睡もできなかったのだ。

会議室に入り、議長席脇に控えて話し合いの場で言うべきことを書き留めておいた帳面を開く。それから、末席に控えた大熊たちを恨めしく見遣った。自分も書記であれば、どれほど気軽だったろう。よりによって、世話になった辰野の前で、異国での議院調査の結果を伝えねばならないとは、とんだ災難だ。そもそも辰野は、大蔵技師の異国派遣に強く反対していたのである。

悶々とするうち、委員たちがちらほら入室しはじめ、副委員長を担う衆議院議長の長谷場《はせば》が中央の議長席に座した。

「本日、桂首相は公務のためご欠席になります。よって議長は、私、長谷場純孝《すみたか》が代わりに務めさせていただきます」

彼がそう断る間にも、席は徐々に埋まっていき、ふと顔を上げるとちょうど伊東忠太が入口に姿を現したところだった。彼は大熊を見付けると、やや驚いたふうに目を見開いたが、特に話しかけることもなく着席する。

「妻木さんから聞いてるかい？」

急に耳元で声がして、ただでさえ極度の緊張に見舞われていた矢橋は、危うく悲鳴をあげそうになった。見れば、いつの間に近寄ってきたのか、小林が傍らに立っている。

「なにを、です。ぜんたい、なんです、急に」

裏返った声で言い返しても、小林は表情ひとつ変えない。

「今日は動議があるらしいぜ」

「動議？」

「ああ。例の設計競技さ。おそらく今日の会議で採決をとるようになるんじゃないかな。だから、君、うまくやってくれよ」

それだけ言うと、さっさと後ろを向けた。うまくやれ、と言われたところで、なにをどうすればいいのか――。常に中途半端な忠告しかしない小林に向け、ギリギリと奥歯を嚙んでいたところへ、現れたのは辰野だった。

途端に矢橋の身体は鉄帯よろしく硬くなったが、場全体の緊張もまた、一気に高まった。辰野は矢橋を一顧だにせず、伊東はじめ、すでに着席している建築家ひとりひとりに挨拶したのち、彼らの耳元でなにかを囁きはじめる。

矢橋は、改めてそこに集まった建築家たちを眺めた。いずれも名だたる大家だ。建築家を名乗る者は明治初期に比べれば随分増えたし、その職能自体も広く認知されるようになった。だが、この席に呼ばれたのは妻木も含め、たった六人の建築家である。経験も知識も豊富で、大きな仕事を成功させてきた者だけが委員として選ばれたと聞いている。目の前の顔ぶれは実際その通りだ。しかし知る限り、有能な建築家は他にもあまたいる。矢橋と親しい遠藤於菟などもそのひとりだろう。

――建築界にも頂点に上り詰めるまでの、いわゆる出世道のようなものが敷かれているのだろうな。

想像して小さく身震いした。自分は今、その街道のどのあたりを走っているのだろうか。

「あ、妻木さん」

長谷場の声が立ち、同時に全員の目が入室した妻木に集まった。中には険しい視線を送る者もあったが、妻木は我関せずで、全員に向けて一礼すると、矢橋の隣に座り、

「よろしく頼むよ」

と、小声で言った。

仮に他の委員から、議院設計の大枠や欧州での調査結果について質問されたら君が答えてくれたまえ、と事前に妻木から命ぜられている。あらかじめ帳面にはまとめてきたが、意地の悪い質問が出ませんように、と最前から胸の内で、八百万《やおよろず》の神に祈り続けている。

委員会がはじまると、まずは長谷場から、議院建築用地の耐圧試験についての正式な報告があり、議場の席数についての子細な数字が打ち出された。すでにそれに沿って設計図を引いて

いる矢橋は、複雑な心持ちになる。

「以上の点について、ご意見のある方はおられますかな」

長谷場が会場を見渡し、するとひとりの委員が手を挙げた。

「議会の開院式閉院式の折、議場を式場といたしますが、そのたび例えば議席を動かすなどすることは大変不便との意見がございます。例えば欧州の議院で、式場を別に設けているところはありますか？　大蔵省は調査員を派遣されたと思いますので、お調べになったことをお伝えください」

いきなり質問が飛んできたのである。一旦、妻木に目を遣る。答えなさい、というふうに、彼はいともたやすく頷いた。矢橋の緊張は極に達する。

「わ、私、大蔵技師の矢橋がお答え、い、いたします」

声が上ずったところで、運悪く辰野と目が合い、意識を失いかけた。しかしかろうじて帳面の頁を繰り、

「ご、ございます。式場を別に設けておるところは、ございます。プロイセンの上院などがその例でしたでしょうか」

どうにか答えたのだが、すぐさま他の委員が、

「いや、ブタペストの議院ではなかったかな」

と、非情な横槍を入れた。ブタペスト……震える手で帳面をめくり、

「あ、そうでした。ブタペストにもそのような議院がございます。しかしプロイセンも、式場は別でございます」

幾度も唾を飲み込みながら言うと、質問した委員は納得したふうに頷き、そのまま他の議題へと移っていった。

どっと汗が噴き出した。幸い、この後、矢橋が答えねばならない質問は出なかったが、身体の震えは収まらず、頭に上った血も、いっかな降りてくる気配を見せなかった。

一通り議論が出尽くしたところで、長谷場が再び全員を見回すようにして言った。

「よろしいですかな。では、動議に移ります。本日は、辰野先生からご提案がございます」

そう促すや、辰野が勢いよく立ち上がったものだから、矢橋はおののくあまり、思わず背を弓状にして仰《の》け反《ぞ》った。

「ただいまご紹介に与《あずか》りました辰野でございます。先般の委員会でもお話し申し上げましたが、議院建築について設計競技を用いるべきではないか、との提案にございます。議院というのは国家運営をよりよくするため議論が行われる場でございます」

彼はそこで一同を見渡し、ひとつ咳払いをした。それだけでも他を圧するほどの威厳がある。

「むろん国の建造物となりますので、省庁で設計から一切を担う、という流れがひとつにあるのも承知しております。しかし、こうした事業が果たして一極集中でよいものか、どうか。密室で推し進められるべきものかどうか。後世に引き継がれる建築という事業を考える上でも、設計競技という開かれた方法を取り入れるべきかと存じます」

一語一語吐き出されるたび、ものものしい振動がビリビリと伝わってくる。

「日本人による日本人のための設計競技にございます。いくつもの案を出し、その中から委員全員が十分に協議の上、一案を選ぶことではじめて、誰もが納得してこの事業に取り組めるのではないでしょうか」

自信に裏付けされた堂々とした演説であり、まったくの正論でもある。その場にいる全員が無条件に聞き入り、誰もが彼の意見に納得しているように見えた。

――これは、押し切られるのじゃなかろうか。

矢橋は案じつつ、妻木を窺う。彼は例のごとく、感情を顔に出すことなく宙の一点を見詰めて微動だにしない。

辰野が一通り語ったところで、長谷場がこれを引き取った。

「いかがでしょう。ただいまの、辰野先生の動議を採択することでよろしいですか？　異論のある方は挙手願います」

妻木が手を挙げるのではないか、と矢橋は身を硬くして見守ったが、彼は依然動かない。他の委員も沈黙している。

「それでは、設計競技案について、これを採用するか否か、この場で決をとりたいと存じますがいかがでしょう」

長谷場の言葉に委員たちは大きく頷く。

そのとき、妻木がすいと手を挙げたのだ。矢橋の喉が「ややっ」と意味不明なうめきを漏らした。拍動が、勝手に走り出す。

「ただいまのご提案で、ひとつだけ、訂正をお願いしたい」

妻木の口調は静かだったが、その声は二重にも三重にも波紋を広げるようにして、会場に響き渡った。

「お話の中で、『密室』とのお言葉がございました。なるほど、官庁での仕事は民間とは異なり、伏せられる事項も多い。しかし、民間事業がすべてをつまびらかにしているかといえば、けっしてそんなことはございません。利益が絡んでくる分、またその団体の一存で決められることの多い分、暗々裏に運ばれることも多々あるかと存じます。一方、官庁で行われることは、いずれも国家的事業ゆえに幾多の目を経なければならない。それに、いかに苦労して大規模な建造物を手掛けても、私ども技師の報酬は据え置きです。暴利をむさぼることもできません」

委員を務める有識者の間から、さざ波のような笑い声が立った。張り詰めていた場が、ゆるやかにほどける。

「私どもがこれを大蔵省で手掛けたいと考えておるのは、少なくとも営利や名誉のためではない、ということは申し上げておきたい。そもそも議院建築を手掛けたとて、私ども官員は設計者として名が刻まれることもございませんでしょう」

「では、なんのために君らは建築に携わっているんだ」

伊東だろうか、野次のような声が飛んだ。妻木は即答せず、なぜか辰野のほうへと視線を送った。辰野は黙ってそれを受ける。しばし睨み合いのような格好になった。矢橋は首筋が冷えていくのを感じている。

「なんのため、と申しますと？　そもそも自分の名が刻まれぬからといって、益がないということはございません。建築物を自らの利益にせんと考えた時点で、設計というのは本来あるべきところから逸れていってしまうように私は考えます」

それだけ言って、妻木は「もうこの話は終いだ」というように、長谷場に目を向けた。建築

家たちはみな、不得要領な顔を見合わせている。辰野だけが顔を紅潮させ、

「では採決に移りたいと思います」

という長谷場の言葉にかぶせるように、

「きれいごとだな」

と、よく通る声でひとりごちた。場は再び重たく静まったが、妻木はそちらを向くこともしない。宙に浮いた言葉を引き取るようにして辰野が、

「みなさん、設計競技というのはもっとも公平な方法でございます。また、欧州では当たり前に用いられ、それによって建築の分野がいっそうの発展を遂げている、そうした非常に意義あるものにございます」

大声で再び宣したのだ。

矢橋は焦りを禁じ得なかった。このまま辰野に圧される形で、設計競技が採用されるのではないか。

末座を窺うと、筆記に必死になっている大熊の横で、小林は少しも動じるふうはなく、芝居見物でもしているようにのんびり構えているように見える。矢橋はそれを、不思議に思う。

「他にご意見ございませんか？　それでは、挙手にてご返答願います。仮にほぼ同数になりましたときには、今ひとたび議論の場を持ち、そこでも決まらない場合は採決を次回に送ります」

長谷場は言い、ひと呼吸置いてから続けた。

「まずは、設計競技を採用する、というご意見の方からお伺い致しましょう。どうぞ、挙手をお願い致します」

矢橋の喉が、ごくりと不穏な音で鳴ってしまった。静まり返った場に、その音が歪《いびつ》に響いたが、こちらを見る者はない。

サッと一斉に手が挙がった——と、見えたのは、矢橋が建築家たちの並んだその正面に腰掛けていたためだろう。

長谷場は挙手した者を数えようとしたがその動きを止め、

「他の方は、設計競技を取り入れることは承知しない、ということでよろしゅうございますか？」

と、遠慮がちに告げたのだった。

見れば、出席委員二十二名中、設計競技に賛成として手を挙げたのは、妻木を除いた建築家五名と有識者一名きりである。他十六名は反対の意を示したのだった。

建築家たちが挙手したままどよめく。

「では、設計競技を採用する案は見送り、予定通り大蔵省臨時建築部による設計を進めるということでよろしいですな」

長谷場が声を張る。あまりに呆気ない勝利に、矢橋はただ呆然となった。

「こんなことはおかしい。今一度私どもの主張をっ」

やおら立ち上がった辰野を、

「採決でここまで大きな開きが出ましたからには、やむを得ません。また、本委員会で話し合われたこと、部屋数や坪数などはしかと汲んで設計をしてまいります。みなさんのご意見はけっして無駄にはいたしません」

厳然と長谷場がいなした。

「いや、とても公平な採決とは思えんっ。なにか裏で取引があったのだろう」

中村達太郎が口を歪めて言い、

「そうだ、ここまでの大差は妙だ」

と、他の建築家が次々に同調した。会議の場が騒然となる。この騒ぎをよそに、妻木は腕組みをし、あろうことか瞑目していた。その姿は、仏殿に飾られた塑像《そぞう》のようで、彼の周りだけ澄んだ静けさに覆われているのだ。

――怖い。

矢橋は改めて、妻木という人物にたじろいだ。それはちょうど、日本橋の橋梁を飾る麒麟像のような、雄大には違いないが、どこか得体の知れない恐ろしさだった。

小林は口の端に笑みを貼り付けて、荒れる議場を眺めている。余裕が滲んだその表情に、矢橋は腑に落ちぬものを感じる。

――彼は、なにか知っているのではないか。

中村が疑ったように、裏でなにかしらの取引があって、こうなることを妻木も小林も知っていたのではないか。

そのとき、「お静かにっ！」という長谷場の声が轟いた。

「このたびの動議について、公明正大、公平な採決を用いる、というのは、桂首相からのご提案にございます。みなさんには、これにご納得いただいた上、決をとったのでございます。あとから不平をおっしゃるのは、公明正大、公平の精神に背くものにございますっ」

この一喝で、設計競技を用いんとする主張は、完全に抑え込まれたのだった。

建築部に戻ったのち武田に結果を伝えると、彼は無邪気に快哉《かいさい》を叫んだ。妻木は委員会のあと建築部には戻らず、小林も特に欣喜《きんき》することなくいつも通り作業に勤しんでいる。

「これで、ようやく本腰を入れて取り組める」

大熊が浮かれて発した言葉に、

「今まで本腰じゃなかったのか」

と、小林がすかさず茶々を入れ、場に笑いが起こった。

裏でなにごとかが行われたことは確かだろう。内心は未だ悶々としていたが、大熊や武田が意気を上げるのを見るうち、自分には関わりないことだ、と矢橋は、その懐疑から逃れた。

せっかくこうして機会が与えられたのだ。自分たちはただ無心に、世界一美しい議院を造り上げるしかないのだ、と。

＊

議院設計を大蔵省で担うと決まってからの妻木の仕事ぶりは、凄まじかった。朝早くから深夜まで省内に詰め、矢橋、武田、そして大熊たちの上げた設計図を検めていった。加えて、日本橋の仕上げも大詰めに入っており、この日も大熊たち主立った技師をB室に呼び、妻木は告げたのである。

「日本橋の橋銘を、慶喜《けいき》様に書いていただくのはどうか」

「けいき様……ですか」

武田は反復して首を傾げたが、大熊は、「それはよろしいですな」と身を乗り出した。江戸幕府最後の将軍徳川慶喜《とくがわよしのぶ》は、御瓦解《ごがかい》ののち駿府《すんぷ》に退いていたが、対清戦争の少し後に東京巣鴨に戻り、今は小日向に居を構えている。江戸の象徴だった日本橋の、親柱に掲げる銘であるからこれ以上ない人選だ。備後国《びんごのくに》の産である武田はしかし、いまひとつピンとこなかったのだろう。

「あの二心殿と誹《そし》られた方ですか」

と、釈然としない声を出した。確かに、征夷大将軍を受けることもしぶり、鳥羽伏見《とばふしみ》の戦いも途中で放り出す形でこっそり江戸へ逃げ帰るという、およそ将軍らしからぬ将軍ではあるが、機を見るに敏だったといえばそのような気もするのだ。誰しもいくつもの可能性を前に揺れる。大熊自身、建築に携わる上で自分なりの信念を貫いているつもりでも、結果的に紆余曲折《うよきょくせつ》を経てしまうことがたびたびある。

「対露戦争に勝って、勢いづいたせいだろうが、当初は日本橋の欄干に金を用いるといった政府案も出ていたんだ」

妻木の言は、初耳だった。矢橋も驚いたのか、隣で小さく喉を鳴らした。

「なんでも、国粋主義の象徴にしたい、という話でね」

江戸の頃から武家と言わず商人と言わず慕われてきた日本橋を、強い日本の象徴にする、という政府の意向は、歴史を学んできた大熊からすればお門違いと言わざるを得なかった。連綿と続いてきた土地や建物にはそれぞれに背景があり、個性があり、役割がある。それを国粋一辺倒で塗り替えれば、景色はたちまち無味乾燥になる。

――議院建築も間違えぬよう進めなければ。ことに、今後の東京を形作る中心的な存在となるものだからな。

設計は着々と進んでいたが、大逆事件の処分を巡る政府批判は日増しに大きくなり、議会での予算審議が行われぬだけでなく、桂首相との話し合いの機会すらもたれぬまま、日にちばかりが過ぎていた。

「私は、慶喜様に橋銘を書いていただくのは名案だと思います」

大熊は、朗らかに言って話を戻した。

「無念の内に江戸を締め括《くく》った方が、今一度江戸を復活させたようで心楽しいではないですか」

妻木がこちらに向き、安堵したような笑みを覗かせた。大熊が大蔵省に入ったばかりの頃、彼はけっしてこんな顔を見せなかった。配下の者に意見を請う形をとったとしても、彼の案は、「これ以上のものはなかろう」といった自信に裏打ちされているのが常だったのだ。歳をとったがゆえの変化なのか。それとも、自信というのは本来、保ち続けることが難しいものなのか。

「妻木さん、おられますか?」

B室の外から声が掛かり、こちらの返事も待たずにドアの隙間から顔を覗かせた者がある。

「やぁ、沼尻君」

妻木が破顔する。以前、大迫直助の訃報を伝えた税関業務を担っている技師だと大熊は気付いたが、沼尻はこちらを見忘れたのか、軽く会釈《えしゃく》しただけでまっすぐ妻木のもとに駆け寄り、小脇に抱えた厚紙に挟んだ用紙を取り出した。

「議院なんですが、今の仕様でいくと、思いのほか工費がかかりそうです」

沼尻はやや調子っぱずれな声を出して、細かな数字が並んだ一点を指し示した。大熊は離れていたためはっきりとは見えなかったが、二千五百六十万と総工費の欄に書かれているようだった。だとすれば、途方もなく莫大な額である。

「君たち、仕事に戻ってくれたまえ。橋銘は慶喜様にお願いしてみるよ」

沼尻が詳しく話そうとするのを制してから、妻木は大熊たちに命じた。

B室を出てしばらく行った廊下で、

「ていよく所払いされましたね」

と、大熊が冗談めかして言うと、

「まぁ妻木さんは予算のことを、僕ら現場の技師にはあまり詳しく聞かせんからな」

矢橋が不満げに受けた。予算管理は上に立つ者の仕事だ、というのが妻木の理念なのだ。

「金のことを考えて図面を引くと、どうしても萎縮する、とおっしゃっていましたよ。伸び伸びと設計させた上で、削るべきところは指示して、予算面での調整を行っているんでしょう」

武田が、妻木を弁護するようにして繕った。

「僕たちを萎縮させないため、ですか。上に立つというのは大変なものですね」

大熊が素直に頷くと、

「いやぁ、上に立つ者すべてがそういう動きをするとは限らんさ。ことに予算は部下に丸投げという建築家も少なくない。それに、予算度外視の最終案を平気で上げてくる人もあるからね。その中で妻木さんは、若い頃から予算と納期を守るということを徹底してきたんだ」

武田は答え、建築部室に入る手前で立ち止まった。

「建築にはどんなものにも制約がついてくる。それを厄介で不自由なものと捉えるか、その不自由さを逆手にとって、制約の中でも理想を叶える術《すべ》を見出していくのか。建築家の可能性は、その構えで大きく変わってくるように僕は思う」

果たして自分は制約を打開できるほどの胆力、智力を持ちうるだろうか。ただただ図面を引くのが楽しくて、ここまで来てしまったが――大熊が省みたとき、武田が不意に話を変えた。

「そういや君は、伊東忠太先生の下で働いていたことがあるんだったな」

「ええ、様々な寺社を一緒に見て歩きましたが」

「伊東さんは古社寺保存会の委員だろう。妻木さんも、奈良の大仏殿の補修に関わってから古い建造物の保存に注力して、同じく保存会に入っている」

伊東は議院建築準備委員会の一員であり、設計競技を主張した建築家のひとりである。しかし、日本の伝統建築を後世に遺すという、目指すところが妻木と同様であるならば、江戸趣味とも言われる妻木の仕事を彼は十二分に認めているのではないか。

「妻木さんは、古社寺保存会をとても有意義な会だとよくおっしゃっていた。僕も関心のある分野だから、京都に行くときも古社寺保存のために働いてほしい、と言われたよ。伊東さんとの間柄も良好だったはずだ。それでも伊東さんは辰野側に与《くみ》した」

「妻木さんよりも辰野さんを評価している、ということでしょうか？」

「いや、そうとばかりは言えない。妻木さんが旗を振れば、よいものができるのは承知しているだろう。ただ」

と、武田はしばし言い淀んだ。

「ただ、それでも設計競技が正しいと考えた。国の代表的な建築物を造る上で必要な手続きだと考えたんだ。あの委員会を、あたかも建築家の利己が前面に出た争いのように捉える向きもあるし、実際辰野さんあたりは是が非でも自分がやるという意気があったと思うが、今後、公正な設計競技を経る過程は欠かせないものになるんじゃないかな」

「今回の決定が仮に、その可能性の芽を摘むことになったら……そう捉えられたとしたら、僕ら建築部への風当たりはいっそう強くなるだろうな」

それまで黙していた矢橋が、ぽつりと漏らした。

「必ず成功させますよ。何年、何十年かかっても、立派な議院を建てて見せます」

不安を払おうと大熊が鼻息荒く返すと、武田が口元をほころばせて言ったのだ。

「僕らが妻木さんにできる恩返しは、それしかなかろうね」

五

明治四十四年四月、日本橋は無事、開通式の日を迎えた。

小林金平は妻木とともに式典に臨み、華やかな楽曲の中に身を置いた。妻木が意匠を担った装飾柱は、折々に工場で仕上がりを検分したときの印象より、遥かに壮麗で威厳に満ちて見えた。松や榎《えのき》の装飾を施した柱には橋を渡る人々を睨むように目を剝《む》いた獅子が、また別の柱には麒麟が今にも飛び立たんと大きく羽を広げている。眺めているだけで、おのずと武者震いが起こった。小林にとっては、対露戦争に勝ったという報に接したときよりもずっと、この国の力強さを感じさせる造形だった。

——建築というのは、それを見た者の志気をも上げられるのか。

新鮮な感銘に浸っていると、後ろから乱暴に肩を叩かれた。激痛に顔を歪めて振り向けば、鎗田作造が立っている。

「なんだえ、おめでてぇ日にしけた面《つら》しやがって」

彼は呵々《かか》と笑った。

「肩を痛めているんですよ。去年の暮れから。どうやら四十肩ってのになったらしくて」

恨みがましく言ってやると、不意に鎗田は目をしょぼつかせ、

「おめぇもそんな歳になったかえ。ついこないだまでケツの青いひよっこだったのになぁ」

と、小林の両肩を包むように手を置いた。髪はすっかり薄くなり、眉毛まで白い鎗田を見下ろしていると、共に辿ってきた幾星霜が目の前に浮かんできて小林はこみ上げるものがなくもなかったが、鎗田は感傷なぞ寄せ付けぬふうで、親柱のほうを指さすや、すきっ歯を見せてニッと笑ったのだ。

「岡崎さんと渡辺さんも来てるんだぜ」

彫像を仕上げたふたりである。推挽《すいばん》したのは鎗田であるから、自分の手柄だと小鼻を膨らませているのだろう。生まれたての猿よろしく顔中皺に覆われてもなお、鎗田のこの単純さと落ち着きのなさは昔と少しも変わらない。

——大迫さんのような重厚で威厳ある雰囲気は、歳をとると自然と備わるものだろうと思っていたが……。

手指が思うように動かない、身体がしんどくて周りに迷惑をかける、と鎗田は去年一線を退いていたが、今にも装飾柱に登っていきそうな威勢のよさは相変わらずだ。

「ところで、妻木さんの具合はどうだえ」

やや声を落として鎗田が訊いてきた。

「そうですね。あまりいいとは言えません」

「そうかえ……しかし妻木さんのことだ、少し休めばまたよくなるさ」

今年に入ってから妻木は、熱を出して寝込むことが続いていた。勤めを休むことも再々で、そんなときは小林が、見舞いがてら妻木邸へ設計の進捗を伝える役目を負ってきた。

部員たちには他所《よそ》で打ち合わせをしていると言うように、というのが妻木の厳命で、議院建築準備委員会開催前後に桂首相と折衝すべく彼が暗々裏に席を外していた経緯も見ていたためか、矢橋や武田、大熊は、今のところこれを信じている。小林と鎗田だけが、妻木の体調が優れないことを知らされているのだった。

「去年からのお疲れが出たのでしょう。お宅のほうでもご不幸がありましたから」

妻木の長男、頼功が急逝したのは去年のことで、これも部内には秘している。周りに気遣われれば仕事に支障をきたすとの理由で、彼は口外を禁じたのである。

「もう少し、僕らに甘えてくれると助かるんですが。予算も含め、面倒なことをおひとりで抱えておられる」

「まぁそれが昔からのあの人のやり方だからね。なにも他の技師や職人を信用していねぇわけでもねぇんだが」

「ええ。他者を排斥してはおりません。むしろ、設計を部下に委ねるにしても、単に仕事を割り振るというより、部下個々の力をどう伸ばすか、そちらが主眼になっているくらいですから」

小林が肩をすくめたところで、「どうぞお集まりください」と、式典を仕切る東京市の役人の大声が響いてきた。橋のたもとにいる妻木も手招きしている。彼の近くには矢橋や大熊、武田の顔も見えた。

小林も倣って、妻木の傍らに寄るや、

「いやぁ、いい橋銘だねぇ。慶喜に書かせたんだろ」

鎗田が、徳川慶喜を呼び捨てにした挙げ句「書かせた」なぞと大声で言ったものだから周りの官吏らをはばかって慌てたが、橋を設計した東京市の技師ふたりは目尻を下げた。

「いかにも日本橋らしい装飾です。橋脚に用いた花崗岩とも至極相性がいい。妻木さんのおかげです」

次から次へと人々が妻木のもとに寄って意匠を称《たた》える様を見て、小林は議院建設着工前の大仕事が今までにない形で成功を収めたことに胸を撫で下ろしたのだが、式典からさほど経たぬうち、新日本橋に対する批判が各紙で見受けられるようになったのだ。

多くは、小林からすれば「難癖」としか思えぬもので、予算を掛けすぎだ、だの、あんな立派な橋を造る余裕があるなら税を安くしろ、だのといった単純すぎる不満だったが、建築家や大学関係者からの批判は辛辣《しんらつ》なものが少なくなかった。ことに意匠については容赦なく、妻木個人を攻撃するような文章も散見された。

〈あの花崗石の部分だけなら全体の格好も醜からず、其の各部の釣り合いも悪くはないと思う。ただ橋のたもとの擬宝珠形《ぎぼしがた》が大難物である。上部の青銅の方は尚更お話にならぬと思う。橋全体の格好はドイツ風の復古式にならって、しかも其の細部は花崗石の部分を洋風にし、青銅の部分を日本の意匠でやったことになる。ために、青銅の部分が花崗石の部分と全く調和しないはもちろん青銅細工そのものの形も悪く、また青銅の柱形や獅子などの個々の形もまた各々調和がとれていない〉

妻木がいないのを見計らい、建築部で新聞を読み上げていた矢橋の声が徐々に頼りなくなり、終いには、水に浮かべた氷が溶けるようにしゅんと消え入った。武田はその隣で、苛立ちの表れなのか、もみあげをいたずらに引っ張っている。大熊ばかりが「そうかなぁ。僕は見事な組み合わせだと思ったがなぁ」と、呑気につぶやいていた。

批判が出ることはあらかじめ想像していたが、この寄稿については、日本橋を担当した「意匠家」の江戸趣味をあげつらうことが目当てのように感じられ、さしもの小林も心中穏やかとはいかなかった。

〈それで西洋趣味と日本趣味との調和を得たものであると思い、新日本式を造り出し得たと思

う者があるなら、それは大きな間違いである〉

とまで言い切っているのだ。

「妻木さんの目に触れなければいいですが」

今度はこめかみをえぐらんばかりに揉みながら、武田が案じ声を出した。

「いやぁ、ここまで大きく載っているんだ。どうやったって妻木さんの知るところとなるさ」

矢橋が訳知り顔で言うや、辺りに薄暗い沈黙が立ち込める。

「そら、もう仕事に戻れ。万人が認める建造物なぞ、この世にはないんだ」

小林は、場を切り替えるつもりで手を叩いた。

「確かに、完璧な建築物というのは、そうそう建つものじゃありませんからね」

矢橋は言って、乱暴に新聞を折り畳む。

「しかし、ひとつの文句も出ない建造物が、果たして完璧なのかねぇ」

頬杖をついて、小林はひとりごちる。一斉に三人の目がこちらに向いたから、

「個人宅なら施主《せしゅ》の要望を汲めばいいが、多くが使う日本橋じゃあ誰に合わせるというわけにもいかんし、ややこしい話さ」

適当な言ではぐらかした。すぐさま矢橋が、

「いやしかし、妻木さんがこれから造るのは議院ですよ。それこそ議員から官吏から民に至るまで、全国津々浦々、万人が納得するものを造らにゃならん。その上、議院は江戸の頃にはなかったですからね。日本橋で再現したような江戸風というわけにもいかんでしょうし」

心許ない声色で追いすがる。

「だからイタリアルネッサンス様式を取り入れた設計図を示したんじゃないか」

「そこに日本の伝統様式を付け加えておりますよ。これがどんな反応を生むか……」

「君らの腕の見せ所だな」

しつこく尾を引く矢橋の不安を小林はさっくり断ち切り、武田、大熊にも目を遣ってから続けた。

「いいか、万人に受けるものを造ろうなどとゆめゆめ思うな」

えっ、と矢橋が喉を引きつらせる。

「誰もがいいと思うようなものは、得てしてつまらんものだ。ひとつの挑戦も見当たらない、既存のものをただなぞっただけの建物だ。建築家というのは何年、何十年とかけてひとつの建物を造り上げる。その建物は同じく何年、何十年もかけて、景色に馴染んでいく。時代を経て人々に認められていくものだ。単なる斬新さに頼らず、伝統にのみおもねることなく、歴史の一部になっていけるものをよくよく見据えて造り上げるべきじゃないのかね」

長広舌《ちょうこうぜつ》を振るうのは小林には滅多にないことで、三人は訝るようにこちらを見詰める。気まずくなって小林は、

「楽しいじゃあないか、世間に挑戦するんだ」

と、いつもの剽《ひょう》げた調子でまぜかえして席を立ち、一服してくるよ、と言い置いて部屋を出た。

薄暗い廊下を探るように進みながら、俺も歳をとった、と自嘲が湧いた。若い時分は、説教臭いことを言う上役を内心冷ややかに見ていたが、いつの間にか部下を前に御託を並べるよう

になってしまった。肩をすくめた刹那、そういえば妻木は、説教臭いことも分別らしいことも一切口にしたことがないな、と気付く。下の者にも好きにやらせて、その仕事を用心深く精査、手直しをするだけで、持論をぶつことも稀だった。ほんの時折、胸の奥で温めていたのだろう「希望」を語るだけだ。ために、「妻木さんがなにを考えているのか、なにを求めているのかわからない」と混乱し、その下で働くことを厭う者も少なからずあったが、議院設計を任された三名は勘所よく、妻木の意図を汲んでいる。

——議院の竣工式にみな揃って臨めればいいが。

予算がまだ通らぬ中では、完成がいつになるか見当もつかない。沼尻が算出した額ではきっと難しく、大幅な削減が求められるだろう。その場合、なにをどう縮小すべきか。早急にやらねばならないことを、小林は歩を進めながら数えていく。

＊

宮城大手門内に完成した内閣文庫の確認を終え、建築部に戻った大熊は、部内に満ちるものものしい気配に足を止めた。額を集めて暗い顔で話し込む者、慌ただしくどこかに電話する者、呆然と宙の一点を見詰める者。なにかあったな、と察しはしたが、ひとまず自席に落ち着いた。ほうっと息を吐き、首を回すと、自ら設計に携わった内閣文庫の偉容が目の前に浮かんでおのずと目尻が下がる。昌平坂学問所《しょうへいざか》で使われていた書物をはじめ、江戸期の貴重な文書が収められている夢のような空間である。

——ああ、あの建物の一角に住めたらどんなに楽しかろう。あそこにある本を毎日読んで暮らせたら、どんなに幸せだろう。

頰杖をついて、うっとり夢想の中へと分け入ったとき、

「おい、まずいぞ」

近くに声を聞いた。矢橋が滑り込むように隣に座る。

「桂首相が辞任される。内閣総辞職だ」

蒼白な顔で告げてきたが、大熊は特段驚かない。大逆事件の首謀者らを処刑したときから、近く責任を取って辞職することになろうと予測していたのである。石川啄木《いしかわたくぼく》や徳冨蘆花《とくとみろか》はじめ、著名な文筆家が桂の強引なやり方を強く非難していたし、弾圧に対する国民の怒りの声も容易におさまらなかった。政府はこの不信を払拭《ふっしょく》するために、「天皇が親であり国民はその子供たちである」との対露戦争以降声高《こわだか》に唱えられてきた表白を持ち出し、紀元節には窮民に医薬を支給するとの大詔《おおみことのり》も出された。それでも桂への猜疑《さいぎ》を拭うまでにはいかなかったのだ。

「僕は時間の問題だと思っていましたよ。ここまでよく持ったというくらいのものですよ。次はどうせ西園寺《さいおんじ》さんが立つんでしょう」

大熊がおざなりに応ずると、「君はまったく」と矢橋は眉間《みけん》に皺を刻んだ。

桂園時代と言われて久しい。ここ数年、西園寺公望《きんもち》と桂太郎が交代で首相の職責を担っているのだ。西園寺がつまずけば、次に桂が立つ。桂が窮地に陥ると、立憲政友会率いる西園寺が立つ。おそらく次の西園寺が潰れるときにはまた、桂が返り咲くのだろう。密約のもとに首相が替わるのはもはや多くが知るところで、ゆえに政権交代が行われても、政治は代わり映えし

ないのだ。

「しかし西園寺さんは、桂さんと違って締まり屋っていうだろう。僕はなにしろ議院建設予算のことが心配なんだ」

矢橋のうめきに、ようやく大熊は部内の騒ぎの正体を知る。対露戦争に勝ったはいいが、国内は長らく不況に見舞われている。賠償金も交渉譲歩により取りっぱぐれ、軍事費が跳ね上がっているおかげで政府の財政難も続いている。外債が十五億だか十六億という話も聞こえてきている。そんな中で議院建設に十分な予算を出させるのは、桂を欠いた今、いっそう難しくなるだろう。

「西園寺さんも、桂さんのように大蔵大臣を兼ねてくれればいいですけどねぇ」

手の平に滲んだ汗を擦《す》り合わせつつ言うと、

「そんなうまいことといくか。なんのために妻木さんが、桂さんの在任中に設計案を通したのか、考えてみたまえ」

矢橋は苛立ちまみれの声を放った。


「矢橋君、武田君、大熊君」

小林に呼ばれたのは、この明治四十四年の暮れが迫った日のことだった。

「西園寺さんが明日、この大蔵省にお越しになる。別件でこちらにいらっしゃる際に、お目にかかれることになった」

首相自ら官庁を訪れるとは珍しい。財務関連で重要なやりとりがあるのかもしれぬが、妻木のことだ、面会の機を得るためによほど粘って交渉したのではないか、と大熊は見当した。

「直談判ということですか」

武田が単刀直入に訊く。

「ああ。有耶無耶《うやむや》なまま議院建築が頓挫することがあっちゃ、今までの苦労が水の泡だからね」

政権交代が行われてから、議院建築について議会で話し合われることもなく、大蔵省臨時建築部もほとんど仕上がっている設計図を持て余す状況が続いている。沼尻も再々建築部を訪れて、審議に通りやすいよう工費の試算を見直すことに努めていたが、それを議会に上げることすらかなわないのだ。

よもや一度議会を通った計画が白紙に戻されることはあるまい、と矢橋や武田は自らに言い聞かせるようにして仕事を進めていたが、西園寺政権が各方面で容赦ない予算削減を実行する中、安閑と構えているわけにもいかず、改めて確約をとるため妻木は動いたらしかった。

「総出で伺う、ということですか？」

今度は矢橋が訊いた。

「ああ。妻木さんのご意向だ」

小林は答えてから、ふと窓の外に目を遣った。正午を過ぎたばかりなのに、冬の日差しは頼りない。蕭々《しょうしょう》と吹く北風に抗《あらが》うように、ヒヨドリがもがきながら飛んでいる。

「君らは、妻木さんを継ぐ者だからね」

こちらに目を戻すと小林はそう言って、乾いた笑みを面《おもて》に浮かべた。

当日大熊は、親類の結婚式で着たきりだった一張羅《いっちょうら》の背広を着込んで、西園寺との会談に臨んだ。しかし人一倍意気込んできたのは大熊ひとりきりで、妻木をはじめとする四人は平素と変わらぬ背広姿である。おかげで出勤するや「君、七五三みたいだな」と小林にからかわれた。

大熊はしかし、場違いな服装を恥じる余裕さえ持てなかった。今日決着をつけなければ、議院は妻木の在任中に完成には至らぬだろうと感じていたからだ。竣工まで何年かかるか計り知れぬが、せめて落成式に妻木の姿があってほしいと思えば、どんなことでもできることはしなければ、と逸ったのだ。

妻木は応接室のソファ中央に深く腰掛け、最前から瞑目して、西園寺が現れるのを待っている。大熊ほか、矢橋、武田、小林は、その横に並んだ椅子に控えている。

この一年、妻木は稀にしか建築部に姿を見せていない。小林は、「折衝やら打ち合わせがあってお忙しいんだ」と、その理由を説いていたが、顔色が悪く一回り縮んだような妻木を見るだに、体調が優れないのだろうと部内の誰もが勘付いていた。むろんそれを口にする者はない。妻木の気力をいたずらに削ぐような真似をしてはならぬと、みな慎重になっている。

廊下に人の声が立った。いくつもの靴音が近づいてくる。

妻木がゆっくり目を開き、おもむろに立ち上がった。大熊たちも倣って起立する。

ノックもなしにドアが乱暴に開いた。官吏らしき男が素早く入室し、

「すぐにおいでになります」

と、格式張った口調で告げる。大熊は、自分の背筋が弾かれたように反り返るのをとめられなかった。

濁声《だみごえ》の高笑いが響き、それに牽《ひ》かれるようにして足音が近づいてくる。

やがて細身で顔の長い、老齢の男が戸口に姿を現した。即座に妻木が一礼する。みな倣う中、大熊は西園寺らしき人物の、洒脱《しゃだつ》な洋服の着こなしに釘付けになった。七五三と笑われた自分とは雲泥の差である。

――確か、もとは京のお公家さんだった方だよな。

ついまじまじと見詰めるも、側近の視線を感じて慌てて頭を下げる。

「この年の瀬だ。やらねばならんことが山積みでな」

西園寺は妻木の向かいに腰を落ち着けるや、言った。口調こそ柔らかだったが、一刻も早く話を済ませてくれ、という意図が重々しく伝わってくる。

「お忙しいところ、お時間をいただきまして恐縮しております。議院建築のことでお話をさせていただきたく、本日は設計に携わっておる技師とともにこうして控えさせていただきました」

妻木は至極落ち着いた低い声で、すぐさま本題に入った。性急な西園寺に時候の挨拶やらご機嫌伺いの弁を述べたところで鬱陶しがられるだけだと判じたのか、それとも首相に対しても直截に話を進めるのがそのやり方なのか――。

「早く議会を通して着工したいということじゃろう？」

西園寺が先回りして要点を突いた。が、間延びしたその言葉付きからは、こちらの要望に真摯に向き合う意思は感じられない。

妻木が即座に「いえ」と返した。そうしてかすかに笑んだのだ。

大熊はおのずと打ち震えた。この場面で笑うとはなんと不遜《ふそん》なのか。西園寺もまた、虚を衝かれたふうに声を吞んでいる。

「そういうお話ではございません。むろん、計画は進めとうございます。なにせすでに決行との判断が国から下されておる案件ですので、ここでの足踏みはなんら意味がございません。ただ、それよりも」

妻木はそこで身を乗り出し、あたかも西園寺に詰め寄るような前傾の姿勢をとった。委員会のときにも顔を出した、何者をも恐れぬ傲岸《ごうがん》さと気迫をその総身にまとっている。隣に座している矢橋が大袈裟な音で喉を鳴らした。それにつられでもしたのか、西園寺が居すくんだまま、やはり大きな音を立てて唾を飲み込んだ。

「それよりもまず総理に、我々の設計をお目に掛けなければなりません。就任されてのち、こうして直接お目に掛かる機会に恵まれなかったものですから。議院は、国の行方を決める大事な議論が行われる場。それだけに、我々の設計に心底からご納得いただかなければなりません」

一息に言うや、妻木は傍らに控える小林に目配せをした。小林が、筒状の容れ物から大判の設計図を取り出す。大熊たちが日夜話し合い、細かに検証して完璧に仕上げた設計図だった。

「様式はイタリアルネッサンス様式でまとめております。外構は車寄せも含め、花崗岩で設えます。これは、山口の黒髪島《くろかみじま》で採れるものを使います。また、広島倉橋島《くらはしじま》で産出した花崗岩を建物外壁にあしらいます。ただし軀体自体は、コンクリートを用いる予定でございます」

「コンクリート？」

西園寺が、はじめて反応を示した。

「ええ。まだ建物に使われるようになってさほど時間は経っていない技術ではありますが、ここにいる武田君が英国で学んでまいりました。内部に鉄骨の芯を通し、周りを木枠で囲い、その中にセメントを流し込む造作《ぞうさく》でございます。煉瓦よりも強度が高くなり、また自在に形を作ることが叶います。腐食もしないため、長い年月風雨にさらされても傷みが出ることはほとんどございません。現代国家隆興の精神を象徴する建物に相応しい仕様だと確信しております」

妻木に圧されて西園寺はおとなしく聞き入っているが、その実、どこか心ここにあらずなのは大態にも見て取れた。緊縮財政や長引く不況、社会主義者への弾圧に対する批判の声——桂が途中で放り出した山積みの問題が西園寺の双肩に今、のしかかってきているのだ。むろん妻木も、国の新たな象徴を造ることに積極的になれぬ西園寺の心情を感じ取っているだろう。それでも彼は寸分も語気を弛めることなく言葉を継ぐのだ。

「軀体については幾度も模型を作り、計算の上、重心のしっかり据わったものに致します。建造物には、その重さの中心点を表す重心ともうひとつ、強度を表す重要な中心点がございます。英語では center of rigidity と言われておりまして、強心、いや、剛心《ごうしん》とでもいえばよろしいでしょうか。これは、重さの中心である重心に対して、強さの中心を指し示す言葉です。この剛心がしかと定まってこそ、その双方が歪みなく存在してこそ、強く美しく安定した建物になる。この議院は、それを叶えたものにすべきです」

強く美しく安定したもの——妻木の設計する建物は常にその条件を満たしていることに、大態は思い至る。その理念は妻木が、東京の景色にもっとも望んでいるものなのかもしれない。東京の、いや、日本の象徴としての議院であるならば、この条件を見事に叶えた建造物にせんと、彼は弱っている身体に鞭《むち》打って図面を仕上げたのだ。

「外観は、軀体の強さに応じた威厳ある印象にいたします。が、内部に入り、広くとった中央玄関ホールには本邦の装飾をふんだんに使い、高貴で柔らかな印象の空間を作ってまいります」

「先刻、イタリアルネッサンス様式だと君は言ったな。それなのに和の意匠にするのか」

首を傾げた西園寺を見て、彼は妻木の造り上げてきた建築をなにひとつ把握《はあく》していないのだな、という落胆が大熊の内に広がった。

「セセッションという言葉がございます。近年欧州、ことにオーストリアの建築界で生じた分離派を指す言葉です。古き芸術様式から離れ、新しい技術や意匠を創造していく、という運動で、私はこれを非常に素晴らしいものと感じてございます。しかし日本における今後の課題は、異国の文明と日本古来の文化を巧みに融合させること。セセッションとはまた異なる、高度で緻密な計算が不可欠となりますが、それこそがこの東京、いや東京のみならず日本の景色を造る上で緊要なことだと信じてまいりました。建築のみならず、自らの足下を見失わぬことは、欧化の一途を辿るこの国の在り方においても肝要なことかと存じます」

最後の言葉を聞くや、西園寺の顔が険しくなり、

「昨今の造家屋《ぞうかや》は、国の行く先まで示してくれるのかね」

苦々しく吐き捨てた。しかし妻木は悠然と構えてなんの言い訳もしない。端から見ていると、

妻木のほうが西園寺より遥かに上位であるような錯覚を起こす。

長い沈黙があった。やがて西園寺は溜息をついたのち、

「この設計図はいただいていいのかな」

と、机に手を伸ばした。

「ええ、そのためにご用意いたしました」

「では、官邸に戻ってゆっくり拝見することにしよう」

一方的に告げると立ち上がったから、大熊は慌てた。まだ話は終わっていない。素材や要素の説明もこれからなのだ。矢橋や武田も動じたふうに腰を浮かしている。だが妻木は、西園寺を睨み上げたまま、動かない。

「いずれにしても予算を議会に通さねば。そこからだからな」

妻木の鋭い眼差しにひるんだのか、西園寺がつくろう。きっと、根は気弱な男なのだと大熊は憐れをもよおす。しかし妻木は、そうした温情を一切示さなかった。

「必ず」

ゆっくり立ち上がると、空気を震わす鋭い声を放ったのだ。

「必ず、議会を通していただきたい。これ以上ない議院を、私どもが確実に造り上げてご覧に入れます」

ほとんど恫喝《どうかつ》せんばかりの口吻だった。周りの官吏が物言いたげに妻木を睨む。西園寺は、わかった、というふうに片手を挙げこそしたが、なにも言わずにあっさり背を向けた。

一行が退室してしばらく、誰もが呆然と戸口を見詰めていた。やがて矢橋が「あぁ」とうめ

き、その場にくずおれた。武田はうなだれ、小林は天井を仰ぎ、大熊は立ちすくむ妻木を見遣った。

この東京を、世界に誇れる都市にするため、多くの知識を得、現場に立ち、職人たちと交わりながら努めてきた姿だった。背は丸まり、髪も白くなり、痩せて心許なささえ漂う身体だが、そこには猛々《たけだけ》しい気迫が漲っている。

「僕らの議院が完成したとき」

不意に妻木が柔らかな声音で言った。

「きっとこの国は、自分たちの足取りを取り戻す。猿真似の欧化主義も、対露戦争に勝ったことで強国になり得たような勘違いも、すべて消えて、自分たちのやり方を見出していくだろう。新しい議院は、そういう話し合いがなされる場になるんだ」

同室にいる部下たちに聞かせるふうではなかった。妻木はまっすぐ前を見て、強く語っている。それはあたかも自身に言い聞かせているようでもあり、遥か先の世を生きる誰かに伝えているようでもあった。

誰も、なにも言わなかった。ただ不思議なことに、妻木の声に諭《さと》されるように場を覆っていた落胆は消え去り、かすかな光が差し込んだのを大熊は確かに感じていた。

＊

妻木はこの翌年、明治四十五年の春を迎えて間もなく、病の床についた。

臨時建築部に籍は置いていたが、部内で姿を見かけることはほとんどなくなってしまった。議院建設計画は有耶無耶のまま時が経ち、この年、明治天皇崩御《ほうぎょ》によって大正と元号が改まるや、小林らによる計画実行の働きかけも力及ばず、あえなく立ち消えとなったのだ。

これが妻木の健康に、さらに痛手を与えることになったのだろう。体調が戻らぬままに、大正二年五月、彼は大蔵省臨時建築部を依願退職する。五十五歳だった。

奇《く》しくもこの年、日本橋のたもとに、辰野金吾設計の帝国製麻ビルが建てられる。まるで江戸趣味の日本橋を嘲笑《あざわら》うかのような、総煉瓦造りの洋風建築だった。景色の分断は依然続いている。

このひと月後、大蔵省臨時建築部は廃止となり、新たに大臣官房臨時建築課が置かれ、営繕課長には矢橋が任命された。小林は技師として残り、大熊も技師として矢橋の下で務めることとなる。武田は大蔵技師兼務の任を解かれ、京都へ戻っていった。妻木は技術顧問として名を連ねたが、奈良の大仏殿修復に携わったほかは新たな設計に関わることなく、顧問退任の日を迎えたのだった。

大蔵省を去る日、妻木は久方ぶりに建築課を訪れた。退任の挨拶をしたい、ということで臨時建築部時代から関わっている部員たちが、彼の周りに集まった。

妻木はきっと議院建設に漕ぎ着けられなかった無念を語るだろう、と大熊は想見していたが、彼は一切恨み言を口にしなかった。また、自分の設計を必ず形にしてほしい、と部下に懇願することもしなかった。

前よりいっそう痩せた身体を反らさんばかりに伸ばし、

「これまでみなさんには、まことによく教えていただいた。ありがとう」

と、短く告げたのである。

妻木は建築部の頂点にいた人物で、教えてもらったのはむしろ大熊たちのほうだったから、てっきり聞き間違いだろう、と周りを窺うと、みな同じように不思議そうな顔を見合わせている。妻木は、動じる部下たちをしばらく目を細めて眺めていたが、

「みなさんが、私の財産であり誇りです」

そう続けて、深々と一礼したのだった。

大熊は、腹の底から立ち上ってくる震えの正体を摑《つか》めずに、両の手を強く握った。矢橋が腕で顔を覆って、嗚咽《おえつ》を漏らした。その横で小林が、唇を噛んでうなだれている。

妻木は身を起こし、建築課の窓へと目を遣った。五月晴《さつきば》れの空には雲ひとつない。彼は最後に今一度部員たちを見渡し、

「さ、もう仕事に戻りたまえ」

と、張りのある声を放った。

終章

一

妻木頼黄は、大正五年十月十日、息を引き取った。

大蔵省を退いて四年目のことであった。

「五十八歳では大往生とは言えんよ。無念だろうな。やり残したことだって山とあるだろうに」

葬儀の席でうめいたのは、矢橋である。傍《かたわ》らにいた大熊は、とっさに遺族の様子を確かめた。彼らがだいぶ隔たったところにいるのを見付け、安堵《あんど》の息をつく。近親者の死に「無念」の烙《らく》印《いん》を押されることほど、切ないものはないように感ずるからだ。

「確かに議院の件は中途に終わった。残念に思っているかもしれないが、妻木さんは十分に仕事をしたさ。我々が生涯掛けてもその足下にも及ばないほどの仕事をしたよ」

小林が鋭く言って、憐れみの声が重なることを素早く制した。

弔問客こそ多かったが、ひどく静かな葬儀であった。住職が経文を読み上げたのち、精進《しょうじん》落《お》としの席で客のひとりひとりに酒を注いで回る妻木夫人のやつれた姿だけが、大熊の目に沁みるように焼き付いた。

いずれ妻木は大臣官房臨時建築課に戻ってくるのではないか——彼が現場を退いてだいぶ経ってもなお、大熊はどこかで期待していたのだ。課内はすでに矢橋を営繕課長として支障なく動いており、それは今後も変わらぬはずだが、妻木の薫陶《くんとう》を二度と受けられないのだと思えば、足下が覚束ないような、均衡を失ったような、寄る辺なさに襲われた。

議院建築の話が五年ぶりに持ち上がったのは、この翌年のことである。それは大熊にとって、喜びよりも悔しさの勝《まさ》る報《しら》せであった。

「あと数年早ければ……。まるで妻木さんが亡くなるのを待っていたようじゃあないか」

課内の技師たちからもそんな声があがったが、矢橋が、

「僕らがこの仕事を担うことで、妻木さんの遺志を継ぐことができるさ」

と、巧みに部下たちをなだめた。かつての矢橋は、妻木の一挙手一投足に右往左往していた感があったが、建築課を仕切るようになった今、上に立つ者として腹が据わったのか、貫禄と落ち着きが備わった。

本議院を建てるため積極的に動いたのは、新たに大蔵次官になった市来乙彦《いちきおとひこ》だという。現首相の寺内正毅《てらうちまさたけ》に直接掛け合い、「今使っておる議院でも十分ではないか」と及び腰の寺内に、「いつまで仮議院で議会をなさるおつもりです。これではまともな国政など叶いませんぞ」とまくし立て、ようやくその首を縦に振らせたらしい。欧州で勃発《ぼっぱつ》した戦争の大戦景気が続く中、この機を逃さず長年の懸案を一気に解決せん、と市来は動いたのだろう。

「設計者はまだ決まっておらんのですよね」

技師のひとりが矢橋に問いかける。

「うむ。市来さんの肝煎《きもい》り案件だから、この建築課で進行や事務は請け負うことになろうが、今度こそ設計競技になるかもしれんな」

設計競技は、以前よりずっと一般的な手段となっている。仮に、次にまた準備委員会のようなものができて、辰野らが参画するとなれば、設計案公募の上で設計者を決めるという行程を辿ることは避けられないだろう。

市来はすみやかに事を運び、この年の八月には、大蔵省内に議院建築調査会が発足。事務担任に大熊が任命され、会の業務一切を取り仕切ることになった。

「まいったな。私で務まるでしょうか」

矢橋に弱音を吐くと、

「困るじゃないか。君がそんな調子じゃあ。かつて議院設計案が無に帰したときのあの虚《むな》しさを、君だって忘れてはおらんだろう。今回は必ず実現に漕ぎ着けなけりゃ、なんのためにここまで勤めてきたかわからんぞ」

厳しくたしなめられた。たちまち小さくなった大熊に、

「小林さんにも事務担任をお願いしてみるさ。一緒にやるなら異論はなかろう」

今度は耳打ちして、いたずらっぽく笑ってみせた。大熊は胸を撫で下ろす。現場経験が誰よりも豊富であり、妻木のやり方をもっとも近いところで、もっとも長い間見てきた小林であれば、仮に難題にぶつかっても速やかに別の道を探し当ててくれるはずだった。

翌日から早速、設計者の選出方法や予算といった大枠を決める話し合いが、まずは大熊と小林との間で行われた。予算については、かつて妻木の設計時に沼尻政太郎の出した見積もりを参考にし、しかし貨幣価値が欧州戦争により大きく変動したことを汲《く》んで今一度試算をし直し、総工費八百万円と仮定した。ここまでは滞りなく運んだのだが、問題は設計者をどうするか、という点である。

「すでに一度大蔵省で請け負うと決まった経緯がある。引き続き、僕ら建築課で進められるのが一番だが」

これまで常に物事を客観的に公平に判じてきた小林だが、議院に関してはどうあっても手ずから関わりたいようだった。妻木の遺志を継がんがためだろうと大熊は察したが、それを突くことはせず、

「しかしここは、設計競技が妥当だと私は考えます」

あえて告げたのだった。

「この議院は、国政にとって今後大きな役割を担っていく建造物です。ですからできるだけ多くの案を募り、そこから公正に設計者を決めたほうが、誰もが納得する結果になるように思うのです」

「そうかな。設計競技で公正に選ばれたとしても、必ずどこからか不満が出るのがこの業界だぜ」

「それは、そうなのですが」

歳をとっても相変わらず訥弁《とつべん》の大熊に同情したのか、小林は、

「まぁ、他の建築家の意見を一切入れず設計を大蔵省で独占すれば、それもまた非難囂々《ひなんごうごう》だろうがな」

一応の理解も示してくれた。大熊は慎重に言葉を選びながら、思うところを出来うる限りまっすぐに伝えてみる。

「個人的に、前回の議院建築準備委員会で残念に思ったことがございます。妻木さんはあの折、密かに政治的な動きをされていたのではないか、と私は感じているのですが……」

小林はなにも言わない。ただ静謐《せいひつ》な瞳を向け、次の言葉を待っている。

「そのことは、あの委員会に参加した他の建築家もむろん気付いておったでしょう。ために遺《い》恨《こん》を持たれることになりました。しかし私は、仮に設計競技に持ち込んでいたとしても妻木さんは必ず勝ったと思うんです。誰よりも素晴らしい図面を仕上げたはずだと、未《いま》だに信じておるんです」

小林はひとつ頷《うなず》き、しばし遠くを見るように目を細めたのち、口を開いた。

「しかし妻木さんが抜きん出て秀でた図面を挙げたとして、それがあの場で真っ当に評価されたと君は思うかい？　委員だった他の建築家たちは、大蔵省が議院建築を担うことを阻止せんと、はじめから躍起になっていたんだぜ。僕らから設計の権利を取り上げることが目的になっていたとも言える」

小林の言う通り、おそらく審査は「公正」とはならなかった。委員会に加わった建築家たちは結託して、図面の出来如何《いかん》にかかわらず妻木案を撥《は》ねただろう。

「僕もあのときは不如意《ふにょい》な思いも抱えたんだ。妻木さんらしくないと思って、苛立《いらだ》ちもした。

ただ、建築というのは政治的な動きが不可欠なのかもしれない、とも思ったさ。ことに国家的事業では、図面の出来を判じるのが建築のけの字もわかっとらん政務者だったりもするだろう。そいつらの首を縦に振らせるには、多少の根回しも必要なのかもしれんぜ」

「それが素晴らしい建築物を造るためであれば……。我が国の、建築への関心は、欧州などに比べるとだいぶ薄いですから」

理想だけではままならぬこともわかるから、大熊は小林の意見に首肯《しゆこう》してみせた。だが一方で、だからこそ今回は設計競技にしなければ、と改めて思うのだ。ひとつの設計案が選ばれる過程を透明にすることで、建築に対する関心や意識が高まってほしいとの願いも大熊の内に湧いていた。

建築家の選出方法に関しては、調査会の他の技師にも意見を請うた。一方的に設計者を決めて、その理由説明に時を割《さ》くより、設計競技を用いたほうが無難だろうとの意向が多くあったこともあり、大熊と小林はこれを採用すると決めたのである。ただし、応募者も審査員も日本人に限る、というのを重要条件として据えた。建築様式は限定しなかったが、国政が論じられる場である。いかに優れていても他国の干渉を容れるべきではない、というのが大熊の信念にも近い思いであった。

この原案が議会を通り、工費こそ七百五十万に減額されたものの予算認可が下りたのは、市来の強い働きかけによるものだろう。十年計画として議院建築は正式決定し、翌大正七年には大蔵省内に臨時議院建築局が発足する。長官には、計画実現化に向けて多大な貢献をした市来が就任した。工営部長には矢橋が収まり、大熊はその下の調査課長兼工務課長という立場を与えられた。小林は主に現場監理者として大熊を補佐する役目を担う。

「設計案を公募するにあたって、誰に審査を委ねるかが問題だな」

矢橋が眉を曇らせた。とんとん拍子に進んでいく計画の中で、もっとも頭の痛い仕事が審査員の選出なのだ。局内の技師だけで審査すれば、また批難が渦巻くだろう。局外の建築家や文化人を偏りのないよう集めて組織する必要がある。

「まぁ辰野さんは外せんだろうな」

議院の建設計画が本格的に動きはじめてからというもの、矢橋のもとに辰野から幾度も連絡があるという。主には進捗《しんちょく》を尋ねる内容だというが、かつての雪辱《せつじょく》を果たし、自らが設計に携わらんとする執念もあるのだろう。もっとも妻木が逝き、その翌年には片山東熊が亡くなった今、辰野に並ぶ実績を誇る建築家はいない。その上、矢橋、大熊にとって辰野は学生時代の師であるから、これを無視するわけにはいかなかった。

「審査で入っても、最終的に自分の設計案に持ち込むつもりなんじゃないか？」

唯一辰野と関わりのない小林が、軽口を叩く。

「議院を設計するのは辰野さんにとっても宿願でしょうからねぇ」

大熊がのんびり返すと、矢橋は眉間《みけん》を揉んだ。

審査員選定は市来が主となって行い、参与官二名、顧問として辰野金吾、曾禰《そね》達蔵《たつぞう》といった建築家、東京美術学校長の正木《まさき》直彦《なおひこ》など全十二名が名を連ねることになった。臨時議院建築局からは矢橋ひとりが参画する。

公募の締め切りは、翌大正八年の二月十五日。大熊はそれまでの間、委員会の雑用をこなしながら、誰に命じられたわけでもなかったが、かつて妻木が引いた議院の図面を入念に見直すことに時を割いていた。

——あれから八年か。

今見ても、抜きん出て優れた図面である。これよりも秀でた案が出てくるとは、大熊はなかなか思えずにいる。

——もし自分が設計をするとしたら。

改めて図面に見入る。当初より敷地面積が狭くなった分、建物の床面積も縮小の必要が出る。しかし、中央塔と左右両翼に設けた休憩室の間に中庭を造り、屋内のほとんどの場所から緑が見える造りは、是が非でも残したい。花崗岩《かこうがん》を外壁に使う意匠《いしょう》も、重厚感を出すには欠かせないだろう。

——構造自体を、はじめの予定よりさらに堅牢にすることはできるかもしれん。

妻木は華美な装飾を嫌った。意匠については無駄を省きながらも、全体として造形の美しさで魅せ、人目に触れないところにも細やかな工夫を凝らした。

——あれから建築技術はまた進化しているんだ。妻木さんと設計した以上のものを造らなければ。

設計競技を強く提案したのは自分であるのに、大熊は常に妻木の気配を感じながら、新たな設計をいかにすべきか、自問し続ける。

設計競技への応募数は順当に伸びていき、締め切り日には百十八通にまで至った。図面は審査員に回され、議論を重ねた上、まずは二十通に絞ることとなる。

第一回審査会の席上で気を吐いたのは、やはり辰野であった。大熊は臨時議院建築局の課長として会を取り仕切る役に回ったのだが、活発に議論が交わされたというよりむしろ、辰野の意見をみなで拝聴する場といったほうが相応《ふさわ》しかった。

「不作だのう」

審査の場で、辰野は幾度となくそう言って溜息をついた。

「わしらの後に続く者がもう少し育っていると思っていたが、こんなものを出してくるようでは話にならん」

遠慮なく設計案を撥ねていく。他の審査員はおとなしくそれに従う。

「この中から一作選ぶとしても、いずれこちらで手を加えんと、まともな建物にはならんぞ」

六十を超えてなお意気軒昂《けんこう》な調子に、傍らで小林は鼻白んだ顔を見せていたが、大熊には辰野の発言が、必ずしも自ら設計を担うための布石《ふせき》とばかりは思えなかった。集まった設計案は総じて、そつなくはあるがこぢんまりとして行儀がいいだけの作で、こちらを驚かせるような斬新さも、突き詰めた精緻《せいち》さも見えず、平凡で面白みのないものに終始していたのである。

――この中から無理に第一等を決めるのは、どうか。

設計競技を用いたのは失敗だったろうか、と大熊は内心冷や汗をかいている。

審査会が終わったのちに暗い顔になったのは、矢橋も同様だった。

「五十までは絞れたが、どれも帯に短し襷《たすき》に長しだ」

建築局に戻ってから暗然と息を吐き出したのである。

「仕切り直しちゃどうだ？　設計案をもう一度募るんだよ。いいものが出てこないのに、無理に第一等を決めるのもおかしいじゃないか」

小林の提言はどこまでもさばけている。

「いや、しかしもう審査に入っていますし、応募者がなんというか」

矢橋は工営部長として調整役を担っているだけに、小林のような割り切った考えには至れずにいる。彼の立場を解してはいるだろうが、このとき小林は同調を排して言葉を重ねた。

「応募者には該当作なしと伝えればよかろう。議院建築はそれほど水準が高い仕事なのだと知らしめるいい機会になる」

「しかしもう一度公募となると、時期がずれますし予算もかかります。市来さんがなんと言うか」

「理由はいくらだって作れるさ。ちょうどスペイン風邪が流行っているのも、もっけの幸いだ。流行が収まるまで審査は延期するとかなんとか、言い訳できるだろう」

「スペイン風邪が幸い、というのも……。それに、ここで時間をかけたがために、また計画自体がお流れになっては悔やんでも悔やみきれません」

矢橋が顔を歪《ゆが》める。当時を思い出したのか、小林も椅子の背もたれに身体を預けて天井を仰ぎ、

「しかし、これじゃあ妻木さんに顔向けできんよ」

小さく漏らした。矢橋は物言いたげに口元をうごめかしたが、結局はそっと目を伏せた。

――いつまでも妻木さんの幻に取り憑かれていちゃいかんのだが。

小林の言葉に大熊は、自らに翻《ひるがえ》って反省もする。が、妻木のもとで寝食を忘れて議院の設計図を引いた日々や、西園寺公望に敢然と立ち向かった彼の姿が、なかなか頭から離れずにいるのも確かだった。

結局仕切り直しはされることなく、二十名の一次通過者を決める会議は予定通り三月十三日に行われた。一回目の審査会から少し時間が空いたのは、療養のため千葉に移った辰野を気遣ってのことである。どうやら風邪を引いたらしく、発熱しているという。

「まさか、スペイン風邪じゃあなかろうね」

と、審査員の中から案ずる声があがる一方、

「単なる鬼の霍乱《かくらん》だ。すぐに復活するさ」

と、老いても衰えぬ辰野の胆力を信じ、笑い飛ばす者も少なくなかった。

実際、十三日の審査会に辰野は勇躍参加し、大いに持論を打ち上げたのである。宮内省技手数名の挙げた図面が一定数の評価を得たことに対しては辰野も否やを唱えなかったが、

「現状の図面をそのまま採用するのでは、不本意極まりない。どうかね、ここで絞った二十名に、今一度完成図を挙げてもらい、最終的に第一等を決めるというのは」

と、至って中庸《ちゅうよう》な提案をした。

「それはよろしいですな」

矢橋は救われたように同調し、きっと辰野さんは、改めて出された案を自ら手直しすると言い出すだろう、と大熊は推測した。

「自分でやる気だろうね、あれは」

隣に座っていた小林も、片眉をはね上げて、こそっとつぶやいた。

しかし事態は、思いも拠《よ》らぬ展開を迎えたのである。

辰野が、急逝したのだ。

訃報がもたらされたのは、この審査の日からわずか十二日後のことだった。彼が患《わずら》っていたのはやはりスペイン風邪で、そこから肺炎を併発、最期はひどく呆気なかったと、遺族から臨時議院建築局に報せが入った。

「無理を押して審査に臨んでくださったんだな」

矢橋は、放心の態《てい》である。

建築界の頂点にあった辰野の存在は、大熊たち官僚技師にとって時に疎《うと》ましさを感じるものだったが、こうして欠くと、貴重な重石《おもし》を失ったような空虚が先に立った。辰野の頭ごなしの物言いに困《こう》じ果てていた矢橋でさえ、これからどうしていけばよかろうと憂えていたが、ここで審査会を止めるわけにはいかない。一次通過者はすでに、最終選考の締め切りである九月に向けて、図面の仕上げにかかっているのだ。

動揺する局内で、ひとり沈黙を守っているのが小林だった。あれほど設計競技のやり直しを訴えていたのに、意見を仕舞って動向を見詰めている。それが大熊には不気味であった。

二

応募作の中で最有力視されているのが、宮内省技手・渡邊福三《わたなべふくぞう》の図面である。中央にノートルダム寺院のようなドーム型の塔をあしらい、正面玄関はギリシャ神殿のコリント風柱様の装飾が施《ほどこ》された円柱があしらわれている。大正の世になってもまだ、欧州の借り物然とした意匠しか挙がってこないことに、小林は密かに業《ごう》を煮やしている。現段階での図面は原案であり、九月に正式な完成図が提出される予定にはなっているが、ここから飛躍的な改訂がなされるとも思えなかった。

となれば、形だけの第一等を出し、「手直し」が行われることになるだろう。辰野を欠いた今、それを臨時議院建築局で負うことも叶うのではないか——小林の内にはそんな目算が働いている。

九月の締め切りには二十の図面が漏れなく提出された。十月に行われた審査会で議論がなされ、半ば消去法のような形で下馬評通り渡邊の作が第一等に選ばれた。揃って釈然としない面《おも》持《も》ちの審査員を見渡しながら、

——議院の設計ですら、このていたらくだ。

と、小林は落胆する。

——設計競技という方法そのものが問題なのではない。おそらく、めぼしい識者に声を掛けて案を集めた今回のやり方が手落ちだったのだろう。

今後それをどう是正していくか見極めなければ、建築界の発展は難しい。小林は新たな課題を背負ったような重苦しい心持ちでいたのだが、この審査結果が思いがけない騒動を引き起こしたのである。

「妥協の作で議院を造るべからず!」

意外にも勇ましい声を上げたのは、二十代、三十代の若き技師たちだった。

「第一等の作は明治の遺構も同然だ。こんな古くさい設計で新時代を司る議院を造るなど言語道断っ。審査会には世の変遷《へんせん》がまるで見えておらん。頭の固い、年寄りばかりで審査をしておるから、こんなことになるんだっ」

自分たちが誹《そし》られているのに、よくぞ言った、と小林は胸の内で快哉《かいさい》を叫ぶ。

——妻木さんがこれを見たら、なんて言うかな。

少しく愉快にすら感じていたが、矢面《やおもて》に立たされた矢橋は汲々《きゅうきゅう》としている。批難の中には、「そもそもこのような国家的事業にコンペティションを用いる、そのこと自体が的外れなのだ」との声も多数あり、設計競技を推した大熊なぞは「いやぁ、しくじったかな」と盛んに頭を掻いていたが、彼は矢橋と異なりなにごとも深刻に捉える質《たち》ではない。

「今の若い人はそんなふうに考えるんだなぁ。公募なんかじゃなく、これまでの実績から相応しい建築家を選んでこその国家的建築ではないか、とこういう意見なんですから」

そうぼやいて、首を傾《かし》げている。

実績の少ない若手建築家にとっては設計競技こそ一躍世に出る機会となりそうなだけに、小林にもこの意見は案外だったが、おそらく彼らはすでに、建築を職能ではなく芸術として認識しているのだろう。つまり建築家とはすなわち芸術家であり、個性を前面に出して仕事をする立場にあるのだから、競技形式を用いることなく個々の芸術性に鑑《かんが》みて指名すべきだ――そういう論なのだった。内実を聞いて小林も、自分がすでに古い思考で凝り固まっていることを認めぬわけにはいかなかった。

「どうしましょうか。こうまで異論が出ると、このまま進めるというわけにはは。市来さんは、若い者の意見なぞ構うな、と一貫しておっしゃっているのですが」

矢橋はすっかり弱気で、小林に泣きついてきた。

「渡邊さんの設計図を見たから、奴ら、やいのやいのと言ってるんだろう？」

「ええ。もちろん私もあの図案が素晴らしいとは思えんのですが……。ただ怒りの矛先《ほこさき》が審査会や臨時議院建築局に向いてしまうのは、どうも……」

困じ果てている矢橋の横から大熊が、

「矢橋さんのお立場だと難しいところですな」

と、他人事《ひとごと》のように同情を示す。まるで、設計競技を推したのが自分だということを失念しているような言い様である。矢橋が鋭い目を大熊に向けたのを見て、小林はそれまで指先で弄《もてあそ》んでいたペンを、わざと音を立てて机に置いた。ふたりの顔がこちらに向く。

「僕らでやっちまおう。渡邊案はあくまでも叩き台だ。いや、叩き台にもならんが」

小林が言うと、ふたり同時に目をしばたたかせた。

「やっちまう、ってのは、議院設計をですか？」

おそるおそるといったふうに矢橋が訊《き》く。小林は頷き、続けた。

「なにしろこっちには、一度完成させた図面があるんだ。まぁ土地も当初より手狭になったし、工法に関しても今の時代に合うよう変える必要があるが、あのとき夜を徹して図面を引いた面々がこうして建築局に残っている。利用しない手はないぜ」

「そいつぁいいや」

大熊が手を打った。

「ちょっ、ちょっと待ってください。さすがにそんな暴挙はできませんよ。審査会まで開いておいて」

矢橋は泡を食っている。

「別段、設計者を僕らの名に変えるわけじゃあない。あくまで渡邊案で行くとして、内容を変えていくだけだ。そのくらい構わんだろう」

「そのくらい、って……」

「僕は嫌だぜ。時代が下っているのに、以前の案より劣ったものが建つのは。物事はどんどん進化していく。建築だけが後退して、前のほうがよかった、となるのは耐えがたいからな」

ふたりを焚きつけながら小林は、

――そうか。妻木さんは、こういうことを言いたかったのか。

と、はじめて深く納得した。彼の建築物は、江戸趣味だとひと言で片付けられがちだったが、その造形は単に江戸の建物を模したものではなかった。西欧の先端技術をしかと学び、構造上の利点を巧みに取り入れ、その上で日本に脈々と息づいてきた様式を重んじていたのだ。——単なる懐古ではなく、もちろん欧化主義でもなく、この国の形を見定めた上で進化させた造形だったのだ。

職人たちの腕が落ち、外側の華やかさに比して見えない部分の仕事がぞんざいになっていく。意匠にしても、異国の模倣《もほう》でしかない。そうやって建築そのものが衰えていく様を、人一倍憂慮していたのだ。だから、自らの個性を売ることなく、常に地に足を着けて、日本の建築の新たな素地を作ることに懸命になっていたのだ。

「僕らでやろう」

小林はもう一度言った。

「僕らは、この国の建築でもっとも重んじるべきことを、学んできたはずだぜ」

反駁《はんばく》しかけた矢橋が口をつぐむ。大熊が、「楽しくなってきましたね」と、屈託なく応え、

「そうだ、武田さんも呼びましょう。意匠はやはりあの人じゃないと」

ぐんぐん話を進める。

「それでいいかな、矢橋君も」

小林が念を押すと、矢橋は一旦起こした首をうなだれるようにして頷いた。

むろん、この件については、あくまで暗々裏《あんあんり》に進めることが条件だった。

渡邊案に反対する建築家の中には、自分の設計を採用せよ、と訴える者があとを絶たなかったし、臨時議院建築局そのものを批難する文章が『建築雑誌』を日々賑《にぎ》わせていたこともある。

矢橋はそういう意見に逐一反論し、立場を守ることに腐心していたが、その間に小林は市来に

直接掛け合い、地鎮祭を早めに執り行う約束を取り付けたのだ。設計が定まるにはまだ時間がかかるが、工事着工に至らずとも地鎮祭さえ済ませれば外野はおとなしくなるだろう、という計算だった。

＊

大正九年一月三十日、このとき総理の座にあった原敬《はらたかし》以下、主立った大臣と臨時議院建築局一同が揃い、地鎮祭は無事執り行われた。

一方で、設計の総責任者となった矢橋は、密かに人員を集めていった。意匠担当には武田五一を兼任技師として招集し、意匠主任に小島栄吉《こじまえいきち》、技師に吉武東里《よしたけとうり》など気鋭の実力者を据えた。軀体《くたい》はコンクリート造りで行くと決まったため、鉄筋の構造計算に強い佐野利器《さのとしかた》を指名した。老若混じっているが、おかげで最新の技術導入が可能になり、かつ矢橋や大熊の作り上げた大枠に若い意見が加えられ、より重層的な設計が叶った。そして工事主任として、現場をまとめる要《かなめ》の役は、小林が担う。

「中央の塔だが、渡邊案のように背が高すぎると他の部分と均整がとれない。むしろどっしりした形にしたほうが、威厳が出るように思うのだが」

矢橋はみなに提案した。そこから各々案を出し合い、中央棟は重心を下げ、過剰な装飾も排して、ピラミッドのような四角錐の屋根を載せることが決まる。正面玄関を入り、階段を上ったところには中央広間が広がっている。

「ここは存分に天井高をとりたい」

というのはみな共通の意見で、吹き抜けを設け、三十メートル超の高さを出せるよう構造を計算していく。京都から馳《は》せ参じた武田は、装飾にはステンドグラスを使いたい、と言い、高いところから様々な色をまとった光が降り注ぐ光景を矢橋は思い浮かべて「ほうっ」と柄にもなく素直に声をあげた。中庭が眺められるように議員控え室を配置することは、大熊が強く主張した。

「外壁の腰壁には花崗岩を使います。また内装には大理石を使ってはいかがでしょう」

武田の提案である。

「外壁の上部はどうするんだ？」

訊いた矢橋に、武田は静かな笑みを浮かべた。

「ここも花崗岩です。ただし産地を変えます」

異なる産地の花崗岩を使って表情を出す——妻木が語っていた案だった。

「以前より軀体自体は小さくなりましたが、この四角錐を持ってきたおかげで、威厳が出そうだ。大理石で上質な雰囲気も演出できるでしょう」

楽しげに賛同した大熊に、武田もまた目を細めて頷く。

「前の計画時は大理石を使うにも、仕入れが難しかった。だが今や、宮古島をはじめ各所から切り出せるようになったからな」

「そういう点じゃあ、木材も栃《とち》やクルミが存分に入るようになったから、できることが多くなったさ。議院で使う材料はすべて国産のものでまかなう。鉄骨も八幡《やはた》の製鉄所に頼むことにしたよ」

矢橋も、調整に継ぐ調整の日々だったここ最近の鬱積《うっせき》を跳ね返すように声を張る。嬉々として語るみなを見渡して、小林が言った。

「いいものになるといいな。いや、しなけりゃあならんな」

設計競技の結果を曲げて、本当にいいのだろうか、との惑いが、未だ矢橋の内には根強く巣くっている。加えて、ようやっと本議院建築に漕ぎ着けたというのに、このままでは設計者の名が遺らないのではないか、という不安もまた頭をもたげていた。

臨時議院建築局の工営部長になってから、いや、その前から、自分は調整ばかりしてきたような気がする。武田のような図抜けた意匠力も、大熊のような行き届いた設計力も、小林のように万事を見渡し推し進めていく力も、自分は持ち得ない。臨時建築課営繕課長になってからは、ただただ仕事がうまく回るよう配慮をするのに必死で、次第に創造的な作業からは離れていってしまった気もする。

――でも君は、構造設計においちゃもっとも優れているぜ。

確か、欧州の議院視察に出発する前だった。妻木に一度、面と向かってそう言われたことがある。それは矢橋にとって、はじめて妻木からかけられた褒め言葉だった。

――どんなに見栄えがいい建物でも、強さがなければ駄目なんだ。そこを使う人を守り切る強さだ。火事からも地震からも経年からも。構造の計算は、ひとつ間違えば大事故を招きかねない。人を守るはずの場所が、人に危害を与える凶器に変じてしまう。そんなひどい仕事を、我々建築家はけっしてやってはならんのだ。

妻木は、矢橋に語りかけるふうでいながら、自分に言い聞かせるようにつぶやき、ふと我に返った様子で照れ笑いを浮かべた。

――僕らはこれからもっと技術を蓄えて、強い建物を造っていかなきゃならんな。

＊

敷地の整地工事は大正九年の六月にはじまり、およそ一年ののちに終了した。そこからはじまった基礎造りは、コンクリートの杭が四千本以上打ち込まれるという大掛かりなものとなった。構造設計を担った佐野は、「鉄骨も強度の高いものを十二分に使いたい。おそらく一万トン近くの分量になるでしょう」と意気込んでいる。そこまで頑丈にせんでもいいのではないか、と技師の間からは疑問の声も上がったが、結果としてこの判断が建物を救うことになる。

建設途中の大正十二年九月、大震災が起こったのだ。このとき議院はまだ骨組みが中途の状態だったが、基礎も鉄骨もびくともしなかった。臨時議院建築局一同、自分たちの設計にいっそうの自信を持つこととなったのだが、この地震による火災で大蔵省庁舎が焼失し、妻木とともに練った設計図が灰燼《かいじん》に帰したことは痛手であった。もうそこからは離れて新たな図面で工事が行われているにもかかわらず、小林には大事な相棒を欠いたような喪失感がつきまとった。

感傷に沈みそうになるときまって、妻木が病の床でつぶやいた言葉が耳の奥に甦《よみがえ》る。

――俺は、江戸の亡霊に足をとられていただけだったのかな。

小林は両の手の平を強く握りしめた。それは違うと証すためにも、必ず議院を素晴らしいものに仕上げると胸の奥で誓い、監督として休みなく現場に立ち続けたのだ。

中央塔部分の鉄骨工事が仕上がり、上棟式に漕ぎ着けたのは、着工から実に七年後、大正から昭和に改元した二年目のことだった。

参列した政務者たちは、形を露《あら》わにした建物を見て、一様に感嘆の声をあげた。小林は、それら反応を見て幾分救われた気がしたが、こののち内装を含めた長い道のりが待っていると思えば一息つくわけにもいかなかった。十年事業としてはじまった議院建設だが、これからたった三年で仕上がるはずもない。

「あと何年かかるだろうな」

式典で、隣にいた矢橋に耳打ちすると、彼は肩をすくめ、

「ここに至るまでに鉄骨を一万トン近く、鉄筋五千トンほども運び込んでいますからね。上棟式がこうしてできただけでも、私には奇跡に思えますよ」

と、珍しく冗談口を叩いた。

「ここまで時間がかかったんです。この際ですから、一切の妥協を排して、百年、二百年と遺る建物にしましょう。よく妻木さんがおっしゃっていました。議院というのは、国の行方を決める話し合いがなされる場だ、と。だから一切いい加減なことはできないのだ、と」

そういえば、広島の仮議院を造るときでさえ、二週間という驚くほど短い工期の中で、妻木は徹底して高い水準を目指したのだ。

「これから大量のセメントを流し込む作業か。長丁場になりそうだな」

小林が肩をすくめると、

ていたのだ。

「こいつぁ長生きせにゃなりませんな」

矢橋は笑って返した。いつも周りの目を気にして、細々《こまごま》とした調整に身を砕いてきたこの男も、ここへきてすっかり開き直ったのだろう。小林は彼の横顔を見遣《みや》りつつ、頼もしさを感じていたのだ。

それなのに、矢橋は、突然に逝ってしまった。上棟式からふた月も経たぬ日のことだ。脳溢血であった。妻木と変わらぬ五十九歳という年齢だった。

報に接して、誰もが声を失った。

「まさか、矢橋さんが……」

武田が呆然と唱える。彼は矢橋の三つ下である。議院建築に携わる仲間のほとんどは十分に老齢に差し掛かっていながら、青年時代をともに過ごした間柄だけに昔のままの感覚で、今までと変わらぬ日がいつまでも続くとどこかで思い込んでいたのである。

「矢橋君の件は残念だが、工事を止めるわけにはいかん」

小林は感情を胸の奥に押し込めて、局員たちに告げた。妻木が退いてからずっと大臣官房臨時建築課を仕切ってきた矢橋は、当然ながら多大な心労を抱えていただろう。彼はどこかで、自分は最後まで妻木に認められてはいなかったのではないか、との屈託も抱えていた。それでも、妻木の跡を継ぐ地位で奮迅《ふんじん》したのだ。

「大熊君。矢橋君の代わりを務めてくれんか」

真っ青な顔で椅子の背もたれに身を預けたきりの大熊に、声を掛ける。彼は虚《うつ》ろな目を小林に向けたが、躊躇《ちゅうちょ》するようにうつむいた。役職的にも矢橋のすぐ下にあった大熊が、そのまま繰り上がるのが妥当だろう。

「私が……議院建設の中心に？」

弱々しい声で返す。小林はあえて明るく告げた。

「あとはもう、図面を形にするだけじゃあないか。前へ進むだけさ。それに君は、僕らの中でもっとも若い。まだ五十になったばかりだろう。生き延びる可能性は、君がもっとも高いからな」

あえて剽《ひょう》げた調子で言うと、武田が、

「言う通りだ。順番で言やぁ、僕らより君のほうが長く生きるからな」

そう発破《はっぱ》を掛ける。

周りの熱心な説得もあって、大熊は根負けする形で終《しま》いにこれを受けたが、現段階は基礎や骨組みが仕上がったばかりであり、意匠を含めて細かな確認や調整、予算管理と、多岐にわたる仕事を同時にこなさねばならない正念場でもあった。この急場を行き詰まることなく淡々とこなしていけたのは、大熊の、さして思い詰めない、どこか呑気《のんき》な性格に拠るところが大きかったろう。

現場に立って小林は、大量に運び込まれるセメントを職人たちがこねていく様を監理しながら、彼らの中に大迫直助や鎗田作造の姿をつい探してしまう。

思えば、ここまで来るのに随分多くの人に助けられた。まだ図面を引くことさえ覚束なかった小林に、職人としての矜持《きょうじ》と技を存分に見せてくれたのは大迫だった。鎗田には、彼がドイツで見聞きした工法や、現場で職人たちが抱えるさまざまな思いを、折々に教えてもらった。彼は日本橋竣工《しゆんこう》後に故郷の千葉に移ってから、顔を見せることはなくなった。すっかり弱って臥《ふ》しがちなのだと、風の便りに聞いてはいたが、妻木が亡くなってすぐに、まるで後を追うように逝ってしまった。同じく数年前に現役を退いた沼尻には、見積もりを予算内にうまく収めるための心得を説いてもらった。小林も含めて、妻木四天王なぞと周りから評され、若い頃にはそれだけで得意になったものだった。

五月の心地よい風が、佇《たたず》む小林の頬を撫でていく。

――江戸の亡霊に足をとられていただけだったのかな。

妻木の声が、どこからか聞こえた。

――俺の設計は江戸の頃を引きずり過ぎているると、よく批評されるだろう。むろん、あの頃の景色を取り戻したいというのは、ひとつの大きな野望なんだが、なにも過去の亡霊に引っ張られているわけじゃあないんだ。

彼は、小林とふたりでいるとき、時に少し伝法《でんぼう》な口調で語ることがあった。十近くも年下の小林にも、そういう妻木の姿は青年らしい青臭さをともなって見えていた。

――江戸の町並みは美しかったから、むろんそこへの憧憬《しようけい》はある。しかし、俺は逆戻りをしたかったわけじゃない。あの町並みを上回る街を造りたいんだ。今は誰もが、東京という街を素晴らしく造り上げるためには欧化しかないと見ているが、俺はそうは思わない。異国から技術を学び、それを導入しながらも、自分たちの足下を今一度確かめるための都市改正だと信じているんだ。俺はそれをやり遂げる。やり遂げられると信じている。

病の床についてなお、妻木は前を向いていたのだ。工事の現場でも、建築部内々の会議の場でも、自らの本然を軽々しく口にすることはない人だったから、彼と接した多くは、官僚技師として与えられた仕事をただこなしている印象しか持たなかったかもしれない。だが妻木は一貫して、大蔵省にいながら在野にあるように自由に、自らの思い描く都市設計に殉じていたのだ。

「この景色も、存外いいですよ、妻木さん」

セメントを運び込む騒音にまぎれこませて、小林は天に向けてつぶやいた。「妻木さん、どう思いますか?」と、伺いを立てることはもうしない。彼に付き従ってきたという自信が、小林の背骨を支えていた。

議院が完成したのは、この上棟式の行われた年から、さらに九年の年月を経た、昭和十一年十一月七日のことだった。大熊も、武田も、また小林も、最後まで仕事に携わり、その日を迎えることが叶った。

帝国議会議事堂、と正式に銘打たれ、永田町の地に堂々たる姿を現したその建物は、華美ではないが重厚な外観、しかし中に一歩踏み入ると、その印象を裏切るように、ドーム型の広間にはステンドグラスをあしらった窓や珊瑚石灰石の壁、一枚織りの絨毯《じゅうたん》を敷き詰めた廊下、大理石のモザイクで彩った床と、表情豊かな空間が広がっている。総檜《ひのき》の便殿《びんでん》、チーク材で壁を作った総理大臣室、本会議場から傍聴席に繋がる壁にもレリーフのように模様を刻んでいる。いずれも独創的で、細部にいたるまでひとつとして手を抜いたところのない建物だった。

——国政が語られる場にふさわしい器ができましたよ。

竣工式に臨んだ小林は、心の中でそっと呼びかける。

大熊も武田も、声もなくこの偉大な建物を見上げている。

互いの健闘を胸の内で称《たた》えてはいたろうが、それを声にする者はなく、ただ一心に議事堂を見詰めていた。

まだ朝の白さを保った光が、三人を照らす。

仲間の顔に深く刻まれた皺《しわ》を眺めるうち、途方もない誇らしさが総身に満ちていくのを、小林は感じ取っていた。

⁂

帝国議会議事堂が完成した。

そのことをミナは、久方ぶりに邸を訪ねてきた小林金平から聞かされた。

「そうですか、とうとう」

新聞では読んでいたけれど、じかに伝えてもらうと胸に迫るものがあった。

「妻木さんのおかげです」

そう言う小林の髪はすっかり白い。今年、七十歳を迎えたという。彼がはじめて妻木を訪ねてきたのは、確かまだ二十歳そこそこだったから、本当に長い時間が経ってしまったのだ。

「いいえ。妻木はなにも。みなさんのお力です」

ミナはそう返して、深く頭を下げる。

「ようやく、妻木さんとのお約束を果たせたような気がします。僕も肩の荷が下りました」

小林はそう言って、仏壇の前で長いこと手を合わせていた。

「ああ。ようやっとご報告が叶いました」

彼は振り返り、青年の頃と同じ笑顔でミナに告げると、「ようやく」と、仏壇を見詰めてもう一度つぶやいた。


思い出話をひとしきりして小林が帰っていってから、茶の間にひとり座ってミナは、大正五年の十月、妻木が亡くなる前日のことを思い起こしていた。大仏殿工事に尽力したとして、妻木に国から慰労金が贈られたとの報せを大蔵省から受け取り、ミナは、病床の夫にすぐさま伝えたのだった。

あの夏はことさら暑かったから、それがこたえたのだろう、秋になってから妻木はめっきり力を落としてしまった。食欲もなく、厠《かわや》に立つことさえままならない。かかりつけの医者には、「あとは気力だけですな」と匙《さじ》を投げられ、ミナは覚悟をせねばと自らに言い聞かせてはいたけれど、とてもこののちの夫の不在を受け入れられるとは思えずにいた。

南向きの六畳間に、妻木は床を延べていた。大仏殿のことを伝えると、「ほう」と、目を輝かせた。

「少し起きよう」

珍しくそう言ったから、ミナが手伝って半身を起こさせた。浴衣《ゆかた》の肩に、綿入れを掛ける。

まだ十月だ、寒くはないよ、と妻木は笑ったが、綿入れを取り去ることはしなかった。

「大仏殿は見事な建築だからね、それを遺す手伝いができたのはよかった」

かすれ声で言い、開け放した窓から庭を眺める。

「景色は、毎日変わっていくな」

「ええ。菊や石蕗《つわぶき》がそろそろ咲きますね」

庭のことを言ったのだろうと、ミナがそう返すと、妻木は小さく笑ってこちらに向いた。

「君には、この庭があってよかった。愛《め》でる景色があって」

土いじりが好きなミナが、毎日欠かさず庭に出ては花を植え替えたり、雑草を刈ったりしているのを、臥したまま眺めるのが妻木の日常になっていた。

「ずっと前、君に約束したろう。江戸の景色を僕がまた造る、と」

「ええ」

ミナは夫とそんな話をしたときに見た、夕映えの大審院を思い出す。

「僕は、あの約束を守れたろうか」

うまく答えられなかった。東京はあのときから、また大きく変わってしまった。どこかちぐはぐな建物が、温《ぬく》みのある路地や美しい木立を潰していき、うっすらと記憶にある江戸の景色とはだいぶかけ離れてしまった気もする。けれどミナは精一杯の笑みを浮かべ、妻木の背中をさすりながら言ったのだ。

「あなたのお造りになる景色に、私はひとつの疑いもございません。私には建築の難しいことはわかりませんけれど、あなたがお造りになったどの建物にも、ちゃんと血が通っていることだけは感じることができます。あなたは、ずっと心ある仕事をなさってきた。それが私には、なにより誇らしいのです」

夫は、驚いたような、動揺したような表情《かお》で、こちらを見澄ました。その両目が潤んで揺れはじめたのを、ミナは動じながらも見守ることしかできなかった。

「ありがとう」

長い時間が経った後、夫は絞り出すように言った。

「誰にも通じぬと思っていた。建築という手段を得てからも、信頼できる仲間に出会ってからも、どこかひとりであることは変わらぬように思っていた。しかし、そいつは違うのかもしれんな」

ミナは、夫の背中を包み込むように腕を回した。

「ええ。あなたはひとりではありません。でも、なににも混じらず、染まらずに、ひとりの人であり続けたからこそ、これだけ大きな仕事を為し得たのではないですか」

妻木の肩が小刻みに揺れている。ミナは、その背にそっと顔を埋《うず》めた。

夫の背中は広く、そして果てしなく温かかった。

それはミナが、ずっと愛おしみ、飽くことなく眺めてきた、なにより美しい景色だった。

主な参考文献

『妻木頼黄の都市と建築』日本建築学会編著　日本建築学会
日本建築学会図書館「妻木文庫」収蔵資料
『日本の建築［明治大正昭和］3国家のデザイン』藤森照信　三省堂
『日本の建築［明治大正昭和］4議事堂への系譜』長谷川堯　三省堂
『明治の東京計画』藤森照信　岩波現代文庫
『近代日本の洋風建築　開化篇』藤森照信　筑摩書房
『近代日本の洋風建築　栄華篇』藤森照信　筑摩書房
『日本の近代建築（上）—幕末・明治篇』藤森照信　岩波新書
『都市空間の明治維新——江戸から東京への大転換』松山恵　ちくま新書
『近代建築の黎明　明治・大正を建てた人びと』神代雄一郎　美術出版社
『お雇い外国人⑮建築・土木』村松貞次郎　鹿島出版会
『職人たちの西洋建築』初田亨　ちくま学芸文庫
『伝記叢書　45　謝海言行録』橋本五雄編　大空社
『大蔵省人名録—明治・大正・昭和—』大蔵省百年史編集室編　大蔵財務協会
『佐藤功一全集　第三巻』佐藤功一全集刊行会編　日刊土木建築工業新聞社出版部
「明治村開村25周年記念特別展　明治建築をつくった人々　その四
妻木頼黄と臨時建築局——国会議事堂への系譜——」博物館明治村編　名古屋鉄道
「建築雑誌」第百七号　造家学会
「建築雑誌」第二百五十五号　建築学会
「建築雑誌」第二百八十四号　建築学会

その他多数の研究資料を参考にしました。
文献の引用に際しては、表記について若干の修正を加えました。

初出
「小説すばる」二〇一九年十一月号～二〇二一年二月号
単行本化にあたり、加筆・修正を行いました。
なお、本作品はフィクションであり、人物、事象、団体等を事実として描写・表現したものではありません。

装画＝佐野みゆき
装丁＝川名 潤

木内 昇　きうち・のぼり

一九六七年生まれ。東京都出身。
出版社勤務を経て、二〇〇四年、『新選組　幕末の青嵐』で小説家デビュー。
二〇〇九年、早稲田大学坪内逍遙大賞奨励賞を受賞。
二〇一一年、『漂砂のうたう』で直木賞を受賞。
二〇一四年、『櫛挽道守』で中央公論文芸賞、柴田錬三郎賞、親鸞賞を受賞。
『茗荷谷の猫』『笑い三年、泣き三月。』『ある男』
『よこまち余話』『光炎の人（上・下）』『球道恋々』『火影に咲く』
『化物蝋燭』『万波を翔る』『占』など著書多数。

剛心《ごうしん》

二〇二一年一一月一〇日　第一刷発行

著者　木内《きうち》　昇《のぼり》
発行者　徳永　真
発行所　株式会社集英社
〒一〇一－八〇五〇　東京都千代田区一ツ橋二－五－一〇
電話【編集部】〇三－三二三〇－六一〇〇
【読者係】〇三－三二三〇－六〇八〇
【販売部】〇三－三二三〇－六三九三（書店専用）
印刷所　凸版印刷株式会社
製本所　加藤製本株式会社

ISBN978-4-08-771759-4　C0093

集英社文庫　木内昇の本

新選組　幕末の青嵐

佐幕派の最強剣客集団として名を馳せた新選組。その結成から鳥羽伏見の戦いまでの人間群像を土方歳三、佐藤彦五郎、沖田総司ら複数の視点から描出する青春時代小説。（解説／松田哲夫）

新選組裏表録《うらうえ》　地虫鳴く

新選組の内側を尾形俊太郎、阿部十郎、篠原泰之進らほぼ無名の隊士たちに焦点をあてて描く長編。時代の過渡期に懸命に悩み、光を求めて闇雲に走った男たちの生き様に迫る。（解説／橋本紀子）

漂砂《ひょうさ》のうたう

明治十年、根津遊廓。御家人の次男坊だった定九郎は、過去を隠し仲見世の「立番」として働いていた。花魁や遊廓に絡む男たち。新時代に取り残された人々の挫折と屈託、夢を描く直木賞受賞作。

櫛挽《くしひき》道守《ちもり》

幕末、木曽山中の小さな宿場町。才に溢れる父の背を追い、一人の少女が櫛挽職人を目指す。中央公論文芸賞、柴田錬三郎賞、親鸞賞の三冠を受賞した感動の長編時代小説。（解説／佐久間文子）

みちくさ道中

少女時代の思い出から、ソフトボールに打ち込んだ高校時代、編集者時代の仕事ぶり、原稿と向き合う執筆生活、日々の編集者とのやりとり、何気ない日常生活の一コマまで。初のエッセイ集。

火影《ほかげ》に咲く

沖田総司、高杉晋作、坂本龍馬、中村半次郎……。幕末の京を駆け抜けた志士たちも喜び、哀しみ、そして誰かを愛し、愛された。激動の歴史の陰にひっそりと咲く“かけがえのない一瞬”を鮮烈に描き出す短編集。（解説／藤田香織）